W0349927

ACTION

BAND 89

DALTON FURY

EINE TÖDLICHE EINHEIT

Aus dem Amerikanischen von Patrick Baumann

FESTA

Die amerikanische Originalausgabe *Execute Authority*
erschien 2017 im Verlag St. Martin's Press.

1. Auflage Februar 2021

Titelbild: Arndt Drechsler-Zakrzewski

ISBN 978-3-86552-901-5
eBook 978-3-86552-902-2

In liebendem Andenken an Dalton Fury

Vorbemerkung des Herausgebers der amerikanischen Ausgabe

Ich hatte das Glück, Dalton Fury zu kennen und fast ein Jahrzehnt lang mit ihm zusammenzuarbeiten, angefangen mit der Veröffentlichung seiner Memoiren mit dem Titel *Kill bin Laden,* die von seiner Zeit als ranghöchster Offizier in der Schlacht um Tora Bora handelten. Als Delta-Force-Kommandant war er, zusammen mit den begabtesten Delta-Sergeants, an der Entstehung des taktischen Konzepts für die Mission zum Aufspüren und Töten bin Ladens beteiligt. *Kill bin Laden* wurde ein enormer Erfolg, ein landesweiter Bestseller. Es war das erste Buch, das im Detail aufzeigte, wie nahe die Delta Force einer Festnahme bin Ladens gekommen war, wie nahe die US-amerikanischen Bomber und Kampfflugzeuge seiner Tötung kamen und weshalb er uns zunächst entkommen ist – obwohl er sich natürlich nicht ewig verstecken konnte.

Dalton war ein Mann, der großen Wert auf seine Privatsphäre legte (daher sein Pseudonym), aber auch ein Mann mit Prinzipien. Er wollte, dass die Leute erfuhren, was passiert war, warum der meistgesuchte Mann der Welt fliehen konnte, obwohl wir ihn bereits im Visier gehabt hatten. Der Erfolg des Buchs war für Dalton eine zwiespältige Angelegenheit. Seine Geschichte erreichte ein großes Publikum, und sein eher widerstrebender Auftritt bei *60 Minutes,* wo er in Verkleidung erschien, brachte dem Buch Aufmerksamkeit ein. Unglücklicherweise zog er dadurch jedoch auch Aufmerksamkeit auf seine Person.

Er war hin- und hergerissen: Natürlich wollte er Werbung für das Buch machen, aber er wollte nicht, dass es dabei um ihn selbst ging. Nach dem *60 Minutes*-Interview beschloss er, nicht mehr im Fernsehen aufzutreten, wahrscheinlich nicht einmal mehr Radiointerviews zu geben. Eines Tages saß er an seinem Schreibtisch im Büro und ich sagte zu ihm: »Sie müssen nichts tun, das Sie nicht wollen.« Er unterbrach seine Arbeit, schaute auf und lächelte. Dieser eine Blick von ihm genügte, um mich daran zu erinnern, dass nur wenige Menschen einem Delta-Force-Operator, dem Angehörigen einer der meistgefürchteten Militäreinheiten der Welt, sagen konnten, was er tun sollte.

Wir hatten ein wunderbares Arbeitsverhältnis. Er war professionell, witzig, herzlich und umgänglich. Er liebte es, Bücher zu veröffentlichen. Als ich ihm gegenüber äußerte: »Mit einem Pseudonym wie Dalton Fury sollten Sie eigentlich Thriller schreiben«, gestand er mir, dass er sich schon immer gewünscht habe, Romane zu verfassen. So kam es dazu, dass die Serie der Delta-Force-Romane um Kolt »Racer« Raynor aus der Taufe gehoben wurde. Auch diese Bücher wurden Bestseller. Mit ihrer Mischung aus Action und Detailreichtum gewannen sie Fans wie etwa die Autoren James Rollins und Brad Thor, ebenfalls Mitglieder US-amerikanischer Spezialeinheiten, sowie Tausende andere. Aber das Wichtigste war: Dalton hatte großen Spaß beim Schreiben dieser Bücher. Er musste keine Interviews geben und konnte sich wieder dem widmen, was er am liebsten tat, wenn er nicht arbeitete oder schrieb: eine ruhige Zeit mit seiner Familie verbringen.

Im September 2016, mitten in der Arbeit am fünften Buch der Serie, *Execute Authority*, das Sie jetzt in den

Händen halten, schickte er mir eine E-Mail mit einer schrecklichen Neuigkeit: Am Vortag war bei ihm Bauchspeicheldrüsenkrebs im vierten Stadium diagnostiziert worden. Im typischen Dalton-Fury-Stil schrieb er: »Ich wollte Sie nur wissen lassen, dass ich fest entschlossen bin, mein Bestes zu geben, um wenigstens noch meine Schreibpflichten erfüllen zu können.« Er teilte mir mit, er wisse, dass er die Veröffentlichung des Buchs nicht mehr erleben werde, hoffe aber, dass es dennoch bald in den Buchläden zu finden sei – »falls das für Sie okay ist«.

Okay? Ich versicherte ihm, dass mich nichts davon abhalten könne, diesen Band zur Veröffentlichung zu bringen. Ich sagte ihm, er sei der zäheste Kerl, den ich kenne, und wenn irgendjemand den Krebs besiegen könne, dann er. Er hielt Wort und reichte zwei Wochen später das fertige Manuskript ein. Leider verstarb er zwei Monate nach seiner Diagnose.

Es ist mir eine große Ehre, Ihnen den letzten Kolt-Raynor-Roman zu präsentieren. Ich hoffe, Sie genießen die Lektüre so sehr, wie Dalton das Schreiben genossen hat. Ich werde ihn nie vergessen. Und mit diesen Büchern wird ein Teil von ihm ewig weiterleben.

Marc Resnick
St. Martin's Press, Januar 2017

Prolog

Athen

Es war eine beeindruckende, sogar spektakuläre Aussicht, aber der Mann, der am Berghang auf dem Bauch lag, interessierte sich nur für einen sehr kleinen Ausschnitt davon: den Sechs-Grad-Winkel, der vom Objektiv seines PSO-1M2-Zielfernrohrs auf seinem SVD-63-Dragunov-Scharfschützengewehr vergrößert wurde.

Sein besonderes Interesse galt einem Bereich, der fast exakt einen Kilometer südlich sowie 100 Höhenmeter unterhalb seiner Position lag. Auf diese Entfernung erfasste das Zielfernrohr einen ungefähr 80 Meter breiten Abschnitt. Auf der rechten Seite des Fadenkreuzes war eine durchgängige, grüne Masse zu sehen: die Bäume und Pflanzen des weitläufigen Nationalgartens. Links waren nur wenige Bäume sichtbar; im Vordergrund ragten hohe Gebäude auf. Die vier senkrecht angeordneten Winkel in der Mitte des Visiers lagen über dem grauschwarzen Asphaltstreifen zwischen diesen beiden kontrastierenden Umgebungen. Dieser Streifen war das Einzige auf der Welt, das für den Mann zählte.

Auf der Parkseite war der Bürgersteig voller Menschen, die durch Holzbarrikaden und Absperrbänder vom Betreten des anderen Bereichs abgehalten wurden. Aber es fuhren keine Autos auf der Straße. Sie war am Vorabend gesperrt worden und man hatte die dort parkenden Fahrzeuge entfernt.

Der Scharfschütze ließ den Blick über das Strichbild zur stadiametrischen Entfernungsmessung im linken, unteren Bereich des Objektivs wandern, eine aufwärts gebogene, unterbrochene Linie, die in 100-Meter-Abständen mit Distanzmarkierungen versehen war – von 1000 Metern am linken Ende der Kurve, dem tiefsten Punkt, bis zu 2000 Metern am rechten, höchsten Punkt.

Mit seiner rechten Schulter – keine seiner Hände war auch nur in der Nähe des Abzugsbügels – verschob er das Gewehr auf dem Zweibein, nahm eine beinahe unmerkliche Korrektur vor. Dann legte er das Muster zur Entfernungsmessung über einen Polizisten, der links von der Barrikade stand, sodass die Füße des Mannes die untere Linie berührten und die Oberseite seiner Schirmmütze an der Kurve lag, eine Winzigkeit rechts von der unbeschrifteten Markierung für 900 Meter. Diese ungefähre Messung stimmte nicht mit der weit präziseren überein, die er mit dem GPS vorgenommen hatte, und er tendierte dazu, dem GPS zu glauben.

Der Entfernungsmesser war auf eine durchschnittliche Körpergröße von 1,70 Metern kalibriert, etwas größer als der Schütze selbst – 1,66 Meter –, aber kleiner als der Durchschnitt in der westlichen Welt. Man hatte ihm gesagt, dass seine Größe, beziehungsweise seine Kleinheit, auf Unterernährung in der Kindheit zurückzuführen sei. Aber dieses Thema spielte keine Rolle für ihn. Viele Männer waren eitel, wenn es um ihre Größe ging. Sie trugen Plateauschuhe oder dicke Absätze, um den empfundenen Mangel auszugleichen. Der Scharfschütze wusste jedoch nur allzu gut, dass man auffiel, wenn man in einer Menschenmenge andere überragte, und das konnte den Tod bedeuten, vor allem in seinem Beruf. Der Polizist war wahrscheinlich größer, eher 1,80 Meter, was die Abweichung erklärte. Natürlich gab es Methoden, solche Messungen zu überprüfen. Menschen konnten unterschiedlich groß sein, aber bei Waffen war dies seltener der Fall. Hätte der Polizist ein Gewehr getragen, hätte der Schütze die Länge seines Unterarms mit derjenigen der Waffe vergleichen und so mit hinreichender Genauigkeit die Größe des Mannes bestimmen können. Doch aus dieser Entfernung, die die effektive Reichweite des Dragunov weit übertraf, war es so gut wie unmöglich, dies festzustellen. Er wusste nur, dass der Mann ein Polizeibeamter war, weil dieser ein hellblaues Uniformhemd und eine dunkle Mütze trug. Und natürlich weil er auf der anderen Seite der Barrikade stand. In jedem Fall genügte die Entfernungsmarkierung jenseits der 800 Meter nur für eine ungefähre Einschätzung. Im Moment beschäftigte er sich nur damit, um die Langeweile zu vertreiben.

Er hatte bereits mehrere Stunden reglos an diesem Hang gelegen, nur fünf Meter abseits eines der Pfade, die sich über ihm schlängelten. Während dieser Zeit waren Dutzende von Wanderern und Touristen an ihm vorbeigekommen, aber unter der Tarnplane hatte ihn niemand bemerkt, ebenso wenig das Gewehr oder die Sandsäcke, die es so gut wie unbeweglich machten. Um ihn selbst unbeweglich zu machen, gab es keine anderen Mittel als Geduld und Disziplin, aber davon besaß er genug.

Er schloss das Auge und die Welt verschwand, aber vor seinem inneren Auge sah er die Einzelheiten noch vor sich. Der waldige Hang, der ihn umgab. Die Stadt, die sich unter ihm erstreckte. Die Straße. Die Menge.

983 Meter. Das war die tatsächliche Distanz zur Spitze des obersten Winkels im Visier, die das bis auf einen Meter genaue GPS anzeigte. Diesen Punkt würde das 7,62-mal-54-Millimeter-Geschoss treffen, wenn er den Abzug betätigte, vorausgesetzt seine Höhenverstellung war korrekt und der Wind blieb konstant. Aber wenn die Zeit gekommen war abzudrücken, würde die Kugel natürlich nicht exakt diese Stelle treffen. Das Ziel würde an einem anderen Ort sein, ein paar Meter entfernt von diesem Referenzpunkt, vielleicht auch ein paar Meter weiter weg oder näher, und diese kleinen Unterschiede führten zu erhöhter Unsicherheit. Er würde rasend schnell Anpassungen an der Lage des Gewehrs und den Einstellungen des Zielfernrohrs durchführen müssen.

Ohne das Auge zu öffnen, bewegte er langsam die rechte Hand zum billigen Transistorradio in seiner Brusttasche und drehte am Rädchen, um es einzuschalten. Es war auf die Frequenz eines einheimischen Nachrichten- und Talksenders eingestellt, der auf Griechisch sendete, einer Sprache, die er beherrschte, wenn auch nicht fließend. Bis jetzt hatte er das Radio ausgeschaltet gelassen, teilweise weil es eine unnötige Ablenkung bedeutet hätte, aber vor allem, weil trotz der flachen Ohrenstöpsel, die das Signal direkt in seinen Gehörgang schickten, immer ein Risiko blieb, dass ein Passant mit guten Ohren das Radio hörte und der Sache auf den Grund gehen wollte. Aber jetzt musste er wissen, was sich in der Welt jenseits des schmalen Streifens abspielte, den er durch das Fernrohr beobachtete.

Fast eine Minute lang hörte er zu und bemühte sich, aus den vertrauten Worten in unvertrautem Kontext ein Mosaik zusammenzusetzen, bis schließlich etwas in seinem Kopf klick machte und ein klares Bild zu entstehen begann.

Er öffnete sein Auge, richtete es wieder auf diesen speziellen Punkt in mehr als 900 Metern Entfernung, hörte jedoch weiter zu, bis der Wetterbericht kam.

Klarer Himmel. Die Temperatur betrug 30 Grad Celsius, die Luftfeuchtigkeit 40 Prozent, die Regenwahrscheinlichkeit lag bei null und der gelegentliche Wind blies mit acht Stundenkilometern aus nördlicher Richtung.

Der Scharfschütze spähte wieder durch das Fernrohr, bemerkte die leichte Bewegung der Äste auf der rechten Seite des Parks und beschloss, die Einstellungen nicht zu verändern. Wenn die Bäume sich immer noch bewegten, wenn der Moment der Wahrheit gekommen war, würde er um eine Winzigkeit weiter nach rechts zielen, um den Wind zu kompensieren – eine Technik, die man, wie er erfahren hatte, als Kentucky-Windvorhalt bezeichnete.

Diesen Ausdruck hatte der Offizier vom amerikanischen Militär benutzt, der ihn im gleichen Atemzug als »Naturtalent« bezeichnet hatte. Der Scharfschütze hatte schon damals fließend Englisch gesprochen, aber dieses Wort hatte ihn verwirrt, und er hatte den Amerikaner gebeten, es näher zu erläutern. »Das bedeutet, du hast eine Gabe dafür«, hatte der Offizier ihm erklärt. »Eine natürliche Gabe für das Distanzschießen.«

Diesen Satz würde er nie vergessen, ebenso wenig den Mann, der ihn ausgesprochen hatte.

Es war die Wahrheit. Er hatte zwar nur wenig Unterricht in den Grundlagen des Schießens erhalten, besaß jedoch ein intuitives Verständnis für das Zusammenspiel räumlicher und ballistischer Faktoren, die bestimmten, ob eine Kugel ihr Ziel traf. Mit der Zeit und mit wachsender Erfahrung hatte er seine Fähigkeiten verfeinert, bis er ein Geschoss mit beinahe hundertprozentiger Verlässlichkeit genau dorthin schicken konnte, wo er wollte, jedes Mal wenn er den Abzug drückte.

Heute würde es nicht anders sein.

Als der Wetterbericht zu Ende war, drehte er am Rädchen und schaltete das Radio aus. An den Mienen und Gesten der Schaulustigen erkannte er, dass die Ankunft kurz bevorstand. Und tatsächlich fuhr im nächsten Moment eine Reihe von Polizeiwagen und Motorrädern durch sein Sichtfeld, die vier fast identische, schwarze Cadillac Escalades mit schwarz getönten Fensterscheiben eskortierten.

Die imposanten Luxus-Sportfahrzeuge kamen zum Stehen. Im Zielfernrohr waren drei von ihnen sichtbar. Der mittlere Wagen lag genau am Zielpunkt.

Der Schütze wartete.

Die Seitentüren der schwarzen SUVs öffneten sich exakt gleichzeitig, schwangen über die Schotterdecke auf, und mit perfekt synchronisierten Bewegungen stiegen Männer in schwarzen Anzügen heraus.

Der Blick des Scharfschützen wanderte zum Rand des Visiers. Er prüfte, ob die Baumspitzen sich noch bewegten. Alles war reglos. Der Wind hatte aufgehört.

Die Männer in den Anzügen standen jetzt ein paar Schritte von den Autos entfernt. Sie drehten die Köpfe hin und her, scannten die Umgebung, hielten nach Gefahren Ausschau. Er wusste, dass diese Männer nur das öffentliche Gesicht der Schutzmannschaft waren. Sicherlich waren noch viele andere Agenten im Gebiet, manche inmitten der Menge, andere in den umliegenden Gebäuden. Sie verfolgten das Eintreffen der Wagen durch Zielfernrohre, so wie er, nur dass ihre Gewehrläufe nicht auf die Straße gerichtet waren, sondern sich über die Baumgrenze des Parks und die Dächer bewegten, auf der Suche nach Bedrohungen.

Aber sie suchten am falschen Ort.

Der Schütze gestattete sich nicht einmal den Anflug eines zufriedenen Grinsens. Noch nicht.

Aus dem Fahrzeug am oberen Rand seines Sichtfelds stieg eine weitere Gestalt in einem hellgrauen Anzug. Er justierte geschickt nach, legte das Fadenkreuz über sein neues Ziel.

Die Vergrößerung des Fernrohrs war nicht so stark, dass man Gesichter erkennen konnte, aber der Scharfschütze hatte keinen Zweifel, wer dieser Mann war.

Der Präsident der Vereinigten Staaten.

Er checkte noch einmal die Bäume. In den 20 Sekunden seit dem letzten Mal war eine leichte Brise aufgekommen. Er beobachtete die Bewegung der Blätter, kam augenblicklich zu einer Einschätzung der Windstärke und bewegte die Waffe gerade weit genug, damit das Ziel links des Zielpunkts lag.

Er betrachtete noch einmal die Entfernung, kalkulierte und prüfte seine Anpassungen gegen den Geschossfall. Aus dieser Distanz würde die Kugel um fast zehn Meter von der geraden Linie absinken – um die fünffache Höhe des Ziels.

Er hob den Lauf um eine Winzigkeit.

Wenn er abgedrückt hatte, würde die 7,62-Millimeter-Kugel etwa zwei Sekunden bis zum Ziel benötigen. Zwei Sekunden, in denen der Mann sich aus der Schusslinie bewegen konnte.

Der Schütze verlagerte das Fadenkreuz noch um ein paar Striche nach links und legte den Finger an den Abzug, überzeugt, dass das Geschoss genau dort einschlagen würde, wo er wollte. Er stellte sich den hervorspritzenden rötlichen Nebel vor, der den Erfolg seines Schusses und das Ende eines Lebens bedeuten würde.

Das war es, wenn es hieß, ein »Naturtalent« zu sein.

»Bald«, flüsterte er, bevor er das Zielfernrohr noch einmal verschob.

Erster Teil

NATURTALENT

1

Eine leichte Brise brachte die Zweige am Rand des Nationalgartens zum Rascheln. Als der Wind über seinen freiliegenden Nacken strich, hob US Army Delta Force Lieutenant Colonel Kolt Raynor – Codename Racer – unwillkürlich die Schultern und rückte die unbedruckte, marineblaue Baseballmütze auf seinem Kopf zurecht.

In den letzten 15 Jahren war er in den Genuss von »gelockerten Körperpflegestandards« gekommen – Ausnahmen, die das Militär für Eliteeinheiten machte, die oft die Aufgabe hatten, sich an Krisenherden überall auf der Welt unauffällig unter das Volk zu mischen. Nun fiel es ihm schwer, sich an regelmäßigere Haarschnitte zu gewöhnen, aber das gehörte zu den Konsequenzen, wenn man sich das silberne Eichenlaub an die Uniform heftete und das Kommando über eine Delta Sabre Squadron übernahm. Als Staffelkommandant verbrachte er nun viel weniger Zeit auf Schießplätzen und dafür weit mehr Zeit in Meetings mit Leuten, die entweder maßgeschneiderte Anzüge oder Klasse-A-Uniformen mit Sternen auf den Schultern trugen. Es waren Männer, denen es ganz und gar nicht behagt hätte, sich mit einem bärtigen Operator mit zerzausten Haaren und kampferprobter Tarnkleidung zu treffen. Raynors aktuelle Frisur entsprach noch lange nicht den Vorschriften und sein Haar war um einiges länger, als er es in jüngeren Jahren als Airborne Ranger

Captain getragen hatte. Aber es brachte trotzdem seinen zurückweichenden Haaransatz zum Vorschein, der wahrscheinlich der Hauptgrund dafür war, dass er sich mit seinem Äußeren nicht ganz wohlfühlte.

Es war bei Weitem nicht das größte Opfer, das er gebracht hatte, um in der Einheit bleiben zu können. Und trotz der eingegangenen Kompromisse wollte er es nicht anders.

Raynor hatte aus einem Reflex auf die Brise reagiert, aber eigentlich spürte er sie kaum. Der Grund für seinen neuesten Haarschnitt, tatsächlich auch der Grund, weshalb er auf diesem griechischen Bürgersteig stand, war gerade eingetroffen. Er konzentrierte sich mit allen Sinnen auf seine Umgebung. Langsam drehte er den Kopf, sah hierhin und dorthin, hielt sich nicht mit Einzelheiten auf, sondern erfasste das Gesamtbild.

Aus dem Augenwinkel sah er, wie die Secret-Service-Agenten aus den identischen Fahrzeugen der Wagenkolonne stiegen. Nur sie wussten, in welchem Auto der Präsident – der 45. der USA – wirklich saß und welche nur als Köder dienten. Raynor blickte nicht direkt auf die Fahrzeuge oder die Männer, die vor ihm ausschwärmten. Er wusste, dass dies die einzige Richtung war, aus der er nicht mit einer Gefahr rechnen musste. Stattdessen beobachtete er die Menge, die Bäume hinter ihr, die Gebäude im Norden und Süden der Villa Maximos, des offiziellen Regierungssitzes des griechischen Ministerpräsidenten. Aber vor allem behielt er die Gesichter der Delta-Operators im Auge, seiner Männer (und Frauen), die sich in der Menge, dem Wald und den nahen Gebäuden verteilt hatten. Er selbst sah nicht viel, aber zusammen sah die Delta-Staffel beinahe alles.

Dieses *beinahe* war es, das Raynor wachsam bleiben ließ.

Sein Blick blieb kurz an einem Gesicht in der Menge haften, das einem großen Mann mit zottigen braunen Haaren und einem dichten, rötlich-braunen Bart gehörte. Der Mann hatte die Arme vor der breiten Brust verschränkt und betrachtete die Versammlung gleichmütig. Aber dann richtete er die Augen auf Raynor und formte die Lippen zu einem Kuss.

»Gleichfalls, Slap«, murmelte Raynor und setzte seine Beobachtungen fort.

Slap war die Kurzform von Slapshot, dem Codenamen von Jason Holcomb, Kolts Freund und der Sergeant Major der Noble Squadron. Das waren zwei Rollen, die sich nicht immer miteinander vertrugen. Trotz seines hohen Rangs im Team konnte man sich immer darauf verlassen, dass Slapshot seinen ganz eigenen, respektlosen – und zumindest Kolts Meinung nach nicht besonders lustigen – Humor in jeder angespannten Situation zum Einsatz brachte. Und das waren so ziemlich alle Situationen, in die ein Delta-Operator geraten konnte.

Als Nächstes sah Kolt Major Brett Barnes, einen der Truppenkommandanten, die im Rang unter ihm standen. Der 29-jährige West-Point-Absolvent war erst kürzlich zur Staffel gestoßen. Bis jetzt hatte er noch keinen Fehler begangen, der groß genug war, um ihm bei den Sergeants einen Spitznamen einzubringen. Barnes war noch dabei, sich an Raynors Führungsstil zu gewöhnen, der keinerlei Ähnlichkeit mit den Dingen hatte, die er als Kadett oder in irgendeinem der verpflichtenden militärischen Lehrgänge kennengelernt hatte. Aber man musste dem jungen Delta-Truppenkommandanten zugutehalten, dass er die wichtigste Lektion für einen Offizier in der besten Antiterroreinheit der Army bereits gelernt hatte: Diese bestand darin, seinen Unteroffizieren immer zu vertrauen. Die Anführer von Barnes' Team gehörten ohne Ausnahme zu den fähigsten Operators, mit denen Raynor jemals zusammengearbeitet hatte.

Wie Raynor und ein paar der anderen Operators trug auch Barnes eine weite, blaue Windjacke, eine blaue Baseballmütze, eine kakifarbene Chinohose und eine dunkle Piloten-Sonnenbrille. Diese improvisierten – und weithin sichtbaren – Uniformen dienten einer ganzen Reihe von Zwecken. Die weiten Jacken verbargen leichte Schutzwesten und taktisches Gurtzeug mit vor der Brust im Halfter steckenden halbautomatischen Pistolen oder kurzläufigen, mit Schalldämpfern ausgestatteten MP5SD-Maschinenpistolen mit ausklappbaren Schulterstützen unter der rechten Achselhöhle. Die leicht erkennbare Kleidung identifizierte sie als Teil der Schutzmannschaft des Präsidenten. Sie unterstützten sowohl die amerikanischen Secret-Service-Agenten als auch die HP, die Hellenische Polizei oder griechische Landespolizei, die für zusätzliche Sicherheit sorgten. Falls es zum Schlimmsten kam und sie die Waffen ziehen mussten, die sie unter den Windjacken trugen, würde es von größter Wichtigkeit sein, dass man sofort erkannte, wer sie waren. Außerdem würde diese verdächtige Aufmachung auch ohne ihr Zutun dazu dienen, die Menge unter Kontrolle zu halten sowie die Aufmerksamkeit möglicher Beobachter von den Gesichtern der Delta-Operators abzulenken. Zu guter Letzt sollten diese »Arbeitsuniformen« zudem von Slapshot und den restlichen Operators in Zivil ablenken und es ihnen leichter machen, sich unter die Leute zu mischen, um mögliche Gefahren aus der Nähe aufzuspüren.

Keine fünf Schritte von Slapshot entfernt stand »Shaft«, auch bekannt als Master Sergeant Ken Knight. Der in Boston geborene Afroamerikaner war einer der Teamanführer aus Barnes' Truppe, aber anhand seines Äußeren hätte das niemand vermutet. Shafts Haare waren zu Cornrows geflochten und er trug Baggy Jeans sowie ein Secondhand-T-Shirt, das ein ausgebleichter Siebdruck von Captain Jack Sparrow aus den *Fluch der Karibik*-Filmen zierte. Über seiner Schulter hing eine große, rot-grün-gelbe Rastafari-Häkeltasche. Slapshot hatte sich angewöhnt, Shafts Tasche als »Herrenhandtäschchen« zu bezeichnen.

Shaft war Angriffstruppführer, aber gleichzeitig der erfahrenste Sanitäter der ganzen Einheit. Zwischen seinen Einsätzen hatte er den medizinischen Lehrgang durchlaufen, was eine beachtliche Leistung war. Deshalb erfüllte er für sie nun zusätzlich die Funktionen eines Hauptsanitäters. Seine Tasche enthielt ein komplettes medizinisches Notfallset für den Kampfeinsatz – Bandagen, Druckverbände, mehrere Rollen Kerlix-Verbandmull, QuikClot-Päckchen und drei Beutel mit Salzlösung, aber keine Waffen. Das bedeutete jedoch nicht, dass Shaft unbewaffnet war. Seine weite Jeans verbarg eine Glock 23, die direkt über dem Schritt in einem Thunderwear-Holster steckte. Aber seine Hauptaufgabe, wie auch die der anderen Undercover-Agenten, war das Identifizieren von Bedrohungen, damit andere – im Idealfall die Hellenische Polizei, damit es nicht zu diplomatischen Verwicklungen kam – einschreiten und die Gefahr abwenden konnten.

Direkt hinter Shaft stand Sarah Bell. Sarah war eine der wenigen Frauen in Deltas sogenannter Augmentationszelle, Kurzform *aug cell*. Die Aufgabe dieser Frauen bestand im Ausspähen von Zielen und der Sammlung von Daten über die Zielgebiete. Sarah war kein Operator, hatte nicht den Delta-Selektionsprozess und den Operator-Trainingskurs durchlaufen. Bis jetzt konnte nur eine einzige Frau diese Ehre für sich beanspruchen: Sergeant First Class Cindy »Hawk« Bird.

Kolt suchte weiter die Menschenmenge ab. Er sah Hawk nicht, wusste aber, dass sie irgendwo da draußen sein musste.

Aus dem Ohrstöpsel in seinem linken Ohr ertönte eine Stimme: »Champ ist draußen.«

Es war die Stimme von Secret Service Special Agent Jess Simmons, des SAIC – *special agent in charge*, leitender Agent – der Schutzmannschaft des Präsidenten. »Champ« war der Codename des Secret Service für den Präsidenten Gerald Noonan, der nun seit sechs Monaten im Amt war. Die Nachricht bedeutete, dass Champ aus seinem gepanzerten Cadillac gestiegen war und im Freien stand.

Simmons war ein typischer *Alles nach Lehrbuch*-Anführer. Er und Raynor, der für das »Lehrbuch« wenig übrighatte, waren deshalb zunächst aneinandergeraten. Simmons hatte ständig versucht, Kolts Leuten zu sagen, was sie zu tun hatten, und Kolt hatte ihm immer wieder geduldig erklärt, weshalb das nicht funktionieren würde.

Nun ja, vielleicht nicht allzu geduldig.

Nachdem sie sich schließlich ausgesprochen hatten, war alles etwas glatter gelaufen, jedenfalls mehr oder weniger. Die leicht neurotisch wirkenden Secret-Service-Agenten schienen wirklich dankbar für die Hilfe zu sein, und Kolts

Leute waren im Gewinnen von Freunden nicht weniger begabt als im Beseitigen von Feinden. Digger – Master Sergeant Pete Chambliss – hatte sich mit einem diensteifrigen, jungen Special Agent angefreundet, einem ehemaligen Soldaten, der »beinahe zur Delta Force gegangen wäre«. Und Hawk hatte praktisch ihren eigenen Fanclub.

Diesem Moment waren Tage der Vorbereitung und Koordination mit Simmons und seinen Leuten vorausgegangen. Alles nur für diese 45 Sekunden. So lange würde es dauern, bis Champ dem griechischen Ministerpräsidenten die Hand geschüttelt, für ein paar Fotos posiert und dann die Villa Maximos betreten hatte. In dieser Zeit war der Anführer der freien Welt am angreifbarsten.

Der Lärm der Menge änderte sich in Ton und Lautstärke und bestätigte damit Simmons' Botschaft – als ob eine solche Bestätigung notwendig gewesen wäre. Aber dieser ungestüme Empfang war alles andere als freundlich. Offenbar war Präsident Noonan in Athen ebenso unbeliebt wie in seinem Heimatland, wenn auch aus ganz anderen Gründen.

Im Verlauf seiner Zeit beim Militär, erst als Infanterist, dann als Offizier, jetzt als Anführer der Delta Sabre Squadron, hatte Kolt Raynor unter vier verschiedenen Regierungen gedient. Manche waren besser gewesen als andere, keine perfekt, aber nie hatte Raynor die Versuchung verspürt, den Dienst zu quittieren, um nicht unter einem obersten Befehlshaber dienen zu müssen, mit dem er politisch nicht übereinstimmte. Es war die Pflicht jedes Soldaten, Befehle zu befolgen, die von gewählten Regierungsvertretern kamen, ganz egal ob der Soldat diesen Befehlen persönlich zustimmte oder die Personen schätzte, die sie erteilten. Raynor nahm seine Pflicht ernst. Er hielt sich aus politischen Debatten heraus und reduzierte offene Kritik am Präsidenten oder anderen gewählten Regierenden innerhalb der Staffel auf ein Minimum. Mit ein wenig Gemecker und Genörgel war immer zu rechnen, aber alles, was darüber hinausging, konnte zum raschen Ende einer militärischen Laufbahn führen.

Mit Präsident Noonan hatte Raynor kein besonderes Problem. Der Mann war Karrierepolitiker und früherer Sprecher des Repräsentantenhauses. Er besaß die Erfahrung und das Potenzial, einen fähigen, wenn auch nicht unbedingt außergewöhnlichen Oberbefehlshaber abzugeben – Raynors persönlicher Erfahrung nach bei Weitem nicht der schlimmste bisher. Aber Noonan hatte das Pech gehabt, ausgerechnet in einem historischen Moment ins Amt zu kommen, in dem jahrzehntelang schwelende Brandherde in Politik, Gesellschaft und Wirtschaft sich schließlich in einem gigantischen Vulkanausbruch der Scheiße entluden.

Während der Vorwahlen hatte die Situation sich zugespitzt. Wähler beider Parteien, die vom allgemeinen Stillstand und dem *business as usual* in der Politik frustriert waren, hatten sich revolutionären Kandidaten zugewandt, die zwar an entgegengesetzten Enden des politischen Spektrums standen, aber alle Populisten mit großer Anziehungskraft für die Massen waren. Einer dieser politischen Außenseiter hatte nach einer umstrittenen Vorwahlsaison, die seiner Partei irreparable Schäden zugefügt hatte, die Nominierung nur knapp verfehlt. Sein Kontrahent war ein mit vielen Makeln behafteter Karrierist gewesen, der unter Gebrauch politischer Vorwände eine Strategie der verbrannten Erde verfolgt hatte. Er war nicht nur bei der Oppositionspartei verhasst, sondern auch von Skandalen verfolgt gewesen. Noch dazu war er zutiefst abhängig von der wohlhabenden Elite und den internationalen Großkonzernen.

Aber der Tumult auf der anderen Seite war noch alarmierender gewesen.

Der zweite populistische Kandidat hatte mit seinem direkten, unverschämten Auftreten dem Parteiendenken geradezu den Todesstoß versetzt und mehr als ein Dutzend Rivalen aus dem Feld geschlagen, von denen viele bereits als sichere Nominierungskandidaten gegolten hatten. Aller Wahrscheinlichkeit zum Trotz und zum großen Schrecken sowohl der Machthaber innerhalb der Parteien als auch der TV-Experten hatte er die Wahl gewonnen.

Und dann hatten die Ereignisse eine wirklich bizarre Wendung genommen.

Die Kongressführung, die sich mit diesen zwei äußerst unbeliebten und umstrittenen Kandidaten konfrontiert sah, hatte insgeheim beschlossen, in allen 50 Bundesstaaten noch einen weiteren Kandidaten auf den Stimmzettel zu setzen, um ihre Wahl zu verhindern – ihren früheren Sprecher Gerald Noonan. Wie erwartet hatte Noonan den beiden großen Parteikandidaten Stimmen entzogen. Es waren bei Weitem nicht genug für einen Sieg gewesen, aber gerade genug, um beide Kontrahenten daran zu hindern, eine Mehrheit zu erreichen, und genau darauf hatte der Kopf der Verschwörung – der derzeitige Sprecher des Repräsentantenhauses – gezählt.

Für den Fall, dass es keinem Kandidaten gelang, eine klare Mehrheit der Wählerstimmen zu erreichen, schrieb der zwölfte Zusatzartikel zur Verfassung die Ernennung eines Präsidenten durch das Repräsentantenhaus vor, der aus den drei Kandidaten mit den meisten Stimmen auszuwählen war. Dieser Artikel war in der amerikanischen Geschichte erst einmal in Kraft getreten: nach der Wahl im Jahr 1824, als der Kongress John Quincy Adams zum Präsidenten ernannt hatte, obwohl er bei den allgemeinen Wahlen nur Zweiter geworden war. Jetzt hatten die Kongressabgeordneten der Vereinigten Staaten zum zweiten Mal das Kleingedruckte der Verfassung benutzt, um sich über den Wählerwillen hinwegzusetzen und ihren eigenen Mann ins Weiße Haus zu bringen. Und damit hatten sie die Lunte eines Pulverfasses angezündet.

Eines der unbeabsichtigten Ergebnisse war, dass die gespaltene Wählerschaft jetzt etwas gefunden hatte, über das sie sich einig war: Der Kongress hatte die Wahl gekapert. Millionen von Wählern, die sich von diesem unfairen System bereits vorher nicht angemessen repräsentiert gefühlt hatten, zeigten nun keinerlei Interesse an Belehrungen über die Verfassung oder die komplizierten Abläufe im Inneren einer Republik. Sie waren bereit für eine blutige Revolution.

Raynor hatte gewusst, dass die Lage schlimm war, aber wie schlimm sie wirklich war, wurde ihm erst klar, als Jess Simmons bekannt gab, dass die Zahl der ernst zu nehmenden Drohungen gegen Präsident Noonan, das Gesicht dieser angeblich korrupten Vorgänge, sich vervierfacht hatte. Simmons hatte ihnen anvertraut, dass seine Behörde, die durch mehrere sehr öffentliche Skandale in den letzten Jahren der vorangegangenen Regierung bereits stark angeschlagen gewesen war, nun kurz vor dem Kollaps stand.

So düster die Situation zu Hause auch war, in Übersee war sie noch düsterer. Eine wachsende Bewegung für nationale Souveränität, die unter anderem das Ende der Europäischen Union sowie die Auflösung der NATO forderte, breitete sich wie ein Waldbrand in Europa aus. Die Europareise von Präsident Noonan, die eigentlich den Zweck hatte, Unterstützung für die NATO zu sichern, schien den gegenteiligen Effekt zu haben und vielmehr antiamerikanische Ressentiments zu befeuern, selbst in Ländern, die einmal entschieden auf der Seite der USA gestanden hatten.

Personenschutz für Diplomaten im Ausland gehörte zu den Aufgaben der Delta Force, und dies war nicht das erste Mal, dass man Raynor gerufen hatte, um den Secret Service zu unterstützen. Aber es war das erste Mal, dass sich die Gefahr so *echt* anfühlte.

Ironischerweise war es auch das erste Mal, dass er das Gefühl hatte, ein persönliches Interesse am Ausgang dieser Mission zu haben. Derjenige, der derzeit nur einen Herzschlag von der Ernennung zum Präsidenten entfernt war – ein Admiral im Ruhestand namens William Mason –, war der einzige Mann, dessen Aufstieg zur Präsidentschaft Raynor zum sofortigen Rücktritt bewegt hätte, trotz seiner entschieden apolitischen Arbeitsethik.

Es lag nicht nur daran, dass Raynor Mason nicht ausstehen konnte oder dass dieses Gefühl auf Gegenseitigkeit beruhte. Tatsächlich war Raynor nicht sicher, ob er der Versuchung widerstehen könnte, Mason selbst umzubringen, falls er die Gelegenheit dazu bekam.

Sein erster Zusammenstoß mit Admiral Mason lag erst ein paar Jahre zurück. Mason, der damals der kommandierende General des JSOC gewesen war, hatte ihm befohlen, eine Operation abzubrechen, bei der er Shaft nach einer Einzelgängermission aus dem Einsatzgebiet evakuieren sollte. Raynor hatte den Befehl schlichtweg ignoriert. Durch seine Entschlossenheit hatte er Shaft gerettet, eine hochrangige Zielperson gefangen genommen sowie entscheidende Informationen über terroristische Aktivitäten auf amerikanischem Boden sichergestellt. Technisch gesehen war der Befehl zum Abbruch des Einsatzes ungültig gewesen, weil die Mission bereits den letzten Umkehrpunkt hinter sich gelassen hatte und Raynor damit die volle Befehlsgewalt innehatte, genannt *execute authority* – die Befugnis, die Operation so zum Abschluss zu bringen, wie er es für richtig hielt, ohne dass sich höhere Stellen noch in den Ablauf einmischen konnten. Aber mit solchen Formalitäten konnte man Männer, die Sterne an der Uniform trugen, nur selten überzeugen. Zum Dank hatte Mason versucht, Raynor vor ein Kriegsgericht zu bringen.

Damals war Bill Mason nichts weiter als ein inkompetentes Arschloch gewesen. Aber ein nicht lange zurückliegendes Ereignis hatte den früheren JSOC-Kommandanten zu einer Gefahr ersten Ranges gemacht. Obwohl er es nicht beweisen konnte – noch nicht –, war Raynor sich zu 99,97 Prozent sicher, dass Mason Landesverrat begangen hatte. Genauer gesagt: Er hatte einem bekannten Feind der Vereinigten Staaten streng vertrauliche Informationen über Personal und Einsätze der Delta Force zukommen lassen, um diesem Feind zu ermöglichen, einen Hinterhalt vorzubereiten, bei dem Raynor und seine Staffel getötet werden sollten.

Als lebender Beweis dafür, dass Scheiße immer oben schwimmt, hatte Mason nach seinem Ausscheiden aus der Navy eine Reihe politischer Posten bekleidet. Der Höhepunkt war seine Ernennung zum Leiter des Außenministeriums gewesen. Von dort war es nur ein kleiner Schritt zur Nummer zwei unter den unabhängigen Außenseiterkandidaten für das Amt des Präsidenten gewesen. Gerald Noonan war die Nummer eins.

Admiral Mason war jetzt Vizepräsident Mason, und falls Noonan etwas zustieß, würde Mason der Präsident der Vereinigten Staaten sein.

Kolt Raynor würde alles in seiner Macht Stehende tun, um das zu verhindern.

Raynor widerstand dem Drang, dorthin zu sehen, wo alle anderen hinsahen. Dies war der entscheidende Augenblick. Falls sich ein Attentäter in der Menge befand, würde er sich jetzt offenbaren.

Kolt scannte die Gesichter. Manche wirkten hoffnungsvoll und begeistert, überwältigt von dieser Chance, einen historischen Moment mitzuerleben und einen Blick auf ein berühmtes Regierungsoberhaupt werfen zu können. Andere fletschten in rechtschaffener Empörung die Zähne und riefen dem Mann höhnische Bemerkungen und Anschuldigungen zu. Mit Letzteren hielt er sich nicht lange auf. Stattdessen hielt er nach ruhigen, unauffälligen Mienen Ausschau, nach jemandem, der vielleicht im Stillen seinen Mut sammelte, um zur Tat zu schreiten. Nach Leuten, die zappelig, hoch konzentriert oder auch vollkommen gelassen wirkten, als ob die Gewalttat, die sie planten, für sie das ultimative Beruhigungsmittel war.

Es waren Hunderte, und Raynor wusste, dass er nicht jedes Gesicht einzeln mustern konnte. Aber niemand, der im Vordergrund stand, nahe genug, um eine echte

Bedrohung zu sein, wies die Merkmale auf, nach denen er suchte.

Champ stand bereits seit fast zehn Sekunden im Freien, obwohl der gepanzerte Cadillac immer noch zum Teil zwischen ihm und der Menge stand.

Simmons gab das nächste Update durch: »Midas setzt sich in Bewegung.«

Raynor riskierte einen schnellen Blick zur Straße. Noonan befand sich in der Mitte einer kleinen Menschentraube aus höchst wachsamen Secret-Service-Agenten. Midas – der Codename des griechischen Ministerpräsidenten – war von seiner eigenen Schutzmannschaft umgeben und nun auf dem Weg, seinen amerikanischen Kollegen zu begrüßen. Während er näher kam, positionierten die Leibwächter beider Kontingente sich neu. Es sah aus, als würden sich zwei Wassertropfen begegnen und um die beiden Männer zu einem einzigen Tropfen verschmelzen. Dabei ließen sie noch genug Platz, damit die Fernsehkameras die Begegnung im Zentrum für die Ewigkeit festhalten konnten.

Champ und Midas streckten gleichzeitig die Hände aus, als hätten sie die Bewegung einstudiert. Gleichzeitig drehten sie sich um und lächelten in die Kameras …

Und hinter Midas' Kopf stieg roter Nebel auf.

2

Kolt und seine Kameraden hatten schon vor langer Zeit gelernt, dass kein Training der Welt etwas gegen bestimmte physische Realitäten ausrichten konnte. Wenn man den Tod aus der Nähe sah oder spürte, dass der eigene bevorstand, brauchte das Gehirn Zeit, um die über Augen und Ohren aufgenommenen Sinnesreize zu verarbeiten, die passende Reaktion zu wählen und dann das entsprechende Signal an den Körper weiterzuleiten. In praktischer Hinsicht war das nicht sehr lange – nicht mehr als zwei Zehntelsekunden –, aber Kolt Raynor wusste, dass das bereits eine Zehntelsekunde zu lang war.

Die Fähigkeit, eine Gefahr blitzschnell einzuschätzen, konnte den Unterschied zwischen dem Ausschalten eines bewaffneten Terroristen und der versehentlichen Tötung eines Zivilisten oder einer Geisel bedeuten, die man retten wollte. Oder man wurde vielleicht von dem Kerl umgebracht, den man gerade übersehen hatte.

In den Sekundenbruchteilen zwischen dem Aufsteigen des roten Nebels und dem Ausbrechen hektischer Aktivität um den US-Präsidenten – noch bevor der griechische Ministerpräsident zu Boden fiel – sah Kolt Raynor bereits eine ganze Menge. Die Art, wie Midas' Kopf zurückgeschnellt war, und die Wolke aus atomisiertem Blut, die hinter ihm in der Luft hing, ließen darauf schließen, dass ein Hochleistungsgeschoss mittleren Kalibers aus großer Entfernung abgefeuert worden war. Es war irgendwo aus dem Norden gekommen, von oben, in einem Winkel von weniger als 40 Grad.

»SCHARFSCHÜTZE!«, rief er und wiederholte die Warnung. »SCHARFSCHÜTZE! SCHARFSCHÜTZE!«

Adrenalin durchflutete ihn. Er wandte sich in die Richtung, aus der der Schuss gekommen war. Seine rechte Hand tastete nach dem Griff seiner Glock 23. Es war eine Reflexhandlung – man wandte sich der Gefahr zu, neutralisierte die Gefahr, bevor ein weiterer Schuss fallen konnte. Aber sein Verstand wusste es besser. Der Schütze war wahrscheinlich mindestens 400 oder 500 Meter weit weg. Es gab nicht das Geringste, das Raynor tun konnte, um so eine Gefahr zu »neutralisieren«, nicht von dort, wo er war, nicht mit einer Pistole. Es gab nur eine richtige Reaktion. Die Secret-Service-Agenten taten es bereits: Sie warfen sich auf Champ, formten einen menschlichen Schutzschild um ihn und schoben ihn in den mit offenen Türen wartenden Escalade. Die HP-Schutzmannschaft tat dasselbe für Midas, sie umringten ihn und schafften ihn aus Raynors Sichtfeld. Aber Kolt wusste, dass es für ihn bereits zu spät war.

Er hatte die Austrittswunde nicht gesehen, nur das hervorschießende Blut, aber er hatte einen kurzen Blick auf die Eintrittswunde erhascht.

Die Kugel war durch das linke Auge des griechischen Ministerpräsidenten eingedrungen.

Es dauerte eine weitere Hundertstelsekunde, bis ihm die Bedeutung dieser Tatsache klar wurde.

Nein. Das kann nicht sein.

Er blickte nach Norden, in die Richtung, aus der der Schuss gekommen sein musste, hielt nach dem Schützen Ausschau. In seinem Unterbewusstsein läuteten

Alarmglocken. Der Schütze war noch da draußen, und sie alle standen hier im Freien, waren verwundbar. Aber wenn dieser Mann der Profi war, für den Raynor ihn hielt, war er sicher nicht so dumm, ein zweites Mal zu schießen und damit zu riskieren, dass man ihn fand. Er hatte seine Hauptmission bereits erfüllt. Alles, was jetzt noch blieb, war das Verlassen des Einsatzgebiets.

Raynor hob den Blick ein wenig, versuchte, sich die Flugbahn der Kugel vorzustellen. Sie konnte nicht von einem der Dächer in der Nähe gekommen sein. Dazu war der Eintrittswinkel viel zu flach gewesen. Außerdem hatte er auf jedem einzelnen dieser Dächer die Scharfschützen seiner Noble Squadron in Stellung gebracht.

Keine kaputten Fenster, keine offenen Fenster.

Wäre er weiter entfernt gewesen, hätten andere Gebäude und die Vegetation dem Schützen das Schussfeld verstellt.

Also, wo zum Teufel ...

Seine Augen richteten sich auf einen leicht bewaldeten Berghang, der hinter den Häuserreihen sichtbar war. Es war der Lykabettus, ein 300 Meter hoher Berg, der einen Ausblick über die Stadt bot.

Bei seinen Nachforschungen im Vorfeld war Raynor die mögliche Gefahr nicht entgangen, die vom Westhang des Lykabettus ausging. Simmons hatte zunächst abgewinkt und darauf hingewiesen, dass der Berg mehr als 800 Meter entfernt war. Kolt hatte entgegnet, dass Delta-Scharfschützen aus dieser Distanz beim Training regelmäßig ihre Ziele trafen. Simmons hatte die Warnung an die Einheimischen weitergeleitet, die versprochen hatten, jemanden am Hang auf Patrouille zu schicken. Aber der leitende Special Agent machte sich offenbar größere

Sorgen über Bedrohungen aus unmittelbarer Nähe. Kolt war nicht weiter auf die Sache eingegangen. Simmons hatte schließlich recht gehabt, dass ein Angriff vom weit entfernten Berg aus sehr unwahrscheinlich war. Außerhalb des JSOC gab es nur eine Handvoll Männer, die fähig zu einem solchen Schuss waren.

Er trat einen Schritt vor, dann noch einen, und bevor es ihm richtig bewusst wurde, rannte er bereits. Hinter ihm brach ein Höllenlärm aus, als der Menge endlich klar wurde, dass gerade etwas Schreckliches passiert war. Raynor wusste, dass eine Massenpanik folgen würde, bei der die verängstigten Schaulustigen sich gegenseitig umrennen würden im Versuch, vor der unbekannten Gefahr zu fliehen. In beiden Ohrstöpseln – einer links, der auf die Frequenz des Secret Service eingestellt war, einer rechts für die Delta-interne Kommunikation – ertönten knisternd Funksprüche, bei denen in all dem Chaos das Funkprotokoll außer Acht gelassen wurde.

»Position halten. Haltet die Leute zurück.«

»Champ ist in Sicherheit!«

»Statusbericht. Was ist los? Woher kam der Schuss?«

Raynor ignorierte die Frage, obwohl er die Antwort kannte.

Das kehlige Dröhnen von Motoren drang durch den Lärm. Die Wagenkolonne des Präsidenten brauste davon, fuhr nach Süden zum geplanten Sammelpunkt.

Raynor lief weiter nach Norden.

Direkt vor ihm standen mit ausgeschaltetem Motor und ohne Fahrer sechs Polizeimotorräder des Modells Honda TransAlp 650 – sie waren weiß, und das Wort ›Polizei‹ stand in lateinischen Buchstaben auf der rechten Seite. Sie waren nach Süden ausgerichtet und blockierten die Straße. Ein Dutzend Polizeibeamte in voller taktischer Ausrüstung und mit Motorradhelmen stand in der Nähe und starrte ungläubig in Richtung des allgemeinen Chaos. Standardmäßig saßen in der DIAS, der umstrittenen griechischen Motorradstaffel der Polizei, immer zwei Männer auf jedem Fahrzeug: einer, der fuhr, und einer, der schoss. Als Raynor näher kam, griff er in seine Windjacke und holte seine Identitätsnachweise und seine Marke hervor. Der Beamte in seiner Nähe wirkte angespannt und seine Hand bewegte sich zur Waffe.

Raynor hob beide Hände, ließ mit der einen seine hellsilberne Marke aufblitzen und winkte mit der anderen, um den Mann auf sich aufmerksam zu machen. »Nicht schießen! Ich bin einer von den Guten.«

Er konnte nicht einmal genug Griechisch, um sich zu einer öffentlichen Toilette durchzufragen, aber er nahm an, dass seine Gesten allgemein verständlich genug waren. Ohne langsamer zu werden, deutete er mit der linken Hand die Straße hinunter und schüttelte sie, um seinen Worten Nachdruck zu verleihen. »Die brauchen Sie dahinten.«

Der Polizist wandte den Blick von Raynor ab, machte einen zögerlichen Schritt in die angezeigte Richtung und ließ Kolt gewähren. Ohne seine Schritte zu verlangsamen, lief dieser auf das letzte Motorrad in der Reihe zu. Mit ausgestreckten Armen setzte er sein ganzes Gewicht ein, um das Fahrzeug um 180 Grad nach Norden zu wenden. Widerstrebend setzte sich das Gefährt in Bewegung, die federbetriebene Seitenstütze schnappte an den Rahmen zurück und das Motorrad gewann an Geschwindigkeit.

Nach etwa 20 Metern hörte er den Polizisten aufgebracht etwas rufen. Es hätte eine Drohung oder eine

Warnung sein können; Raynor konnte es nicht deuten, und er blickte nicht zurück. Als das Motorrad so schnell fuhr, wie er rennen konnte, ließ er sich auf den Sattel fallen, um ihm noch mehr Schwung zu verleihen. Er setzte die Füße auf die Pedale, betätigte in einer fließenden Bewegung die Kupplung und drückte den Anlasser. Mit einem Ruck erwachte die Maschine mit ihren 647 Kubikzentimetern Hubraum zum Leben und schoss nun aus eigener Kraft vorwärts. Raynor drehte am Gasgriff, um die Drehzahl zu erhöhen, bevor er in den nächsten Gang schaltete.

Er hatte bereits die halbe Strecke zum Fuß des Lykabettus zurückgelegt, als ihm in den Sinn kam, dass er wahrscheinlich jemanden darüber informieren sollte, was er tat.

Es war nicht schwer, über die tief in seine Gehörgänge geschobenen Ohrstöpsel den Funkverkehr zu hören. Während der Fahrt selbst einen Funkspruch abzusetzen, während der Viertakt-V-Motor unter ihm dröhnte, war etwas ganz anderes. Er ließ einen der Griffe los und betätigte die Sprechtaste.

»Hier Racer«, rief er in das Mikrofon an seinem Kragen. »Ich verfolge den Schützen. Er ist auf dem Berg. Ungefähr einen Kilometer nördlich.«

Er musste ins falsche Mikrofon gesprochen haben, denn anstelle von Slapshot oder einem seiner Truppenkommandanten gehörte die erste Stimme, die ertönte, Simmons. »Negativ, Raynor. Darum können sich Hercules' Leute kümmern. Ich brauche Sie und Ihre Leute am Flughafen.«

Hercules war der Codename des Secret Service für Polizeioberst Kostas Drougas, einen hochrangigen Offizier von EKAM, der griechischen Antiterror-Eliteeinheit. Er war der Mann, mit dem Raynor und Simmons zusammenarbeiteten. Wie Simmons angedeutet hatte, war EKAM tatsächlich in einer weit besseren Position, um den Scharfschützen zu jagen. Schließlich war es ihre Stadt. Für Raynor hatte der Schutz des Präsidenten Priorität.

Der Notfallplan für einen Vorfall wie diesen sah vor, dass der Präsident so schnell wie möglich zurück an Bord der Air Force One und außer Landes gebracht wurde. Der Nachteil daran war natürlich, dass dieses Vorgehen für einen Feind leicht vorhersehbar war und dieser im Wald am Flughafen mit einer tragbaren Boden-Luft-Rakete warten konnte, um das Flugzeug beim Start abzuschießen. Die modifizierte Boeing VC-25 verfügte zwar über Schutzvorrichtungen, war jedoch wie jedes andere Flugzeug beim Start besonders angreifbar. Deshalb lautete der Plan, dass die Noble Squadron den Flughafen in einem Radius von drei Kilometern abriegeln sollte.

Kolt wusste, dass das korrekte Vorgehen für ihn als Staffelkommandanten in dieser Situation gewesen wäre, Champs Fluchtweg abzusichern. Es war alles andere als abwegig, dass mit diesem Attentat vielleicht bezweckt werden sollte, dass der Präsident in einen Hinterhalt lief. Aber Raynor glaubte nicht, dass das der Fall war. Er war sicher, dass der Scharfschütze allein war und dass seine Kugel ihr beabsichtigtes Ziel bereits getroffen hatte.

Slapshot meldete sich über die Secret-Service-Frequenz, bevor Raynor antworten konnte. »Da sind wir Ihnen weit voraus. Unsere Spähtrupps melden, dass der Weg frei ist. Champ hat freie Fahrt.«

Eine kurze Pause entstand. Dann ertönte Slapshots Stimme in Raynors anderem Ohr, und diesmal war sein

Tonfall weit weniger diplomatisch. »Racer! Champ hat Priorität. Was zum Teufel machst du da, Boss?«

Raynor wusste, dass Slapshot ihm die Antwort, die er Simmons geben wollte, nie abgekauft hätte. Er suchte nach der Sprechtaste für den internen Delta-Funk und sagte ihm die Wahrheit. »Das ist Shiner.«

Kolt war zwar ebenfalls der Ansicht, dass der Schutz von Champ die erste – die einzige – Priorität war, aber er wusste auch, dass der Scharfschütze es nicht auf den amerikanischen Präsidenten abgesehen hatte. Für diesen bestand keine unmittelbare Gefahr, jedenfalls keine, die in Verbindung mit dem Ereignis stand, das gerade stattgefunden hatte. Aber der Schütze, den Kolt Shiner genannt hatte – und an dessen Identität er keinen Zweifel hatte –, stellte eine ganz andere Art von Bedrohung dar. Die Einheit, und vor allem Kolt Raynor, hatte die Pflicht, diese Gefahr zu beseitigen. Zwar hatte er heute nicht auf den US-Präsidenten geschossen, aber das konnte sich morgen schon ändern. Für Raynor gab es keinen Widerspruch zwischen seinem derzeitigen Auftrag, den Präsidenten zu schützen, und seiner Verfolgung des Mannes, der gerade Midas umgebracht hatte.

Er ließ die Sprechtaste los und konzentrierte sich auf das Fahren. Da die Straßen vor der Ankunft der Wagenkolonne des Präsidenten geräumt worden waren, konnte er in den leeren Straßenschluchten in wenigen Sekunden auf 100 Stundenkilometer beschleunigen. Ein paar Hundert Meter vor ihm teilte sich die Straße um den Kolonaki-Platz. Über den Baumkronen, auf beiden Seiten von Gebäuden eingerahmt, war ein kleiner Abschnitt des Lykabettus zu erkennen, der noch mehr als 400 Meter entfernt war.

Kolt hatte keine Ahnung, wie viel Zeit verstrichen war, seit die Kugel des Scharfschützen das Leben des griechischen Präsidenten beendet hatte, aber er wusste, dass sie in Sekunden zu messen war, nicht in Minuten. Kaum genug Zeit für den Schützen, seine Position zu verlassen. Was bedeutete, dass der Schütze – Shiner – immer noch dort war, auf dem Berg.

»Und woher kommt diese Einschätzung, Racer?«, fragte Slapshot. »Mal wieder aus dem Bauch heraus?«

»Der Schuss aus weiter Distanz, der Treffer in die Augenhöhle. Das passt zu Shiner, Slap.«

»Scheiße, Racer, da machst du aber einen ziemlichen Sprung. Hast du schon mal was von ›Zufall‹ gehört? Vielleicht war das nur ein Glückstreffer.«

»So viel Glück hat keiner. Komm einfach her«, bellte Raynor. Dann ließ er die Sprechtaste los, um einen Gang herunterschalten zu können, und fuhr langsamer, während er sich der Abzweigung näherte.

Er bog nicht ab, sondern fuhr weiter geradeaus. Das Vorderrad rollte über die Bordsteinkante, als er beschleunigte und auf den Platz fuhr, im Slalom um die Bäume herum, bis er den breiten Fußweg erreicht hatte, der mitten über ihn führte. Der Boden hob und senkte sich, führte über eine Reihe von Terrassen und Rampen – zum Glück waren kaum Menschen auf dem Platz –, bis er schließlich zu einer kurzen Treppe gelangte, die zur Straße auf der anderen Seite hinaufführte. Das TransAlp war ein Reiseenduro, geeignet sowohl für Stadt- als auch Geländefahrten, was im rauen Gelände auf den griechischen Inseln notwendig war. Die vorderen Stoßdämpfer absorbierten den Großteil der heftigen Erschütterungen bei seiner Fahrt über den Platz, aber es reichte nicht ganz aus, um zu verhindern, dass der Lauf seiner versteckten Glock ihm bei jedem Hüpfer einen Schlag in die Eier versetzte. Als er die letzte Treppe erreichte, beugte Raynor sich vor und gab kräftig Gas. Er spürte, wie das Motorrad unter ihm sich in Bewegung setzte. Das vordere Ende schien plötzlich zu leicht zu sein, um am Boden zu bleiben, und in einer Reihe von markerschütternden Rucken begann das Fahrzeug die Treppe hinaufzufahren.

Trotz des Gasgebens am Anfang kroch die Honda nur noch dahin, als er die Straße am anderen Ende des Platzes erreichte, aber ein weiteres Drehen am Gasgriff half dagegen. Reifenquietschend schoss das Motorrad auf die Straße hinaus, die im Gegensatz zu denen auf der anderen Seite nicht abgeriegelt worden war. Über dem Kreischen heftig getretener Bremsen und wütendem Hupen hörte Raynor Polizeisirenen. Eine ganze Menge davon. Er wusste nicht, ob sie kamen, um ihn zu unterstützen, oder um ihn festzunehmen, und er wollte nicht anhalten, um es herauszufinden. So oder so würden sie alle dort sein, wenn er Shiner zur Strecke brachte.

Das kantige Profil des Bergs kam hinter einer Reihe von Wohngebäuden auf der anderen Straßenseite in Sicht. Das größte dieser Häuser war sieben Stockwerke hoch und musste für den Schützen direkt in der Schusslinie gelegen haben. Raynor stellte eine rasche Berechnung an: Seine Position musste viel weiter oben am Hang gewesen sein, damit er über sie hinwegschießen konnte.

Er steuerte in den Verkehr und fuhr nach Osten, umrundete die Wohngebäude und suchte nach einem Weg, der ihn nach Norden zum Berg führen würde. Aber obwohl er sich praktisch bereits am Hang befand, konnte er durch die vielen Apartmenthäuser und Bäume den

Gipfel nicht sehen. Mit einem geknurrten Fluch bog er bei erster Gelegenheit links ab.

Wie lange war es jetzt her? Vielleicht zwei Minuten? Jedenfalls nicht viel länger.

Weiterhin hörte er Funksprüche, lästig wie ein Moskitoschwarm. Simmons checkte mehrmals die Route zum Flughafen und drängte seine Leute, wachsam zu bleiben. Kolt tat sein Bestes, ihn zu ignorieren. Was er im rechten Ohr auf der Frequenz seiner Staffel hörte, klang um einiges professioneller. Alle Mitglieder und diejenigen der Augmentationszelle kannten das Standardprotokoll für so eine Situation: Man hielt im Funknetz den Mund, es sei denn, man hatte etwas Wichtiges zu sagen.

Kolt wusste, dass seine Operators in Zivil zusammen mit der Menge den Tatort verlassen hatten und auf dem Weg zu ihrem Treffpunkt waren. Es war Zeitverschwendung, vor Ort zu bleiben, nachdem der Schaden angerichtet war. Nicht nötig, weiter nach verdächtigen Personen oder möglichen Beobachtern im Dienst des Schützen Ausschau zu halten oder auch nur nach irgendeinem Arschloch, das den Mord mit einer GoPro für ein Propagandavideo filmte. Nein, sie wussten aus Erfahrung, dass diese Schweine längst verschwunden waren. Für Kolt machte das nur noch deutlicher, dass er bei dieser schlecht durchdachten Unternehmung auf sich allein gestellt war.

Er beachtete das Geplapper über Funk nicht und konzentrierte sich darauf, den Fuß des Lykabettus zu erreichen. Er fand den Pfad, der bergauf führte, hauptsächlich indem er dem Strom der Touristen auf den Bürgersteigen folgte.

Slapshot meldete sich zu Wort. »Racer, wo bist du jetzt?«

»Auf dem Weg zum Südgipfel des Lykabettus.«

»Mach keine Dummheiten. Die Verkehrspolizisten könnten dich für einen Terroristen halten, vor allem wegen der Grand-Theft-Auto-Nummer, die du da abziehst.«

»Kapiert.«

Es gab mehrere Routen, die zu den zwei Gipfeln des Lykabettus führten: sich schlängelnde Pfade, unregelmäßige Treppen, eine befestigte Straße, sogar eine Seilbahn. Die meisten lagen weiter östlich oder am Nordhang. Aber es gab einen schmalen Pfad, der im Südwesten begann.

Während seiner gesamten Militärkarriere hatte sich Kolt Raynor immer auf sein Bauchgefühl verlassen. Für seine Kritiker war das der Beweis dafür, dass er nicht immer ganz zurechnungsfähig war. Ein- oder zweimal hatte sein Bauchgefühl ihn auch in ernsthafte Schwierigkeiten gebracht – lebensbedrohliche Schwierigkeiten. Aber wenn er eine schwerwiegende Entscheidung zu fällen hatte, war es immer die bessere Option, seinen Instinkten zu trauen, als die Gedanken sich im Kreis drehen zu lassen oder vor lauter Situationsanalysen wie gelähmt zu sein.

Er konnte Shiner beinahe vor sich sehen, am Hang direkt über ihm, wie er seine Tarnung abwarf, sein Gewehr liegen ließ und den Pfad hinunterwanderte, bis er sich unter die Leute mischen konnte, wie er lässig mit den anderen Besuchern davonspazierte, die keine Ahnung hatten, was gerade in 600 Metern Entfernung passiert war.

Er würde gehen, nicht rennen. Kolt fuhr langsamer und lenkte das Motorrad über eine kurze Treppe zum Pfad hinauf. Die wenigen Fußgänger, denen er begegnete, wichen zur Seite aus und machten ihm Platz. Die Kennzeichnung als Polizeifahrzeug war für sie eine hinreichende

Erklärung für das Kraftfahrzeug auf dem Fußweg. Er suchte in jedem Gesicht – männlich oder weiblich – nach Ähnlichkeiten mit dem Gesicht, das sich ihm ins Gedächtnis eingebrannt hatte … eine 16 Jahre alte Erinnerung.

Werde ich ihn überhaupt erkennen? Was, wenn er mich zuerst erkennt?

Das erschien ihm unwahrscheinlich. Kolt war damals nicht nur viel jünger gewesen, er hatte auch einen Bart und eine dichte Haarmähne getragen. Dies war eine der Situationen, in denen eine Rasur und ein Haarschnitt die bessere Verkleidung boten.

Das Geräusch von Sirenen hinter ihm erinnerte ihn an ein nur geringfügig weniger dringliches Problem. Er drückte die Sprechtaste. »Slap. Statusbericht. Haben wir die Polizei schon auf unserer Seite?«

Slapshot antwortete fast sofort, aber er sprach abgehackt, schwer atmend. Raynor wurde klar, dass er wahrscheinlich rannte, um ihn einzuholen. »Die lassen dich gerade von Interpol überprüfen, aber ja, Mann. Ich konnte Hercules überzeugen, dass du den Schützen entdeckt hast. Das hast du doch, oder?«

»Er ist hier irgendwo.« Raynor sagte es ohne Zögern oder Unsicherheit. Er sah hinter sich, wo die Wohngebäude immer noch die Sicht zum Nationalgarten verstellten. Der Schuss musste aus einer höheren Position gekommen sein, aber bei normalem Schritttempo konnte der Scharfschütze diese Stelle bereits erreicht haben. Oder er hatte einen anderen Weg genommen.

»Dann navigier uns hin, Racer«, bat Slap.

»Sag Hercules, seine Leute sollen zum Lykabettus fahren. Sie müssen jede Route blockieren, die von diesem Berg herunterführt, sofort. Keiner darf weg. Und schaff auch Stitch her. Er wird genau wissen, wo er suchen muss.«

Kolt vertraute Clay »Stitch« Vickery ebenso sehr, wie er Slapshot und Digger vertraute. Er hatte jahrelang mit Kolt im Mike-Squadron-Angriffstrupp gedient. Erst kürzlich hatte Webber ihn der Noble Squadron zugewiesen, wo er Major Barnes' Sergeant Major geworden war. Obwohl er möglicherweise der beste Scharfschütze der Einheit war, betrachtete Stitch sich als einen »vorgeschobenen Angreifer« – einen Scharfschützen, der es vorzog, mit einem Angriffstrupp Türen einzutreten, obwohl er es nicht musste. Mit seinem Jagdinstinkt war Stitch der perfekte Mann, um Shiners genaue Position zu finden.

»Roger«, erwiderte Slapshot. Eine Pause entstand. »Das ist noch nicht offiziell, aber Midas hat's hinter sich. Schuss durchs Auge. Damit hast du goldrichtig gelegen.«

»Das ist Shiners Markenzeichen.«

»Wenn er so ein verdammt guter Distanzschütze ist, warum hat er sich dann die Chance entgehen lassen, unseren Präsidenten zu erledigen? Meinst du, er hat den Falschen getroffen?«

Raynor schüttelte geistesabwesend den Kopf. Möglich war alles, aber er bezweifelte es. »Unwahrscheinlich« war alles, was er dazu äußerte.

Die Zielakte über Shiner war lückenhaft, um es milde auszudrücken. Einige von der alten Garde der Operators, die die ganze Geschichte kannten, waren überzeugt, dass Shiner Raynors »weißer Wal« war. Oder vielleicht eine Windmühle, die er für ein Ungeheuer hielt. Aber falls Shiner wirklich existierte und der Mann war, für den Raynor ihn hielt, dann war er jemand, der einen tiefen, unverwüstlichen Hass auf die USA hegte. Es war schwer vorstellbar, dass Shiner, oder derjenige, für den er derzeit kämpfte, den griechischen Ministerpräsidenten für ein würdigeres Ziel hielt als den Anführer der freien Welt. Es war vielleicht ein Fehler gewesen. Aus beinahe 1000 Metern Entfernung und ohne Aufklärer – angeblich arbeitete Shiner stets allein – war es durchaus möglich, dass er den einen käseweißen Politiker im Anzug mit dem anderen verwechselt hatte.

Aber Raynor glaubte keine Sekunde lang daran.

Er fuhr weiter, ließ das Motorrad mit kurzen Drehungen am Gashebel den Pfad hinaufschießen, wobei er einen flüchtigen Blick auf jeden Wanderer richtete, selbst auf die, die nicht die geringste Ähnlichkeit mit dem Mann hatten, an den er sich erinnerte. Im Allgemeinen war die ethnische Vielfalt der vorbeiziehenden Gesichter begrenzt. Die meisten waren weiß, wahrscheinlich EU-Bürger oder Amerikaner. Shiner wäre hier nicht aufgefallen.

Kolt kam an einem Händchen haltenden jungen Paar und einem alten Mann ohne Hemd vorbei, dessen weißes Haar fast dieselbe Farbe hatte wie seine Haut. Dann an einer schnaufenden, keuchenden Familie – die Eltern waren gefährlich übergewichtig und die zwei vorpubertären Kinder begannen bereits, sich in dieselbe Richtung zu entwickeln.

Dann sah Raynor ihn.

3

16 Jahre früher

Der Knall des Anti-Materiel Rifle des Typs Barrett M107 hallte durch das Tal wie der Ruf des Donnergottes. Besonders laut war es dort, wo Captain Kolt Raynor hockte, nur wenige Meter hinter der Waffe und dem jungen Mann – fast noch ein Kind –, der gerade den Abzug gedrückt hatte. Raynor fühlte den Luftzug und das Austreten heißer Gase aus der pfeilförmigen Mündungsbremse des Barretts, aber er behielt das Auge an das Spektiv gedrückt. 800 Meter entfernt sah er etwa eine Sekunde später eine kleine Staubwolke vom Boden aufsteigen, nur wenige Meter von der Metallplatte, auf die die Umrisse einer feindlichen Zielperson gemalt waren.

»Ich hab's dir doch gesagt.«

»Anfängerglück, Musket«, gab Raynor zurück, obwohl er nicht überzeugt davon war.

»Ist es nicht«, widersprach Sergeant First Class Michael »Musket« Overstreet. »Er ist ein Genie oder so was.«

»Das glaub ich erst, wenn ich's sehe«, sagte Raynor. »Vielleicht ist er mit seiner AK auf 300 Meter toll. Aber ich glaub's erst, wenn er nicht mehr als drei Schüsse braucht.«

»Die Wette gilt.«

»Drüberhalten, vier Punkt vier.« Raynor sprach lauter, damit der Junge ihn verstehen konnte. Der 19 Jahre alte

Rasim Mirić sprach recht gut Englisch – so hatte er seinen Job als Dolmetscher für den Delta-Trupp bekommen. Aber es hätte Musket ähnlichgesehen, Mirićs schlechtes Schießen auf Raynors unklare Kommunikation zurückzuführen.

»Bereit«, meldete Mirić ohne Zögern. Seine Aussprache verriet seine slawische Abstammung.

Im Objektiv seines Spektivs erkannte Raynor, dass eine leichte Brise das Gras um das Ziel bewegte. »Links Punkt vier.«

Der Junge justierte das Gewehr, legte den Kolben stabil an die Krümmung seiner Hakennase an. Ein weiterer, donnernder Knall ertönte. Einen Augenblick später stanzte die Kaliber-50-Kugel ein Loch durch das Ziel, knapp links der Mitte des Kopfes der Silhouette.

»Scheiße«, murmelte Kolt beeindruckt.

»Sieht aus, als müsstest du mir einen ausgeben«, krähte Musket. »Er zielt immer auf die Augen. Deswegen nennen wir ihn ›Shiner‹. Wer sich mit ihm anlegt, kriegt ein blaues Auge.«

»Du bringst ihm schlechte Angewohnheiten bei. Den Kentucky-Windvorhalt hab ich gesehen.«

»Das war ich nicht«, protestierte Musket.

Der junge Mann hob den Kopf und fixierte Raynor mit seinen blaugrauen Augen. »Ich kenne Kentucky. Rennpferde, ja? Was ist *Kentucky-Windvorhalt?*«

»Wenn man den Wind kompensiert, indem man den Haltepunkt vom Ziel entfernt, anstatt die Absehenverstellung am Fernrohr zu benutzen«, erklärte Raynor. »Aber du hast Präzisionswerkzeug, und das solltest du auch benutzen.« Er hielt einen Augenblick inne. »Irgendjemand hat dir das gezeigt, nicht?«

Mirić schüttelte den Kopf. »Ich habe das immer so gemacht.«

»Dann schätze ich, du bist ein Naturtalent.«

»Naturtalent?« Mirić warf ihm einen verlegenen Blick zu. »Ich kenne das Wort, aber …«

»Das heißt, dass du eine Gabe hast. Eine natürliche Gabe für das Distanzschießen.« Raynor fragte sich, ob die Neigung des Jungen, auf die Augen seiner Ziele zu schießen, ebenso natürlich war.

Wahrscheinlich nicht.

Anders als die angeheuerten Sprachspezialisten, die für die meisten regulären Armeeeinheiten arbeiteten, trugen die Delta-Dolmetscher Waffen, und man erwartete von ihnen, dass sie sie einzusetzen wussten. Das bedeutete nicht, dass sie taktisch eingesetzt wurden, um Zielpunkte zu stürmen oder Angriffsteams Feuerschutz und Unterstützung zu geben. Aber wenn es hart auf hart kam, wäre der Dolmetscher ebenso in Gefahr wie alle anderen. Dann würde es ihm nicht weiterhelfen, den Feind lediglich in dessen Heimatsprache beschimpfen zu können. Bewerber mit Kampferfahrung waren immer im Vorteil.

Es gehörte zu den spannenden Aspekten dieses Jobs, dass man Zugriff auf einige Delta-Spielzeuge wie etwa das Barrett bekam.

Shiner war schon lange vor seiner Bewerbung als Dolmetscher für die NATO in seinem Heimatland am Balkan ein Schütze gewesen.

Im Februar 1992, als Kolt Raynor noch ein junger Zugführer im 75. Ranger Regiment und Rasim Mirić wahrscheinlich erst zehn oder elf Jahre alt gewesen war, hatte die Sozialistische Republik Bosnien und Herzegowina ein Referendum zur Unabhängigkeit von den im Zerfall begriffenen Überresten der Sozialistischen Föderativen Republik Jugoslawien abgehalten. Die serbische Minderheit in Bosnien – orthodoxe Christen – hatte das Referendum boykottiert, das den Großteil der Macht in die Hände der Mehrheit der bosnischen Muslime gelegt hätte. Mit Unterstützung ihrer Cousins im benachbarten Serbien hatten die bosnischen Serben einen gewalttätigen Versuch begonnen, ihre eigene Republik zu gründen.

Der daraus resultierende Krieg hatte dem allgemeinen Wortschatz einen neuen Begriff hinzugefügt: *ethnische Säuberung*.

Die serbischen Streitkräfte hatten in einem koordinierten Versuch, ihren verhassten, uralten Feind auszulöschen, wahllos Krieg gegen Bosnier und Kroaten geführt. Sie hatten Massenmord und systematische Vergewaltigung eingesetzt, um die bosnischen Muslime auszuradieren. Die bedrängten Bosnier hatten Widerstand geleistet und manchmal ebenso brutale Taktiken eingesetzt, bis sie schließlich mithilfe der UN-Friedenstruppen die Oberhand gewannen.

Raynor nahm an, dass jemand irgendwann im Laufe dieser drei blutigen Jahre einem jungen Bosnier namens Rasim Mirić ein Gewehr in die Hand gedrückt und ihm die Kunst des Tötens aus großer Entfernung beigebracht hatte.

Das offizielle Ende des Bosnienkriegs im Jahr 1995, markiert durch das Dayton-Abkommen, hatte nicht zum Ende der Gewalt in der Region geführt. Unter der Führung von Slobodan Milošević hatte Serbien seine nationalistischen Ambitionen auf andere Gebiete des früheren Jugoslawien wie Kroatien und Kosovo verlagert, und auf beiden Seiten kam es zu immer mehr Gräueltaten.

Jetzt, nach fast einem Jahrzehnt im Krieg, war Milošević entmachtet und im Gefängnis, wo er auf seine Auslieferung nach Den Haag wartete. Dort würde man ihn wegen Verbrechen gegen die Menschlichkeit anklagen. Captain Kolt Raynor hatte gerade die Offiziersausbildung absolviert und machte im Land Jagd auf andere Kriegsverbrecher.

Als »der Neue« tat Raynor sein Bestes, um aufzuholen, sich einzufügen und vor allem nicht aufzufallen. Delta-Operators – er musste sich noch an den Gedanken gewöhnen, nun einer von ihnen zu sein – waren die Besten der Besten, wodurch Raynor sich noch durchschnittlicher fühlte. Aber sein Freund und unmittelbarer Vorgesetzter Major Josh »TJ« Timble versicherte ihm, dass er sich bald eingewöhnen würde.

Die erste Woche hatte Raynor damit verbracht, Musket und den anderen Operators zu folgen, während sie durch die Gegend fuhren, Routen ausspähten und Verstecke überall in der Region versorgten. Hauptsächlich schlugen sie Zeit tot, während sie darauf warteten, dass Karadžić oder eines der anderen Arschlöcher von der Liste herauskam, um frische Luft zu schnappen. Um Dampf abzulassen, durchlöcherten sie Zielscheiben auf dem Schießstand. Raynor wollte gerade selbst das Barrett in die Hand nehmen, als TJ kam und ihm mitteilte, dass ein Informant einen Treffer gelandet hatte.

»Informant 3263 schwört, dass die Ratte heute Abend nach Bosnien kommt und zum Haus seiner Schwester in Bijeljina fährt.«

»Wie viele Fahrzeuge?«, fragte Kolt, der bereits anfing, sich einen Plan zurechtzulegen.

»Noch unbekannt. Und ohne bessere Informationen fordere ich nicht die volle Befehlsgewalt an.«

»Komm schon, TJ, wie verlässlich soll es denn noch werden?« Kolt winkte TJ von der Schützenlinie weg, außer Hörweite der anderen. »Wie lange sind wir hinter diesem Drecksack schon her?«

»Ich weiß, Kolt«, erwiderte TJ resigniert. »Arbeite ein paar Missionskonzepte mit deiner Truppe aus, dann schauen wir, wie es weitergeht.«

»Na immerhin, TJ. Es geht voran.«

Ratko Mladić, der frühere Kommandant des Neunten Corps der Jugoslawischen Volksarmee, dem das Joint Special Operations Command den Codenamen »die Ratte« verliehen hatte, war der Initiator der vierjährigen Belagerung von Sarajevo und dem darauffolgenden Massaker an mehr als 8000 jungen Männern und Knaben in der von der UN ausgewiesenen »Sicherheitszone« von Srebrenica im Jahr 1995 gewesen. Er war außerdem die Nummer eins auf der Abschussliste der von der CIA geführten Balkan Task Force.

Die Agency hatte seine Bewegungen verfolgt, hauptsächlich mithilfe von Fluggeräten. Sie verfügte über unbemannte Spionageflugzeuge der Typen RC-135 »Rivet Joint«, U2 sowie MQ-1 Predator. Gelegentlich wurden sie von Informanten im Gebiet unterstützt. Obwohl Mladić alle paar Tage den Standort wechselte, konnten die Analysten, die die Daten durchgingen, für gewöhnlich bis auf 30 Kilometer genau bestimmen, wo er sich aufhielt. Wenn sie in der Lage waren, einen genauen Ort zu bestimmen, was während der vier Jahre der Verfolgung mehrmals vorgekommen war, wurden vorgeschobene Einsatzkräfte von Delta oder SEAL Team SIX – je nachdem, wer in dieser Woche Dienst hatte – dorthin geschickt, bereit zuzuschlagen.

Es hatte nicht wenige Gelegenheiten gegeben, Mladić und die anderen Kriegsverbrecher zu fassen. TJ hatte zu Raynor gesagt, er habe aufgehört zu zählen, wie oft sie ihre Ausrüstung angelegt hatten, nur um im letzten Moment den Befehl zu bekommen, doch nicht auszurücken.

Kein Versagen im Einsatzgebiet hielt sie auf, sondern fehlender politischer Wille. Es hätte die Umsetzung des Dayton-Abkommens erschwert und die Beziehungen zu Russland belastet, wenn die Beteiligung der Serben am Verstecken der Kriegsverbrecher ans Licht gekommen wäre. Das alles war politischer Blödsinn, aber so war dieser Job nun einmal. Die Chancen standen nicht schlecht, dass es auch diesmal wieder ein Schlag ins Wasser sein würde. Aber wie ein Spielsüchtiger, der Münzen in den Automaten warf, klammerte Raynor sich an die Hoffnung, diesmal den Jackpot zu knacken.

HUMINT hatte das Haus von Mladićs Schwester schon vor Jahren als möglichen Unterschlupf der Zielperson identifiziert. Mindestens zweimal hatten sie erst dann verlässliche Informationen erhalten, als die Ratte schon längst wieder abgereist war. Auch wenn die Angaben zu Mladićs Standort im Laufe der Jahre wenig zuverlässig gewesen waren, hatten zahlreiche Einzelheiten über dieses Haus die Zielakte anschwellen lassen.

Ein Team aus CIA-Beamten und Informanten hatte Mladić entdeckt, als er aus Serbien kommend den Fluss Drina überquerte. Zwei dunkle, viertürige Limousinen hatten in einem Abstand von etwa 30 Sekunden alle Kontrollpunkte passiert, bis sie die Randbezirke von Bijeljina erreichten. Nach Rücksprache mit dem CIA-Spion, der eineinhalb Kilometer weiter an der Straße wartete, waren Raynor und sein Kampftrupp in den Wald aufgebrochen, begleitet von Mirić, dem Dolmetscher, und Rascal, dem Funker der Staffel.

Es war kurz nach 22 Uhr. Obwohl die Kämpfer ihre ANVS-9-Nachtsichtbrillen benutzen konnten, um sich dem Ziel bis auf Sichtweite zu nähern, waren die Lichter im Haus noch eingeschaltet. Es strahlte im Dunkeln wie ein Leuchtfeuer.

Raynor wusste, dass dies keine idealen Bedingungen für das Erstürmen des Hauses waren, aber die Mission lautete, die Ratte gefangen zu nehmen, nicht sie zu töten. Es war die klügere Option, abzuwarten, bis die Wiedersehensfeier vorbei war und die Lichter gelöscht wurden. Er nahm das Mikrofon des Satellitenfunkgeräts von Rascal entgegen. »Wrangler Zero-Two, hier ist Hunter One-One. Wir sind so weit. Erbitte volle Befehlsgewalt. Kommen.«

Eine kurze Pause entstand, bevor die Antwort aus dem Unterschlupf in Tuzla kam, in dem TJ die Mission überwachte. »Hunter Zero-One, geben Sie uns einen Lagebericht zur Umgebung. Kommen.«

»Drinnen ist das Licht an. Zwei Limousinen und zwei SUVs stehen in der Einfahrt. Kommen.«

Nach einem Moment des Schweigens fragte TJ: »Zwei Limousinen *und* zwei SUVs? Kommen.«

Raynor schaute noch einmal hin, obwohl es unnötig war. Er ließ das Funkgerät sinken. »Hey, Musket, du siehst da unten doch vier Fahrzeuge, oder?«

»Roger.«

Raynor drückte die Sprechtaste. »Bestätige. Kommen.«

»Bitte warten, kommen«, sagte TJ.

»Ich warte, kommen«, echote Raynor, ohne die Sprechtaste zu drücken. 50 Kilometer entfernt wartete TJ darauf, dass jemand in Langley, in Foggy Bottom, im Pentagon oder vielleicht sogar im Weißen Haus seinen Anruf entgegennahm und ihnen grünes Licht gab.

»Das ist doch dämlich, Mann.« Musket schüttelte angewidert den Kopf. »Ich halt das langsam nicht mehr aus.«

Er ging in die Hocke, ließ seine HK-MP5 am Gurt baumeln und fischte eine Dose Skoal-Kautabak aus der Cargotasche seiner in Waldtarnfarben gehaltenen BDU-Hose. Nachdem er sich ein Stück Tabak, Geschmacksrichtung »Wintergrün«, in die Backentasche gestopft hatte, hob er die Dose und bot den anderen etwas an. Kolt dachte für einen Augenblick darüber nach. Er hatte seinen Beutel Red Man in Tuzla zurückgelassen. Beinahe hätte er Muskets Angebot angenommen, doch dann verzichtete er, weil er wusste, dass er sich sonst wahrscheinlich den Magen leer gekotzt hätte.

Er sah sich in seiner beengten Umgebung um, nahm in der Dunkelheit mehr oder weniger Blickkontakt mit jedem Einzelnen von ihnen auf, bevor er einräumte: »Könnte 'ne lange Nacht werden. Da können wir's uns auch bequem machen.«

»Das verstehe ich nicht.« Mirićs Stimme war so laut, dass es ihm sofort ein »Schh!« von mehreren Kämpfern einbrachte. Er zeigte auf das Haus. »Er ist dadrin. Mladić, der Schlächter, ist in diesem Haus. Warum bleiben wir hier sitzen?«

Raynor warf ihm einen Blick zu. »Beruhig dich.«

»Das ist Politik, Junge«, fügte Musket hinzu.

»Wisst ihr, was er getan hat? In Srebrenica? Er … Er …« Mirićs Kaumuskeln arbeiteten. Die Macht der Emotionen führte dazu, dass ihm die Worte fehlten.

»Wir kriegen ihn.« Raynor versuchte, beruhigend zu klingen, aber mit wenig Erfolg. Der Dolmetscher zog eine finstere Miene, ging in die Hocke und fummelte an seiner Kalaschnikow herum. Raynor beugte sich näher zu Musket. »Wird der Probleme machen?«

»Nee, er ist 'n guter Junge. Außerdem gehen wir in ein paar Minuten eh alle wieder zurück.«

Raynor war sich da nicht so sicher, aber er ließ die Sache auf sich beruhen, in der Hoffnung, dass sich die letzte Einschätzung als falsch erweisen würde. Er sah zu Rascal, aber der Funker schüttelte den Kopf.

Eine halbe Stunde verging. Dann eine Stunde. Dann zwei. Aber das JOC gab keine neuen Befehle durch. Warten. Kolts Instinkte sagten ihm, dass die Nachricht über die SUVs vor dem Zielobjekt den Herrschenden wahrscheinlich großes Kopfzerbrechen bereitete und dass irgendein Schreibtischtaktiker gerade von einem enorm erhöhten Risiko sprach.

»Die sollen sich endlich mal entscheiden«, knurrte Musket mit mürrischer Miene. »Sehen wir den Tatsachen ins Auge, Boss. Die werden uns kein grünes Licht geben. Wir sollten einfach ...«

»Hey«, flüsterte einer der anderen. »Da kommt jemand.«

Raynor drehte den Kopf, um zum Haus zu schauen. Die Vordertür war geöffnet und ein Mann war herausgekommen. Er trug einen Mantel und hielt eine Waffe in beiden Händen, die Raynor für eine Maschinenpistole, eine Skorpion vz. 61 hielt. Der Mann sah sich um und richtete den Blick dann in den Himmel.

»Der kleine Schwanzlutscher glaubt sicher, wir hätten da oben Überwachungsflieger«, murmelte Musket.

Der Mann im Mantel sah über die Schulter und rief den anderen im Haus etwas zu. Während er zu einem in der Nähe geparkten SUV ging, kamen weitere Gestalten nach draußen. Mehr Männer mit Waffen.

Nur einer war unbewaffnet.

Mladić sah viel älter und etwas dünner aus als auf den Fotos in der Akte. Aber der Gesichtsausdruck der Ratte war so selbstgefällig und verächtlich wie eh und je.

»Die wollen weg«, stellte Raynor fest und schnappte sich das Mikrofon von Rascal. »Wrangler Zero-Two. Zielperson ist in Bewegung. Wir brauchen die volle Befehlsgewalt. Sofort. Kommen.«

Die Wartezeit schien endlos zu sein. Die Antwort, die dann kam, war genau die, mit der Raynor gerechnet hatte. »Negativ, Racer. Du hast nicht die Befehlsgewalt zur Durchführung. Tut mir leid, Bruder, aber dein Befehl lautet, die Füße stillzuhalten.«

Raynor senkte das Funkgerät, quetschte es mit der Faust, als ob er es zerstören wollte. Er hörte weiter TJs Stimme, die blechern aus dem Lautsprecher tönte. »Racer, hast du meine letzte Nachricht verstanden?«

75 Meter entfernt wollten Ratko Mladić und sein Gefolge in das bereitstehende Auto steigen.

Ich könnte es tun, dachte Raynor. *Wir könnten ihn uns schnappen. Ich sage einfach, wir hätten die Verbindung zum Satelliten verloren. Dass ich diese Entscheidung aufgrund der Situation getroffen habe. Ist leichter, sich nachher zu entschuldigen, als um Erlaubnis zu fragen. Die Konsequenzen trage ich. Was wollen die schon machen? Mich feuern, weil ich einen international gesuchten Kriegsverbrecher gefangen habe?*

Er atmete tief ein und wieder aus.

Nein, er würde es nicht tun, und sei es nur, weil TJ ihm sonst die Hölle heißmachen würde.

Dies war der Job, den er gewollt hatte. Nicht nur in der Einheit, auch in der Army. Er war ein Soldat, hatte nie etwas anderes sein wollen. Und Soldaten befolgten Befehle.

Er hob das Mikrofon. »Verst…«

»Sie lassen ihn gehen?«, zischte Mirić.

Raynor drehte sich zu Musket um und hob einen Finger an die Lippen – *Sorg dafür, dass er den Mund hält!* Aber bevor der Operator den Dolmetscher zum Schweigen bringen konnte, wirbelte Mirić herum, richtete seine AK auf die Gruppe von Männern beim SUV und drückte den Abzug.

Für einen langen Moment hatte Raynor das Gefühl, einen Film zu sehen – eine Szene aus dem Leben eines anderen. Musket bewegte sich noch, streckte die Hand nach dem Dolmetscher aus.

Aber er war nicht nahe genug bei ihm.

Ein einzelner Schuss knallte, ohrenbetäubend laut im stillen Wald, und einer von Mladićs Leibwächtern brach zusammen.

Musket griff nach Mirić, aber der Dolmetscher musste ihn aus dem Augenwinkel bemerkt haben. Er wich zur Seite aus, Musket griff ins Leere und stolperte an ihm vorbei. Mirić hob wieder die Waffe, entschlossen, erneut zu schießen.

Mit einem Ruck setzte sich Raynor in Bewegung und schlug mit der Faust, die noch das Funkgerät hielt, nach dem Kopf des Dolmetschers. Es war ein solider Treffer. Mirić taumelte vorwärts und fuchtelte mit den Armen, die noch das Gewehr hielten. Raynor breitete die Arme aus, ließ das Satellitenfunkgerät aus seinen Fingern fallen, warf sich auf Mirić und riss ihn zu Boden, wobei er darauf achtete, dass die Mündung des AK sich nicht auf die anderen Kämpfer richtete. Aber der Schaden war bereits angerichtet.

Mladićs Männer hatten sich um ihren Boss versammelt und drängten ihn hinter das Fahrzeug, brachten ihn in Deckung, während zwei von ihnen mit ihren Skorpion-Maschinenpistolen einen Kugelhagel in den Wald regnen ließen. Die Kugeln peitschten in die Bäume über ihnen und kamen nahe genug, dass Raynors Männer in Deckung springen mussten, bevor sie zurückschießen konnten.

Aber dann schossen sie zurück.

Raynor hatte zwar nicht die volle Befehlsgewalt erhalten, aber die Einsatzregeln sagten, dass der Gebrauch tödlicher Waffen erlaubt war, wenn man selbst unter Beschuss stand. Der Vorfall, der den Kampf ausgelöst hatte, würde fast mit Sicherheit in den folgenden Tagen untersucht und in allen Einzelheiten analysiert werden. Raynor würde wahrscheinlich eine Standpauke bekommen, weil er die Situation nicht unter Kontrolle gehalten hatte. Aber niemand würde den Operators einen Vorwurf für ihr darauffolgendes Handeln machen.

Noch einer von Mladićs Bodyguards wurde getroffen und sank hinter dem SUV zu Boden. Schüsse aus den schallgedämpften Waffen der Delta-Kämpfer knallten wie Hammerschläge auf Metall, als sie die Karosserie der Fahrzeuge und das Haus dahinter trafen. Der andere Schütze zog sich zurück, streckte aber noch einmal seine Pistole aus und feuerte eine Salve ab. Im selben Moment fuhr der SUV bereits an.

Raynor registrierte nur einen kleinen Teil des Geschehens. Seine Aufmerksamkeit wurde ganz von Mirić in Anspruch genommen. Kolt hockte auf dem Rücken des jüngeren Mannes, hielt ihn am Boden fest. Der Dolmetscher zappelte wie ein Besessener und kreischte. Sicherlich zog er damit das Feuer auf sie, aber es war jetzt wichtiger, ihn festzuhalten, als ihn zum Schweigen zu bringen. Raynor bekam Mirićs rechte Hand zu fassen, bog ihm den Arm hinter den Rücken und zog ihn fest genug nach oben, damit der Schmerz den jungen Mann bewegungsunfähig machte. Aber es wirkte nicht. Mirić zappelte und wand sich weiter.

»Ich hab ihn, Boss«, rief Musket, der neben Raynor kniete. Er wand einen Kabelbinder um Mirićs Handgelenk, das Raynor festhielt.

»Ich komm schon klar«, stieß Raynor hervor. Er keuchte, war außer Atem. »Zurück nach vorn, nach vorn.«

»Ganz ruhig, Boss, sie sind weg. Sind abgehauen.«

Raynor wurde klar, dass ein paar Sekunden vergangen waren, seit er die letzten Schüsse gehört hatte. Er rollte sich von Mirić herunter, überließ es Musket, den hysterischen Dolmetscher zu fesseln. Dann streckte er die Hand zu Rascal aus, der intuitiv begriff, dass er ihm das Funkgerät reichen sollte. Mirić kreischte immer noch.

»Sorg dafür, dass er die Schnauze hält«, knurrte Raynor. Er nahm einen tiefen Atemzug, behielt die Luft einen Moment in der Lunge, ließ sie heraus, wartete ein paar Sekunden und tat es dann noch einmal. Er versuchte, durch seine Atemtechnik die Zittrigkeit loszuwerden, die das Adrenalin auslöste.

Wie würde er diesen Schlamassel erklären?

Die Schreie des Dolmetschers verstummten abrupt, aber in der relativen Stille, die folgte, hörte er Musket erschrocken keuchen. »Scheiße. Das muss schnell jemand verbinden.«

Raynor blickte hinüber und sah Mirić jetzt mit dem Gesicht nach oben liegen, während Musket seine kräftigen Arme von hinten um ihn legte. Ein Streifen Klebeband bedeckte seinen Mund, aber darunter war sein Mund geöffnet und er schrie. Und Raynor begriff jetzt auch, warum. Mirićs linke Gesichtshälfte war blutüberströmt. Das Blut schien aus seinem Auge zu kommen, das zugeschwollen war. Die Haut, die es umgab, war auf den Umfang einer Grapefruit angeschwollen. Er hatte vor Schmerz geschrien, nicht vor Wut.

Wie es in der Delta Force üblich war, war Raynor selbst sein schärfster Kritiker. TJ begann schnell damit, die Schuld auf sich zu nehmen, weil er als ranghöherer Offizier letztendlich die Verantwortung für Mirićs Handeln trug. Aber das war nur ein Teil der Wahrheit. Rasim Mirić war schon mehrmals mit der Einheit im Einsatz gewesen, ohne dass irgendetwas darauf hingewiesen hätte, dass er durchdrehen würde. Als sie wieder die Sicherheit des Unterschlupfs erreicht hatten, mussten sich sowohl Racer als auch TJ einiges vom Delta-Kommandanten anhören. Die wesentliche Aussage war: »Dumm gelaufen! Aber sorgen Sie dafür, dass das nicht wieder vorkommt.«

Nachdem sie den verletzten Dolmetscher bei einem lokalen Krankenhaus abgeliefert hatten, sah Raynor ihn nicht wieder, und er rechnete auch nicht damit, da man Mirić auf die schwarze Liste gesetzt hatte. Es kursierten jedoch Gerüchte, dass der junge Mann infolge des Handgemenges im Wald sein linkes Auge verloren habe.

Auge um Auge.

Ein paar Wochen später flogen arabische Terroristen entführte Passagierflugzeuge in das World Trade

Center und das Pentagon. Das geringe Interesse, das die US-Regierung an der Gefangennahme der Drahtzieher des Völkermords auf dem Balkan gehabt hatte, verpuffte vollständig. Zehn weitere Jahre vergingen, bis Ratko Mladić festgenommen wurde. Die Folge waren lange Verhandlungen vor dem Kriegsverbrechertribunal, die immer noch anhielten.

Kurz darauf fand Raynor sich in den Bergen Afghanistans wieder, wo er auf eine ganz andere, doch ebenso frustrierende Menschenjagd ging. Einen großen Teil der nächsten 15 Jahre verbrachte er mit dem Aufspüren islamischer Extremisten und dem Kämpfen in offiziellen und inoffiziellen Kriegen im Nahen Osten und in Afrika. Von Zeit zu Zeit hörte er Gerüchte über einen ungewöhnlich begabten feindlichen Scharfschützen, der auf diesen Schlachtfeldern unterwegs war, von einem Konflikt zum nächsten zog. Ein Söldner und einsamer Wolf, der in Afghanistan, im Irak, in Jemen, in Tschetschenien auftauchte und dann weiterzog. Ein Killer, der eine einzigartige, grausige Signatur hinterließ: Er schoss seinen Zielpersonen eine Kugel durch das linke Auge.

Es gab keine eindeutigen Beweise für die Theorie, dass all diese Tötungen das Werk eines quasi mythischen Meuchlers waren – einer Art Carlos der Schakal. Die Schüsse in die Augen konnten schließlich Zufälle sein. Aber Raynor glaubte nicht daran.

Shiner – Rasim Mirić – war real, und nun war Raynor ganz sicher, was das betraf.

4

Das schlicht wirkende Gesicht mit der leicht gebogenen Nase, die dunklen Haare, das alles war größtenteils noch so wie in Kolts Erinnerung. Seine Wangen schienen etwas voller zu sein. Wohlgenährter. Seine Haut war faltig und wettergegerbt und ließ ihn viel älter aussehen, als er war. Er war definitiv kein Teenager mehr. Aber Raynor erinnerte sich, dass Mirić selbst in seiner Jugend schon älter wirkte, als er war.

Die Augen waren es, die Raynor auffielen und dazu führten, dass er ihn mit Sicherheit identifizieren konnte. Sie schienen nicht ganz zueinanderzupassen, und als das rechte in Raynors Richtung sah, folgte das linke ihm nicht.

Ein Glasauge. Das ist Shiner. Kein Zweifel.

Er war nur 15 Meter entfernt, ging allein am Rand des Pfads entlang und betrachtete den Mann auf dem Polizeimotorrad mit unschuldiger Neugier und einem gesunden Maß an Unbehagen, wie alle anderen auch. Raynor gab sich Mühe, sein bestes Pokerface aufzusetzen, während er den Kupplungshebel betätigte und mit dem Pedal in den Leerlauf schaltete.

Er ließ seine Füße über den Boden schleifen, während das Motorrad den Rest seiner Bewegungsenergie verbrauchte. Er musste näher herankommen, nahe genug, um den Mann auszuschalten, ohne unschuldige Passanten zu gefährden.

Aber irgendetwas musste ihn verraten haben.

Es gab keine Warnung, keine Änderung seines Gesichtsausdrucks oder irgendein Anzeichen für Alarmiertheit. Urplötzlich hechtete der Scharfschütze vorwärts, mitten in die Familie, die direkt vor ihm gegangen war, wenige Meter von Raynor.

Kolts unmittelbare Reaktion bestand darin, dass er die Füße auf den Boden setzte, um das Motorrad ganz zum Stehen zu bringen, und die Glock aus dem Halfter zog. Aber als er sich im Sattel umdrehte, um zu zielen, sah er, dass Shiner sich einen menschlichen Schutzschild geschnappt hatte. Als er wie ein Bulldozer mitten durch die Touristenfamilie gepflügt war, hatte er eines der Kinder gepackt. Nun hatte er einen Arm um den Jungen geschlungen. Halb trug, halb schleifte er ihn den Pfad entlang. Shiner war von unterdurchschnittlicher Größe, was dazu führte, dass der Junge größer wirkte, als er eigentlich war.

Kolt richtete die Mündung der Glock auf den Kopf des fliehenden Scharfschützen und begann, Druck auf den Abzug auszuüben.

Es war die eine Sache, bei Übungen reflexhaft und ohne Zögern auf Papierziele zu schießen, wenn man allenfalls zweidimensionale »Geiseln« treffen konnte. Aber in der realen Welt nahm die Gefahr mit jedem Schritt zu, den sich der Scharfschütze von Kolt entfernte, und die Wahrscheinlichkeit für einen Treffer wurde geringer. Ja, Raynor hatte ihn im Visier und war bereit abzudrücken, aber obwohl er auf seine Fähigkeiten vertraute, war er doch nicht leichtsinnig, was das Risiko betraf.

Dann tauchte eine kreischende Frau vor ihm auf, die hinter dem Mann herrannte, der gerade ihren Sohn an sich gerissen hatte.

Raynor riss die Pistole nach oben und nahm den Finger vom Abzug. »Scheiße«, krächzte er.

Shiner war jetzt 20 Meter entfernt, und die Frau stand immer noch im Weg. Nach einigen weiteren Schritten ließ der Scharfschütze seine Geisel los, stieß den Jungen vor die Frau und tauchte nach links ab, rannte vom Pfad in den Wald.

Raynor stieß die Glock ins Halfter zurück, packte wieder die Griffe der Lenkstange und versuchte, gleichzeitig zu schalten und zu beschleunigen. Das Motorrad machte einen Satz nach vorn, beinahe ging der Motor aus, dann schoss es den Pfad entlang. Kolt schwang das vordere Ende herum, lehnte sich in die andere Richtung, damit das Fahrzeug sich nicht auf die Seite legte, und verfolgte den Schützen in den Wald.

Während er diagonal den Hang hinauffuhr und den Bäumen auswich, erhaschte er durch die Kiefernzweige einige Blicke auf seine Jagdbeute. In diesem Gelände brachten die Pferdestärken des Motorrads ihm wenige Vorteile. Aber sie würden einen wesentlichen Unterschied machen, sobald der Scharfschütze zum Vorschein kam.

Kolt griff nach der Sprechtaste. »Ich hab ihn. Auf dem Südwestpfad.«

Im selben Moment, in dem er es sagte, endete der Wald abrupt. Raynor blickte von einer hüfthohen Trennwand auf die Straße hinunter. Der flüchtende Scharfschütze war hinuntergesprungen und stolperte gerade über den Bürgersteig, direkt vor ein fahrendes Auto – ein kleiner, silberner VW Polo. Der Wagen kam mit quietschenden Bremsen zum Stehen, aber die Distanz war zu kurz gewesen und Shiner krachte auf die Motorhaube.

Raynor hatte ein ähnliches Problem. Ihm blieb keine

Zeit, vor der Kante noch abzubremsen. Er drehte kräftig am Gashebel, ließ das Motorrad nach vorn schießen, und als es über die Kante raste, setzte er die Füße auf die Fußrasten und zog mit aller Kraft an der Lenkstange, damit sich das Vorderrad hob.

Die Landung war genauso schlimm, wie er erwartet hatte. Das Hinterrad knallte mit einem Kreischen auf den Bürgersteig. Der Aufprall fuhr ihm in die Beine und führte dazu, dass sein Arsch auf dem Sattel landete und die Glock sich in seine Eier bohrte. Ein stechender Schmerz durchfuhr seinen unteren Rücken. Dann kam das Vorderrad auf. Die Stoßdämpfer absorbierten einen Großteil der Energie, aber das Motorrad kam sofort ins Schlingern. Für einen kurzen Augenblick war Raynor sicher, dass er stürzen würde, aber er widerstand dem Drang gegenzulenken und gab stattdessen mehr Gas.

Zu seinem großen Erstaunen funktionierte es tatsächlich.

Als das Motorrad wieder gerade fuhr, lenkte er es auf die gepflasterte Straße, weg von dem abgewürgten VW, aber nur so lange, bis er die Maschine wieder unter Kontrolle hatte. Dann machte er eine scharfe 180-Grad-Wende. Gerade als er in die richtige Richtung blickte, riss Shiner die Fahrerin – eine Frau mittleren Alters – aus dem Wagen und nahm ihren Platz am Steuer ein.

Raynor gab Gas, aber Shiner hatte zu viel Vorsprung. Der VW fuhr ab, noch bevor er auch nur die Hälfte der Entfernung zurücklegen konnte, und fuhr auf die Straße, die am Fuß des Bergs entlangführte.

Raynor ließ sich leicht zurückfallen und passte seine Geschwindigkeit an das andere Fahrzeug an. Es wäre sinnlos gewesen zu versuchen, vom Motorrad aus zu schießen – es gab gute Gründe, warum die griechischen Polizisten immer zu zweit fuhren. Zu versuchen, Shiner von der Straße abzudrängen, hätte ebenfalls nicht funktioniert. Kolt konnte schlicht und einfach nicht viel tun, um Shiner auf eigene Faust aufzuhalten, aber zum Glück musste er das auch gar nicht.

Er rief eine Beschreibung des Autos in das Clip-Mikrofon und gab außerdem dessen ungefähre Fahrtrichtung an. Mit den Aufschriften der kleinen blauen Schilder an den Straßenecken konnte er nichts anfangen, also beschränkte er sich auf Angaben wie »Richtung Norden, parallel zum Berg«, »er biegt nach rechts ab«, »er fährt nach Westen« und »ich kann im Süden Sirenen hören«. Einige der Ladenfronten waren mit lesbaren Namen beschriftet, die er pflichtbewusst ebenfalls mitteilte.

Shiner fuhr wie jemand, der verfolgt wurde, raste ohne anzuhalten über Kreuzungen, drückte zur Warnung auf die Hupe des VW, überholte langsamere Fahrzeuge, drängte sie manchmal aus dem Weg, wich manchmal auf den Bürgersteig aus, um einen Stau zu umfahren. Aber trotz all des Chaos, das er anrichtete, schien er noch ein anderes Ziel zu verfolgen als nur vor dem ihn verfolgenden Motorrad zu fliehen.

Etwa nach einer Minute hatten sowohl die Sirenen als auch Slapshot Raynor eingeholt.

»Raynor, die verlangen, dass du dich zurückhältst. Ist ihr Zuständigkeitsbereich, Bruder. Halt lieber die Füße still.«

»Negativ«, schoss Raynor zurück. »Ich habe ihn klar erkannt. Es ist Shiner.« Kolt Raynor war der Ansicht, dass keine weiteren Erklärungen nötig waren.

»Schon verstanden«, erwiderte Slapshot. »Aber du musst nicht unbedingt derjenige sein, der ihn schnappt, Boss. Er hat gerade ihren Ministerpräsidenten kaltgemacht. Ist ihr Problem.«

Am Tonfall des anderen Mannes erkannte Kolt, dass dieser sich Mühe gab, seine Wut zu zügeln – Wut, die fast mit Sicherheit damit zusammenhing, dass Raynor auf eigene Faust losgezogen war. Eine der Hauptpflichten, die Slapshot als Squadron Sergeant Major hatte, war es, Raynor vor Schwierigkeiten zu bewahren. Wahrscheinlich bereute er es bereits, dass er Racer nicht zu Boden geworfen und mit Kabelbindern gefesselt hatte, als dieser ganze Irrsinn anfing.

Raynor nahm die Ermahnung wortlos hin, aber er ließ sich nicht aufhalten. Stattdessen begann er, Schalter an der Konsole umzulegen, bis die Sirene des Motorrads zu heulen begann und das hinter ihm angebrachte Blaulicht flackerte und sich drehte.

In seinem anderen Ohr hörte er, wie Simmons die ungefähre Ankunftszeit des US-Präsidenten am Flughafen verkündete. Ihm wurde klar, dass seit dem Attentat gerade erst fünf Minuten vergangen waren.

Der silberne VW bog nach Nordosten auf eine Hauptverkehrsstraße ab. Shiner drückte das Gaspedal durch und fuhr über die Mittellinie. Hinter Raynor wurde die Symphonie aus Polizeisirenen lauter. Zusätzliche Streifenwagen und Motorräder schlossen sich der Verfolgung an, manche reihten sich vor ihm ein. Zwei Polizeiwagen tauchten vor ihm auf und schnitten ihm den Weg ab, aber Shiner fuhr einfach eine scharfe Linkskurve und steuerte eine schmale Seitenstraße entlang. Raynor war direkt hinter ihm.

Shiner fuhr noch einige Kurven, fand eine andere Hauptstraße. Aber dann, nach nur etwa 800 Metern, fuhr er in ein heruntergekommenes Viertel, das aus schäbigen, graffitiverzierten Wohnblöcken bestand. Die Straßenränder waren mit geparkten Autos gesäumt, sodass nur genug Platz für Verkehr in eine Richtung blieb.

Plötzlich blinkten die Bremslichter des VWs auf und der Wagen kam mitten auf der Straße abrupt zum Stehen. Raynor bremste ab, schaltete herunter, blieb aber nicht vollständig stehen, bis die Wagentür aufschwang und Shiner heraussprang. Der Scharfschütze rannte zum Eingang eines der Wohngebäude, ohne auch nur einen Blick in Raynors Richtung zu werfen.

Raynor machte eine Vollbremsung, legte das Motorrad auf die Seite und sprang ab, wobei er mit der Hand prüfte, ob die Glock noch im Holster steckte. Er sprintete hinter dem fliehenden Killer her, aber im selben Moment, in dem Shiner im Eingang verschwand, traten zwei Männer daraus hervor, um seinen Rückzug zu decken. Raynor richtete den Blick auf ihre Waffen – aus seinem Blickwinkel, direkt in die Mündungen, konnte er Hersteller und Modell nicht erkennen – und zog seine eigene im Laufen.

Sie zögerten. Kolt nicht.

Mit einem kontrollierten Schusspaar erledigte er den auf der linken Seite. Während er weiter auf den verbleibenden Gegner zurannte, änderte er die Haltung. Er wusste, wenn er den Kerl nicht *sofort* umlegte, würde sein Überleben nur von Glück und von seiner Schutzweste abhängen. Aber statt zu schießen tat sein Gegner etwas völlig Verrücktes: Er ließ seine Waffe fallen und stürmte auf Kolt zu.

Wahrscheinlich war er in Panik und fiel auf seine primären Reaktionen auf Bedrohungen zurück, die in seinem Fall rein körperlich waren. Er hatte vermutlich keine richtige Kampfausbildung erhalten, sodass in Situationen, in denen es um Leben und Tod ging, der reptilische Teil seines Hirns die Führung übernahm. Aber die Gründe dafür spielten keine Rolle. Er war ein feindlicher Kämpfer, und Raynor hatte keinerlei Gewissensbisse, wenn es darum ging, ihn aus dem Weg zu räumen, ob er nun bewaffnet war oder nicht.

Aber er tat es nicht.

In dem Sekundenbruchteil, den er brauchte, um auf sein Massezentrum zu zielen, kam ihm in den Sinn, dass der Gegner ihm lebend mehr nützen konnte als tot. Shiner war ein Söldner, ein einsamer Wolf und bezahlter Schütze. Aber dieser Loser hier gehörte wahrscheinlich zu der Gruppe, die ihn angeheuert hatte. Er hatte vielleicht ein paar wertvolle Informationen.

Und weil er nicht vorhatte, das Feuer zu erwidern, war es tatsächlich machbar, ihn sich lebend zu schnappen.

Raynor ging in eine geduckte Haltung, um dem Ansturm zu begegnen. Als sie einen Augenblick später zusammenprallten, bereute er diese Entscheidung.

Der Kerl war vielleicht ein beschissener Schütze, aber offensichtlich kannte er sich mit Nahkampf besser aus. Raynor konnte Slapshots Tadel praktisch schon hören. *»Es gibt 'nen Grund dafür, warum das griechisch-römischer Ringkampf genannt wird.«*

Allerdings fühlte es sich eher wie ein Zusammenstoß in einem NFL-Spiel an.

Obwohl Kolt eine stabile Abwehrhaltung eingenommen und clever zu einem Wurf angesetzt hatte, landete er durch den Stoß auf dem Hintern. Für einen Moment war er benommen und bekam keine Luft. Der Feind taumelte ein Stück zurück, schüttelte den Kopf, aber er erholte sich schnell und rückte erneut an, versuchte, auf Kolts linke Seite zu kommen.

Trotz des neuen Schmerzes, der von seinem Kreuzbein ausging, sowie der Tatsache, dass er nicht richtig atmen konnte, erinnerte sich Raynors Körper daran, was zu tun war. Er beugte ein Knie, setzte den Fuß auf den Boden und drehte sich, sodass er auf dem Hintern saß und seinem Gegner entgegenblickte. Das andere Bein hob er und hielt es bereit, um nach dem Mann zu treten, falls er sich näherte.

Und das tat er.

Als der Gegner ihn packen wollte, benutzte Kolt das gebeugte Bein, um sich nach hinten abzustoßen. Dann hakte er den gehobenen Fuß hinter das rechte Knie des Mannes, zog ihm das Bein weg und ließ ihn auf den Rücken fallen.

Mit einem Keuchen kehrte Raynors Atemluft zurück, während er sich aus seiner sitzenden Abwehrhaltung emporstieß und sich auf den anderen Mann stürzte. Kolt drehte ihn herum, schlang ihm seine Beine um die Taille, hielt ihn fest und setzte einen Würgegriff an.

Während sein Gegner einen aussichtslosen Kampf um sein Bewusstsein führte, hörte Raynor hinter sich Schritte näher kommen. Er blickte über die Schulter und sah griechische Polizisten, die auf den Eingang zum Wohnhaus zustürmten.

Zum ersten Mal seit dem Beginn der Verfolgungsjagd sagten Raynors Instinkte ihm, dass es Zeit für etwas taktische Geduld war.

Shiner hatte diesen Ort nicht zufällig gewählt. Es war wahrscheinlich seine Operationsbasis, was bedeutete, dass es im Inneren Waffen und weitere Verbündete gab. Die zwei Männer am Eingang hatten Shiner genug Zeit verschafft, um einen Hinterhalt zu legen. Vielleicht war er auch durch den Hinterausgang geflüchtet. Shiner war jedenfalls nicht dumm genug, sich in eine Sackgasse zu manövrieren. Er hatte seine Verfolger mit Absicht hierhergeführt.

Es war eine Falle.

Raynors sechster Sinn schlug Alarm.

»Wartet!«, rief er und schüttelte den Kopf. »Ihr müsst euch verteilen. Das Gebiet abriegeln.«

Der Feind in Raynors Armen hatte aufgehört sich zu wehren, also ließ er ihn los und winkte den Polizisten zu. Aber seine Gebärden schienen für sie nicht verständlicher zu sein als seine Worte. Der Polizist in seiner Nähe machte eine abwehrende Handbewegung und knurrte etwas auf Griechisch, vermutlich eine Aufforderung, aus dem Weg zu gehen oder sich schleunigst zu verpissen.

»Verdammt noch mal«, schnauzte Kolt ihn an. »Zieht euch zurück. Das ist ein Hinterhalt.«

Die Cops drängten sich an ihm vorbei in den Innenhof. Ihnen folgten noch einige weitere.

Hastig legte Raynor dem bewusstlosen Gegner Handfesseln an. Dann aktivierte er sein Mikrofon. »Slap, er ist in einem Wohnblock umzingelt, aber irgendwas ist hier faul. Du musst die Cops davon überzeugen, dass sie sich zurückziehen und in den Belagerungsmodus gehen müssen, sonst werden eine Menge Leute …«

Schüsse aus halbautomatischen Pistolen krachten wie Silvesterfeuerwerk im Innenhof und unterbrachen seinen

Funkspruch. Aus Reflex duckte sich Raynor. Dann sah er nach oben und suchte die Treppenabsätze ab, um festzustellen, wo der Kampf sich abspielte.

In diesem Moment explodierte die Welt.

5

Raynor schleppte sich durch den Nebel aus Rauch und Staub, wich den Polizisten und Rettungssanitätern aus, die auf dem Weg in die Explosionszone waren. Aus sicherer Distanz sah er, wie Rauch aus den Fenstern im ersten Stockwerk aufstieg.

Es war nicht das erste Mal, dass er eine heftige Detonation überstanden hatte, und diese war auch nicht die schlimmste gewesen. Nicht annähernd. Der Knall hatte ihn benommen gemacht, ihn zu Boden geschickt und einem Hagel aus Betonsplittern ausgesetzt, aber schon nach Sekunden war er wieder auf den Beinen, zumindest schien es so. Vielleicht hatte er auch für eine oder zwei Minuten das Bewusstsein verloren. Das war schwer zu sagen. Ihm tat alles weh, und er wusste, dass er sich in den kommenden Stunden und Tagen wahrscheinlich noch viel schlimmer fühlen würde, aber er glaubte nicht, dass er sich Schlimmeres als ein paar Kratzer und Blutergüsse zugezogen hatte. Ihm war es besser ergangen als den Polizeibeamten, die sich am Eingang an ihm vorbeigedrängt hatten. Sie hatten direkt am Explosionsort gestanden, als die Bombe im Haus detoniert war.

Raynor griff nach der Sprechtaste und merkte erst jetzt, dass seine Funkgeräte nicht mehr funktionierten. Sein Telefon dagegen, das von einer stoßfesten Otter Box umgeben war, hatte alles unbeschadet überstanden. Er rief die Kontaktliste auf und machte einen Anruf. Das Pfeifen in seinen Ohren übertönte den Signalton, aber dann konnte er Slapshots Stimme hören. Mit Mühe.

»Boss! Wir haben gehört, der Scharfschütze hat sich in die Luft gesprengt. Alles okay bei dir?«

Raynor wusste nicht, wo er anfangen sollte. »Kommt einfach hierher.«

»Hey, wir sind schon auf dem Weg, Racer.«

Raynor beendete das Gespräch und wandte sich wieder dem Explosionsort zu. Irgendetwas an der Szenerie erschien ihm merkwürdig.

Shiner war nicht irgendein frisch radikalisierter Dschihadist, der sich nach einer Gelegenheit sehnte, den Märtyrertod zu sterben und mit einem großen Knall abzutreten. Er war ein Scharfschütze, jemand, der aus der Distanz tötete, der die Tarnung der Konfrontation vorzog. Er hätte sicher nicht so lange überlebt, wenn er dumme Entscheidungen getroffen hätte.

War dies die Ausnahme zur Regel gewesen? Hatte die unerwartet schnell beginnende Verfolgung ihn in Panik versetzt?

Oder hatte er die Bombe nur benutzt, um seine Spuren zu verwischen, und war aus einem Hinterfenster gestiegen, nachdem er die Vordertür mit einer Sprengfalle versehen hatte?

Ja, dachte Raynor und nickte. *Das hat er getan. Das hätte ich an seiner Stelle auch getan.*

Raynor wartete, bis sie wieder am Flughafen waren, in dem umfunktionierten Hangargebäude, das sie sowohl als Schlafraum als auch als taktisches Planungszentrum benutzt hatten, bevor er Colonel Webber in Fort Bragg anrief. Kolt hatte keinen Zweifel, dass sein kommandierender Offizier bereits über den Vorfall Bescheid wusste. Er war etwas überrascht, dass Webber selbst noch nicht versuchte hatte, ihn anzurufen.

Ein Grund für Raynors verspätete Kontaktaufnahme war, dass er etwas Zeit vergehen lassen wollte, damit die Lage sich beruhigte. Nach einem internationalen Zwischenfall wie diesem würde ein Wirbelwind aus widersprüchlichen Berichten und wilden Gerüchten entstehen. Und um ehrlich zu sein, er verfügte nicht über genug Informationen, um die Fragen zu beantworten, die der Delta-Force-Kommandant ihm sicher stellen würde. Vor allem spielte er jedoch auf Zeit, weil er wusste, dass er von Webber eine ordentliche Standpauke dafür bekommen würde, dass er Shiner auf eigene Faust gejagt hatte.

Slapshot hatte ihm bereits in den Ohren gelegen. Der Sergeant Major hatte ihn in Begleitung Diggers, des Master Breachers der Staffel, vor dem zerbombten Wohngebäude stehen sehen. Nach einer raschen medizinischen Untersuchung, die zum Ergebnis führte, dass Raynor sich nicht mehr als eine leichte Gehirnerschütterung zugezogen hatte, hatte Slapshot ihm gründlich den Arsch aufgerissen. Raynor hörte sich die Kritik ohne Protest an, weil er wusste, welche Absicht dahintersteckte. Technisch gesehen hatte Slapshot recht, was Raynors operativen Status betraf. Er war jetzt Staffelkommandant, ein Coach, kein Quarterback. Aber was Slap wirklich anpisste, war die Tatsache, dass Raynor Shiner verfolgt hatte, ohne Verstärkung zu rufen. Natürlich lag er damit richtig, aber Raynor war nicht sicher, was er stattdessen hätte tun sollen. Zweifellos würde das noch in der Missionsnachbesprechung zum Thema werden, sobald sie wieder zurück in Bragg waren.

Zwischen blumig formulierten Infragestellungen von Raynors Geisteszustand ließ Slapshot durchblicken, dass Stitch die Stellung des Scharfschützen auf dem Berg gefunden und dessen Waffe sichergestellt hatte – ein Dragunov-Gewehr aus russischer Herstellung. Die Waffe war jetzt bei der griechischen Polizei, aber man hoffte, dass sie handfeste Beweise liefern würde, die Kolts visuelle Identifikation von Mirić untermauern würden.

Nicht dass das auf lange Sicht eine Rolle gespielt hätte. Die Hauptmission war vorbei. Der Präsident war sicher an Bord der Air Force One, wahrscheinlich schon auf dem Weg nach Deutschland oder in irgendein anderes Ausweichland. Jetzt blieb den Mitgliedern der Staffel nur noch, sich in Kürbisse zu verwandeln – der Delta-Ausdruck für den Zustand, wenn eine Mission beendet war. Der Aufenthaltsort aller seiner Operators war bekannt. Sie befanden sich entweder im Hangar oder am internationalen Flughafen, wo sie darauf warteten, mit Linienflügen das Land zu verlassen, sobald die griechischen Behörden den Luftverkehr wieder freigaben. Es war nicht Raynors Aufgabe als kommandierender Offizier, sich um die Organisation der Abreise zu kümmern – damit befasste sich eine andere Abteilung der Einheit. Was bedeutete, dass er keine Ausrede mehr hatte, nicht bei Webber in Bragg anzurufen.

»Racer«, knurrte Webber in der Leitung. »Das wird aber auch Zeit.«

Raynors Verhältnis zu Colonel Jeremy Webber unkonventionell zu nennen wäre die Untertreibung des Jahrhunderts gewesen. Webber war schon seit langer Zeit sein kommandierender Offizier, was an sich bereits ungewöhnlich war. Nach den Gesetzen der Wahrscheinlichkeit hätte längst zumindest einer von ihnen durch Beförderung aus der Einheit ausscheiden müssen. Aber Webber war so weit aufgestiegen, wie die Zeit und die politischen Umstände es zuließen, und Raynor … Nun, Raynors Karriere war ungefähr so berechenbar wie ein Querschläger.

Vor acht Jahren hatte eine Mission in Pakistan in einem Desaster geendet, für das Raynor allein verantwortlich gewesen war. Daraufhin hatte Webber seiner Karriere ein Ende gesetzt und ihn zur *Persona non grata* erklärt. Dann, nur drei Jahre später, während Kolt seine Sorgen in einer Flasche Old Grandad ertränkte, hatte Webber ihm eine Chance zur Wiedergutmachung angeboten: eine inoffizielle Mission, bei der er eine kleine Gruppe vermisster Delta-Operators aufspüren sollte, die von einem paschtunischen Warlord in Pakistan gefangen gehalten wurden.

Anfangs hatte Raynor angenommen, dass Webber ihn nur benutzte, seine Schuldgefühle ausnutzte, um ihn zu etwas zu bringen, das niemand offiziell tun konnte. Er hatte vermutet, dass Webber vielleicht sogar insgeheim hoffte, Kolt würde bei dieser nicht von oben abgesegneten Operation zu Tode kommen, damit nach seinem früheren Versagen, das einige Leben gekostet hatte, das kosmische Gleichgewicht wiederhergestellt wäre. Vielleicht war das alles zu Anfang sogar zutreffend gewesen. Aber nachdem er die Mission abgeschlossen sowie einen terroristischen Plan zur Übernahme eines CIA-geführten *Black Site* vereitelt hatte, hatte man ihm eine nie dagewesene zweite Chance zugestanden und ihm seinen früheren Rang und operativen Status zurückgegeben.

Es war nicht leicht für ihn gewesen. Die Rückkehr zur Einheit hatte den Durchgang durch den einzigartigen Neubewertungsprozess mit sich gebracht, der im Wesentlichen eine Wiederholung des normalen Delta-Selektionsprozesses war. Es war ein Übergangsritual, bei dem man unter Beweis zu stellen hatte, dass man mental und körperlich fit für die Rückkehr in die Reihen der Delta-Kämpfer war. Schon bei seinem ersten Durchlauf durch das Verfahren als junger, fitter Ranger-Offizier hatte er es nur knapp bestanden.

Die Neubewertung war fraglos die bisher mörderischste Anstrengung seines Lebens gewesen, physisch ebenso wie emotional. Eine noch größere Herausforderung hatte die blanke Ablehnung dargestellt, die seine früheren Kameraden ihm entgegenbrachten, weil sie seinen Status als unerwünschte Person als lebenslängliches Urteil verstanden.

Aber er hatte nicht versagt. Er hatte sein Schicksal in die eigenen Hände genommen.

Heute war Kolt klar, dass Webber etwas in ihm gesehen haben musste, ein verstecktes Potenzial. Obwohl er nicht sicher war, worin dieses bestand, hatte Raynor es sich zur persönlichen Mission gemacht, Webbers Vertrauen in ihn nicht zu enttäuschen.

Raynor machte sich auf etwas gefasst, während er sich im Kopf bereits eine fadenscheinige Entschuldigung zurechtlegte. Aber bevor er irgendetwas erklären konnte, fügte der Colonel hinzu: »Das war übrigens ausgezeichnete Arbeit.«

Kolt fragte sich, ob die Bemerkung sarkastisch gemeint war. Ein solches Lob sah Webber nicht ähnlich, aber es war schließlich auch eine ungewöhnliche Situation. »Sir?«

»Sie haben ganz allein den Mann aufgespürt, der den griechischen Ministerpräsidenten ermordet hat«, fuhr Webber fort. »Alle vom Präsidenten abwärts sagen mir, dass Sie der Mann der Stunde sind.«

Raynor war immer noch nicht sicher, ob Webber es ernst meinte. »Es war Shiner. Rasim Mirić.«

»Shiner«, wiederholte Webber. »Ihr Erzfeind? Der einäugige Scharfschütze aus der abgebrochenen Mission um die ›Ratte‹ in Bosnien? Da sind Sie ganz sicher?«

»Eindeutige Identifikation. Habe genau auf seine Stirn gezielt. Bevor ich schießen konnte, hat er sich einen kleinen Jungen geschnappt, aber ich habe sein Gesicht gesehen. Er war es.«

»Die Welt ist klein, Kolt. Langley und das JSOC gehen die Geheimdienstberichte durch, um herauszufinden, wie wir diese Gefahr übersehen konnten. Wir werden diese Information mit einbeziehen.«

»Ich hatte ihn im Visier, Sir. Aber ich habe gezögert.«

»Die Sache wird zweifellos Konsequenzen auf internationaler Ebene haben. Die Griechen haben bei der Explosion mehrere Männer verloren, und das Leben einiger weiterer hängt an einem seidenen Faden.«

»Verdammt, Sir. Das ist scheiße.«

»Sie machen den Job lange genug, um zu wissen, wie so was läuft, Kolt. Man kann nicht alles kontrollieren.« Webber hielt inne. Dann sagte er: »Wie dem auch sei, diese Akte können wir nun schließen.«

Raynor atmete tief durch, bevor er erwiderte: »Da bin ich mir nicht so sicher.«

»Er hat sich in die Luft gesprengt, Racer. CNN hat bereits die Verlautbarung der griechischen Behörden verlesen, also muss es die Wahrheit sein.«

Das hat er jetzt aber definitiv sarkastisch gemeint. Raynor grinste leicht. »Verzweiflung und Selbstmord sind nicht Shiners Stil. Märtyrertum auch nicht.«

»Er hat also seinen Tod vorgetäuscht. Sie trauen ihm ja einiges zu, Kolt.«

Es war nicht als Frage gemeint gewesen, aber Raynor hatte trotzdem das Gefühl, seine Behauptung begründen zu müssen. »Er hat mich direkt zu dieser Wohnung geführt, und 30 Sekunden später ist alles darin pulverisiert worden. Das war entweder ein Notfallplan oder ein Anfängerfehler. Shiner ist kein Anfänger. Er ist nicht so lange am Leben und unentdeckt geblieben, indem er solche Fehler gemacht hat.«

Webber brummte nachdenklich. »Tja, entweder ist er tot oder nicht. Finden Sie es heraus.«

»Er ist tot.« Kostas Drougas winkte ab, wobei die filterlose Zigarette in seiner Hand eine Rauchspur in der Luft hinterließ. »Wir haben seine Leiche. Dank Ihnen.«

Raynor glaubte, eine leichte Anklage in seinen Worten zu hören, beschloss aber, es einfach kulturellen Unterschieden zuzuschreiben. Drougas, der EKAM-Kommandant, sprach gut, wenn auch nicht fließend Englisch und stand ganz offensichtlich unter Stress. Der Antiterror-Polizist wirkte erschöpft, obwohl es erst Nachmittag war und erst vier Stunden seit dem tödlichen Attentat auf den Ministerpräsidenten vergangen waren. Drougas war ein breit gebauter Mann mit leicht angegrautem Haar. Wie die Legendengestalt, der er seinen Secret-Service-Codenamen

Hercules verdankte, sah er aus wie jemand, der das ganze Gewicht der Welt auf seinen Schultern trug. Die unvermeidlichen Forderungen nach Antworten durch Politiker und Reporter hatten bereits begonnen – Antworten, die sich nicht einfach herbeizaubern ließen. Aus eigener Erfahrung wusste Raynor, dass Drougas und die Antiterror-Agenten diesen Schlamassel ganz allein würden ausbaden müssen. Und das, obwohl sie in 99 von 100 Fällen erfolgreich waren, trotz Unterfinanzierung und der Beschränkungen, die unsinnige politische Entscheidungen ihnen auferlegten. Keiner dieser früheren Erfolge würde noch eine Rolle spielen.

Ironischerweise würde auch Drougas selbst sich die Schuld geben.

Raynor sah an dem Polizeioberst vorbei zu den zerbombten Überresten des Wohngebäudes. Dort wimmelte es von Ermittlern in Schutzanzügen. Ein Gebiet im Umfang von mehreren Häuserblocks war abgeriegelt worden. Die Bewohner der Nachbargebäude waren vermutlich aus ihren Wohnungen geholt und für Befragungen in Polizeieinrichtungen gebracht worden. In seiner Funktion als Kommandant der Antiterroreinheit gab es für Drougas hier eigentlich kaum etwas zu tun. Verlässliche Informationen erlangte man nach einem solchen Attentat eher aus forensischen Laboren und Verhörzimmern. Kolt nahm an, dass Drougas hier war, weil seine Vorgesetzten es von ihm erwarteten.

»Ich würde gern die Leiche sehen«, sagte Raynor und wandte seine Aufmerksamkeit wieder dem Polizeibeamten zu. Er hatte Drougas die Identität des Scharfschützen mitgeteilt, obwohl er nicht ins Detail gegangen war, was seine persönliche Vergangenheit mit Mirić betraf. Er hatte Drougas – oder irgendjemand anderem außer Webber – auch nichts von seinem Verdacht erzählt, dass Shiner seinen Tod vorgetäuscht haben könnte. Aber der griechische Polizist war schlau genug, um zu bemerken, was Kolt mit seiner Bitte bezweckte.

Er seufzte. »Die Leiche wurde ins Krankenhaus gebracht. Ich werde dafür sorgen, dass Sie sie sehen können, aber da ist nicht viel zu sehen. Die Bombe ...« Er machte eine Bewegung mit den Fingerspitzen, die eine Explosion darstellen sollte. »Aber er ist Ihr Einäugiger. Daran habe ich keine Zweifel.«

»Warum?«

Drougas nahm seine Zigarette zwischen die Zähne und tippte sich unter dem rechten Auge auf die Wange. »Das Auge. Es ist aus Glas.«

»Das rechte oder das linke?«

Der Polizist stieß ein genervtes Schnauben aus und setzte den Finger an die andere Wange. »Links. Rechts. Ich weiß nicht mehr. Wie viele einäugige Männer haben Sie in die Wohnung gehen sehen?«

Raynor ließ es auf sich beruhen. Falls Shiner sich wirklich die Mühe gemacht hatte, seinen Tod mit einem Double zu inszenieren, hätte er eine so wichtige Einzelheit wie die Seite des künstlichen Auges sicher nicht übersehen. »Ist das Auge intakt geblieben?«

Drougas wackelte mit der Hand. »Mehr oder weniger.«

»Haben Sie dadrinnen noch irgendwas Interessantes gefunden?«

»Abgesehen von den sterblichen Überresten von drei Polizisten, die heute Abend nicht zu ihren Frauen und Kindern zurückkehren werden?« Drougas schüttelte den Kopf. »Die Wohnung wurde vor einer Woche von jemandem gemietet, der sich Nikos Roupa genannt hat. Das scheint ein Deckname zu sein. Als seinen vorherigen Wohnort hat er Komotini angegeben. Das ist eine Stadt im Norden. Da gibt's viele Einwanderer. Türken. Slawen. Viele Muslime. Die Besitzerin des Gebäudes sagte, er habe einen Akzent gehabt. Bulgarisch, glaubt sie. Außerdem hat sie bestätigt, dass dieser sogenannte Roupa anscheinend ein künstliches Auge hatte.«

»Das ist Mirić«, schloss Raynor. »Er ist Bosnier.«

»Wenn Sie das sagen.« Drougas schnippte verächtlich die Asche von seiner Zigarette. »Der Mann, den Sie gefasst haben. Er gehört zum Epanastatikos Agonas.«

Raynor hatte vom EA gehört. Der Name bedeutete wörtlich »revolutionärer Kampf«. Es war die derzeit aktivste der vielen linksradikalen terroristischen Vereinigungen in Griechenland. Eine anarchistische, paramilitärische Gruppe, die im Jahr 2002 aus den Resten einer ähnlichen Gruppe namens 17. November gegründet worden war und sich gegen Kapitalismus, Globalisierung und den amerikanischen Einfluss auf die griechische Politik wandte. Ganz gewöhnliche Unruhestifter, die Banken überfielen und Sprengsätze in Regierungsgebäuden legten. In letzter Zeit hatten sie ihr Repertoire um Attentatsversuche erweitert.

Drougas zog noch einmal an der Zigarette, bevor er sie über die Schulter warf. »Wir sind gerade dabei, seine bekannten Verbündeten aufzuspüren. Vielleicht werden wir anhand des Sprengstoffs auch Verbindungen zu anderen EA-Bombenanschlägen herstellen können.«

»Mirić ist kein Marxist.«

»Dann wurde er eben als Söldner angeheuert.«

»Kommt es Ihnen nicht merkwürdig vor, dass der EA

sich die Chance entgehen lässt, auf den amerikanischen Präsidenten zu schießen?«, fragte Raynor.

»Amerika ist nicht das Zentrum der Welt, mein Freund, auch wenn ihr Amerikaner das glaubt. Ein toter amerikanischer Präsident macht in Griechenland keinen Unterschied. Aber ein toter Ministerpräsident schafft nicht nur eine Lücke an der Spitze, man schürt so auch Angst bei denen, die vielleicht vorhaben, sie auszufüllen. Und bei der Bevölkerung. Unser Land steht schon so lange am Rand des Abgrunds. Vielleicht ist das der letzte Stoß.« Wieder schüttelte Drougas den Kopf. Dann streckte er sich, wie um seine Erschöpfung zu vertreiben. »Es ist ein Wunder, dass dieser einäugige Scharfschütze aus einem Kilometer Entfernung überhaupt jemanden getroffen hat.«

»Nicht dieser Scharfschütze«, widersprach Raynor. »Shiner trifft immer.«

Drougas kniff die Augen zusammen und musterte ihn prüfend. »Sie glauben nicht, dass das dadrinnen wirklich er war, oder?«

Raynor wollte sich noch nicht auf diese Position festlegen. »Das weiß ich, sobald ich die Leiche gesehen habe.«

Auf dem Rückweg zu seinem Auto holte er sein Telefon heraus und scrollte durch seine Kontaktliste. Hawks Nummer fiel ihm ins Auge, und beinahe hätte er sie angerufen, aber dann überlegte er es sich anders. Stattdessen schickte er eine Textnachricht an Slapshot und wies ihn an, dafür zu sorgen, dass Hawk und Shaft sich im Laiko General Hospital mit ihm trafen.

Vor ihrer Aufnahme in die Delta Force war Cindy »Hawk« Bird eine 74D gewesen – eine Army-Abkürzung für eine Spezialistin für chemische sowie biologische Strahlen- und Nuklearwaffen – und hatte im Irak und in Libyen nach Massenvernichtungswaffen gesucht. Dieser Job hatte sowohl technische Expertise als auch kritisches Denken erfordert. Kolt wollte, dass sie und Shaft ihm halfen, die Beweismittel auszuwerten, die die Polizeiermittler gesammelt hatten, angefangen mit den sterblichen Überresten. Das war ein nachvollziehbares Anliegen, und weil Delta-Operators sich nicht an dieselbe Befehlskette halten mussten wie die reguläre Armee, wäre nichts Unangemessenes daran gewesen, die beiden direkt zu kontaktieren. Aber es gab andere Gründe dafür, dass Raynor versuchte, beiläufige Begegnungen mit Cindy Bird zu vermeiden.

Hawk war ein Operator und gehörte zu Kolts Kameraden, wie Digger und Slapshot. Sie war praktisch »einer von den Jungs«. Daran glaubte er, und er achtete peinlich genau darauf, sie auch so zu behandeln. Er erwartete von ihr nichts anderes als von allen anderen in der Staffel. Das Recht, so behandelt zu werden, hatte sie sich verdient, sowohl durch ihre Leistung im Delta-Pilotprogramm für das Training weiblicher Operators als auch durch ihre nachfolgenden Taten in Kampfsituationen. Sie und Raynor hatten zusammen gekämpft, zusammen geblutet und sie hatten sich öfter gegenseitig den Arsch gerettet, als er zählen konnte. Doch nichts davon konnte etwas an der Tatsache ändern, dass sich Kolt sowohl körperlich als auch emotional zu ihr hingezogen fühlte. Und falls er die Zeichen nicht falsch deutete, empfand sie für ihn dasselbe.

Sie waren beide professionell genug, um der Versuchung zu widerstehen, diese Gefühle in die Tat umzusetzen. In ihrem Beruf konnten solche Beziehungen mehr zerstören als nur eine Karriere. Aber Raynor wusste, dass die sexuelle Spannung zwischen ihnen den anderen in der Einheit und vielleicht sogar manchen außerhalb davon nicht entgangen war. Um sicherzustellen, dass niemand falsche Schlussfolgerungen über die Natur ihres Verhältnisses zog, hatte Raynor daher dafür gesorgt, sich besonders gründlich von Cindy Bird abzuschirmen.

Das Krankenhaus lag nur etwa eineinhalb Kilometer von der in die Luft gesprengten Wohnung entfernt, aber Raynor wartete, bis Hawk und Shaft eingetroffen waren, bevor er ihnen folgte. Die Delta-Operators hatten sich umgezogen und trugen jetzt unauffällige Arbeitsuniformen. Hawk hatte ihre schwarzen Haare zu einem Pferdeschwanz gebunden, der aus der Öffnung an der Rückseite ihrer Mütze hervorragte und hinter ihr hin und her tanzte, während sie auf ihn zuging. Ihre Gesichtszüge hatten etwas leicht Asiatisches, aber sie waren größtenteils von der Sonnenblende der Mütze verborgen. Ihre weite Windjacke verbarg einen schlanken, athletischen Körper, der in jeder Hinsicht ebenso stark und zäh war wie die Körper ihrer Kollegen.

Raynor ertappte sich dabei, dass er sie anstarrte, und zwang sich, den Blick abzuwenden.

»Hey, Boss«, rief Shaft. »Alles in Ordnung?«

Kolt fiel ein, dass er Hawk und Shaft keine Gründe dafür genannt hatte, dass sie hier erscheinen sollten. Der Ort ihres Treffens musste dazu geführt haben, dass der medizinisch ausgebildete Operator das Schlimmste annahm.

»Es geht nicht um mich«, erwiderte er. »Die haben hier …« Er brach ab. Es wäre nicht hilfreich gewesen, sie schon im Vorfeld zu beeinflussen. »Aus der gesprengten

Wohnung wurde eine Leiche geborgen. Es ist wahrscheinlich der Schütze, aber ich wollte eine zweite Meinung dazu einholen.«

Die beiden Kämpfer tauschten einen Blick. Dann nickte Shaft. »Bringen Sie uns hin.«

Das tat Raynor. Der Rezeptionist wies ihm den Weg zur Leichenhalle. Dort wartete ein Mediziner von der forensischen Abteilung mit den sterblichen Überresten des Mannes, den man vorläufig Nikos Roupa genannt hatte.

Drougas hatte nicht übertrieben, als er den von der Explosion angerichteten Schaden beschrieben hatte. Die Körperteile lagen wie ein angefangenes Puzzle auf einem Edelstahltisch – ein Puzzle, bei dem jede Menge Teile fehlten. Die Detonation hatte einen beträchtlichen Teil des Muskelgewebes zerstört und die Knochen pulverisiert, vor allem im Oberkörper. Für Raynors ungeübten Blick schien dies darauf hinzudeuten, dass dieser Mann – er konnte sich nicht dazu bringen zu glauben, dass es wirklich Mirić war – im Moment der Explosion die Bombe in der Hand gehalten oder am Körper getragen hatte.

Im Laufe der Jahre hatte Raynor so einige Leichen gesehen. Es war schlimmer, viel schlimmer, wenn es der Körper eines Kameraden war, aber selbst wenn das Opfer ein völlig Fremder war – oder sogar einer dieser verdammten Selbstmordattentäter –, lag darin immer etwas Falsches, das nicht zu definieren war. Was auf dem Tisch lag, sah nicht wie Mirić aus, aber andererseits sah es überhaupt nicht mehr wie irgendein Mensch aus. Er bemerkte, dass Hawk leicht zusammenzuckte, als ihr Blick auf die Leichenteile fiel. Er war also nicht der Einzige, dem es so ging.

Kolt hielt sich zurück und überließ Shaft und Hawk die Führung. Sie hörten geduldig zu, während der Mediziner ihnen in seinem besten gebrochenen Englisch erklärte, was sie hier sahen und was es zu bedeuten hatte.

Die Messung der Knochen hatte ergeben, dass es der Körper eines etwa 1,70 Meter großen Mannes war. Von den Händen war nichts mehr übrig, was eine Identifikation anhand von Fingerabdrücken unmöglich machte. Der Unterkiefer war pulverisiert worden, aber der Mediziner war zuversichtlich, dass eine Identifikation anhand zahnärztlicher Unterlagen möglich war, natürlich vorausgesetzt, dass solche Unterlagen existierten.

Von Rasim Mirić gab es keine zahnärztlichen oder sonstigen medizinischen Unterlagen, jedenfalls keine, die Raynor hatte finden können. Aber falls es nicht Shiners Leiche war, falls es zum Beispiel irgendein Obdachloser war, den Shiner von der Straße geholt hatte, dann konnte es solche Aufzeichnungen geben. Dasselbe galt für die DNA-Identifikation. Aber es konnte noch Stunden oder sogar Tage dauern, bis die Suche nach diesen Informationen einen Treffer ergab.

Dann zeigte der Leichenbeschauer ihnen ein Beweisstück, das seiner Meinung nach den Vorgang beschleunigen konnte: Shiners Glasauge.

Trotz dieser üblichen Bezeichnung wurden Augenprothesen typischerweise nicht aus Glas, sondern aus einer Acrylverbindung namens Polymethylmethacrylat angefertigt, besser bekannt als Plexiglas. Die Explosion hatte den konvexen Körper tief in die Schädelhöhle getrieben, was wiederum dazu geführt hatte, dass er größtenteils intakt geblieben war. Jedenfalls intakt genug, so versicherte ihnen der Leichenbeschauer, dass sie in der Lage wären, den Herstellungsort und wahrscheinlich auch die Identität des Besitzers herauszufinden.

Aber selbst wenn das Auge Shiner gehört hatte, wusste Raynor doch auch, dass das keinen sicheren Beweis dafür darstellte, dass auch die restlichen Körperteile ihm gehörten.

»Kennen Sie den genauen Todeszeitpunkt und die Todesursache?«, fragte er.

Shaft und Hawk sahen ihn mit gehobenen Augenbrauen an, aber den Mediziner schien diese Frage nicht aus der Ruhe zu bringen.

»Er hat zum Zeitpunkt der Explosion noch gelebt, wenn Sie das meinen. Ich denke, der Rest lässt sich daraus ableiten.«

Raynor nickte, aber im Kopf ging er bereits verschiedene Möglichkeiten durch, wie Mirić sein Double am Leben gehalten haben könnte: Vielleicht hatte er ihn unter Drogen gesetzt, vielleicht einfach gefesselt und ihm eine Sprengstoffweste angezogen.

Shaft sah ihm in die Augen. »Hört sich ziemlich eindeutig an, Boss.«

Kolt fragte sich, ob er vielleicht das große Ganze aus den Augen verlor, sich an eine entfernte Möglichkeit klammerte und die offensichtlichen Beweise für das Gegenteil ignorierte. Aber falls Mirić noch lebte, war er mit jeder Sekunde, in der er es zu beweisen versuchte, schwerer und schwerer zu fassen.

Er schüttelte den Kopf. »Verschwinden wir hier.«

Auf dem Weg zum Ausgang summte das Telefon in seiner Tasche.

Es war Webber. Raynor brauchte eine Sekunde, um seine Gedanken zu ordnen und sich Argumente zurechtzulegen, weshalb er weiterhin Shiner jagte. Aber Webber ließ ihm keine Gelegenheit dazu.

»Befehlsänderung«, sagte der Colonel ohne Vorrede. »In vier Tagen findet das Staatsbegräbnis für den Ministerpräsidenten statt. Durch die derzeitige Bedrohungslage kann unser Präsident nicht daran teilnehmen, daher schickt er den Vizepräsidenten. Im Interesse der regionalen Stabilität und zur Unterstützung unserer NATO-Partner müssen Sie mit EKAM zusammenarbeiten und bei der Auslöschung der Terrorzelle helfen, die für die Ermordung des griechischen Ministerpräsidenten verantwortlich ist. So schnell wie möglich. Der Revolutionäre Kampf ist jetzt das Problem der Noble Squadron.«

Raynors Nüstern blähten sich bei der Erwähnung des Vizepräsidenten, aber er achtete darauf, die Wut aus seiner Stimme fernzuhalten. »Verstanden, Sir. Wir sind dran.«

»Und falls Ihnen das entgangen sein sollte, Colonel Raynor: Ich meine es ernst. Das ist die Mission Ihrer Staffel, nicht Kolt Raynors persönliche Mission.«

»Roger, Sir.«

»Passen Sie auf den Vize auf, überstehen Sie die Beerdigung und kommen Sie dann nach Bragg zurück. Keine internationalen Zwischenfälle!«

»Ja, Sir. Von unserer Seite wird das eine saubere Operation.«

6

Nach seinem perfekt durchgeführten Attentat war Rasim Mirić seinen Verfolgern nur knapp entgangen, und das hatte ihn verunsichert.

Natürlich hatte er sich auf die Möglichkeit … nein, die Unvermeidlichkeit seiner Entdeckung vorbereitet. Die Polizei war schließlich nicht dumm. Ihm war klar gewesen, dass sie feststellen würden, woher der tödliche Schuss gekommen war.

Wenn sie dann sein Gewehr fanden, würden die Fingerabdrücke sie zur Wohnung von Nikos Roupa führen, und dort würde ein Double mit 30 Kilogramm ANC-Sprengstoff auf dem Schoß auf sie warten. Dabei handelte es sich um eine Mischung aus Ammoniumnitrat und Öl, die von Terrororganisationen weltweit benutzt wurde, darunter auch seine derzeitigen Partner, Epanastatikos Agonas – der Revolutionäre Kampf. Alles war nach Plan verlaufen, aber alles war viel schneller geschehen, als er erwartet hatte.

Es war knapp gewesen. Zwischen dem Moment, als er den Abzugsdraht mit der Tür der Wohnung verbunden hatte, und der Explosion waren nur etwa 15 Sekunden vergangen. Er hatte es gerade noch geschafft, aus dem Fenster zu steigen, und war einen Sekundenbruchteil vor dem Knall auf dem Boden aufgekommen, bevor die Schockwelle ihn von den Beinen gerissen hatte. Unmittelbar nach der Detonation war er eines von mehreren Opfern gewesen, die sich stolpernd vom Ort des Ereignisses entfernten, auf der Suche nach medizinischer Hilfe.

Jetzt befand er sich in der relativen Sicherheit einer anderen Wohnung. Diesen Unterschlupf hatte sein Handler organisiert, ein Offizier des türkischen Nachrichtendienstes MIT. Er hatte nun Gelegenheit, über den Mann nachzudenken, der ihn am Hang des Lykabettus beinahe gefasst hatte. Er war wie aus dem Nichts erschienen, als hätte er ihn magnetisch angezogen, und dann hatte er ihn unnachgiebig durch die halbe Stadt verfolgt.

Woher wusste er es?

Aber das spielte jetzt keine Rolle.

Der Mann, der den Ministerpräsidenten ermordet hatte, war tot – zumindest wurde das in den Nachrichtensendungen behauptet. Mirić wusste nicht, wie lange man diese Fiktion noch aufrechterhalten konnte. Hoffentlich lange genug, dass er das Land verlassen konnte.

Sein auf dem Tisch liegendes Telefon begann zu vibrieren. Er atmete durch, öffnete dann sein Auge und nahm den Anruf entgegen. »Ja?«

»Sie haben ein Taxi bestellt?«

»Ich bin gleich draußen.«

Er stand auf und ging hinaus, wo ein schwarzer Toyota Prius auf ihn wartete. Er öffnete die Tür und nahm auf dem Beifahrersitz Platz. Der Fahrer, sein Handler vom MIT, der den Namen Mehmet benutzte, wartete, bis sie fuhren, bevor er sprach. »Gut gemacht, mein Freund.«

Mirić betrachtete Mehmet nicht als Freund, aber sie kannten sich seit ein paar Jahren und hatten zusammen das Blut ihrer Feinde vergossen, was wahrscheinlich einer Freundschaft so nahekam, wie es Mirić möglich war. Gleichzeitig wusste er, dass er für den türkischen Geheimdienstoffizier nie mehr als ein Handlanger sein würde. »Sparen Sie sich Ihre Glückwünsche, bis wir über die Grenze sind.«

»Gewonnen haben wir jetzt schon«, erwiderte Mehmet, und obwohl Mirić ihn nicht sehen konnte, wusste er, dass der Türke grinste. »Die Chrysi-Avgi-Nationalisten werden die Macht ergreifen, genau wie wir es vorhergesagt haben. Sie werden gegen die EU und die NATO sein, alle westlichen Einflüsse zurückweisen. Egal was sonst noch passiert – so viel ist sicher.«

Mirić freute sich nicht so sehr über diesen vermeintlichen Sieg, aber er war auch kein Ideologe wie Mehmet. Für den Türken war es ein Schachspiel, und Mirić war sein Springer, der weite Sprünge über das Spielbrett machen konnte, um tief in feindlichem Territorium zuzuschlagen.

Unabhängig von Ideologien war Mirić stolz auf das, was er erreicht hatte. Mehmet hatte recht, was seine Einschätzung der geopolitischen Folgen betraf.

Der Tod des griechischen Ministerpräsidenten würde nicht nur für einen freien Posten an der Spitze sorgen. Er würde das bereits gespaltene Volk in Wut versetzen. Man würde das Attentat als das ultimative Versagen der moderaten Regierung betrachten, ihre Bürger nicht vor marxistischen Terroristen und muslimischen Extremisten beschützen zu können. Die Sympathisanten der Nationalisten – wie der Radiomoderator, dem Mirić früher an diesem Tag in seinem Versteck zugehört hatte – würden eine neue, starke Regierung fordern, die sich weder der Europäischen Union noch der NATO verpflichtet fühlte.

Es gab nichts, das diese westlichen Regierungen tun konnten, um diesen Prozess aufzuhalten. Ein Waldbrand des rechtsgerichteten Nationalismus breitete sich in Europa aus. Das Vereinigte Königreich hatte bereits den Austritt aus der EU beschlossen.

Die USA waren eine zwiegespaltene Nation kurz vor dem internen Kollaps, schwächer als zu jeder anderen Zeit der modernen Geschichte und nur noch dem Namen nach eine Supermacht.

Die unmittelbare Folge eines griechischen Austritts aus EU und NATO wäre das Ende der Gegnerschaft zum Bestreben der Türkei, der Europäischen Union beizutreten. Die langjährige Rivalität zwischen Griechenland und der Türkei würde im Sand verlaufen, da Griechenland nicht in der Lage wäre, seine Schulden zu bezahlen, sich vollständig von der internationalen Gemeinschaft isolieren und weiter in die Irrelevanz abrutschen würde.

Doch das war nur der erste Zug eines weit ambitionierteren Endspiels. Die türkische Regierung unter dem charismatischen und offen pro-islamistischen Ministerpräsidenten Recep Tayyip Erdoğan würde zum ökonomischen und politischen Retter der EU sowie zum unumstrittenen regionalen Anführer der NATO avancieren.

Nach einem Jahrhundert des Exils würde das Osmanische Reich sich neu aus der Asche erheben.

Es war ein ambitioniertes Spiel, und die Türken wollten es unbedingt gewinnen. Sie würden nicht zögern, ihren Springer zu opfern, falls es ihnen nützte, gerade unter dem Gesichtspunkt, dass Mirić ein Ausländer und noch dazu ein Söldner war. Er begriff, welche Rolle er in ihren Plänen spielte, aber er war ein Überlebenskämpfer. Er wollte … Nein, er *musste* lange genug leben, um zu sehen, wie die USA in die Knie gezwungen wurden.

Mehmet lachte wieder. »Keine Sorge, mein Freund. Man wird uns nicht entdecken. Niemand sucht im Moment nach Ihnen.«

Mirić dachte wieder an den Mann auf dem Motorrad. Falls irgendjemand nach ihm suchte, war es dieser Mann. War er einer der drei Polizisten gewesen, die den Nachrichtensendungen zufolge bei der Bombenexplosion ums Leben gekommen waren?

Der türkische Geheimdienstoffizier sprach nicht mehr, während sie aus der Stadt fuhren. Aber als sie sich wenige Minuten später auf der Autobahn eins in Richtung Norden in den Verkehr einreihten, deutete er über die Mittelkonsole hinweg auf das Handschuhfach. »Dadrin ist Ihre neue Identität.«

Mirić öffnete das Fach und nahm einen gelben Umschlag heraus. Er riss ihn auf und schüttelte den Inhalt hervor: ein burgunderroter EU-Pass, ausgestellt von der kroatischen Regierung; ein zusammengefaltetes Stück Papier mit den biografischen Details seiner Tarnidentität sowie eine Brieftasche mit Kreditkarten auf den Namen Dušan Jurić sowie Schnappschüssen von Leuten, die Mirić noch nie gesehen hatte.

Er klappte den Pass auf und musterte das Foto. Ein Bild von ihm, vor einigen Monaten aufgenommen. Es zeigte ihn mit seiner Augenprothese, nicht mit der Augenklappe, die er jetzt trug. Verlegen berührte er sein Gesicht und fragte sich, wie sehr die Leere in seiner Augenhöhle sein Aussehen veränderte. Spüren konnte er den Unterschied jedenfalls. Nicht die fehlende Sicht, daran hatte er sich weitgehend gewöhnt, sondern die Leere.

Er fragte sich, ob er je die Möglichkeit haben würde, das fehlende Glasauge zu ersetzen.

Nachdem er den Pass und die Brieftasche eingesteckt hatte, überflog er die Details zu seiner neuen Identität. Dušan Jurić war ein bosnischer Kroate, der nach dem Konflikt auf dem Balkan nach Zagreb umgezogen war. Seine Mutter und seine Schwester – er nahm an, dass die Fotos sie zeigten – lebten noch in Sarajevo. Er würde noch genug Zeit haben, sich die Einzelheiten einzuprägen, bevor sie die Grenze nach Mazedonien erreichten, auch wenn es unwahrscheinlich war, dass er dieses Wissen abrufen musste. Dušan Jurić würde bald wieder entsorgt werden, ebenso wie Nikos Roupa vor ihm, wenn auch auf weniger dramatische Weise.

In den kommenden Tagen würde er noch viele Identitäten annehmen auf dem Weg in die Heimat seiner Feinde, wo er seine letzte Rache nehmen würde.

7

Beim Lesen der Polizeiakten über den Revolutionären Kampf und dessen mutmaßliche Mitglieder begriff Raynor zwei Dinge.

Erstens: Wie so viele andere linksradikale Gruppierungen, die überall in Europa aus dem Boden schossen wie Pilze auf einer gut gedüngten Kuhweide, war der EA eine eher dilettantische Terrororganisation. Selbst das war noch eine milde Formulierung. Es war eher eine Art Schülerclub für Möchtegern-Revolutionäre. Sie hatten große Träume, aber gerade genug Ressourcen, um lästig zu sein, vor allem seit die Polizei im Jahr 2010 die Häuser mehrerer Verdächtiger durchsucht hatte. Sechs von ihnen waren jetzt im Gefängnis, darunter der Mann, den man für den Anführer hielt, und einer war bereits unter der Erde. Bei den Durchsuchungen von 2010 hatte man ein kleines Waffenarsenal mit Gewehren, Granaten und Raketen sowie mehr als 100.000 € gefunden. Das ließ darauf schließen, dass sie von irgendeiner Seite zumindest geringfügig finanziell unterstützt wurden, immerhin genug, um jemanden wie Rasim Mirić anzuwerben, falls dieser gerade großzügig gestimmt war. Aber nichts Größeres. Seitdem war der Gruppe nur ein einziger Angriff zugeschrieben worden – eine Autobombe war vor der Hauptgeschäftsstelle der Nationalbank explodiert. Es fiel Raynor schwer, an Drougas' Sicht der Dinge zu glauben, die besagte, dass der EA hinter dem Attentat steckte.

Seine zweite Einsicht lautete, dass es keine Rolle spielte, was er glaubte. Drougas würde gegen die Gruppe vorgehen, egal ob sie tatsächlich etwas mit dem Anschlag zu tun hatten, und die Delta Force würde ihm dabei helfen müssen.

Der EKAM-Oberst war über diese Arbeitsbeziehung nicht glücklicher als Raynor. Er empfand diese Zusammenarbeit als Affront für ihn und seine Agenten, vor allem direkt nach einem Anschlag, den zu verhindern ihnen nicht gelungen war. Raynor wusste, dass EKAM in der Lage war, diese Aufgabe auch ohne Unterstützung von außen zu bewältigen, aber das Temperament dieser Leute bereitete ihm Sorgen. Dennoch verstand er die politische Motivation hinter dieser Partnerschaft, und er nahm an, dass auch Drougas sie verstand. Sowohl der amerikanische Präsident als auch der Interim-Ministerpräsident

Griechenlands wollten dem griechischen Volk internationale Zusammenarbeit demonstrieren und beweisen, dass das NATO-Bündnis weiterhin von Bedeutung war.

Mit anderen Worten, sie steckten bis zum Hals in der Scheiße.

»Was hast du für ein Gefühl bei der Sache, Racer?«, fragte Slapshot.

Kolt wandte den Blick von den farbigen Fahndungsfotos eines Dutzends Terroristen vom Revolutionären Kampf ab, die an der Wand hingen, spuckte eine große Ladung Red-Man-Tabaksaft in eine leere Wasserflasche und leckte sich die Lippen. »Ich werd mich besser fühlen, sobald Kilo sie aufspürt.«

»Nein, Boss, ich meine diesen Mist vom JSOC, dass wir hier mitspielen sollen. Die Leute hier scheinen doch alles im Griff zu haben. Wir sind das fünfte Rad am Wagen.«

»Wenigstens haben wir verschiedene Ziele und müssen uns keine Sorgen über ihre Nahkampffähigkeiten machen«, wandte Kolt ein.

»Das ist ihre Show, Racer, nicht unsere. Warum sind wir überhaupt dabei?«

»Das hast du nach den Anschlägen in Paris und Brüssel nicht gesagt«, erinnerte Kolt seinen Kameraden. »Da hast du dich den ganzen Tag beschwert, dass wir nicht losgeschickt werden, um zu helfen.«

»*Touché,* Racer, *touché*«, erwiderte Slapshot grinsend. »Aber diese Revolutionärer-Kampf-Typen sind doch Amateure.«

Das konnte Raynor nicht bestreiten, aber dennoch stellte diese Organisation eine reale Bedrohung dar, sodass er nichts dagegen hatte, sie auszuschalten. Politische Opposition zu Kapitalismus oder Globalisierung war das eine, aber Gewalttaten, die unschuldige Bürger in Gefahr brachten, machten automatisch sämtliche philosophischen oder moralischen Argumente ungültig, und in Raynors Augen galt dasselbe für das Recht solcher Revolutionäre auf Atemluft. Seine einzige echte Sorge galt einem Faktor, den Slapshot gar nicht erwähnt hatte: Drougas konnte in seinem Diensteifer möglicherweise das Leben von Kolts Operators unnötig in Gefahr bringen.

Von dem EA-Mitglied, das Kolt vor Shiners letzter bekannter Position überwältigt hatte, hatten Drougas' Ermittler zwei Ziele bekommen. EKAM würde sich Dmitris Xiros vornehmen, ein bekannter Anarchist, der im Verdacht stand, der Anführer des Revolutionären Kampfs zu sein. Deltas Ziel war in dieser Nacht das Haus von Angelos Souri, einem anderen EA-Verdächtigen und bekannten Genossen von Xiros.

EKAM würde bei dieser Mission die Führung übernehmen und die Gesamtstrategie bestimmen, aber die taktischen Entscheidungen lagen in der Hand der Kämpfer vor Ort. Damit war auch Raynor aus dem Spiel. Er war jetzt der Staffelkommandant, der den Überblick behalten musste, für den Hercules in diesem Fall eigentlich bereits hinreichend gesorgt hatte. Major Barnes würde den Vorstoß planen und anführen, während Raynor sich damit zufriedengeben musste, in der Operationszentrale live den Funkverkehr mitzuverfolgen, zusammen mit Slapshot und Digger.

»Ein Wohnviertel«, meldete Barnes. »Keine guten Stellen, wo sich das Kilo-Team positionieren könnte, also sind wir ein paarmal vorbeigefahren. Im Zielgebäude ist alles ruhig. Vielleicht steht es leer. Sieht für mich nach einem Schuss in den Ofen aus.«

In Raynors Kopf war die Erinnerung an den Sprengsatz hinter Shiners Wohnungstür noch sehr präsent. »Der Verdächtige, den wir in Gewahrsam haben, könnte uns absichtlich in einen Hinterhalt locken wollen. Das könnte eine Falle sein.«

»Oder einfach eine Niete.« Barnes gab sich keine Mühe, seine Verachtung für Kolts Bauchgefühl zu verbergen. »Wir werden vorsichtig sein, aber das ändert nichts an der Tatsache, dass es nur einen Weg gibt, das mit Sicherheit festzustellen.«

Raynor musste sich zurückhalten, um nicht noch mehr ungebetene Ratschläge zu geben. Er hatte seine Einschätzung bereits bekannt gegeben und einige Handlungsoptionen aufgezeigt. Nun war es Barnes' Show.

Obwohl der Truppenkommandant sich sklavisch an die Synchronisationsmatrix hielt, wusste Raynor, dass Stitch, Shaft und andere erfahrene Operators entscheidenden Anteil an der Entwicklung des Angriffsplans gehabt hatten. Man würde die Nachbarwohnungen evakuieren und in Beschlag nehmen, fiberoptische Kameras durch die Wände schieben, um ins Innere zu blicken. Um 2:30 Uhr, den Zeitpunkt, an dem Drougas' Leute ihren Angriffsplan beim Haus von Dmitris Xiros umsetzten, würde Barnes' Truppe an mehreren Punkten gleichzeitig in Souris Wohnung eindringen. Die Nachbarn würden nicht erfreut über die Störung sein, aber die Schäden würden sich leicht durch etwas Mauerputz und einen frischen Anstrich beheben lassen, was man von dem Chaos, das Shiner angerichtet hatte, nicht behaupten konnte.

Es war ein unkonventioneller, wohldurchdachter Plan, der von den Fähigkeiten seiner Operators Gebrauch machte. Der einzige Nachteil an ihm war, dass Raynor nur aus der Ferne zusehen würde.

Cindy »Hawk« Bird klopfte mit den Fingerknöcheln sanft, aber beharrlich an die Tür. Sie widerstand dem Drang, über die Schulter zur Tür der gegenüberliegenden Wohnung zu schauen, wo Angelos Souri wohnte, das Ziel der bevorstehenden Razzia. Nach einigen Sekunden klopfte sie noch einmal, etwas kräftiger, und hörte erst auf, als sie aus dem Inneren eine gedämpfte Stimme hörte.

Sie warf dem griechischen Polizisten, der einen dunkelblauen Overall mit einem Namensschild über der einen und dem Logo einer lokalen Teppichfirma auf der anderen Brustseite trug, einen fragenden Blick zu. Der Beamte stand nur ein paar Schritte rechts von ihr auf der vorletzten Stufe der nach unten führenden Treppe, knapp außerhalb des Sichtfelds, das die Türspione boten. Er nickte ihr zu, um ihr zu signalisieren, dass sie es richtig machte.

Draußen saßen Shaft, zwei andere Kämpfer und der Funker der Staffel in einem grauen Kastenwagen, der mit demselben Logo verziert war. Sie trugen ebenfalls blaue Overalls unter ihrer vollständigen Kampfausrüstung. Ihre Waffen waren gespannt und gesichert, bereit für einen schnellen Angriff, falls etwas schiefging.

Hawk war unbewaffnet und in Straßenkleidung. Ihre Ausrüstung und ihre Waffen waren im Van in einer großen, schwarzen Hockeytasche verstaut.

Die Wohnungstür wurde geöffnet und ein schwergewichtiger Mann mittleren Alters in einem fleckigen Unterhemd und Boxershorts kam zum Vorschein. Ihr drang der Geruch von abgestandenem Tabakrauch und

Knoblauch in die Nase, aber ihr gelang ein freundliches Lächeln und sie breitete einladend die Arme aus. Der Bewohner hatte den Mund geöffnet, wollte eine Frage stellen, doch während er sie betrachtete, verwandelte sich sein fragender Gesichtsausdruck in ein erfreutes Grinsen. Aber als er in den Flur trat, um sich umarmen zu lassen, wich sie zurück, hob einen Finger an die Lippen und bedeutete ihm, still zu sein. Sein Grinsen verflog, als er feststellte, dass sie nicht allein war, aber die List hatte ihren Zweck bereits erfüllt. Ohne ein Wort zu sagen und unter minimalem Risiko hatte sie ihnen Zugang zu der Wohnung verschafft, aus der der Angriff stattfinden würde.

Dafür, glaubte Hawk, brauchte die Einheit mehr weibliche Operators.

Sie mochte es nicht, sich selbst so zu sehen – als weiblicher Operator. Sie hatte sich ihren Platz bei Delta verdient, hatte den Selektionsprozess genauso durchlaufen wie jeder der Männer, die auf den Treppenstufen standen. Vielleicht war sie sogar noch kritischer beurteilt worden, von Männern, die überzeugt waren, dass eine Frau weder körperlich noch emotional in der Lage war, die Aufgaben eines Delta-Kämpfers zu erfüllen. Sie war eine bessere Schützin als die meisten von ihnen, war außerdem hervorragend im Lernen von Sprachen und anderen unverzichtbaren Fähigkeiten. Ironischerweise hatte sie als Kandidatin im Trainingsprogramm wesentlich mehr Action erlebt als jetzt als Operator. Aber keine harte Arbeit, keine tapfere Selbstaufopferung würde dafür sorgen, dass man sie anders sah. So wie Neil Armstrong immer »der erste Mann auf dem Mond« sein würde, würde sie immer der erste weibliche Operator bei der Delta Force bleiben. Sie hoffte nur, dass sie nicht der letzte war.

Der Polizist zeigte dem Bewohner seinen Ausweis, sprach streng auf Griechisch mit ihm und bedeutete dem Mann, ihm zu folgen. Nach einem weiteren raschen, griechischen Wortwechsel reichte der Beamte dem Mann ein zusammengerolltes Bündel Euro-Banknoten, bevor er ihn zur Haustür führte. Der Polizist wandte sich Hawk zu und flüsterte auf Englisch: »Er lebt allein. Sie können reingehen.«

Während der Polizeibeamte den immer noch geschockten Mieter die Treppe hinunterbegleitete, trat Hawk noch einen Schritt zurück, verdeckte den Türspion hinter ihr mit dem Rücken und rief ihre Teamkameraden mit dem Handy an. Wenige Minuten später hörte sie ein leises Klopfen an der Tür und sah durch den Spion. Da stand Shaft, seltsam verzerrt durch die Linse, mit einem drei Meter langen, zusammengerollten Teppich über der Schulter. Mehrere weitere befanden sich knapp außerhalb ihres Sichtfelds, aber sie konnte zwei weitere große Teppiche erkennen. Es war schon nach Geschäftsschluss, aber nicht so spät, dass irgendjemand in der Nachbarschaft durch eine Teppichlieferung Verdacht geschöpft hätte. Bis zum Angriff blieb noch etwas Zeit. Hawk öffnete die Tür und machte Platz, während ihre Kameraden schweigend nacheinander in die Wohnung marschierten.

Als sie drinnen waren, drehte sie sich um, spähte ganze zwei Minuten lang durch den Türspion und beobachtete die gegenüberliegende Wohnung, um zu sehen, ob jemand herauskommen würde, um Nachforschungen über ihren Besuch anzustellen. Aber das tat niemand.

Sie zog sich von der Tür zurück und schloss sich den anderen an. Während sie ihre leichte Schutzweste hervorkramte, sah sie zu, wie sie die Teppiche ausrollten, wobei die Ausrüstung und die Waffen zum Vorschein kamen, die sie für den Angriff in dieser Nacht brauchen würden. Einer ihrer Kameraden - er wurde Venti genannt, weil er süchtig nach Starbucks-Kaffee war - war auf einen Tisch gestiegen und bohrte ein Loch in die Wand, etwa zweieinhalb Zentimeter unter der Decke. Der geräuscharme ACUSTEK-Bohrer, der mit teflonummantelten Bits mit Diamantspitzen ausgestattet war, erzeugte so gut wie keinen Lärm. Trotzdem gingen sie das Risiko einer Entdeckung ein, weshalb ein anderer Kämpfer namens Joker mit seinem HK MP5K-PDW bereitstand, während Shaft die Schlauchkamera vorbereitete.

Venti sah nach unten und nickte. Dann schaltete er den Bohrer in den Linkslauf und zog den Bit wieder heraus, wobei ein Loch erschien, dessen Durchmesser kaum größer war als der einer Zigarette. Er legte den Bohrer zur Seite, nahm die Kamera von Shaft entgegen und steckte sie in das Loch. Die Kamera, die über Bluetooth mit Shafts Laptop verbunden war, zeigte für einen Augenblick nichts als Dunkelheit. Aber dann war ein winziger Lichtpunkt auf dem Bildschirm zu sehen, der immer größer wurde, während die Kamera sich dem anderen Ende des Lochs näherte. Hawk hielt gespannt den Atem an und wartete auf den ersten Blick in die Zielwohnung.

Die zwei Apartments hatten denselben Grundriss, aber spiegelverkehrt. Sie teilten sich eine lange Mauer, die in der einen Wohnung zum Wohnzimmer, in der anderen zum Schlafzimmer gehörte. Die Fenster waren mit dicken Tüchern verhängt, was erklärte, warum das Aufklärungsteam noch keine Aktivitäten im Inneren entdeckt hatte. Der Raum war dunkel, abgesehen vom Licht eines Fernsehbildschirms an der gegenüberliegenden Wand. Aber da die Kamera im FLIR-Modus war, war dennoch alles sichtbar. Die Lautstärke des Fernsehers war heruntergeregelt, aber Hawk sah, dass er eine Nachrichtensendung zeigte. Griechische Untertitel liefen über den Bildschirm. Venti drehte die Kamera langsam, brachte mehr vom Zimmer zum Vorschein, darunter auch die sechs menschlichen Umrisse darin.

Shaft hob eine Hand, gab das Signal zum Anhalten, und die Kamera hörte auf, sich zu bewegen.

Es waren vier Männer und zwei Frauen. Sie alle sahen sich still – fast nachdenklich – die Nachrichten an. Zwei sahen aus, als ob sie gleich einschlafen würden, aber die anderen wirkten wachsam, beinahe überspannt. Niemand sprach, und immer wenn jemand sich bewegte, um aus einer Wasserflasche zu trinken oder an einer Zigarette zu ziehen, tat er es betont langsam, als ob sie wussten, dass sie vielleicht beobachtet wurden. Hawk musterte ihre Gesichter und erkannte, dass vier von ihnen auf der Liste der möglichen Mitglieder des Revolutionären Kampfs gestanden hatten, die Drougas ihnen zur Verfügung gestellt hatte. Souri war da, aber auch jemand anderes, mit dem sie hier nicht gerechnet hatten. Sie zeigte mit dem Finger auf ihn und tippte auf den Bildschirm. »Das ist Dmitris Xiros«, flüsterte sie.

Shaft nickte und drückte die Sprechtaste seines MBITR-Funkgeräts. »Noble Two-One, hier Noble Alpha-One.«

Er sprach leise, aber Hawk konnte ihn im Hörer ihres eigenen Funkgeräts deutlich verstehen. Sie hörte auch Barnes' Antwort. Barnes war mit Stitch und einem zweiten Angriffstrupp auf dem Dach, wo sie sich bereit machten, sich abzuseilen und durch die Fenster einzusteigen. »Lassen Sie hören, Alpha.«

»Sieht aus, als ob hier heute Abend 'ne Party steigt. Sechs Feinde im Wohnzimmer, die in die Glotze schauen. Xiros ist auch da.«

»Xiros? Das wird Hercules nicht sehr freuen«, erwiderte Barnes nach einem Moment. »In Ordnung, warten Sie.«

Hawk nahm an, dass Barnes die Nachricht an Raynor weitergab, der die Operation aus der Zentrale verfolgte. Während sie warteten, betrachtete sie weiter gründlich die Kamerabilder. Dann sah sie etwas, das ihr zuvor entgangen war.

»Maschinenpistolen«, flüsterte sie. »Auf dem Couchtisch. Ich sehe vier. Könnten MP5s sein.«

Shaft sah hin, dann nickte er. »Venti, schieb noch eine Kamera ins Schlafzimmer. Lasst uns sichergehen, dass uns dadrin keine Überraschungen erwarten.«

Der andere Kämpfer nickte und machte sich mit seinem geräuscharmen Bohrer auf den Weg ins angrenzende Zimmer. Einen Augenblick später war Barnes' Stimme wieder über Funk zu hören. »Alpha-One, wir haben die volle Befehlsgewalt von Racer. Unsere Ziele sitzen alle auf einem Fleck, also werden wir jetzt zuschlagen. Wie sieht's dadrin aus?«

Shaft beschrieb kurz den Grundriss des Zimmers und die Positionen der mutmaßlichen Terroristen, wobei er jeden von ihnen mit einer Zahl versah. Er verschwieg auch nicht das kleine Waffenarsenal auf dem Couchtisch.

»Scheiße«, fluchte Barnes. »Hercules will sie lebend, wenn möglich.«

»Das liegt nicht nur an uns«, gab Shaft zu bedenken.

Bevor Barnes antworten konnte, meldete Venti sich zu Wort. »Ich schiebe die Kamera jetzt rein.«

Shaft drückte ein paar Tasten, und der Bildschirm teilte

sich in der Mitte, um beide Übertragungen anzuzeigen. Rechts war das Schlafzimmer in prächtigem Schwarz-Weiß zu sehen.

»Ähhh ... In dem Zimmer würde ich aber nicht schlafen wollen«, murmelte Shaft.

Obwohl es eine Matratze gab, die aufrecht an der Wand lehnte, hatte man den Raum offenbar als Lagerraum benutzt. Dort befanden sich mindestens drei Dutzend 20-Liter-Plastikeimer von der Sorte, die Restaurants benutzten. Hawk war sich jedoch ziemlich sicher, dass die Behälter keine Gewürzgurken enthielten. Die Deckel aller Eimer waren geschlossen, und aus Löchern an der Oberseite ragten dünne Röhren, vielleicht Drähte, hervor.

»Okay«, sagte Shaft. »Das ist nicht gut.« Er hob den Blick zu Hawk. »Ich geh davon aus, dass das ANC-Sprengstoff ist.«

Hawk stellte im Kopf rasch ein paar Berechnungen an. »Etwa eine halbe Tonne, würde ich sagen. Das reicht für ein paar kleine Autobomben. Was wollen wir wetten, dass sie ein Attentat auf das Staatsbegräbnis planen?«

»Verdammt, wer weiß das schon?«, gab Shaft zurück.

»Das Zeug ist doch relativ stabil, oder?«

Shaft nickte. »Man braucht eine kleine, hochexplosive Übertragungsladung – sagen wir ein paar Stangen Dynamit –, um es zur Explosion zu bringen. Also keine Sprengladungen zum Reingehen. Blendgranaten gehen klar.«

Hawk verstand, worauf er hinauswollte. Ihr Plan war, sich den Zutritt zur Wohnung durch den Einsatz von speziell geformten Sprengsätzen zu bahnen und dann Blendgranaten zu werfen, um die Feinde zu überrumpeln. Den Zahlen nach wären weit größere Erschütterungen nötig, um die Mischung aus Ammoniumnitrat und Öl in den

Eimern explodieren zu lassen, aber sie wusste ebenfalls, dass ihr aller Leben von der Korrektheit dieser Berechnung abhing. »Was, wenn sie sie schon mit hochexplosiven Ladungen ausgestattet haben?«

»Dann würde die Lage anders aussehen, ja«, räumte Shaft ein.

Er ging noch einmal ans Funkgerät und teilte Barnes die neuesten Entwicklungen mit.

Der junge Truppenkommandant nahm sich mehrere Sekunden Zeit, um seine Antwort abzuwägen. »Okay, dann müssen wir drauf verzichten, Löcher in die Wand zu sprengen. Bringen Sie Ihre Leute durch die Tür rein.«

Shaft schaltete wieder auf das Bild der ersten Kamera um. Im Wohnzimmer hatte sich niemand bewegt. Die beiden Männer saßen auf Sesseln an beiden Enden des Sofas. Einer von ihnen war Xiros.

»Wir bleiben bei der Fenstersprengung. Unser Einstiegspunkt ändert sich nicht«, fuhr Barnes fort. »Lebend wäre vorzuziehen, aber ich sage nicht, dass Sie die Einsatzregeln ignorieren sollen. Dies ist ganz klar ein feindliches Ziel.«

»Roger. Geben Sie uns zwei Minuten, um uns fertig zu machen.« Shaft wandte sich Joker zu. »Sie gehen an die Spitze. Venti, Nummer zwei. Ich gehe als Letzter.«

Cindy Bird hörte zu, wie Shaft ihnen die Aufgaben zuwies. Dabei sprach sie ein stummes Gebet, dass man sie nicht wieder aufs Abstellgleis schieben würde.

»Hawk, Sie halten für uns die Augen offen.«

Sie verkniff sich einen wütenden Protest und antwortete schlicht: »Roger.«

Shaft war der Boss, und er hatte wahrscheinlich seine Gründe dafür, sie zurückzulassen. Venti und Joker waren beide erfahrene Türeneintreter, weshalb es sinnvoll war, sie an die Spitze zu stellen. Aber wie sollte sie jemals so erfahren werden wie sie, wenn sie immer nur auf der Reservebank saß?

Sie wandte sich dem Computer zu und starrte hoch konzentriert auf den Bildschirm, ein vergeblicher Versuch, ihre Enttäuschung zu verbergen. Während ihre Teamkameraden sich auf den Weg zur Tür machten, nahm Hawk den Laptop und ging damit in die Küche. Sie hoffte, dass die Haushaltsgeräte dort ihr zusätzlichen Schutz bieten würden, falls eine verirrte Kugel durch die Wand schlug.

Shafts Stimme ertönte über Funk. »Hier ist Alpha-One, wir sind bereit. Fertig zum Angriff.«

Barnes sprach als Nächster. »Golf-Two, schalten Sie den Gebäudestrom bei ›zwei‹ ab. Ich wiederhole, bei ›zwei‹. Bestätigen, kommen.«

Der Operator des Aufklärungsteams, der das Rufzeichen Noble Golf-Two hatte und am Verteilerkasten des Gebäudes wartete, gab das Zeichen, dass er bereit war. »Schalte Strom bei ›zwei‹ ab, roger.«

»Alpha-Four, geben Sie mir einen letzten Lagebericht zum Zielobjekt. Kommen.«

Hawk erschrak leicht, als sie ihr Rufzeichen hörte. Tatsächlich machte es sie ein wenig wütend.

Woher zum Teufel hat Barnes gewusst, dass ich hier bei den Kameras bleiben würde?

Sie richtete den Blick wieder auf den geteilten Bildschirm. Im Raum mit den Behältern hatte sich nichts verändert. Die andere Kamera zeigte die sechs Feinde im benachbarten Apartment, die sich immer noch die Nachrichten ansahen, ohne zu ahnen, was gleich passieren würde.

Sie sprach ins Mikrofon. »Hier Alpha-Four. Keine Veränderung; sechs Leute, die nichts gemerkt haben und im Wohnzimmer herumsitzen. Kommen.«

»An alle Einheiten, hier ist Noble Two-One, ich habe die Kontrolle. Warten Sie … Fünf … Vier …«

Während Barnes mit dem Countdown begann, bemerkte Hawk, dass sie die Hand fest um den Pistolengriff ihres PDW mit Schalldämpfer geschlossen hatte.

»Drei … zwei …«

Der Fernsehbildschirm in der Wohnung wurde dunkel, was nur leichte Auswirkungen auf das Bild der Kameraübertragung hatte. Die sechs Feinde reagierten kaum, als ob ein Stromausfall etwas völlig Alltägliches wäre.

»Eins … Zugriff. Zugriff. Zugriff.«

Die Tücher vor den Fenstern schossen plötzlich nach innen und fielen dann zusammengeknüllt zu Boden. Hinter jedem kamen zwei Delta-Kämpfer zum Vorschein, die durch die Fenster stiegen und taktische Seile hinter sich herzogen, die Gesichter hinter Nachtsichtbrillen und schwarzen Sturmhauben verborgen. In einer Ecke der Bildschirmanzeige blitzte kurz etwas auf, dort, wo sich die Wohnungstür befinden musste.

Hawk sah, wie die sitzenden Gestalten nun reagierten, aber ihre Bewegungen waren ruckartig und unkoordiniert. Einer von ihnen streckte die Hand nach dem Couchtisch aus und sackte dann schnell wieder auf das Sofa zurück, aufgehalten vom kontrollierten Schusspaar eines der Angreifer.

Sie beobachtete den Bildschirm aufmerksam, wobei sie ihr Mikrofon nur Zentimeter vor dem Mund hielt, um Shaft oder Barnes schnell benachrichtigen zu können, falls nötig. Einer der Männer, der auf einem Sessel saß, hob die Hände, schien es sich dann anders zu überlegen und griff ebenfalls nach dem Waffenarsenal auf dem Tisch. Auch er ging zu Boden.

Aber vorher berührte sein Finger den Abzug einer Maschinenpistole.

Hawk keuchte auf, als sie sah, wie einer der Kämpfer am Fenster von einer Salve aus der MP5 des sterbenden Gegners getroffen wurde. Sie konnte den Aufnäher am Anzug des Mannes nicht erkennen, aber seinen breiten Schultern und dem kompakten Körperbau nach musste es »Stitch« Vickery sein. Die Salve stieß Stitch zurück, warf ihn aus dem zerschmetterten Fenster im ersten Stock und setzte ihn damit außer Gefecht.

Hawk wusste, dass Stitchs Schutzweste wahrscheinlich den Großteil des Schadens abgehalten hatte und dass der Sturz wahrscheinlich kein Problem sein würde, weil er immer noch in sein Seil eingehakt war. Aber dennoch war es der schlimmste Albtraum jedes Operators, zu sehen, wie ein Mitglied der eigenen Truppe im Einsatz verletzt wurde. Es war eine brutale Erinnerung daran, dass jeder von ihnen ins Gras beißen konnte, jederzeit. Außerdem konnte dieser Anblick eine tödliche Ablenkung für andere sein, ganz egal für wie gut vorbereitet man sich hielt.

Das war wahrscheinlich der Grund dafür, dass das restliche Angriffsteam nicht bemerkte, wie eine der Frauen in die Zimmerecke rannte.

»Scheiße«, flüsterte Hawk. »Ein Ausreißer.«

Noch im selben Moment wurde ihr klar, dass die Ausreißerin nicht zum Ausgang wollte. Sie lief zum Schlafzimmer.

Hawk meldete sich im Funknetz. »Hier ist Alpha-Four. Eine Frau hat das Schlafzimmer mit den Behältern betreten.«

Vom Angriffstrupp kam zunächst keine Antwort.

Sie sah, wie die Frau die Schlafzimmertür hinter sich schloss und etwas unter den Türknauf schob, irgendeine Verriegelungsvorrichtung, die zum Boden hinabführte. Nachdem sie die Tür gesichert hatte, begann sie sofort damit, die schweren Behälter vor die Tür zu schleifen, um eine zweite Barrikade zu errichten. Ihr Handeln wirkte auf Hawk verdächtig einstudiert.

Die Schlampe ist nicht in Panik. Die weiß, was sie tut!

»Alpha-Four, die Schlafzimmertür ist durch die Behälter blockiert«, meldete Hawk und versuchte dabei, ruhig zu bleiben. Sie beobachtete die Frau aufmerksam, rechnete damit, dass sie irgendetwas Verrücktes tun würde.

Shaft sprach als Nächster. »Roger, wir kümmern uns drum.«

»Keinen Sprengstoff«, fügte Hawk hinzu. »Ich wiederhole, keinen Sprengstoff benutzen.«

»Alpha Four, hier Two-One, wir versuchen einen mechanischen Durchbruch.« Es war Major Barnes. »Ist die Frau bewaffnet?«

Hawk registrierte Barnes' Funkspruch aus der Zielwohnung kaum. Sie hatte die Frau dabei beobachtet, wie sie in ein paar Schubladen wühlte und offensichtlich etwas suchte. Als sie wieder aufstand, hätte Hawk schwören können, dass sie in ihrer rechten Hand etwas gesehen hatte: eine Metallkapsel in der Größe eines Tennisballs.

Ach du Scheiße!

In diesem Augenblick wusste Hawk, dass sie das Problem als Einzige im Blick hatte, ein Problem, das möglicherweise das ganze Gebäude zum Einsturz bringen konnte. Ganz sicher jedoch konnte es sie und ihre

Kameraden nebenan töten. Es gab nur eine korrekte Reaktion darauf.

»Alle Einheiten, hier ist Noble Alpha-Four. FEUERALARM! FEUERALARM! FEUERALARM!«

Sobald sie sie gewarnt hatte, sprang Hawk vom Küchenboden auf. Sie ließ den Laptop zurück und schaltete die taktische SureFire-Lampe an der Schiene ihres PDW ein. Dann setzte sie sich in Bewegung, sprintete durch das Wohnzimmer zur Tür des Schlafzimmers.

Im Zimmer roch es nach Tabak, abgestandenem Schweiß und Körperausdünstungen. Ein paar Schritte entfernt lag eine Matratze am Boden, kreuz und quer darüber ein paar Decken. Dahinter lag die Mauer, die Hawk von dem Schlafzimmer trennte, in dem sich eine halbe Tonne Sprengstoff und eine Terroristin befanden, der die Welt vermutlich am Arsch vorbeiging.

In ihrem Ohrstöpsel hörte sie den weiteren Funkverkehr ihrer Kameraden, die das Codewort »Feueralarm« wiederholten. Es war das Signal für jeden Operator, das Gebäude ohne Rückfragen oder Verzögerungen sofort zu verlassen.

Sie konnte nicht mit Sicherheit wissen, was die Frau vorhatte, aber Hawk war sicher, dass ein Blindschuss ihre einzige Chance war, sie aufzuhalten. Vielleicht konnte sie sie wenigstens ablenken und ihren Kameraden damit Zeit geben, das Haus zu verlassen. Sie richtete die Mündung ihrer Maschinenpistole mit Schalldämpfer auf Brusthöhe, dorthin, wo die Frau stehen musste, schaltete auf Vollautomatik und drückte den Abzug.

Die kupferummantelten Kugeln schlugen durch den Wandputz, ließen eine Wolke aus Staub und Holzsplittern aufsteigen, die im Lichtstrahl ihrer taktischen Waffenlampe herumwirbelte. Hawk schoss weiter auf dieselbe Stelle, während sie vorwärtsging und über die Matratze stieg. Die dicht beieinanderliegenden Treffer erzeugten ein Loch in der Wand, das groß genug war, dass sie eine Faust hindurchstecken konnte, aber sie tat mehr als das.

Ohne langsamer zu werden, hob sie den rechten Stiefel und stieß ihn mit aller Kraft in das kleine Loch, das ihre Kugeln hinterlassen hatten. Sie gewann das Gleichgewicht wieder, trat ein paar Schritte zurück, senkte die rechte Schulter und warf sich gegen die Mauer wie ein All-Pro Outside Linebacker. Sie brach durch die Trockenbauwand, vergrößerte das Loch weiter. Hektisch riss sie die Isolierung aus dem Zwischenraum, trat gegen die Wand auf der anderen Seite und kämpfte weiter dagegen an, bis sie sich mit Kopf und Schultern in das Zimmer der benachbarten Wohnung schieben konnte.

»Alpha-Four, wo zum Teufel sind Sie?«, rief Shaft. »Kommen Sie verdammt noch mal da raus!«

Hawk ignorierte die Aufforderung. Sie hob die Waffe, leuchtete mit der SureFire in den Raum, über die eng zusammengeschobenen Reihen von Plastikeimern. Kurz hinter diesen, zwischen der verbarrikadierten Tür und dem Tisch, befand sich die Terroristin.

Die Salve hatte mehr angerichtet als nur ein Loch in die Wand zu reißen. Einige der Kugeln waren glatt durchgebrochen und hatten das Ziel getroffen.

Die Frau lag auf den Knien, ihr T-Shirt war blutgetränkt. Mit weit aufgerissenen Augen starrte sie ins grelle Licht der taktischen Lampe. Ihr Gesicht war ausdruckslos, zeigte weder Schmerz noch sonstige Emotionen. Sie griff nicht nach ihren Wunden, aber einen Augenblick später hob sie beide Hände und führte sie vor sich zusammen.

Da war etwas in ihrer rechten Hand: die Metallkapsel in der Größe eines Baseballs, die Hawk bereits auf dem Bildschirm gesehen hatte.

»Granate!«, schrie Hawk, zielte im selben Moment und drückte den Abzug ihres PDW.

Nichts. Sie hatte ihr ganzes Magazin auf die Mauer verschossen.

Die schwer verwundete Terroristin tastete nach dem Ring am Sicherungsstift der Granate.

Hastig ließ Hawk ihre Waffe los und ließ sie am Gurt baumeln. Sofort zog sie ihre Zweitwaffe, wobei ihr zu spät bewusst wurde, dass sie damit das Lampenlicht verlor. Die SureFire war jetzt auf den Boden gerichtet. Aber das Umgebungslicht reichte gerade noch aus, um die Silhouette der Frau mit der Granate zu erkennen.

Hawk streckte die Glock ganz vor sich aus, zielte über das Trijicon-Nachtvisier, justierte leicht nach, bis es über dem Nasenrücken der Frau lag, und feuerte in einer geschmeidigen, geübten Bewegung.

Der Kopf der Frau schnellte zurück und stieß heftig gegen die Wand. Sie sackte in einer merkwürdigen Haltung zusammen, als die Schwerkraft sie langsam zum Boden hinabzog. Als Hawk zum zweiten Mal auf die Terroristin zielte, hörte sie deutlich den dumpfen Schlag, mit dem etwas Hartes auf dem Boden aufkam.

Die Granate.

Scheiße!

Falls es der Frau gelungen war, den Sicherungsstift abzuziehen, blieben Hawk noch fünf Sekunden, *vielleicht*, um durch die Wand zu brechen und die Granate mit einem Tritt von den Sprengstoffeimern zu entfernen.

Eins Mississippi …

Sie stemmte sich mit den Ellbogen an die Ränder des Lochs und hievte sich vorwärts, quetschte ihren schlanken Leib zwischen den Holzbalken der Wand hindurch. Der Putz gab unter ihrem Gewicht nach und sie fiel in das andere Zimmer, mitten zwischen die Eimer.

Zwei Mississippi …

Jeder Eimer wog knapp 20 Kilogramm, sie waren also schwer genug, um nicht wie Kegel umzukippen. Aber sie schwankten immerhin, während sie auf Händen und Knien durch das Zimmer kroch.

Drei Mississippi …

Der Lichtstrahl der SureFire tanzte wild umher, blitzte in alle Richtungen wie eine Discokugel. Das Licht flackerte über der toten Frau und erweckte den Eindruck von Bewegung. Dann beleuchtete es das matte Graugrün der Splittergranate, die über den Boden kullerte. Hawk sprang danach, während das Licht wieder die Richtung wechselte …

Vier Mississippi …

Sie landete auf der Granate. Das harte Metall drückte gegen ihre Schutzweste und sie krümmte sich darum wie ein Igel um seine Beute. Es war zu spät für einen Versuch, die tödliche Waffe wegzutreten, und es hätte ohnehin keine sichere Stelle gegeben. Nein, Hawk war sich vollkommen bewusst, dass sie draufgehen würde. Jetzt konnte sie nur noch hoffen, dass sie die Explosion mit ihrem Körper eindämmen und einiges der von ihr ausgehenden Kraft von den Eimern ablenken konnte. Sie hoffte, es würde genügen, um eine Folgeexplosion zu verhindern, die das ganze Gebäude zerstören würde. Ihre Weste würde vielleicht einige der Splitter aufhalten. Vielleicht würde sogar genug von ihr übrig bleiben, um es zurück nach Hause zu schicken.

Fünf Mississippi.

Sechs.

Sie war vollgepumpt mit Adrenalin und wusste nicht, ob sie ihrer inneren Uhr vertrauen konnte. Noch wagte sie es nicht, loszulassen. Noch nicht.

Sieben.

Undeutlich nahm sie Stimmen im Funknetz wahr, hörte, wie ihre Kameraden ihren Status meldeten. Es war ein wirrer Lärm, bis sich durch das Getöse ein Wort deutlich abzeichnete.

»Hawk!«

Acht.

Sie öffnete die Augen und hob den Blick. Jemand spähte durch das Loch in der Wand. »Hawk. Alles in Ordnung? Bist du getroffen?«

Hinter der Schutzausrüstung konnte sie sein Gesicht nicht erkennen, aber es war Shafts Stimme.

»Ähmmm …«

Neun.

Sie öffnete die Arme und brachte die Granate zum Vorschein, die sie an die Brust gedrückt hatte. Der Sicherungsstift lag immer noch fest am Gehäuse, der Ring baumelte harmlos daran.

Zehn.

Sie schluckte. Ihr Mund war fast zu trocken, um sprechen zu können. »Mir geht's gut.«

8

Mit einem Gefühl der Betäubung rief Kolt Raynor Colonel Webber an, um einen Verlust zu melden – sein Kamerad, sein Freund, Sergeant Major Clay »Stitch« Vickery.

Jeder Operator – jeder Soldat – wusste, dass er im Einsatz sterben konnte, und jeder Kommandant einer Kampftruppe wusste, dass der Verlust von Männern unvermeidlich war. Raynor hatte an mehr als genug Beerdigungen in Abschnitt 60 des Arlington National Cemetery teilgenommen. Er wusste, dass die Chancen gut standen, dass er eines Tages selbst dort zwischen seinen gefallenen Kameraden liegen würde. Aber das machte den Umgang mit Verlusten nicht leichter. Im Moment war er noch in der Verleugnungsphase, aber er wusste, dass er später Wut empfinden würde.

Eigentlich war es ein Zufall gewesen. Stitchs Schutzweste hatte drei Kugeln aus der MP5 des Terroristen aufgehalten, aber die vierte hatte seine Oberarmarterie durchtrennt. Im Chaos nach der Evakuierung hatte der Rest des Teams mehrere Minuten gebraucht, um den Verletzten vom Seil zu holen. Erst dann hatten sie feststellen müssen, dass er schwer verwundet war.

»Das ist bitter«, sagte Webber. Raynor wusste, dass der Delta-Kommandant hinsichtlich des Verlusts dasselbe empfand wie er. »Hatte Stitch irgendwelche Verwandten, von denen ich nichts weiß?«

»Die Einheit war seine Familie«, erwiderte Raynor. Es hörte sich wie ein Klischee an, aber in Stitchs Fall war es die Wahrheit. Nach zwei gescheiterten Ehen hatte Clay Vickery den Versuch aufgegeben, sich ein Leben außerhalb des Delta-Geländes aufzubauen. »Er ist gestorben, wie er gelebt hat«, fügte Raynor hinzu. »Als Krieger.«

Webber brummte zustimmend und signalisierte damit, dass eine weitere Diskussion des Themas nicht nötig war. »Drei tote Feinde. Drei sitzen im Käfig. Haben Sie noch irgendwas übrig gelassen, für das das EKAM das Lob einstreichen kann?«

»Wir haben ihnen in der Nachbesprechung alles erklärt, Sir. Über das mit dem Lob kümmern die sich jetzt selbst.«

Kolt konnte nicht auf mehr hoffen als auf ein Schulterklopfen von Webber. Polizeioberst Drougas und EKAM schrieben sich die Verhinderung des Attentats zu, und das störte Raynor nicht. Der griechische Kommandant war immer noch ein wenig beleidigt, weil sein Team am falschen Zielort gewesen war, aber das war nicht Raynors Problem. Der Plan war immer gewesen, den Griechen in ihrer Heimat den Platz im Rampenlicht zu überlassen. Ohnehin war keiner der Delta-Operators auf öffentlichen Ruhm aus. Sie kannten das Protokoll, und Raynor durfte es sich mit Drougas nicht verscherzen, wenn er die Informationen sehen wollte, die man in der Wohnung des Verdächtigen gefunden hatte.

»So läuft's nun mal, Kolt«, sagte Webber. »Und Hut ab, dass Sie den Plan zur Sprengung des Staatsbegräbnisses vereitelt haben.«

»Ich bin nicht sicher, ob wir wirklich irgendwas vereitelt haben. Das war ein ziemlich windiger Plan.«

Raynor redete seinen Erfolg nicht klein. Die drei überlebenden Mitglieder des Revolutionären Kampfes redeten zwar nicht, aber die in der Wohnung sichergestellten

Beweismittel zeigten, dass es sich um die Art von Plan handelte, die nur ein paar gelangweilte Studenten aushecken konnten, deren Praxiswissen ausschließlich aus ein paar Videos im Internet stammte. »Ich hab meine Zweifel, ob die es überhaupt geschafft hätten, den Sprengstoff näher als eine Meile an den Begräbnisort heranzubringen.«

»Wenn sie die Chance gehabt hätten, es zu versuchen, hätten viele Unschuldige verletzt werden können. Also war es ein Erfolg.« Webber hielt kurz inne und fügte dann hinzu: »Und obwohl wir Stitch verloren haben, hätte es noch viel schlimmer kommen können.«

»Dafür können wir uns bei Hawk bedanken.«

»Ich habe gehört, was sie getan hat, daher werde ich das tatsächlich«, gab Webber zurück. »Kam mir irgendwie bekannt vor, die Art, wie sie diesen verrückten Stunt durchgezogen hat. Ich hoffe, dass Sie keinen schlechten Einfluss auf die nächste Generation unserer Kämpfer haben.«

Diese Bemerkung war ein kleiner Seitenhieb und eine Erinnerung an Kolts derzeitige administrative Rolle innerhalb der Delta-Organisation.

»Wir schicken Ihnen jetzt das Video von ihrem Alleingang«, kündigte Kolt an. Die Kameras hatten jede Sekunde eingefangen. Er wusste, dass Hawks Leistung dem Alten einen Ständer bescheren würde, denn das Pilotprogramm für weibliche Operators war von Anfang an auf seinem Mist gewachsen. »Sie sollten sich das wahrscheinlich besser anschauen, bevor es bei YouTube landet.«

»Wird gemacht, Raynor«, gab Webber mit einem kurzen Lachen zurück. »Ich freue mich schon darauf, es den restlichen Leuten hier im Gebäude zu zeigen. Richten

Sie Major Barnes und seiner Truppe mein Lob und mein Beileid aus. Und dann bringen Sie Stitch nach Hause.«

»Es gibt noch ein paar Dinge, die ich gern erledigen würde, bevor ich abreise, Sir«, entgegnete Kolt.

»Es sollte alles erledigt sein, Kolt. Was für ›Dinge‹ sind das?«

Raynor zögerte. Er hatte noch keine klaren Beweise dafür, dass Rasim Mirić noch lebte, nur ein Bauchgefühl, das ihm sagte, dass sie den Scharfschützen noch nicht zum letzten Mal gesehen hatten. »Ich glaube, dass die ganze Sache mit dem Revolutionären Kampf nur eine Finte gewesen ist. Etwas, das uns von der echten Bedrohung ablenken sollte.«

»Der echten Bedrohung«, wiederholte Webber.

»Die arbeiten mit jemand anderem zusammen.«

»Mit wem?«

»Das versuche ich herauszufinden. Vielleicht mit dem IS. Der Revolutionäre Kampf hat sich gegen eine Einmischung des Westens im Nahen Osten ausgesprochen. Vielleicht machen sie gemeinsame Sache mit denen. Ich hoffe, dass wir was Handfestes haben werden, das sich weiterverfolgen lässt, sobald die Einheimischen die ganzen Beweismittel ausgewertet haben, die wir gefunden haben. Bis zur Beerdigung haben wir ja noch ein paar Tage.«

»Nein, haben Sie nicht. Ich weiß, das ist bestimmt ein Schock für Sie, aber Sie sind kein Teil der Schutzmannschaft mehr. Falls Sie sich das fragen, die Anweisung stammt direkt vom Vizepräsidenten.« Diesmal war der Sarkasmus im Tonfall des Colonels unverkennbar. Wenn es jemanden gab, dem das volle Ausmaß der Feindseligkeit zwischen Kolt Raynor und Vizepräsident Mason bekannt war, dann war es Webber.

Raynor knirschte mit den Zähnen. Er hatte sich nicht darauf gefreut, Mason beschützen zu müssen, aber die Implikation, dass er sich bei der Erfüllung seiner Pflicht unprofessionell verhalten hätte, ging ihm gegen den Strich. »Meinen Sie das ernst, Sir?«

»Verdammt ernst«, entgegnete Webber. »Der kommandierende General des JSOC will nicht, dass Sie oder sonst irgendjemand aus dem Kommando sich diesem Begräbnis näher als auf 1000 Meilen nähern. Schaffen Sie Ihren Arsch hierher zurück, und zwar *pronto.*«

»Shiner ist noch am Leben«, stieß Raynor hervor. »Er wird wieder zuschlagen.«

Am anderen Ende der Leitung entstand ein langes Schweigen. Schließlich sagte Webber: »Die Noble-Staffel ist nicht in Bereitschaft. Jedenfalls die nächsten 43 Tage nicht. Ihre Leute müssen sich wieder dem Training und ihren Familien widmen. Falls Ihr mythischer, einäugiger Scharfschütze früher wieder auftaucht, wird er das Problem von irgendjemand anderem sein. Haben Sie gehört?«

Kolt atmete tief durch. »Laut und deutlich.«

Raynor musste nun einen Gang herunterschalten, was ihm half, die Dinge wieder in die richtige Perspektive zu rücken. Während er sich auf die logistische Herausforderung konzentrierte, die die Demobilisierung einer ganzen Staffel darstellte, noch dazu Hauptquartier und Unterstützungspersonal, gestattete er seinem Unterbewusstsein, sich mit dem Problem zu befassen, wie er Shiner zur Strecke bringen konnte. Als er in Pope Field landete, war er sicher, dass das Staatsbegräbnis in Athen jedenfalls das unwahrscheinlichste Angriffsziel für Shiner oder irgendwelche anderen Terroristen war.

An diesem Ereignis nahm mehr als ein Dutzend Regierungschefs teil, von denen jeder seine eigene Schutzmannschaft mitbrachte. Es würde also mehrere Schichten der Absicherung geben. Und da der kürzliche Angriff sowohl der Polizei als auch den stolzen Bürgern von Athen noch frisch im Gedächtnis war, würde die Paranoia so stark sein wie nie. Internationale Nachrichtenagenturen meldeten bereits einen Anstieg rassistisch geprägter Straftaten, vor allem gegen muslimische Einwanderer, und das, obwohl es keinerlei sichtbare Verbindung zwischen dem Revolutionären Kampf und radikalen Islamisten gab. Ein versuchter Angriff auf die Begräbnisfeier wäre ein völlig aussichtsloses Unterfangen gewesen. Vielleicht wären die Möchtegernterroristen des Revolutionären Kampfs imstande gewesen, einen solchen Fehler zu begehen, aber kein erfahrener Killer wie Mirić.

Raynor wusste außerdem, dass es eine grundlegende Überlebensregel für Scharfschützen war, niemals zu lange am selben Ort zu bleiben, vor allem nachdem man seine Anwesenheit durch einen tödlichen Schuss offenbart hatte. Shiner war also schon lange verschwunden, auf dem Weg zu seinem nächsten Ziel. Aber jetzt, da Raynor mit Sicherheit wusste, dass er real war – nicht nur eine Erfindung seiner hyperaktiven Fantasie –, schien es tatsächlich möglich zu sein, ihn zu finden.

Kolt brachte seine Ausrüstung in die Räume der Noble Squadron, nahm sich ein Bier aus dem Kühlschrank und machte sich auf den Weg zur Gedenktafel der Staffel, die mit Farbfotos der gefallenen Noble-Krieger geschmückt war. Morgen würde man Stitchs Foto hinzufügen. Kolt prostete seinem gefallenen Bruder zu und nahm einen großen Schluck. Dann warf er die Dose in den Müll, beglich seine Rechnung und machte sich auf den Weg zur SCIF.

Die Sensitive Compartmented Information Facility war das Nervenzentrum der Delta Force, wo ein Team aus Analysten sich die Daten vornahm, alles von Drohnenvideos über Agenturberichte bis hin zu Dokumenten aus Terroristenverstecken. Sie suchten nach Auslösern und Indikatoren, legten Ziele für die Operators fest und versorgten diese mit detaillierten Informationen, die für den Erfolg ihrer Missionen unverzichtbar waren. Die meisten verfügten über langjährige Erfahrung im aktiven Dienst, und Kolt hielt große Stücke auf sie. Einige waren zivile Dienstleister, die Militärdienst geleistet hatten, aber auch diese hatten eine intensive Sicherheitsüberprüfung durchlaufen.

Im Laufe seiner Karriere hatte Raynor immer Wert auf ein gutes Verhältnis zum Unterstützungspersonal gelegt, vor allem zu den Analysten in der SCIF. Ihr Job war es, Daten zu schlucken und zu verarbeiten, aber Kolt wusste aus Erfahrung, dass auch sie über Ahnungen und Bauchgefühle verfügten, die sie nicht immer in ihren Präsentationen zur Sprache brachten. Raynor hielt es für sehr wichtig, seinen Instinkten zu vertrauen. Einige Operators ließen sich zu der verbreiteten Wir-gegen-die-Mentalität verleiten und behandelten jeden, der nicht aus 400 Metern eine Zielscheibe treffen oder sein Körpergewicht beim Bankdrücken stemmen konnte, als unter ihrer Würde. Aber Raynor wusste, dass verlässliche Informationen den Unterschied zwischen der Gefangennahme einer hochrangigen Zielperson und der Heimkehr in einem Leichensack bedeuten konnten. Es konnte nicht schaden, etwas Wertschätzung zu zeigen, daher verbrachte er einen großen Teil seiner Freizeit in der SCIF, hörte zu, stellte Fragen und behandelte die Informationsspezialisten ganz allgemein wie menschliche Wesen.

Hin und wieder zahlte sich dieser Aufwand aus, und mehr als das. Als er nach seinem dreijährigen Exil in die Einheit zurückgekehrt war, hatte Raynors gutes Arbeitsverhältnis zu Kenny Farmer eine zentrale Rolle beim Aufspüren eines terroristischen Ausbildungslagers im Jemen gespielt. Farmer war ein junger ehemaliger Air-Force-Geheimdienstoffizier, der nun als Bildanalyst für Booz Allen Hamilton arbeitete und bei der Einheit unter Vertrag stand. Die Entdeckung des Lagers hatte Raynor wiederum auf einen Plan aufmerksam gemacht, Marine One, den Hubschrauber des Präsidenten, vom Himmel zu schießen. Kenny Farmer war jedoch mittlerweile weitergezogen. Wo er jetzt arbeitete, wusste Kolt nicht mit Sicherheit, aber er schickte ihm immer noch jedes Jahr eine Weihnachtskarte. Nun hatte Raynor Schwierigkeiten, jemanden zu finden, der ebenso viel Hilfsbereitschaft zeigte wie Kenny.

Der Mann, mit dem Raynor heute sprechen wollte, war ein Analyst für Zielerfassung und Terrorbekämpfung namens Brian Kelly und hatte sich als besonders harte Nuss erwiesen.

Kelly war gertenschlank, was Raynor eher einer genetischen Veranlagung als irgendwelchen Ernährungs- oder Sportgewohnheiten zurechnete. Wie viele seiner Kollegen schien er sich hauptsächlich von Energydrinks und Knabbereien zu ernähren und bewegte sich so gut wie nie. Kelly litt an Haarausfall, aber die wenigen Haare, die ihm blieben, hielt er kurz geschnitten, abgesehen von seinem dichten, vollen Bart, auf den er offenbar sehr stolz war. Hawk, die im Großen und Ganzen Raynors positive

Einstellung gegenüber dem Unterstützungspersonal teilte, hatte Kelly verächtlich als Hipster bezeichnet – was offenbar etwas anderes bedeutete, als Kolt angenommen hatte. Kellys Arbeit war ausreichend, aber uninspiriert, und nur selten lieferte er die Art von Einsichten, die Raynor von Leuten wie Kenny Farmer gewöhnt war.

Aber Raynor war auch der Ansicht, dass man das Beste aus dem machen musste, was man hatte.

Er besorgte Starbucks-Kaffee aus dem Speisesaal der Einheit – schwarz, denn Hawk hatte ihm versichert, dass Kelly ihn sicherlich so trank – und stellte ihn vor dem Analysten ab.

Dieser hob den Blick und betrachtete Kolt mit der Energie und Begeisterung eines Mannes, der gerade eine Betäubungsspritze bekommen hatte. »Lieutenant Colonel Raynor. Willkommen zurück.«

Kolt hatte es aufgegeben, den jungen Mann dazu bringen zu wollen, seinen Codenamen zu benutzen. »Danke, Brian. Also …« Er nickte in Richtung des übergroßen Flachbildschirms auf Kellys Schreibtisch. »Spielt sich da draußen irgendwas Interessantes ab?«

Kelly blinzelte. »Schätze, das hängt davon ab, wie man ›interessant‹ definiert.«

Raynor brachte ein Grinsen zustande. »Lassen Sie mal hören.«

Der andere lieferte eine prägnante, geordnete Zusammenfassung aller globalen *Hot Spots* und kürzlich gewonnenen Informationen, aber nichts davon kam Raynor besonders erwähnenswert vor. Er fragte sich, ob Kelly absichtlich den Begriffsstutzigen mimte.

»Toll«, sagte er nach mehreren Minuten. »Hey, können Sie mir einen Gefallen tun? Wissen Sie, ob es Fotos von dem Kerl gibt, der den griechischen Ministerpräsidenten erschossen hat?«

»Von Nikos Roupa? Klar. Die haben sein Foto in den Nachrichten gezeigt.«

Das war Raynor neu. In den 16 Jahren, in denen er Shiner gejagt hatte, war ihm kein einziges Foto von Rasim Mirić untergekommen. »Können Sie's mir zeigen?«

Kelly setzte eine säuerliche Miene auf, aber er wandte sich seinem Computer zu und öffnete ein Browserfenster mit der MSNBC-Website. Mit ein paar Mausklicks rief er ein Standbild einer Sicherheitskamera in irgendeinem Laden auf. Das Bild hatte eine niedrige Auflösung, aber Raynor erkannte Shiner sofort.

»Das ist das einzige Bild von ihm?«

Kelly neigte den Kopf, als ob ihn die Frage verwirrte. »Das Einzige, das ich gesehen habe. Ich tippe darauf, dass die kein besseres finden konnten.«

»Führerschein- oder Passfotos gibt's nicht?«

»Das JSOC arbeitet dran. Die CIA ist noch nicht so richtig in Fahrt gekommen.«

»Schauen Sie doch mal, ob Sie da rankommen.« Raynor bezweifelte, dass die Suche Erfolg haben würde. Falls Mirić über irgendwelche Passdokumente verfügte, waren es beinahe mit Sicherheit Fälschungen. Wahrscheinlich war der echte Nikos Roupa einem Identitätsraub zum Opfer gefallen. Vielleicht hatte man ihn sogar gegen seinen Willen zu Mirićs Double gemacht. »Besorgen Sie so viele Fotos von ihm, wie Sie finden können. Alles, was man braucht, um ein Gesichtserkennungsprofil zu erstellen.«

»Warum? Er ist tot.«

»Tun Sie mir den Gefallen«, erwiderte Kolt und schob den Starbucks-Becher näher an Kellys Tastatur.

Kellys Mund verzog sich zu einem humorlosen *Leck mich am Arsch*-Lächeln. »Wird gemacht.«

Nach der frustrierenden Begegnung mit Kelly erschien die Missionsnachbesprechung schon weniger beschwerlich. In typischer Delta-Manier bestand sie aus einer brutal ehrlichen Selbstbeurteilung. Aber eine der Veränderungen, die der Erwerb eines Zero-One-Rufzeichens mit sich brachte, war, dass Raynor sich jetzt in der Rolle eines Moderators und Schiedsrichters wiederfand, nicht mehr in der eines Teilnehmers. Mit verschränkten Armen saß er neben Webber und hörte zu, wie Slapshot jeden Operator darlegen ließ, was er oder sie hätte besser machen können. Kolt hatte den Eindruck, dass sie gründlich suchen mussten, um überhaupt etwas Kritikwürdiges zu finden.

Trotz der sicherheitstechnischen Katastrophe, die das Attentat darstellte, hätte nichts, das die Staffel getan oder versäumt hatte, die Ermordung des griechischen Ministerpräsidenten verhindern können. Raynor selbst musste selbstkritisch einräumen, dass er nicht darauf bestanden hatte, dass Drougas' Männer den Lykabettus sperrten und absuchten. Aber er bezweifelte, dass das einen Unterschied gemacht hätte – nicht wenn man es mit einem so entschlossenen Killer wie Shiner zu tun hatte.

Raynor erwähnte Shiner nicht ausdrücklich und sprach auch nicht über seine frühere Bekanntschaft mit Rasim Mirić. Als er sich im Raum umblickte, wurde ihm klar, dass so gut wie jeder, der damals dabei gewesen war, heute nicht mehr zur Einheit gehörte. Nur Webber und Slapshot waren bereits so lange in der Delta Force, und keiner von beiden war damals direkt involviert gewesen. Alle anderen befanden sich im Ruhestand, waren befördert worden oder tot.

Als Nächstes kam der Angriff auf das Versteck des Revolutionären Kampfs zur Sprache. Die Stimmung verfinsterte sich, als ihre Erinnerung an Stitchs Tod aufgefrischt wurde, aber alle waren sich einig, dass es keine Möglichkeit zur Verringerung des Risikos gegeben hatte. Solche Dinge passierten nun einmal von Zeit zu Zeit.

Raynor verkniff sich einen Kommentar, als Barnes davon sprach, wie froh er über seine Entscheidung sei, Hawk nicht am ersten Angriff teilnehmen zu lassen, weil ihre schnelle Reaktion und ihr origineller Lösungsansatz wahrscheinlich allen das Leben gerettet habe. Diese Äußerung schien ihm ein wenig unaufrichtig. Barnes schien Cindy Bird lediglich als Frau zu sehen, die beschützt werden musste, nicht als eine Kämpferin, die zur Truppe gehörte.

Kolt beobachtete Hawks Reaktion. Diese nickte lediglich und sagte: »Freut mich, dass ich meinen Beitrag leisten konnte.«

Dann wurden die Einzelheiten des Einsatzes auseinandergenommen. Digger, der mit Raynor im JOC geblieben war, war der Ansicht, dass Barnes eine Wandsprengung und den Gebrauch von Blendgranaten zu schnell ausgeschlossen hatte. Aber er räumte selbst ein, dass das im Grunde Meckern auf hohem Niveau darstellte.

Nach ein paar Stunden beendete Slapshot die Nachbesprechung und gab den Sergeant Majors ihre neuen Marschbefehle. Ein Datum für Stitchs Beerdigung wurde festgelegt. Danach würde Barnes' Truppe nach Key West zurückkehren, um ihr Bootstraining zu beenden. Die anderen Truppen würden nach Wyoming und Nevada aufbrechen.

Ihr Einsatz als Personenschützer hatte den Bereitschaftsplan gehörig durcheinandergebracht. Alle würden nun verlängerte Dienstzeiten in Kauf nehmen müssen, um die an sie gerichteten Erwartungen zu erfüllen, aber Raynor betrachtete das letztendlich als einen Vorteil. Auch wenn die Mission in Übersee insgesamt einen Erfolg darstellte, hatte die Truppenmoral der Noble Squadron darunter gelitten. Nach sechs Wochen knallharten Trainings würde der Bereitschaftsstatus sich praktisch wie Urlaub anfühlen.

Sechs Wochen.

Er fragte sich, ob Shiner so lange warten würde, bevor er sich erneut zeigte.

9

Zehn Stunden nachdem er Athen verlassen hatte, traf der Mann, der sich Dušan Jurić nannte, am Alexander-der-Große-Flughafen in der mazedonischen Stadt Skopje ein. Dort nahm er einen Croatia-Airlines-Flug nach Zagreb. Nach der Ankunft ging er zu einem toten Briefkasten, den ein MIT-Offizier von der türkischen Botschaft eingerichtet hatte, und tauschte die Dokumente für Dušan Jurić gegen neue Papiere ein, die aus ihm Admir Osmani machten, einen Albaner mit Wohnsitz in Kanada, der nach einem Familienbesuch in seinem Heimatland auf dem Rückweg nach Hause war. 30 Stunden danach stieg er in Toronto aus dem Flugzeug, und aus Osmani wurde Wladimir Zdorowetski, ein russischer Emigrant, wohnhaft in Detroit, Michigan.

Während der Zugfahrt aus Toronto prägte sich Mirić die Details seiner neuen Identität ein. Das größte Risiko würde die Überquerung der Grenze zu den USA darstellen, zumal die Chancen nicht schlecht standen, dass man ihn aufgrund seiner Ethnie besonders gründlich überprüfen würde. Die kanadische Regierung checkte nicht die Pässe von Besuchern, die über Ontario ins Land kamen, aber die Amerikaner taten es bei jedem, der auf dieser Route zurückkehrte, selbst wenn es sich um US-Bürger handelte. Sein amerikanischer Ausweis war zwar eine ausgezeichnete Fälschung, aber dennoch eine Fälschung. Der einzige Weg, dafür zu sorgen, dass die Homeland-Security-Agenten an der Grenze ihn sich nicht zu genau ansahen, war eine absolut überzeugende Darbietung als Zdorowetski, der Russe. Er würde in der Lage sein müssen, auch scheinbar unbedeutende Fragen ohne Zögern zu beantworten. Noch wichtiger war, dass er keine verräterischen kleinen Verhaltensdetails an den Tag legte, die seine Antworten als Erfindungen oder Lügen enthüllten.

Auch sein körperliches Erscheinungsbild würde ihm ungewollte Aufmerksamkeit einbringen, aber daran ließ sich leider nicht viel ändern.

Seine linke Augenhöhle war jetzt mit einer hautfarbenen, aufgeklebten Augenklappe bedeckt, die wiederum hinter den dunklen Gläsern einer Sonnenbrille verborgen war. An der Grenze würde er die Brille abnehmen müssen, und dann würde seine körperliche Beeinträchtigung sichtbar werden. Die eine Abweichung von der Norm, sein pseudorussischer Hintergrund, würde den DHS-Agenten vielleicht nicht in Erinnerung bleiben, aber dafür ganz sicher die zweite, das fehlende Auge. Wahrscheinlich würde es nicht ausreichen, damit sie ihn festhielten, solange alles andere in Ordnung schien. Aber falls die Ermittlungen zu seinem scheinbaren Ableben in Athen die Wahrheit ans Licht brachten und die internationalen Polizeibehörden dazu angehalten wurden, nach einem Einäugigen mit slawischem Akzent Ausschau zu halten, würde die Erinnerung an seine Durchreise wieder präsent sein, und die Jäger würden wissen, wo sie ihn als Nächstes zu suchen hatten.

Trotzdem gab es nichts, das er dagegen unternehmen konnte. Bald, spätestens in ein paar Wochen, würde es keine Rolle mehr spielen.

Als er an der Reihe war, reichte er dem Zollbeamten seinen Ausweis. Der Mann sah zu ihm auf. »Was ist Ihre Staatsangehörigkeit?«

»Ich bin amerikanischer Staatsbürger«, antwortete Mirić und bemühte sich, etwas patriotischen Stolz in seine Stimme zu legen, wobei er gleichzeitig seinen Akzent übertrieb. »Ich habe Test bestanden vor zwei Jahren.«

»Woher kommen Sie?«

»Toronto.« Er nickte in die entsprechende Richtung.

Der Beamte klappte den Pass auf, unterzog ihn einer kurzen Sichtprüfung und schob ihn unter einem UV-Licht durch, um die Siegel zu prüfen. Mirić musste sich zwingen weiterzuatmen. *Es wird kein Problem geben,* sagte er sich und wünschte sich, dass es stimmte.

»Sie fahren nach Hause zurück?«

»Ja.«

»Was war der Zweck Ihres Besuchs?«

»Habe alten Freund besucht.«

Der Agent starrte ihn teilnahmslos an. Mirić fragte sich, ob der Mann mehr Informationen von ihm erwartete. Es war zwar amateurhaft, eine Tarnidentität unnötig auszuschmücken, aber manchmal teilten auch gewöhnliche Leute zu viele Einzelheiten über sich mit. »Sergei. So heißt mein Freund. Er wohnt in Toronto.«

»Nehmen Sie die Brille ab.«

Mirić tat es und bemerkte die leichte Veränderung im Gesichtsausdruck des Mannes. Überraschung, aber auch Ekel. Er hatte es schon oft gesehen: die automatische Reaktion der meisten Leute auf jemanden, der kein ganzer Mensch mehr war.

Der Agent senkte rasch den Blick, als ob seine Reaktion ihm peinlich wäre, schob den Barcode unter einen Laserscanner und gab ihm den Ausweis zurück. »Der Nächste bitte.«

Nach dem Ereignis, das ihn sein linkes Auge gekostet hatte, war Rasim Mirić mehrere Monate lang auf die Hilfsbereitschaft von Fremden angewiesen gewesen. Er hatte keine Familie mehr. Dafür hatten die Serben gesorgt. Aber sein Hass auf Männer wie Milošević und Ratko war beinahe erschöpft. Ihre Bosheit war ehrlich. Sie waren nicht wie die Amerikaner, die sich als Cowboy-Helden aufspielten und so taten, als würden sie den Unterdrückten zu Hilfe eilen, während sie gleichzeitig auf zynische Weise den *Status quo* stützten, wenn es ihnen politisch in den Kram passte.

Sein Selbstmitleid verwandelte sich bald in einen hartnäckigen Hass auf die Amerikaner. Dieser bezog sich sowohl auf die Regierung, die angesichts des Völkermords an den muslimischen Bosniern Betroffenheit geheuchelt und auf Zeit gespielt hatte, als auch auf die Bürger, etwa auf Männer wie den Offizier, der ihn verstümmelt hatte. Mirić hatte im Stillen gejubelt, als er die Fernsehbilder von den brennenden Twin Towers sah, die in einer Wolke aus Rauch und Trümmern zusammenbrachen. Aber dieses Ereignis hatte ihm nicht nur Genugtuung, sondern auch eine tiefe Erkenntnis gebracht.

Amerika war nicht unbesiegbar.

19 Männer, bewaffnet mit Teppichmessern und ein wenig Wissen, hatten dem Land einen Schlag versetzt, dessen Erschütterungen noch 16 Jahre später überall auf der Welt zu spüren waren. Die Angriffe des 11. September hatten die globale Wirtschaft auf den Kopf gestellt und die Amerikaner in einen permanenten Kriegszustand geführt. Es war ein asymmetrischer Krieg, in dem sie trotz ihrer Überlegenheit in Zahlen und Ausrüstung niemals einen vollständigen Sieg erringen würden und deshalb bereits selbst besiegt waren.

Die Kriege hatten Mirić einen Ausweg aus seinen Depressionen aufgezeigt. Der Verlust seines linken Auges hatte seine Fähigkeiten als Schütze nicht im Geringsten beeinträchtigt. Die Techniken, die er einsetzte, um den Verlust der beidäugigen Sicht auszugleichen, hatten vielmehr zu einer Verbesserung geführt. Er war immer noch ein Schütze – ein Naturtalent –, und jetzt gab es Leute, die ihn dafür bezahlten, dass er Jagd auf die Amerikaner und ihre Alliierten machte.

Im Irak sorgte sein tödliches Können für das Aufkommen des urbanen Mythos von Qanas Bagdad – dem Scharfschützen von Bagdad. In Afghanistan erzielte er innerhalb von vier Jahren einige weitere Abschüsse und heizte die Gerüchte über tschetschenische Söldnerteams an, die als Scharfschützen für die Taliban kämpften. Von dort aus war er in den Irak zurückgekehrt, um für die aufstrebenden Rebellen zu kämpfen, die sich die Bezeichnung Islamischer Staat verliehen – nicht weil er ihre apokalyptische Sichtweise des Islam teilte, sondern weil er mit ihnen den Hass auf den Westen gemeinsam hatte. Dort begegnete er Mehmet, der im Auftrag der türkischen Regierung heimlich den Islamischen Staat unterstützte.

Mehmet hatte ihm auch beigebracht, Schach zu spielen.

Die Grundregeln des Spiels hatte er schon als Kind gelernt, aber der Türke hatte ihm die Wichtigkeit von Strategie und Geduld gezeigt – das lange Spiel. Es ging nicht darum, so viele Figuren wie möglich vom Feld zu räumen, sondern darum, einen Gegner zur Selbstzerstörung zu verleiten.

Das war auch die Absicht der türkischen Regierung im Irak und in Syrien. Man legte Lippenbekenntnisse für den Kampf gegen den Islamischen Staat und die Entmachtung des syrischen Regierungschefs Bashar al-Assad ab, um seine Pflicht als NATO-Mitglied zu erfüllen. Gleichzeitig arbeiteten türkische Geheimdienstler aktiv mit dem IS zusammen, um einen ihrer größten Feinde zu besiegen, die Peschmerga der autonomen Region Kurdistan im Irak.

Während des gesamten 20. Jahrhunderts war das kurdische Volk staatenlos gewesen, eine unterdrückte Minderheit in jedem Land ihres Exils, darunter auch in der post-osmanischen Türkei. Wie üblich waren die Amerikaner bereit gewesen, über die brutale Unterdrückung der Kurden in der Türkei hinwegzusehen, weil das Land im Kalten Krieg von strategischer Bedeutung war. Aber das Ende des langen Konflikts mit der Sowjetunion hatte die

Aufmerksamkeit wieder auf die Not der Kurden gelenkt, vor allem im nördlichen Irak, wo sie hofften, ein kurdisches Heimatland errichten zu können. Die türkische Regierung unter dem damaligen Ministerpräsidenten und jetzigen Präsidenten Recep Erdoğan war strikt gegen die Formierung eines souveränen Staats Kurdistan im Anschluss an die Vertreibung von Saddam Hussein, denn dies wäre ein erster Schritt zur Anerkennung der früheren Vorwürfe wegen Menschenrechtsverletzungen gewesen. Zudem hätte es für Unruhe unter den vielen noch in der Türkei lebenden Kurden gesorgt. Die USA brauchten die Türkei als strategischen Partner in ihrem neuen, langen Krieg, dem schlecht definierten Krieg gegen den Terror. Daher ließ man frühere Pläne fallen, den Irak entlang ethnischer Linien aufzuteilen, wie man es auf dem Balkan nach dem Zusammenbruch des kommunistischen Blocks getan hatte, ebenso wie Pläne zur Schaffung eines kurdischen Heimatstaates. Der Irak blieb eine Einheit, obwohl er gespalten war, ein fruchtbarer Boden für den Aufstieg neuer islamistischer Rebellen. Perverserweise bot dies den Kurden eine weitere Chance, sich den Respekt des Westens zu verdienen, und das war etwas, das die türkische Regierung nicht zulassen konnte.

Anfangs hatte Mirić der Zynismus sämtlicher politischer Lager angewidert. Aus seiner Sicht waren die Türken nicht besser als die Amerikaner, aber Mehmet hatte ihm versichert, dass es keinen anderen Weg gab, das lange Spiel zu gewinnen. Man musste Opfer bringen, wenn man die Nationen des Westens in einem permanenten Kriegszustand halten wollte.

»Amerika ist noch nie schwächer gewesen«, hatte der türkische Geheimdienstoffizier zu ihm gesagt. »Sie sind gespalten. Die meisten ihrer Leute machen sich nicht einmal die Mühe, an ihrer so großartigen Demokratie teilzunehmen, und die, die es tun, arbeiten aktiv daran, ihre eigene Regierung zu untergraben. Die würden eher das eigene Haus abbrennen als Kompromisse einzugehen. Und das werden wir sie tun lassen.«

Angst, hatte Mehmet hinzugefügt, sei der Geist, der Amerika beherrsche: die Angst vor dem nächsten Terroranschlag, die Angst vor Muslimen und Immigranten, die Angst sogar vor der Regierung selbst.

In den drei Jahren, die seit dieser Unterhaltung vergangen waren, war die Lage in den Vereinigten Staaten noch unsicherer geworden. Die Furcht war jetzt wie ein lebendes Wesen, ein Ungeheuer, das die ehemals und für kurze Zeit mächtigste Nation der Welt verschlingen wollte.

In Schachbegriffen gesprochen: Dies war das Endspiel. Noch ein paar Züge, und die Amerikaner würden sich in eine fatale Situation bringen.

Schachmatt.

Es wurde allgemein angenommen, dass dieser Ausdruck von einem persischen abstammte: *shah'mat.*

Der König ist tot.

Und wer war besser geeignet, einen König zu töten, als ein Springer?

Bevor er den Bahnhof verließ, suchte Mirić den letzten toten Briefkasten seiner Kontaktleute vom türkischen Geheimdienst auf. Von diesem Punkt an würde er, zumindest bis zum erfolgreichen Abschluss der zweiten Phase des Plans, ganz auf sich allein gestellt sein, was ihn nicht im Geringsten störte. Auf sich selbst konnte er zählen. Gefährlich war es, sich auf andere zu verlassen. Er wollte nicht durch die Fehler eines anderen untergehen.

Im Briefkasten fand er einen neuen Satz Dokumente – ein US-amerikanischer Pass, ein Führerschein aus Michigan, Kreditkarten, sogar Mitgliedsausweise für ein Fitnessstudio und eine öffentliche Bibliothek. Alles war auf den Namen Konstantin Khavin ausgestellt. Dazu kam ein Prepaidhandy, noch in der Plastikverpackung. Im Gegensatz zu den anderen Identitäten, die er auf seiner Reise um den halben Globus für kurze Zeit angenommen hatte, war Khavin ihm so vertraut und bequem wie ein alter Pullover.

Er mietete ein Zimmer in einem billigen Motel in Bahnhofsnähe. Er war erschöpft, aber obwohl er zuletzt vor mehr als 48 Stunden in einem Bett geschlafen hatte, war der Tag für ihn noch nicht ganz vorbei.

Nachdem er rasch geduscht und sich umgezogen hatte, aktivierte er sein Telefon und rief eine Nummer an, die er auswendig kannte.

Die Stimme am anderen Ende der Leitung klang vorsichtig, zögerlich. »Hallo?«

»Colonel Jeffries. Hier ist Konstantin Khavin.«

»Ah, Mr. Khavin. Natürlich. Ich habe die Nummer nicht erkannt.«

»Ich wechsle oft Telefon. Sie verstehen.« Mirić betonte seinen Akzent und vertraute darauf, dass der Mann nicht in der Lage war, das eine slawische Sprachmuster vom anderen zu unterscheiden. »Ich rufe an, um sicherzugehen, dass Sie nach wie vor morgen mit mir rechnen.«

»Absolut. Wir sind alle schon ganz aufgeregt. Passiert ja nicht jeden Tag, dass ein früherer russischer Speznas-Scharfschütze für ein Wochenende als Gastausbilder zu uns kommt.«

»Sie sollten so etwas nicht am Telefon sagen«, tadelte Mirić ihn scharf. Allerdings grinste er, während er es sagte. Unter allen anderen Umständen wäre Jeffries' indiskrete Bemerkung möglicherweise ein fataler Fehler gewesen – fatal für Jeffries –, aber in diesem Fall war Geschwätzigkeit entscheidend für den Erfolg der Mission. Er vermutete, dass dies einer der Gründe war, weshalb Mehmet Jeffries und dessen New American Revolution Lightfoot Militia für die nächste Phase seiner Mission vorgeschlagen hatte.

Der Kontakt war über einen Mittelsmann hergestellt worden, den man nicht mit dem türkischen Geheimdienst in Verbindung bringen konnte, aber Mirić war in alle Details eingeweiht worden.

Konstantin Khavin, ein ehemaliger Scharfschütze der russischen Eliteeinheit Speznas, der in die USA eingewandert war, wo er derzeit als selbstständiger Sicherheitsmann arbeitete, würde Jeffries' Miliz auf einem kommerziellen Schießplatz im östlichen Michigan treffen, wo sie ihr Wochenendtraining abhielt. Mirić selbst hatte seine Tarnidentität schon vor vielen Jahren entwickelt. Ironischerweise beschränkten seine Erfahrungen mit der russischen Spezialeinheit sich darauf, dass er in Tschetschenien nicht weniger als sechs Speznas-Kämpfern Kugeln in die Augen gejagt hatte. Aber der MIT hatte die Geschichte ausgeschmückt und einige Unregelmäßigkeiten darin geglättet.

»Oh.« Jeffries war hörbar betroffen wegen seines Fehltritts. »Tut mir leid, ich habe nicht daran …«

»Ich werde ein Transportmittel brauchen.«

»Ich schicke einen meiner Männer, der Sie abholt.«

»Nein. Sie kommen selbst. Ich rufe Sie am Morgen an und sage Ihnen, wo ich bin.« Er legte auf, bevor der

Mann etwas erwidern konnte, und nahm den Akku aus dem Handy.

Die nächsten beiden Tage verbrachte Mirić mit dem, was er am liebsten tat: Schießen.

Sein vagabundierender Lebensstil bot ihm nicht oft die Gelegenheit, in seiner Freizeit zu schießen, schon gar nicht an einem richtigen 1000-Meter-Schießstand mit Stahlzielen. Wenn er nicht am Abzug war, betätigte er sich sowohl als Aufklärer als auch als Schießtrainer für die Männer der NAR-Miliz, oder er unterhielt sie mit Geschichten über seine Abenteuer im Ausland.

Die Geschichten waren wahr, jedenfalls hinsichtlich der technischen Details – die Gewehre, die Munition und die Ausrüstung, die er verwendet hatte, die Entfernungen zum Ziel und natürlich die Beschreibungen der tödlichen Schüsse selbst. Und nur darauf kam es seinen Zuhörern an. Seine Herkunft schien auf sie einen besonderen Reiz auszuüben, und sie vertrauten ihm an, dass sie den russischen Präsidenten Wladimir Putin für dessen Stärke und Entschlusskraft bewunderten.

Mirić hatte nur genickt und gute Miene zum bösen Spiel gemacht.

Trotz der politischen Differenzen empfand er eine gewisse Bewunderung für diese Amerikaner. Vor drei Monaten, als sie über die Einzelheiten der Operation gesprochen hatten, hatte Mehmet diese Milizionäre als »Möchtegernkrieger« abgetan, aber Mirić sah in ihnen noch etwas anderes. Sie erinnerten ihn an die Männer, an deren Seite er in seiner Jugend gekämpft hatte. Eifrig. Furchtlos. Naiv. Der einzige Unterschied war, dass der Krieg, auf den sie sich vorbereiteten, noch nicht gekommen war.

»Das ist es, was ich nicht verstehe«, sagte er, als sie sich am Ende des ersten Tages für eine Mahlzeit an den Picknicktischen versammelt hatten. »Ihr sagt, dass euer Land euch weggenommen wurde. Dass die Regierung illegal ist, und dass sie bald anfangen werden, euch die Waffen wegzunehmen und euch einzusperren.«

Einige nickten und murmelten zustimmend.

»Worauf wartet ihr dann noch?«

Colonel Jeffries, ein schmal gebauter Mann mit ergrauendem Haar und dem falschen Charme eines Gebrauchtwagenverkäufers, bedachte ihn mit einem geduldigen Lächeln und schüttelte den Kopf. »Verstehen Sie denn nicht? Das wäre genau das, was die wollen. Wenn wir den ersten Schritt machen, haben sie eine Ausrede, um das Kriegsrecht zu verhängen. Nein. Es wird zwar einen Kampf geben, aber der wird reine Selbstverteidigung sein.«

Einen ähnlichen Monolog hatte Jeffries bereits früher am Tag während der langen Fahrt nach Ostmichigan gehalten. Der Milizanführer hatte sich lange und ausführlich über die vielen Verbrechen der gegenwärtigen Regierung und die Bedrohungen durch ausländische Agitatoren ausgelassen.

Diese Haltung ergab für Mirić nicht den geringsten Sinn. Wenn die Regierung, wie Jeffries und seine Männer glaubten, von antidemokratischen Mächten übernommen worden war, dann war dieser »erste Schritt« längst getan. Und falls das derzeitige Regime so autoritär war, wie Jeffries behauptete, würde es keinen Vorwand benötigen, um seine diabolischen Pläne zu verwirklichen.

Er bohrte nicht weiter nach. Es war nicht seine Mission, eine Revolution anzuzetteln, zumindest nicht auf diese Weise. Nein, er war wegen etwas anderem hier.

Während Jeffries ihm die patriotische Natur ihrer Gegnerschaft gegen die Bundesregierung erklärte, beobachtete Mirić die Gesichter der anderen Männer, die sich um die Tische versammelt hatten. Die NAR Lightfoot Militia verfügte über mehr als 200 Mitglieder, aber weniger als 50 von ihnen waren zum Wochenendtraining erschienen. Viele von ihnen waren zu alt für Mirićs Zwecke. Viele waren in schlechter körperlicher Verfassung. Die verbleibende Auswahl von Kandidaten war klein, es war nur ein halbes Dutzend – aber er brauchte nur einen einzigen. Den ganzen Tag hatte er sie aufmerksam beobachtet und besonders auf ihre Reaktionen auf die von ihm gestellten Fragen geachtet.

Worauf wartet ihr?

Es war wenig überraschend, dass die sechs jungen Männer zu einer ausgewählten Gruppe innerhalb der Miliz gehörten. Zusammen bildeten sie ein SWORD-Team. Diese beeindruckende Abkürzung stand für *select weapons, ordnance and reconnaissance detachment,* »Abteilung für ausgewählte Waffen, Artillerie und Aufklärung«. In praktischer Hinsicht bedeutete das, dass sie ein Training in zusätzlichen Kampffähigkeiten erhielten.

Während die meisten Milizionäre am nächsten Tag weiter Munition verfeuerten, mit Gewehren auf 200 Meter entfernte Ziele schossen oder am Pistolenstand waren, brachte Mirić das SWORD-Team in einen abgelegenen Teil des Geländes. Dort übte er mit ihnen die Annäherung an ein Ziel sowie Flucht- und Tarntechniken.

Während sie einsatztaugliche Tarnbemalung anfertigten, stellte Mirić ihnen seinen Plan für eine Übung mit scharfer Munition vor. Jeder Mann würde nacheinander 30 Minuten Zeit haben, sich vom Sammelbereich zu entfernen und sich eine versteckte Schützenstellung zu suchen. Am Ende dieser Zeit würde Mirić mit einer Airsoft-Pistole Jagd auf sie machen. Falls sie 60 Minuten lang unentdeckt blieben, sollten sie auf das 800-Meter-Ziel schießen und danach versuchen, zum Sammelbereich zurückzugelangen.

Während der 30 Minuten langen Wartezeit verbesserte Mirić weiter sein Verhältnis zu den jungen Männern, die auf ihren Start warteten. Er lobte sie als Verkörperungen echten Kampfgeistes. Er lockte sie aus der Reserve, lud sie ein, ihren Ängsten und ihrem Ehrgeiz Ausdruck zu verleihen. Während er sich als verständnisvoller Zuhörer gab, horchte er sie gleichzeitig aus, ohne dass sie es bemerkten. Er stellte sie auf die Probe.

Als die Zeit zum Jagen gekommen war, verließ er die Gruppe und brach ins Gelände auf. Problemlos spürte er jeden der angehenden Scharfschützen auf und hatte am Ende noch viel Zeit übrig. Ihr Fehler – der letzte, den viele Scharfschützen begingen – bestand darin, dass sie die Tatsache außer Acht ließen, dass es nur eine begrenzte Zahl möglicher Stellen gab, von denen aus geschossen werden konnte. Dieser Nachteil ließ sich zum Teil durch ausgezeichnete Tarnung und Bewegung vermeiden. Aber die jungen Milizionäre, denen jede formale Ausbildung in diesen Disziplinen fehlte, waren leicht zu entdecken.

Der letzte Mann, der aufbrach, war nicht zufällig Mirićs vielversprechendster Kandidat, und er war am schwersten zu finden. Zu diesem Zeitpunkt war Mirić bereits völlig mit dem Gelände vertraut, bewegte sich schnell und unauffällig von einem Versteck zum nächsten. Seine Sinne nahmen jede Unregelmäßigkeit in der Umgebung wahr. Sein gesundes Auge diente ihm zum Schießen, aber wenn es um die Jagd auf einen Gegner im Wald ging, waren

Ohren und Nase weit nützlicher. Männer hatten immer einen bestimmten Geruch, vor allem die amerikanischen mit ihren Seifen, Shampoos und parfümierten Deodorants. Ihre Speisen und Getränke steckten voller Giftstoffe, die ihnen aus den Poren drangen. Auch ihr Atem verriet sie. Er brauchte bei jeder potenziellen Schützenstellung nur ein paar Sekunden, um festzustellen, ob seine Beute dort war. Aber der letzte Kandidat wäre ihm beinahe entgangen.

Es kostete ihn nur zehn Minuten, alle Stellen aufzusuchen, von denen aus ein Schuss möglich war, aber nirgends war eine Spur von dem jungen SWORD-Soldaten zu finden. Mirić verfolgte den eigenen Weg noch einmal zurück, widmete jeder Stelle noch etwas mehr Zeit, aber ohne Erfolg. Mit einem Blick auf die Armbanduhr stellte er fest, dass ihm nur noch ein paar Minuten blieben.

Hatte der junge Mann einen Weg gefunden, komplett mit der Landschaft zu verschmelzen? Oder hatte er nur eine ungewöhnliche Position gewählt?

Rasim Mirić verbrachte nicht mehr als 30 Sekunden mit der Erwägung dieser Frage, bevor er zu dem Schluss kam, dass es nicht wichtig war. Der junge Mann hatte sich besser geschlagen als alle seine Kameraden. Aber um den Sieg davonzutragen, musste er noch einen tödlichen Schuss abgeben und zum Sammelpunkt zurückkehren.

Mirić kehrte eilig zu der Stelle zurück, die er selbst zuerst ausgewählt hätte. Von dort aus beobachtete er das Ziel durch sein Spektiv. Während er dort lag und die letzten Sekunden verstreichen ließ, hörte er ein leises Rascheln. Er hob den Blick vom Spektiv und sah eine Bewegung am Boden, nur wenige Meter entfernt. Es war der junge Milizionär, der auf einen Punkt zukroch, an dem er fast genau parallel zu Mirić liegen würde. Rasim grinste. Der Junge hatte nicht den gleichen Fehler gemacht wie die anderen, die sich ihre Position gesucht hatten und dortgeblieben waren. Stattdessen hatte er sich an einem anderen Ort versteckt und dort abgewartet, buchstäblich bis zur letzten Minute.

Er sah zu, wie der junge Mann sein Gewehr bereit machte und das Zweibein ausrichtete. Der Nachteil, wenn man so lange abwartete, war der, dass dem Schützen nur Sekunden blieben, um im Zielfernrohr sein Ziel zu finden, die Entfernung zu bestimmen und Anpassungen für Variablen wie den Wind und den Geschossfall vorzunehmen.

Mirić schob sich näher an den Mann, achtete jedoch darauf, seine Anwesenheit nicht zu verraten. Der Junge atmete jetzt schnell und machte zu viel Lärm, was es Mirić ermöglichte, neben ihn zu gelangen.

Der junge Mann atmete tief ein und wieder aus. Dann noch einmal. Mirić hob das Spektiv zum Auge und fand das Ziel in der Distanz. Von seinem früheren Besuch hier wusste er, dass die Stahlplatte etwa 820 Meter weit weg war, was für das Remington 700 SPS .308 des Jungen die äußerste Grenze der Verlässlichkeit darstellte.

Mit einem vertrauten, metallischen Schaben wurde der Durchladehebel zurückgezogen, mit einem leisen Klicken rastete die Patrone ein. Der Junge nahm noch einen Atemzug. Hielt die Luft an.

Der Knall dröhnte Mirić durch den ganzen Körper, aber er behielt seine Aufmerksamkeit unbeirrbar auf das Ziel gerichtet.

Der Aufprall brachte die Stahlplatte zu Fall.

Mit einem hörbaren Seufzen der Erleichterung atmete

der Junge aus und begann sofort damit, das Gewehr vom Stativ zu nehmen.

»Guter Schuss«, sagte Mirić.

Der Milizionär erstarrte für einen Moment, blickte sich dann um und sah den Mann, der sich angeschlichen hatte. »O Scheiße.«

Mirić lachte leise. »Mach dir keine Vorwürfe. Du warst besser als alle deine Freunde. Und du hast getroffen.«

Der junge Mann grinste. »*Easy-peasy.* Den Schuss hätte ich im Schlaf geschafft.«

»Tatsächlich? Lass mal hören, *Easy-peasy.* Wie heißt du?«

»Lyle … äh, ich meine Sergeant Dooley.« Er hielt einen Augenblick inne und fügte dann hinzu: »Meine Freunde nennen mich Lizard.«

»Lizard.« Mirić nickte anerkennend. »Wie alt bist du, Lizard?«

»20.«

»20. In deinem Alter hatte ich schon zehn Männer getötet.« Er ließ seine Worte für einen Moment wirken, bevor er die Stimme senkte. »Ich muss dir was gestehen. Das hier ist nicht nur eine Übung.«

»Nein?«

»Nein. Ist Test. Ich suche jemanden, der mir bei einem besonderen Auftrag hilft.«

Vor Staunen und Vorfreude bekam Lizard große Augen, wie Mirić es vorausgesehen hatte. Aber in seiner Antwort lag ein gewisses Misstrauen. »Was für ein Auftrag? Ich mache nichts Illegales.«

»Wer bestimmt denn, was legal ist? Deine Regierung ist selbst illegal. Der Colonel weiß das. Es ist Zeit zu handeln. Jetzt.«

»Colonel J?«

»Ja. Was glaubst du, warum er mich geholt hat? Du willst doch dein Land zurückerobern, oder nicht?«

»Nein.« Dooley blinzelte, schüttelte den Kopf. »Ich meine, ja. Will ich.«

Mirić rückte näher heran und sprach mit leisem Flüstern weiter. »Das bleibt unter uns. Ist geheim, verstehst du?«

Der junge Mann nickte, wiederholte dann aber seine Frage. »Was für ein Auftrag?«

»Ich glaube, das weißt du, Lizard.«

Der junge Mann schluckte nervös. »Ich … äh … Wollen Sie … Warum ich?«

Mirić lächelte wieder. »Weil du ein Naturtalent bist.«

Zweiter Teil

DAS ERSTE ZIEL

10

Der Anruf von Brian Kelly eine Woche später traf Raynor unvorbereitet, teils deshalb, weil er mit einer langsameren Arbeit des Analysten gerechnet hatte, vor allem aber, weil er nicht geglaubt hatte, dass dieser überhaupt irgendwelche nennenswerten Hinweise finden würde.

Er machte sich sofort auf den Weg in die SCIF. Kelly hatte es sich in seiner Arbeitsnische bequem gemacht und schüttelte die letzten Tropfen eines Java-Monster-Mean-Bean-Energydrinks aus der Dose. Kolt merkte sich das Produkt im Stillen; falls Kellys Hinweis sich als praxistauglich herausstellte, würde er ihn bei seinem nächsten Besuch mit Nachschub versorgen müssen.

Er ließ eine Hand auf Kellys Schulter fallen und drückte diese ermutigend, zumindest glaubte er das.

»Was gibt's, Kumpel?«, fragte er lächelnd. »Was Neues?«

Kelly zuckte zusammen – Raynor nahm an, dass das viele Koffein ihn nervös machte, denn allzu fest hatte er nicht zugedrückt. »Colonel Raynor. Das ging ja schnell.«

»Ich konnte entweder zu Ihnen kommen oder mit den Jungs die lange Rundstrecke laufen, und ich werde nicht jünger. Und, Mann, nennen Sie mich Racer. Wenn Sie mich ›Colonel‹ nennen, hab ich das Gefühl, dass der JSOC-Kommandant hinter mir steht.«

»Ähm, in Ordnung. Also, ich habe alle verfügbaren Bilder von dem Kerl gesammelt, den die griechische

Polizei für den Attentäter hält. Ich habe auch bei der Agency nach Bildern gefragt, die noch nicht öffentlich gemacht wurden. Die hatten aber nichts Brauchbares. Die Griechen haben schon die besten Standbilder herausgegeben, in der Hoffnung, dass ihn jemand erkennt. Also stand mir nicht allzu viel zur Verfügung. Die Fotos, die wir haben, sind niedrig aufgelöst. Das ist, als wenn man versucht, ein bestimmtes Auto zu finden, aber man kennt nur die Farbe und eine oder zwei Ziffern vom Nummernschild.«

»Sie wissen doch, dass wir so was schon hingekriegt haben«, beruhigte ihn Kolt. »Sie schaffen das schon noch.«

»Vielleicht ist der Vergleich mit dem Auto nicht der treffendste«, fuhr Kelly fort. »Wir können nur Übereinstimmungen mit Leuten finden, die tatsächlich in den Datenbanken sind, auf die wir Zugriff haben, und das ist nur ein sehr kleiner Teil der Bevölkerung.«

Raynor nickte geduldig. Er war bereits daran gewöhnt, dass die Analysten der Einheit immer wenig versprachen und dann viel ablieferten. Das schien für sie dazuzugehören. »Haben Sie denn was gefunden?«

»Das hier.« Mit einem Mausklick öffnete Kelly ein Foto auf seinem Monitor. Es war ein Standbild von einer Überwachungskamera. Zu sehen war ein dunkelhaariger Mann, der offenbar am Tresen eines Zollkontrollpunkts stand, vielleicht an einem Flughafen. Eines der Augen des Mannes war mit einem hautfarbenen Pflaster überklebt.

Raynors Puls beschleunigte sich. »Verdammte Scheiße, Kumpel. Sie haben's echt drauf!«

»Das stimmt nur zu 32 Prozent mit dem …«

»Das ist er«, bekräftigte Kolt. »Wo ist das aufgenommen worden?«

»An der Grenzstation in Detroit.«

»Detroit? In Michigan? Er ist also hier? In den Staaten?« Ohne sich dessen bewusst zu sein, hatte Raynor die Stimme erhoben und schrie beinahe, was Kelly dazu veranlasste, erneut zusammenzuzucken.

»Sieht ganz so aus. Wenn er es ist, meine ich. Laut Pass ist das ein gewisser Wladimir Zdorowetski. Ein Russe. Lebt seit fünf Jahren in den USA. Eingebürgert im Jahr 2013. Auf dem Passbild sieht er ein bisschen anders aus, weil er da noch beide Augen hatte. Aber anscheinend hat der Grenzbeamte ihn für denselben Mann gehalten.«

»Wo ist er jetzt?«

»Wie bitte?«

Kolt zeigte auf den Bildschirm. »Dieses Arschloch ist in den USA. Wir müssen ihn finden, bevor er …« Er verstummte. *Bevor er was? Wen hat er jetzt im Visier?* »Wohin ist er denn als Nächstes gegangen?«

Bestürzt blickte Kelly auf. »Auch wenn ich es ›echt draufhabe‹, kann ich trotzdem noch lange nicht hellsehen, Sir.«

Raynor starrte auf das Foto. Das Adrenalin, das ihn durchflutete, hatte nichts als Kälte am ganzen Körper hinterlassen. »Was ist denn mit dem Netzwerk aus Sicherheitskameras, das Homeland Security in jeder amerikanischen Stadt installiert hat? Wir können ihn finden.«

»Im Prinzip stimmt das, aber …« Kelly zuckte die Achseln. »Das funktioniert nicht so einfach wie bei Jason Bourne im Fernsehen. Dazu braucht man Rechenkapazitäten wie die NSA, und selbst dann kann man das System immer noch leicht austricksen, wenn man weiß, was man tut. Aber selbst wenn ich dazu in der Lage wäre … ich kann nicht. Wir sind nicht befugt, Ermittlungen auf amerikanischem Boden durchzuführen. Dafür würden wir eine Anweisung brauchen, die von einer höheren Stelle als dem JSOC stammt.«

Raynor wusste, dass der Analyst damit völlig recht hatte. Ebenso wusste er, dass kein Mitglied irgendeiner amerikanischen Polizeibehörde ihn ernst nehmen würde, wenn er nicht mehr zu bieten hatte als ein paar Fotos und ein Bauchgefühl. »Dann verfolgen Sie seinen Weg zurück.«

Der Analyst starrte ihn verständnislos an.

»Wenn Sie ihn nicht hier suchen können«, sagte Raynor ganz langsam, als ob er mit einem Kind sprechen würde, »dann lassen Sie uns herausfinden, wie er hierhergekommen ist. Verbinden Sie die Punkte. Ich weiß, dass er vor ein paar Tagen in Athen war. Wie ist er von dort hierhergekommen? Geben Sie uns irgendwas, das ich Webber und dem kommandierenden General vorlegen kann.«

Kolt sah, wie Brian Kelly unter seinem imposanten Bart die Lippen zusammenpresste, wie um sich eine sarkastische Erwiderung zu verkneifen. Nach ein paar Sekunden öffnete er den Mund gerade weit genug, um zwei Worte aussprechen zu können: »Na schön.« Dann schien er kurz nachzudenken und fügte hinzu: »Aber ich habe jetzt schon ein Dutzend andere wichtige Zielakten, um die ich mich kümmern muss.«

»Ich weiß, Mann, ihr reißt euch hier wirklich den Arsch auf«, erwiderte Kolt. »Ich sag Ihnen was. Dafür, dass Sie Ihre persönliche Zeit opfern, um das für mich herauszufinden, biete ich Ihnen einen Tandem-Sprung mit Digger und einen Tag Pistolenschießen mit Hawk an.«

Kelly drehte sich abrupt zu Kolt um. »Wirklich?«

»Klar, Mann.« Kolt fragte sich, welcher dieser beiden Anreize für den Analysten motivierender war. »Sie tun mir einen Riesengefallen. Abgemacht?«

»Na, und ob. Abgemacht.«

Raynor wusste, dass er viel von dem Mann verlangte und dass er für das, was er bereits erreicht hatte, wahrscheinlich dankbarer sein sollte. Aber er hatte keine Zeit, Lob zu verteilen. Shiner hatte weit schneller gehandelt, als es Kolt für möglich gehalten hatte. Er hatte bereits sein nächstes Ziel gewählt, und wenn er in den Vereinigten Staaten war, bedeutete das, dass auch sein Ziel sich dort befand.

Niemand auf der Welt hätte Kolt von etwas anderem überzeugen können.

»Nur dass ich das richtig verstehe«, sagte der leitende Special Agent Jess Simmons am Telefon mit müdem Sarkasmus. »Der Typ, der in Athen darauf verzichtet hat, Champ zu erledigen, obwohl er die Chance dazu hatte, und der sich selbst in tausend Stücke gesprengt hat, ist jetzt von den Toten wiederauferstanden und will es doch noch versuchen? Stimmt das so?«

Es war nicht die Reaktion, auf die Racer gehofft hatte, aber es kam auch nicht unerwartet. Simmons war ein arroganter Paragrafenreiter. Aber er war auch die einzige Racer bekannte Person, die die Autorität besaß, kurzfristig etwas gegen Shiner zu unternehmen, ohne den Umweg durch eine überbordende Bürokratie nehmen zu müssen, die eine große Gefahr für die Heimat darstellen konnte.

»Hören Sie, Jess, ich kann Ihnen nicht sagen, warum er in Athen nicht geschossen hat. Vielleicht war Champ nicht sein Ziel. Aber er ist jetzt im Land. Ich habe ein Foto, das ihn am Grenzübergang in Michigan zeigt.«

»Dann hat er sich also doch nicht in die Luft gesprengt? Hat nur so getan?«

»Kommen Sie schon, Jess. Vergessen Sie nicht, mit wem Sie reden. Ich hätte selbst Besseres zu tun. Der Schütze hat seinen Tod inszeniert, und die forensischen Untersuchungen werden das bestätigen.« Er sagte es mit mehr Überzeugung, als er wirklich verspürte. Zwar zweifelte er nicht daran, dass Mirić noch am Leben war, aber es war mehr als fragwürdig, ob die griechischen Behörden zu dieser Einsicht gelangen würden, bevor Shiner wieder zuschlug.

Simmons dachte einen Augenblick nach. »Nehmen wir mal an, ich würden Ihnen glauben, Raynor. Was soll ich in diesem Fall tun? Ich meine abgesehen von den Dingen, die ich sowieso bereits jeden Tag tue, um Champ vor den Hunderten von Verrückten zu schützen, die ihn ebenfalls tot sehen wollen.«

Racer gab sich alle Mühe, sein Temperament zu zügeln. Durch das Fenster seines Büros blickte er auf den Parkplatz voller Harley Davidsons und Pick-up-Trucks hinaus, um sich zu beruhigen und nicht die Beherrschung zu verlieren. Es würde ihn seinem Ziel keinen Schritt näher bringen, wenn er jähzornig wurde. »Shiner ist nicht bloß irgendein durchgeknallter Radikaler, der noch ein Hühnchen mit jemandem zu rupfen hat. Sie haben in Athen gesehen, wozu er fähig ist. Sie waren dabei.«

»Wir haben Richtlinien zum Umgang mit einer Bedrohung durch Scharfschützen.«

»Sagen Sie das Midas«, schoss Racer zurück und bereute es im nächsten Moment. Für den Tod des

Ministerpräsidenten war auch er selbst mitverantwortlich. »Hören Sie, Jess. Ich sage Ihnen, dass Shiner sich meiner inoffiziellen Einschätzung nach in den USA aufhält. Er benutzt einen Decknamen. Wladimir Zdorowetski. Dazu können Sie doch Ermittlungen anstellen. Mehr verlange ich gar nicht. Ziehen Sie an diesem Faden und schauen Sie, was daran hängt.«

»Das genügt nicht, Raynor.« Simmons' Tonfall war merklich kühler geworden. »Zuerst einmal müsste jemand, der im Rang weit über Ihnen steht, mir nachweisen, dass der Präsident wirklich in Gefahr ist.«

»Wenn es so weit ist, wird es zu spät sein, noch irgendetwas dagegen zu unternehmen«, entgegnete Raynor mit zusammengebissenen Zähnen. »Ist Ihnen das klar?« Er knallte den Hörer wieder auf die Gabel.

»Das klingt ja mal wieder nach geballter Sozialkompetenz«, spottete Slapshot.

Raynor blickte auf und sah, dass sein Sergeant Major an der Bürotür lehnte und die Arme vor der breiten Brust verschränkte. »Wo wir gerade bei Sozialkompetenz sind: Spionieren gehört sich nicht.«

»Ja? Es gehört sich auch nicht, Sachen zu verschweigen, die auch mich und die Jungs was angehen.« Ohne auf eine Einladung zu warten, marschierte er in den Raum und ließ sich auf den Stuhl vor Raynors Schreibtisch fallen. »Also, lass mich raten. Keiner glaubt dir, dass dein imaginärer Freund real ist.«

Raynor sah ihn blinzelnd an. Er hatte Slapshot noch nichts von Kellys neuester Entdeckung erzählt. Aber die bittere Wahrheit lautete, dass auch dieses Indiz nicht überzeugender war als alle anderen, über die er verfügte. »Glaubst du mir denn?«

»Willst du 'ne ehrliche Antwort, Boss?«

»Von dir erwarte ich nicht weniger.«

Slapshot seufzte lang und ausgiebig. »Na ja, Racer, bis jetzt hat es mich noch nicht das Leben gekostet, dir zu folgen.«

»Er ist hier, Slap. Wir haben ein Foto von ihm am Grenzübergang in Detroit. Ich habe so ein Gefühl, dass er es auf den Präsidenten abgesehen hat.«

»Hast du da gerade mit Simmons geredet?«

»Ja. Der hält sich ans Protokoll.«

»Dann geh zum Boss von jemand anderem«, schlug Slapshot vor. »Fang doch mit Wrangler Zero-One an.«

Kolt wusste, dass er genau das tun musste. Er hatte es bisher vermieden, ins Büro von Colonel Webber zu platzen und diesem alles zu schildern.

»Und was soll ich ihm sagen? Dass ich da so ein Bauchgefühl habe?« Raynor ließ sich in den Stuhl zurücksinken.

»Wie lange suchst du schon nach diesem Kerl?«

Raynor musterte seinen Freund, versuchte festzustellen, was er mit dieser Frage bezwecken wollte. »Meinst du, dass ich den Überblick verloren habe?«

»Wie lange schon?«

Kolt durchforstete sein Gedächtnis. »Ich glaube, das erste Mal, dass mir klar geworden ist, dass Mirić vielleicht als Söldner aktiv ist, war ... 2005 wahrscheinlich. Damals, als alle über Juba geredet haben.«

»Der Scharfschütze von Bagdad?« Slapshot nickte. »Das war nur ein Mythos. Psychologische Kriegsführung.«

»Stimmt. Aber wir haben trotzdem viele Leute durch Al-Qaida-Scharfschützen verloren. Und das waren nicht nur Gerüchte – einige der geheimen Berichte passten zu Shiners Vorgehensweise. Das hat mich hellhörig gemacht.

Ich habe ein bisschen herumgestochert, mich mit ein paar Leuten in Verbindung gesetzt, die bei der Balkan Task Force gewesen sind. Ich wollte herausfinden, was aus ihm geworden ist. Aber ich war nicht davon besessen oder so was.«

»Ich hab ja gewusst, dass du die Augen offen hältst, aber mir war nicht klar, dass du ihn die ganze Zeit über auf dem Schirm hattest.«

»Tut mir leid, Bruder. Ich hab dich nicht mit Absicht im Dunkeln gelassen.«

»Und bis letzte Woche wusstest du noch nicht mal mit Sicherheit, ob es ihn wirklich gibt.«

Raynor setzte sich aufrecht hin und starrte Slapshot unverwandt an. »Worauf willst du hinaus?«

»Er ist ein Gespenst, Kolt. Perfekte Tarnung. Auch mit Simmons an Bord ist es so gut wie unmöglich, den Kerl zu finden, bevor er wieder schießt.«

»Das sage *ich* doch die ganze Zeit.«

Slapshot schüttelte den Kopf. »Du wirst ihn nicht finden, indem du ihn suchst. Wenn er in den Staaten ist, hat er sich wahrscheinlich irgendwo verkrochen. Er kann warten. Monate, wenn's sein muss.«

Raynor schüttelte den Kopf. »Glaube ich nicht. Er ist in Rekordzeit von Griechenland nach Detroit gekommen. Sicher wird er von Leuten unterstützt, die genau wissen, was sie tun. Der zweite Anschlag passiert bestimmt bald. Warum sollten sie sonst das Risiko eingehen, so schnell so viele Grenzen zu überqueren?«

»Du glaubst wirklich, dass er es jetzt auf den Präsidenten abgesehen hat? Obwohl er in Athen nicht geschossen hat, als er die Gelegenheit hatte?«

Raynor nickte. »Ich wette, der spielt mit uns. Wie du

schon gesagt hast, das ist psychologische Kriegsführung. Das war erst sein Eröffnungszug. Eher ein Ablenkungsmanöver, aber trotzdem eine Warnung.«

»Also müssen wir beide dafür sorgen, dass er nicht die Chance bekommt, einen weiteren Regierungschef zu ermorden?«

»Ich brauche dich dafür, Slap«, bestätigte Kolt. »Auch wenn ich nicht sicher bin, wie weit unsere Befugnisse reichen. Wir dürfen schließlich nicht auf amerikanischem Boden operieren.«

Da war ein Funkeln in Slapshots Augen, als er erwiderte: »Wie genau definierst du ›operieren‹?«

11

Wie alle anderen in der Delta Force war Cindy Bird eine Sklavin des Handys, das sie von der Einheit erhalten hatte.

Sie hatte sich darauf gefreut, ein paar Wochen am Strand unter der tropischen Sonne verbringen zu können, auch wenn es kein Urlaub war. Aber wenn man einen Anruf oder eine Textnachricht bekam, bestand die einzige korrekte Reaktion darin, dass man alles stehen und liegen ließ und sich darum kümmerte. Und das taten Hawk und der Rest ihres Angriffstrupps, als ihre Telefone gleichzeitig summten, fünf Minuten nach ihrer Ankunft in der Hotelbar nach dem ersten Tag ihres Bootstrainings.

Shaft warf dem Barkeeper einen Blick zu. Diesem schien die verdächtige Gleichzeitigkeit ihrer Benachrichtigungen nicht aufgefallen zu sein. Dann wandte er sich Cindy zu. »Hawk, ruf du dort an.«

Cindy sprang von ihrem Barhocker auf, entfernte sich von der kleinen Ansammlung der Happy-Hour-Gäste und setzte sich an einen freien Ecktisch. Die Textnachricht enthielt eine Rufnummer, unter der sie weitere Informationen erhalten würde. Aber es war beunruhigend, dass sie alle eine bekommen hatten.

Ein Notrückruf aller Sabre Squadrons kam für gewöhnlich nur vor, wenn es an mehreren Orten gleichzeitig zu katastrophalen Ereignissen gekommen war und die Kapazitäten der Bereitschaftsstaffel nicht mehr ausreichten. Oder wenn etwas sehr, sehr Schlimmes passiert war – in der Größenordnung des 11. September. Doch als sie die Kontaktnummer anrief und sich die aufgezeichnete Botschaft anhörte – es war Slapshots Stimme, jedoch ungewöhnlich matt und humorlos –, wusste sie, dass es in diesem Fall um etwas anderes ging.

»Sämtliches Personal hat sich direkt an den folgenden Ort zu begeben. Bereit machen zum Mitschreiben.«

Ernsthaft? Die alarmieren uns für eine verdammte Übung?

Eine kurze Pause entstand, gerade lange genug, dass sie ihr wetterfestes Notizbuch und ihren Stift herausholen konnte. Sie hörte aufmerksam zu, während Slapshot eine Adresse in Arlington, Virginia, nannte.

Die Nachricht ging noch weiter. Sie sollten allein und unter falschen Namen reisen. Sich innerhalb von 48 Stunden melden. Aber dann wurde es merkwürdig. Sie durften nicht nach Bragg zurückkehren. Es werde eine Tagespauschale für die Spesen geben, und Kosten, die diesen Betrag überschritten, bedurften der Überprüfung. Persönliche Waffen und Munition seien nicht gestattet.

Waffen und Ausrüstung werden nicht bereitgestellt. Nicht gestattet? Was zum Teufel soll das denn heißen?

Aber sie wusste, was es bedeutete. Die Sprache war absichtlich vage, die Botschaft implizit. *Bringt eure eigenen Waffen mit, aber lasst euch nicht damit erwischen.*

Es war eine inoffizielle Mission.

Das ist doch eine Übung, oder?

Cindy kehrte zur Bar zurück, nahm ihre Tasche vom Barhocker und nickte Shaft und den anderen zu. »Ich haue ab, Leute. Danke für den Drink, macht's gut.«

Im Wissen, dass ihre Teamkollegen sich bei ihr melden würden, sobald sie die Bar verlassen hatten, machte sie sich auf den Weg in ihr Zimmer, schnappte sich ihre restliche Ausrüstung und rief den Empfangschef an, damit dieser ihr ein Taxi bestellte.

48 Stunden waren mehr als ausreichend für einen kurzen Zwischenstopp in ihrer Wohnung in Fayetteville. Von dort nahm sie eine Waffe mit: eine halbautomatische Pistole, Caspian M1911, Kaliber 45, die sie von ihrem Vater geerbt hatte. Sie hatte es erst lange nach seinem Tod erfahren, aber Mike Leland Bird war ein Staffelkommandant der Delta Force gewesen. Es war also kein Zufall gewesen, dass sie in die Augmentationszelle der Einheit rekrutiert und schließlich ausgewählt wurde, am Pilotprogramm zur Ausbildung weiblicher Operators teilzunehmen. Das Programm hatten Mike Bird und Jeremy Webber Jahre zuvor entworfen, aber nur Webber hatte noch erlebt, wie es in die Tat umgesetzt wurde. Es war nur passend gewesen, dass die einzige Tochter von Mike »MLB« Bird die Erste war, die diesen Pfad beschritt. Die Delta Force lag ihr im Blut.

Obwohl bis zum Ablauf der Deadline noch ein ganzer Tag blieb, hielt sie sich nicht lange zu Hause auf. Das

Letzte, was sie jetzt gebrauchen konnte, war eine zufällige Begegnung mit Troy, ihrem Freund von den Green Berets. Aber sie musste sich auch eingestehen, dass sie nicht mehr ganz sicher war, ob er überhaupt noch ihr Freund war. Ihre Beziehung war immer kompliziert gewesen. Anfangs hatte sie Troy attraktiv gefunden, weil er sich in derselben Welt der Spezialeinheiten bewegte, in der ihr Vater aktiv gewesen war. Aber abgesehen davon war er ihrem Vater nicht ähnlich. Troy war ein Schlangenfresser, forsch und mit zu viel Selbstvertrauen gesegnet, ein Alphamännchen. Er war besitzergreifend, eifersüchtig, und anfangs hatte das dazu geführt, dass sie sich als etwas Besonderes fühlte. Und beschützt. Aber jetzt fühlte sie sich nur noch eingeengt. Sie musste nicht beschützt werden. Sie war ein Delta-Force-Operator.

Und das war das eigentliche Problem.

Hawk war ziemlich sicher, dass Troy nicht wusste, dass sie in der Einheit war. Sie hoffte, dass er ihr die Tarnung abkaufte, sie sei eine CBRN-Spezialistin im 43. Unterstützungsbataillon. Sie wollte nicht, dass er die Wahrheit erfuhr. Nicht aus Sicherheitsgründen, sondern weil Troy beim »Bloody Thursday« durch die Delta-Auswahlprüfung gefallen war. Falls er je erfuhr, dass seine Freundin Erfolg gehabt hatte, wo er versagt hatte, würde er wahrscheinlich durchdrehen. Die Tatsache, dass sie ihren größten Erfolg geheim halten musste, um sein Ego zu schützen, machte mehr als deutlich, warum ihre Beziehung zum Scheitern verurteilt war.

Sie wusste, was sie tun musste. Sie hatte es bereits viel zu lange aufgeschoben. Aber jetzt war definitiv nicht der richtige Zeitpunkt, dieses Gespräch, oder irgendein anderes, mit Troy zu führen.

Nachdem sie sich ihren 45er und ein paar Schachteln ACP-Munition geschnappt hatte, stieg sie ins Auto und fuhr los. Die Fahrt nach D.C. dauerte fünf Stunden. Sie verbrachte die Zeit damit, sich die Hörbuchfassung des neuesten Brad-Taylor-Romans anzuhören. Anfangs war sie davon ausgegangen, dass es sich bei dem Treffpunkt um eine Außenstelle des Verteidigungsministeriums oder irgendeine andere staatliche oder militärische Einrichtung handeln würde, aber nach einem kurzen Blick auf Google Earth stellte sich heraus, dass die Adresse in einem gewöhnlichen Gewerbegebiet in der Vorstadt von D.C. lag.

Kurz nach Sonnenuntergang traf sie bei dem unauffälligen Gewerbegebäude ein, eines von etwa einem Dutzend identischer Bauwerke in diesem Komplex. Sie parkte, ging den Rest des Wegs zu Fuß und sah dabei lediglich ein anderes Fahrzeug auf dem Parkplatz stehen, ein schwarzer Grand Marquis. An der Tür des Geschäftshauses fand sie nichts, das Rückschlüsse auf die Gebäudenutzer zuließ, aber durch das in die Tür eingelassene Fenster war erkennbar, dass im Inneren Licht brannte. Während sie dort stand und sich fragte, was sie als Nächstes tun sollte, sah sie eine Bewegung hinter dem Glas. Dann schwang die Tür auf und das grinsende Gesicht von Pete »Digger« Chambliss kam zum Vorschein.

Digger war einer von den Guten. Vor ein paar Jahren hatte Hawk eng mit ihm, Raynor und Slapshot zusammengearbeitet. Sie waren Teil einer AFO-Zelle gewesen, die in Kairo nach Boden-Luft-Raketen gesucht hatte. Das war ihr erster Vorgeschmack gewesen, wie sich das Leben anfühlen könnte, wenn sie das Trainingsprogramm überstand und zum Delta-Operator wurde.

Digger war ausgesprochen lässig gekleidet, trug ein T-Shirt mit dem O'Neill-Logo sowie Boardshorts mit einem blau-weißen Hawaiimuster. Darunter war seine Titanium-Beinprothese mit dem ›Don't-tread-on-me-motherfucker‹-Aufkleber zu sehen, die seinen fehlenden rechten Unterschenkel ersetzte.

Hawk wusste, dass Digger seinen Unterschenkel schon *vor* dem Delta-Selektionsprozess verloren hatte, ohne dass dies für ihn ein Hindernis dargestellt hätte. Mit Digger zu arbeiten war eine bewegende Erfahrung, und es erinnerte einen ständig daran, dass die besten Delta-Operators nicht diejenigen waren, die an keinerlei persönlichen Einschränkungen litten, sondern die, die diese Einschränkungen überwinden konnten.

»Schätze, hier bin ich richtig«, stellte sie fest.

»So weit würde ich nicht gehen«, erwiderte Digger. »Aber komm trotzdem rein. Ich checke dich ein, und dann kannst du dir ein Hotel oder Airbnb suchen.«

Sie betrat einen großen, überwiegend leeren Raum mit Wänden aus nacktem Beton und einem Epoxidharzboden. Die einzigen Möbel waren ein halbes Dutzend Klapptische, die man hufeisenförmig angeordnet hatte, sowie genug Klappstühle für 40 oder 50 Personen. Alle Tische bis auf einen waren leer. Auf diesem einen befanden sich eine große Pizzaschachtel, eine halb geleerte Flasche Naked Juice sowie ein aufgeklappter Laptop, der mit einer Wandsteckdose verbunden war. Als sie um die Ecke ging, stellte sie fest, dass auf dem Computerbildschirm ein Video von einem MMA-Kampf lief.

Digger machte eine Geste in Richtung der Pizzaschachtel. »Hast du Hunger?«

Hawk schüttelte den Kopf.

»Der Boss und Slapshot sind noch im Haus und arbeiten an den Einzelheiten, also bin ich hier erst mal Kontaktmann und Befehlshaber gleichzeitig.« Er zog einen Stuhl für sie heran. Dann setzte er sich vor den Computer, minimierte den Videoplayer und rief eine Liste der Staffelmitglieder auf. Digger war der Master Breacher der Staffel und gehörte zur Hauptquartiermannschaft, was wahrscheinlich der Grund war, weshalb er hier die Stellung hielt. »Fast alle anderen sind noch unterwegs. Du bist erst die vierte Person, die hier aufgetaucht ist.«

»Und worum geht's hier?«

»Weiß nicht. Irgendeine Stadtübung. Mehr weiß ich auch nicht. Der Boss sagt, dass er uns alles erklärt, sobald alle hier sind.«

»Alle? Die ganze Staffel?« Hawk schüttelte skeptisch den Kopf. »Er hat uns alle von dem Training abgezogen, das wir dringend brauchen, damit wir ein anderes Training absolvieren, das wir nicht brauchen? Das glaube ich nicht.«

»Komm schon, Hawk, brauchst du wirklich ein Zertifikat, um Kapitänin einer Zwölf-Meter-Yacht sein zu können?«, fragte Digger. »Außerdem ist es nur deine Truppe, alle anderen machen mit ihrem Training weiter.«

Nachdem er eine dramatische Pause eingelegt hatte, beugte er sich näher heran und senkte die Stimme zu einem verschwörerischen Flüstern. »Das muss unter uns bleiben, aber es hört sich an, als wenn der Boss glaubt, dass der Kerl, der den griechischen Ministerpräsidenten erschossen hat, es jetzt auf unseren Präsidenten abgesehen hat.«

Hawk dachte an das Puzzle aus Leichenteilen zurück, das sie in dem Krankenhaus in Athen gesehen hatte. »Der

Tote? Shaft und ich haben doch zusammen mit Racer die Leiche identifiziert.«

»Anscheinend ist er doch nicht tot, jedenfalls aus Racers Sicht. Du weißt ja, wie er manchmal ist.«

»Ja. Und meistens hat er recht«, gab Hawk zurück. »Er hat diesen sechsten Sinn, den sich niemand erklären kann.«

Digger neigte zustimmend den Kopf. »Ich denke, er befürchtet, dass der Secret Service es nicht schaffen wird, den Kerl aufzuhalten. Also werden wir für zusätzliche Sicherheit sorgen. Natürlich inoffiziell. Weil es illegal wäre, wenn wir ihn auf US-amerikanischem Boden jagen.«

»Also nennen wir es eine Übung, und wenn wir Glück haben … ›Was soll's‹, oder? Weiß Colonel Webber davon?«

»Das ist eine Sache zwischen ihm und Racer, aber ich nehme es an. Wrangler hat vor ein paar Jahren schon mal etwas Ähnliches getan. Er hat eine Übung in Panama angesetzt, ließ die Staffel aber mit scharfer Munition ausrücken, damit sie bereit wären, falls die da oben beschließen würden, sie in den Dschungel zu schicken, um Jagd auf Drogenhändler zu machen. Das war ein ziemliches Desaster. Einer der Helis hatte eine schwierige Landung und es gab ein paar Verletzte. Ich glaube nicht, dass Racer hier mit so etwas Extremem rechnet, aber er ist schlau genug, sich beim Colonel abzusichern.«

Hawk nickte. Racers Plan entsprach genau der Querdenkermentalität, die seit Langem die Delta Force definierte – frei nach dem Motto: ›Wichtig ist nicht, *was* man denkt, sondern *wie* man denkt.‹ »Und wie lange werden wir damit beschäftigt sein?«

»So lange, wie es eben dauert, schätze ich. Oder bis wir wieder in Bereitschaft gehen. Was auch immer zuerst passiert.«

Sechs Wochen, dachte Hawk. Sie hatte es nicht eilig, wieder nach Hause zu kommen, aber sechs Wochen waren eine lange Zeit, wenn man aus einem Rucksack lebte. »Moment mal. Dann stimmen wir uns diesmal also nicht mit dem Secret Service ab?«

»So habe ich es jedenfalls verstanden. Streng geheime Mission. Wenigstens haben wir dadurch Gelegenheit, unsere städtischen Spionagefähigkeiten aufzufrischen.«

»Wie sollen wir denn die Lücken in deren Überwachung schließen, wenn wir nicht mal wissen, was die überwachen?«

Digger zuckte die Achseln. »Ich bin sicher, der Boss wird sich was einfallen lassen.«

»Ja, klar. Er wird sagen, dass das unser Job ist. Eine Trainingsaufgabe.« Noch während sie es sagte, fiel ihr eine Lösung ein. Sie nahm ihr Handy heraus und rief die Kontaktliste auf. Ohne ein Wort der Erklärung an Digger scrollte sie zu einem Eintrag herunter, der nur aus einem Vornamen bestand: Matt. Es war eine Nummer mit einer Vorwahl aus Maryland. Sie rechnete damit, dass sich der Anrufbeantworter melden würde, und legte sich bereits eine Nachricht zurecht, aber zu ihrer Überraschung wurde der Anruf nach dem zweiten Klingeln angenommen.

»Äh, hallo?«

Hawk erkannte die Stimme wieder, aber nicht den zögerlichen Tonfall. US Secret Service Special Agent Matt »Nenn mich nicht Matthew« Murphy war ihr nicht wie jemand vorgekommen, der irgendetwas vorsichtig anging. Jedenfalls hatte er sich in Athen nicht zurückgehalten, sondern hartnäckig versucht, sie zu einem gemeinsamen Netflix-Abend zu überreden.

»Oh, hey, Matt. Hier ist Cindy Bird.«

»Ich weiß. Was gibt's?«

Was gibt's? Hawk fühlte Zorn in sich aufsteigen. *Was es gibt? Du hast drei Tage lang an mir geklebt, und jetzt fällt dir nichts Besseres ein als ›Was gibt's?‹* Sie bemerkte, dass Digger sie angrinste, und drehte sich ein Stück zur Seite, um seinem Blick auszuweichen, bevor sie antwortete. »Na ja, ich hab gerade erfahren, dass ich für den nächsten Monat oder so zum Pentagon versetzt werde, und ich dachte mir, du könntest vielleicht … keine Ahnung … mir zeigen, wo man in der Stadt den besten Dirty Martini kriegt?«

»Ja. Weißt du, ich denke, daraus wird nichts. Sorry.«

»Tja, vielleicht …« Aber es war nur noch ein Piepen zu hören, weil Matt aufgelegt hatte. Hawk hielt das Telefon auf Armeslänge vor sich und starrte es fassungslos an. »Was zur Hölle soll das denn?«

»Hat Matthew Murphy dich gerade abblitzen lassen?« Digger grinste immer noch. »Schätze, seine Frau lässt ihn nicht zum Spielen raus.«

Sie wirbelte zu ihm herum. »Nein. Im Ernst?«

»Japp. Was im Dienst passiert, bleibt im Dienst.«

»So ein Arschloch.« Dann kam Hawk in den Sinn, dass ihre Empörung eigentlich fehl am Platz war. Schließlich hatte sie nicht ernsthaft vorgehabt, auf Matts Annäherungsversuche einzugehen. »Okay … gelöscht. Ich hab noch genug andere Namen auf der Liste.«

»Wen denn?«

Sie scrollte durch ihre Kontaktliste. Abgesehen von Murphy standen dort noch drei andere Namen von

Mitgliedern der Schutzmannschaft des Präsidenten – die Leute, deren Job es war, sich notfalls für ihn eine Kugel einzufangen. Dazu kamen zwei vom CAT, der speziellen Eingreiftruppe, die sich bedeckt hielt, aber immer bereit war, Unterstützungsfeuer zu geben, falls es zu einer größer angelegten Attacke auf den obersten Befehlshaber kam. Bei diesen Namen handelte es sich nur um diejenigen, die während der kurzen Zusammenarbeit zwischen Delta und dem Secret Service darauf bestanden hatten, Hawk ihre Kontaktdaten mitzuteilen. Sie war sehr beliebt gewesen, und auch wenn sie nie vorgehabt hatte, sich mit diesen Männern zu treffen, genoss sie doch die Aufmerksamkeit, die sie ihr schenkten.

»Jim?«

»Vaught? Verheiratet«, erwiderte Digger. »Aber er sagt, dass die beiden nur noch wegen der Kinder zusammen sind.«

»Er hat Kinder?« Sie verdrehte die Augen. »Tja, vielleicht hat er ja trotzdem Lust, mit mir was trinken zu gehen.«

»Würde ich nicht drauf wetten. Leute wie er werden zu Hause viel genauer beobachtet.«

»Curt Johnson?«

Digger schüttelte den Kopf. »Bei dem bin ich nicht sicher.«

Hawk machte den Anruf, erreichte den Anrufbeantworter. Sie zog erst in Erwägung, eine kokette, vielleicht sogar anzügliche Nachricht zu hinterlassen, überlegte es sich dann aber anders und legte einfach wieder auf, ohne etwas zu sagen. »Kam mir eben wie eine gute Idee vor.«

»Es *ist* auch eine gute Idee«, sagte Digger, nun zum ersten Mal mit ernster Miene. Er nahm seinerseits das

Telefon zur Hand, und nachdem er eine oder zwei Sekunden durch seine Liste gescrollt hatte, hielt er sich das Handy ans Ohr. »Hey, Todd? Hier ist Pete …« Er lachte. »Ja, genau der.«

Hawk erinnerte sich an Todd Kearney. Er war ein ernsthafter, junger Special Agent, der jüngste in der Schutzmannschaft. Sie erinnerte sich vor allem deshalb noch an ihn, weil er als Einziger *nicht* versucht hatte, mit ihr zu flirten. Tatsächlich schien er ein wenig Angst vor ihr gehabt zu haben.

»Also, ich arbeite jetzt für ein paar Wochen in D.C. und hatte mich gefragt, ob wir mal irgendwann abends ein Bier trinken gehen können … Mhm. Perfekt. Cool, Mann. Schick mir die Adresse. Klar. Bis dann.«

Er beendete das Gespräch und grinste Hawk triumphierend an. »Ich bin drin.«

»Drecksack«, murmelte sie.

»Hey, das war deine Idee. Ich werde dafür sorgen, dass der Boss das erfährt. Dafür hast du Anerkennung verdient.« Er stand auf und schob den Computer in ihre Richtung.

»Wo zum Teufel willst du hin?«

»Hast du nicht gehört? Ich hab ein Date.«

»Heute Abend schon?«

»Japp. Heute Abend hat er frei. Ich sollte in zwei, drei Stunden wieder da sein. Danke, dass du so lange für mich übernimmst. Sorg dafür, dass sich alle ihre falschen Papiere und die Visitenkarten aus dem Karton da nehmen. Und wenn du Pizza willst, bedien dich.«

So viel dazu, dass er einer von den Guten ist, dachte sie. Aber dann wurde ihr bewusst, dass es schlimmere Arten gab, den Abend zu verbringen. Zum Beispiel in der Gesellschaft von Matt »Nenn mich nicht Matthew« Murphy.

Sie zog den Computer zu sich, klickte den Videoplayer an und fragte sich, ob sie den MMA-Kampf, den Digger sich angesehen hatte, bereits kannte.

Kolt Raynor zählte seine Leute rasch durch, um sich zu vergewissern, dass alle da waren. Er hatte für die Mission nur eine einzige Truppe gerufen, deren Teams der Ostküste am nächsten gewesen waren, damit er sie schnell zurückbeordern konnte. Mehr als eine Truppe hätte das Budget der Staffel gesprengt. Das hätte Raynor mit Webber abklären müssen, und dazu war er noch nicht ganz bereit.

Der Raum wirkte leer, obwohl der zweite Angriffstrupp der Noble Squadron vollständig anwesend war. Das eigentliche Problem waren nicht die leeren Stühle, sondern die Lücken in der Mannschaft selbst. Stitchs Fehlen war auffällig, aber dieser jüngste Verlust war nicht der einzige.

Bei voller Mannschaftsstärke hätten sich mindestens 24 Operators im Team befunden, dazu noch etwa ein halbes Dutzend im Hauptquartier. Nun waren sie insgesamt nur 23, und Colonel Webber hatte ihm versichert, dass es so bald keine Neuzugänge geben würde. Die Staffel – im Grunde die gesamte Einheit – war gefährlich reduziert, und das bereits seit einer ganzen Weile. Sterben im Kampf, Verletzungen, die eine Karriere beendeten, Burn-out – es gab viele Arten, aus der Delta Force auszuscheiden. Ausbildung und Auswahlprozess konnten nicht mit dem Verschleißtempo mithalten, nicht nach eineinhalb Jahrzehnten ständigen Kriegs und so vielen Missionen unter hohem Stress. Das Problem war so schlimm geworden, dass die vorherige

Regierung die Idee ins Gespräch gebracht hatte, Delta Force und SEAL Team Six zu einer einzigen Antiterroreinheit zusammenzufassen. Eine unsinnige, typisch bürokratische Lösung, die am eigentlichen Problem nichts geändert hätte.

Raynor räusperte sich. »Okay, als Erstes möchte ich sagen, dass ich euch allen was schuldig bin dafür, dass ihr euer Teamtraining abgebrochen habt und so kurzfristig hergekommen seid.

Im Licht der jüngsten Ereignisse, an denen wir alle auf die eine oder andere Weise beteiligt waren, haben Slapshot und ich beschlossen, unser Städtetraining und unser Standardverfahren zum Personenschutz zurückzustellen. Möglicherweise werden wir zur nächsten Schutzmannschaft des Präsidenten und anderer hochrangiger Personen gehören, also haben euer Sergeant Major und ich ein Trainingsszenario entworfen, das uns alle herausfordern sowie unsere Fähigkeiten zur Gefahreneinschätzung und Reaktion verbessern wird.

Jetzt zu den allgemeinen Dingen. Ihr werdet euch als Angestellte der Firma FTP Security Consulting Services ausgeben. Im Einsatz könnt ihr notfalls auf euren Delta-Status zurückgreifen.« Er machte eine weit ausholende Handbewegung. »Willkommen in der FTP-Zentrale.«

»Für die, die immer ein bisschen länger brauchen: Das steht für *For Training Purposes*«, fügte Slapshot hinzu.

»Jetzt zu Aufgabe und Zweck«, fuhr Raynor fort. »Wir werden die Secret-Service-Schutzmannschaft des Präsidenten diskret beschatten und nach Lücken in ihrem Schutz suchen, die ein Terrorist oder Attentäter ausnutzen könnte.«

»Testen wir etwa die Integrität des Secret Service?«, wollte Barnes wissen.

»Nein.« Raynor schüttelte den Kopf. »Wir werden nirgendwo herumstochern und niemanden auf die Probe stellen. Tatsächlich werden wir überhaupt nichts mit denen zu tun haben.« Er warf Digger einen wissenden Blick zu. »Jedenfalls nicht offiziell. Wir werden einfach nur beobachten und sammeln.«

Kolt fiel eine Veränderung in Slapshots Körperhaltung auf. »Sollte der Secret Service uns bemerken, könnt ihr die Mission als gescheitert betrachten.

Die Reiseroute des Präsidenten mit den öffentlichen Auftritten außerhalb des Weißen Hauses kann jeder, der eine Internetverbindung hat, online einsehen. Für den Rest dieser Woche ist er in D. C., aber das kann sich jeden Moment ändern. Wir müssen bereit sein hinzugehen, wo er hingeht.

Außerdem haben wir« – er nickte wieder in Diggers Richtung – »eine mehr oder weniger verlässliche Quelle innerhalb der präsidentiellen Schutzmannschaft, die uns mit zusätzlichen Informationen über die Schutzmaßnahmen des Secret Service versorgen kann. Am angreifbarsten wird der Präsident während dieser angekündigten öffentlichen Auftritte sein oder auf dem Weg dorthin. Darauf werden wir uns also konzentrieren. Wir werden die Routen und Auftrittsorte unter die Lupe nehmen. Die Schwachstellen finden. Nach Stellen suchen, an denen jemand … sagen wir, ein Profi-Scharfschütze wie der, der das Attentat in Griechenland ausgeführt hat, sich verstecken könnte. Falls ihr im Laufe dieser Übung auf eine echte Bedrohung aufmerksam werdet … Nun ja, dann benutzt euer Urteilsvermögen.«

Barnes stand auf. »Äh, Sir, ist Ihnen klar, dass die Bundesgesetze es uns verbieten, Polizeiarbeit zu leisten?«

»Ist das überhaupt legal, Boss?«, fragte ein anderer Operator.

Slapshot beugte sich zu Raynor und sagte halblaut: »Ich hätte schwören können, dass du genau darüber gerade geredet hast.«

Hawk, die ein paar Stühle von ihrem Anführer entfernt saß, erhob sich jetzt auch. »Wir alle kennen die Gesetze. Und wir haben alle kapiert, dass du sie umgehen willst, aber wenn du willst, dass wir den Job erledigen, dann red nicht um den heißen Brei herum und sag uns einfach, was wir tun sollen.«

Es gab ein paar zustimmende Rufe, aber Raynor bemerkte, dass die Reaktion nicht einheitlich war. Barnes setzte sich wieder und seine Wangen röteten sich unter den kurzen Bartstoppeln. Einige der anderen zogen finstere Mienen. Ihre Besorgnis war verständlich. Raynor verlangte von ihnen eine riskante Gratwanderung, wollte, dass sie ihre Karriere bei etwas aufs Spiel setzten, das im Grunde eine als Übung verkleidete Selbstjustizaktion war.

Er hatte mit etwas Ähnlichem gerechnet. Das *Posse comitatus*-Gesetz verbot es der Army, als Polizeibehörde auf US-amerikanischem Boden tätig zu werden. Aber es gab Ausnahmen, die es dem Joint Special Operations Command erlaubten, aus einer bestimmten Rolle heraus zu agieren. Dazu konnte auch der Schutz wichtiger Personen gehören. Aber Raynor wusste, dass er sich diese Möglichkeit ohne offizielle Hilfe von höherer Stelle nicht zunutze machen konnte, und er hatte nicht vor, seine Operators anzulügen.

»Setz dich, Hawk.« Er wartete einen Moment ab, bis der Tumult sich gelegt hatte. »Lasst mich eins noch mal klarstellen. Das hier ist eine Übung. Und dementsprechend werdet ihr euch auch verhalten. Davon abgesehen gibt es allerdings eine ganz bestimmte, reale Gefahr für den Präsidenten. Der Secret Service wurde davon in Kenntnis gesetzt. Vielleicht werden sie zusätzliches Personal von uns anfordern, vielleicht nicht. Aber wenn sie es tun, will ich sofort bereit sein.«

»Und wenn nicht, Sir?«, fragte Barnes.

»Lassen Sie das meine Sorge sein.«

12

Die Geduld war der Freund des Schachspielers ebenso wie des Scharfschützen. Geduld war unverzichtbar, um das lange Spiel zu gewinnen, und die größte Geduldsprobe kam, wenn das Ende endlich in Sicht war, wenn die Verlockung, zur Ziellinie zu sprinten, beinahe unwiderstehlich wurde. Für den Scharfschützen bestand diese Probe oft darin, viele Stunden lang reglos zu warten, wie Rasim Mirić es auf dem Lykabettus getan hatte und zuvor Dutzende Male auf Schlachtfeldern überall auf der Welt. Die Zeit für dieses geduldige Warten würde bald wieder anbrechen. Er wusste, wann und wo das Ziel auftauchen würde. Aber es gab vorher noch viel zu erledigen. Vorbereitungen mussten getroffen werden. Gegenstände mussten an bestimmte Orte gebracht werden, und all das durfte nicht zu hastig geschehen.

Er kam in einem Hotel für längere Aufenthalte unter, das in Laufweite der Zielzone war. Den Rest der

Woche verbrachte er mit der Erkundung des Gebiets. Er suchte nach Sichtlinien, überprüfte seine Entfernungsschätzungen, studierte den Verkehrsfluss sowie mögliche Fluchtrouten. Er erkundete mehrere mögliche Schusspositionen und entschied sich schließlich für das Dach eines 23-stöckigen Wohnhauses, das beinahe 1200 Meter entfernt lag.

Außerdem arbeitete er an seiner Tarnung. Die Menschen bemerkten kleine Veränderungen in ihrer Umgebung recht schnell, etwa das Auftauchen einer unbekannten Person. Aber nach ein paar Tagen wurde das Unbekannte vertraut und sie registrierten es nicht mehr. Der Fremde war nun lediglich ein weiteres, nicht weiter bemerkenswertes Gesicht im Hintergrund. Jeden Tag kaufte er sich im selben Laden an der Straßenecke Kaffee und eine Zeitung. Dann ging er in einen öffentlichen Park in der Nähe des Zielgebiets. Anschließend zog er eine Polyesterjacke an, setzte eine Baseballmütze auf, die mit dem Logo eines Kurierdienstes verziert war, für den er vorgeblich arbeitete, und machte sich mit ein paar Paketen unter dem Arm auf den Weg zum Wohngebäude. Seine Verkleidung ermöglichte es ihm, am Empfangstresen vorbeizukommen, und während er sich anfangs einige neugierige Blicke von den Bewohnern einhandelte, konnte er das Gebäude ab dem dritten Tag problemlos betreten.

Am Wochenende mietete er ein Auto und fuhr nach Michigan zu einer Verabredung mit Lyle »Lizard« Dooley. Die Heranzüchtung eines Agenten gehörte zu den Aspekten, die nicht überstürzt werden durften. Junge Männer wie Dooley oder die Mitglieder des Revolutionären Kampfs, die er auf ähnliche Weise in Athen rekrutiert hatte, sehnten sich oft nach Heldentaten, aber gleichzeitig waren sie misstrauisch, beinahe paranoid. Während der achtstündigen Fahrt konnte Mirić nicht sicher sein, dass Dooley wirklich zu ihrem Treffen erscheinen würde. Aber der junge Mann war da, wartete vor einer Raststätte an der Interstate auf ihn. Zusammen fuhren sie ins Hinterland, wo sie Bewegungstechniken und Schießen übten. Mirić hatte dem Jungen ein Geschenk mitgebracht: das Leupold Mark 4 3.5-10X40mm LR/T, ein Zielfernrohr mit Leuchtabsehen, dazu genug Munition für sie beide, um die Waffe einzuschießen.

Im Verlauf des Tages drängte Dooley ihn immer wieder, ihm mehr über die Spezialmission mitzuteilen, für die er ausgewählt worden war, aber Mirić äußerte Bedenken. »Noch nicht. Es ist sicherer für uns beide, wenn du diese Dinge nicht weißt.«

»Ich kann ein Geheimnis für mich behalten, Mr. Khavin.«

»Ich bin sicher, dass du das kannst«, log Mirić. »Aber du musst mir vertrauen. Informationsmanagement gehört dazu, wenn unsere Mission erfolgreich sein soll.«

»Ja«, murmelte Dooley. »Ich weiß.«

»Alles, was ich dir sagen kann, ist, dass unsere Mission sehr gefährlich wird. Vielleicht überleben wir sie nicht.«

Diese Warnung, eine simple Form der paradoxen Intervention, hatte die gewünschte Wirkung. »Ich will lieber im Kampf sterben als unter einer Willkürherrschaft leben«, erwiderte Dooley feierlich.

»Ganz egal was passiert«, sagte Mirić ebenso ernst, »du wirst in die Geschichte eingehen.«

»Ganz genau. Wann fangen wir an?«

»Bald.«

Die zweite Woche verbrachte er weitgehend genauso wie die erste. Er ging seiner täglichen Routine nach, wobei er immer wachsam darauf achtete, ob er unerwünschte Aufmerksamkeit auf sich zog, obwohl es keine Anzeichen dafür gab, dass er beschattet wurde. Seine Ausflüge auf das Dach, wo er seinen Jagdschirm aufbaute, wurden von den Bewohnern nicht bemerkt, dabei waren die Pakete, die er trug, mittlerweile größer und schwerer und die Zeit zwischen seinem Betreten und Verlassen des Gebäudes wurde jeden Tag etwas länger.

Der Schirm bestand aus Aluminiumplatten, die er in drei separaten Touren heraufgebracht hatte. Sie wurden von einem starken Klebstoff zusammengehalten und sahen aus wie das rechteckige Gehäuse eines großen Absauggebläses. Es sah zwar nicht exakt so aus wie die Einheiten, die auf dem Dach installiert waren, ähnelte ihnen aber genug, um bei oberflächlichem Hinsehen nicht aufzufallen, und sicher genug, um auch auf den Kamerabildern der städtischen Luftüberwachung nicht ins Auge zu fallen.

In der Mitte der Woche kam es im Zielgebiet zu erhöhter Aktivität. Uniformierte Polizisten und Männer in Anzügen, die zu irgendeiner Behörde zu gehören schienen, vielleicht Polizeiermittler, wahrscheinlicher aber Regierungsagenten, liefen dort herum, erkundeten ihrerseits die Umgebung und hielten nach potenziellen Gefahren Ausschau.

Pünktlich wie die Feuerwehr.

Er beobachtete sie, während er im Park zu Mittag aß, später dann mit seinem Spektiv aus dem Versteck auf dem Dach. Er bemerkte die Überwachungsflugzeuge, die mit zunehmender Häufigkeit am Himmel kreisten. Sie suchten nach ihm, ohne es zu wissen, aber sie suchten am falschen Ort.

Am Mittwochabend rief er Lyle Dooley an. »Es ist Zeit«, sagte er.

»Mr. Khavin?«

»Keine Namen«, zischte Mirić wütend, als ob der junge Mann gegen eine lebenswichtige Regel verstoßen hätte. »Es ist Zeit«, wiederholte er und gab Dooley eine knappe Wegbeschreibung zu einer Raststätte am Pennsylvania Turnpike in der Nähe von New Stanton – sie lag ungefähr auf halber Strecke zwischen ihnen. »Wir treffen uns heute Abend dort. Fahr sofort los. Sag niemandem etwas. Bring deine Ausrüstung mit. Du weißt, wovon ich rede.«

»Warten Sie, ich kann nicht einfach alles stehen und liegen lassen und losfahren. Ich habe morgen eine Schicht.«

Mirić sog scharf die Luft ein. Diesmal war sein Ärger nicht gespielt. »Ich dachte, du hättest dich dem Freiheitskampf verschrieben. Wärst ein echter Krieger. Habe ich dich falsch eingeschätzt?«

»Nein. Das bin ich. Es ist bloß … Ich meine, ich habe hier ein Leben. Mit Pflichten.«

»Ein Leben unter einer Willkürherrschaft?«, konterte Mirić und hielt Dooley dessen eigene, feierliche Erklärung vor. »Was soll über dich in den Geschichtsbüchern stehen?«

Am anderen Ende der Leitung herrschte lange Schweigen. Schließlich fragte Dooley: »Ist die Zeit jetzt wirklich gekommen? Geht's wirklich los?«

In der Stimme des jungen Mannes lag ein nervöses Zittern, aber Mirić wusste, dass er ihn am Haken hatte. »Ja. Wir sehen uns in ein paar Stunden.«

Mirić kam zu dem Schluss, dass Dooleys Zögern in letzter Minute wahrscheinlich ein gutes Zeichen war. Wäre er von irgendeiner Polizeibehörde »umgedreht« worden, hätte er eifrig mitgespielt und kein bisschen gezögert.

Das bedeutete natürlich nicht automatisch, dass die Behörden Dooley und die anderen Milizionäre *nicht* beobachteten.

Er nahm den Akku und die SIM-Karte aus seinem Handy und machte sich auf den Weg. Die Fahrt zur Raststätte dauerte vier Stunden, und er musste vor Dooley dort sein, um sich zu vergewissern, dass der Treffpunkt sicher war. Falls Dooley in irgendeiner Weise kompromittiert war, würde Mirić sich einfach von ihm trennen. Die Rolle, die der junge Mann in diesem Spiel spielte, war wichtig, aber nicht unverzichtbar.

Seine Vorsicht war begründet, stellte sich aber als unnötig heraus. An der Raststätte ließ nichts auf eine Beschattung schließen und es gab keine Anzeichen dafür, dass jemand Dooley folgte. Ganze 30 Minuten beobachtete Mirić, wie der junge Mann nachdenklich in seinem Pick-up saß und wartete. Dann hielt er mit seinem Mietwagen hinter dem Truck und hupte, um den anderen auf sich aufmerksam zu machen.

Dooley stieg aus und ging auf ihn zu. »Ich habe versucht, Sie anzurufen …«

»Keine Anrufe mehr«, unterbrach ihn Mirić. »Gib mir dein Telefon.«

Der junge Milizionär runzelte die Stirn, gehorchte aber und reichte ihm sein Mobiltelefon.

Mirić nahm es entgegen und nahm Akku und SIM-Karte heraus. Später würde er sie wegwerfen, aber im Moment wollte er nicht noch mehr Fragen von Dooley beantworten müssen. »Hast du dein Gewehr mitgebracht?«

»Mann, ich habe alle meine Waffen dabei.«

Es gelang Mirić, sich seine Freude über diese Nachricht nicht anmerken zu lassen. »Hol sie. Und dann schließ dein Auto ab. Ab hier fährst du bei mir mit.«

Der junge Mann zog eine finstere Miene, protestierte aber nicht. Er holte einen großen Seesack und einen langen Pelican-Koffer von der Ladefläche des Pick-ups und verstaute beide auf dem Rücksitz des Mietwagens, bevor er auf dem Beifahrersitz Platz nahm.

»Wir haben eine lange Fahrt vor uns«, kündigte Mirić an. »Und ein paar lange Tage. Du solltest jetzt schlafen, wenn du kannst.«

Dooley schüttelte den Kopf. Er war sichtlich nervös. »Nie im Leben. Ich bin zu aufgedreht zum Schlafen.«

»Das verstehe ich.« Mirić löste die Handbremse und steuerte den Wagen zur Ausfahrt. »Du hast bestimmt viele Fragen. Ich beantworte sie dir jetzt, wenn ich kann.«

»Wo fahren wir hin?«

»Baltimore.«

Mirićs nächste »Lieferung« an das Wohngebäude bestand aus mehreren großen Paketen. Diese hätten eine Erklärung für die Anwesenheit des zweiten Angestellten des Kurierdienstes geboten, falls sich irgendjemand im Haus dafür interessiert hätte. Aber das war nicht der Fall.

Er führte Dooley auf das Dach. Schnell beförderten sie den Inhalt der Kartons – schwere Sandsäcke und Paletten mit Wasserflaschen – ins Innere des getarnten Jagdschirms. Als diese Aufgabe erledigt war, forderte Mirić den jungen Milizionär auf, hineinzusteigen und sich umzusehen.

Drinnen gab es gerade genug Platz für die zwei Männer, und als Mirić die Platte vor den Eingang geschoben und sie eingeschlossen hatte, wurde es im dunklen Inneren schnell heiß und stickig.

»Mann«, flüsterte Dooley. »Ist ja wie in einem Sarg hier drin.«

»Wir werden hier viele Stunden verbringen müssen, um unsere Mission zu erfüllen«, sagte Mirić. »Kannst du das?«

Dooleys Antwort war ein wenig begeistertes »Ja«.

Mirić öffnete eine Art Kippfenster an einer der Seitenplatten, wodurch ein schmaler Streifen Tageslicht in das enge Versteck fiel. Dann baute er sein Spektiv auf einem Ministativ auf und richtete es auf die Zielzone. »Hier. Schau mal durch.«

Mit einiger Mühe tauschten sie die Plätze und Dooley spähte durch das Objektiv. Er stieß ein ungläubiges Pfeifen aus. »Das ist … Wie weit ist das?«

»Ungefähr 1230 Meter. Die werden nicht auf die Idee kommen, uns so weit entfernt zu suchen.«

»Das ist unmöglich. Keine Chance. Nicht mit einem .308. Vielleicht mit Kaliber 50 oder einer selbst gemachten Patrone. Aber nicht mit dem Scheiß, den ich bei Walmart gekauft habe.«

»Und ob das möglich ist. Ein amerikanischer Soldat hat im Irak einen Abschuss über mehr als 1250 Meter gemeldet, mit einer NATO-Patrone, Kaliber 7,62 mal 51 Millimeter.«

»Ja, davon habe ich gehört. Staff Sergeant Jim Gilliland, USMC. Er hat gesagt, das sei ein Glückstreffer gewesen. Die Chancen hätten eins zu einer Million gestanden.«

»Dann sind deine zwei zu einer Million.«

»Meine?«

»Natürlich. Was glaubst, warum du sonst hier bist? Diesen Schlag muss ein echter amerikanischer Patriot ausführen.«

»Was, wenn ich danebenschieße?«

Mirić grinste in der Dunkelheit. »Glaub mir, Lizard. Du wirst nicht versagen.«

Am nächsten Tag, Freitag, kehrten sie zurück. Ihre letzte Lieferung bestand aus einer langen Kiste, in der sich Dooleys Remington Model 700 mit dem Leupold-Zielfernrohr befand. Auf Mirićs Drängen hin hatte er auch eine der Pistolen aus seinem kleinen Waffenarsenal mitgebracht, eine Taurus 24/7 G2 im Kaliber 40. Unauffällig gingen sie zum Dach hinauf, kletterten in die falsche Entlüftungsanlage und bereiteten sich auf eine lange Wartezeit vor. Dooley baute das Gewehr auf und stützte es auf den Sandsäcken ab. Mirić positionierte sein Spektiv direkt neben ihm. Sie sprachen wenig und bewegten sich noch weniger.

In ihrem Versteck war es heiß wie in einer Sauna. Um sich gegen die Auswirkungen der Hitze zu schützen, tranken sie reichlich Wasser und urinierten in die leeren Flaschen. Sie hatten auch wiederverschließbare Plastikbeutel für den Fall, dass jemand seinen Darm entleeren musste, aber Mirić wusste aus Erfahrung, dass sie diese wahrscheinlich nicht benötigen würden. Bei Nacht sank die Außentemperatur auf ein erträgliches Maß, aber Mirić hatte die dicken Aluminiumplatten mit Decken isoliert, damit das Versteck keine deutliche Hitzesignatur hatte, die vielleicht von den Überwachungsflugzeugen entdeckt werden konnte. Der Einbruch der Dunkelheit brachte also nur wenig Erleichterung. Mirić hatte schon weit Schlimmeres ertragen, aber es wurde zunehmend schwerer, Dooley zum Stillhalten zu überreden, als am Samstag die Sonne wieder aufging.

»Behalte das Zielgebiet im Blick«, drängte er ihn. »Übe schon mal, indem du auf verschiedene Dinge zielst. Versuche vorherzusehen, wie stark der Geschossfall oder der Wind sein wird.«

Mirić folgte seinem eigenen Ratschlag und beobachtete die zunehmend präsenten Sicherheitskräfte in der Zielzone. Er konnte in seinem Spektiv keine Gesichter erkennen, aber dafür Kleidungsstücke, die er bereits gesehen hatte, getragen von Personen, die eine Menge Zeit im Gebiet verbrachten. Am Sonntag, etwas mehr als 24 Stunden vor der planmäßigen Ankunft der Zielperson, wurde die Präsenz der Sicherheitskräfte weiter verstärkt. Mirić entdeckte Männer, die verstohlen auf den Straßen patrouillierten. Näher am Zielpunkt richteten Agenten in schwarzer taktischer Kleidung Beobachtungspositionen auf Dächern und Balkonen ein. Hier, fast 1,2 Kilometer entfernt, würden sie das nicht tun.

Während die letzten paar Stunden vergingen, schloss Mirić sein gesundes Auge und ging im Geist die letzten Phasen des Plans durch. Innerhalb kürzester Zeit würden mehrere Dinge in einer bestimmten Reihenfolge getan werden müssen, wenn er Erfolg haben und überleben wollte. Er visualisierte diese Schritte, spannte und entspannte seine Muskeln, damit er in der Lage sein würde, sich mit der erforderlichen Schnelligkeit zu bewegen, sobald die Zeit gekommen war.

»Sind Sie sicher, dass die hier nicht nachschauen werden?«, flüsterte Dooley.

Mirić runzelte die Stirn, verärgert über die Unterbrechung. »Nicht bevor es zu spät ist.« Dann wurde er gegen seinen Willen neugierig und öffnete sein Auge. »Warum fragst du das jetzt?«

»Das ist bloß wegen … dem Mädchen da unten. Mir kommt's so vor, als würde die mich direkt anschauen.«

13

Cindy Bird vertraute Kolt Raynor nicht nur, sie glaubte an ihn. Das war der Grund, weshalb sich diese penetrante Stimme in ihrem Kopf, die ihr sagte, dass diese sogenannte Übung eine gewaltige Zeitverschwendung sei, verräterisch anfühlte.

Sie bezweifelte nicht, dass Raynor den Scharfschützen identifiziert hatte, der für den Mord am griechischen Ministerpräsidenten verantwortlich war – ein Bosnier namens Rasim Mirić, den Racer »Shiner« nannte. Sie stellte auch nicht die etwas waghalsigere Behauptung infrage, der Mann sei noch am Leben und jetzt hinter dem US-Präsidenten her. All das kaufte sie ihm ab. Das Problem bestand darin, dass es beinahe unmöglich sein würde, den Präsidenten auf diskrete Weise zu schützen, noch dazu ohne Absegnung von offiziellen Stellen.

In den zwei Wochen, seit die Operators der Noble Squadron von ihren verschiedenen Trainingsaktivitäten abberufen worden waren, hatten sie sich überwiegend in dem gemieteten Gebäude im Arlingtoner Gewerbegebiet aufgehalten und auf einen in letzter Minute angekündigten, nicht planmäßigen Auftritt des Präsidenten gewartet. Dieser regelte offenbar sämtliche Staatsangelegenheiten entweder im Weißen Haus oder an einem der anderen Orte, die über das Netzwerk sicherer Tunnel erreichbar waren, welche die Wohnstätte des Präsidenten mit dem Kapitol und anderen behördlichen Stellen verbanden. Er traf sich mit Abgeordneten und Beratern und hielt im Konferenzraum des Weißen Hauses Pressekonferenzen ab, aber nichts, das er tat, hätte ihn für Raynors mythischen, untoten Scharfschützen zur Zielscheibe gemacht. Der einzige Eintrag auf der Liste der öffentlichen Termine war ein Besuch in Baltimore, wo er über eine Initiative zur bürgernahen Polizeiarbeit sprechen würde. Am Anfang des Programms stand ein überaus öffentliches Treffen mit dem Bürgermeister auf der Rathaustreppe.

Die lange Inaktivität begann der Truppenmoral zu schaden. Alle wussten, dass diese Übung nur eine Tarnung für Raynors Suche nach Shiner war, noch dazu eine recht fadenscheinige. Selbst bei seinen eifrigsten Unterstützern regte sich Unmut. Seine Gegner balancierten auf dem schmalen Grat zwischen Respektlosigkeit und Gehorsamsverweigerung. Es schien nur noch eine Frage der Zeit zu sein, bis Barnes oder einer der anderen sich über Raynors Befehle hinwegsetzte und Colonel Webber informierte.

Vielleicht war das auch bereits geschehen. Vielleicht sah Webber in aller Ruhe zu, wie Kolt sich sein eigenes Grab schaufelte.

Hawk glaubte, falls nichts passieren würde – falls Shiner nicht auftauchte –, würde Raynor seine Niederlage eingestehen und versuchen müssen, den Rest ihres

Trainingszyklus zu retten. Aber sie waren jetzt hier, in Baltimore. Sie würde tun, was ihr befohlen wurde, und dabei ihr Bestes geben.

Man rechnete erst in zwei Stunden mit dem Eintreffen des Präsidenten, aber auf dem Rasen der War Memorial Plaza östlich des Rathauses drängten sich bereits Menschen, die darauf spekulierten, einen Blick auf ihn zu erhaschen oder, was wahrscheinlicher war, ihm Beleidigungen zuzurufen. Viele von ihnen trugen handgemalte Schilder mit wütenden, anklagenden Texten, die sich sowohl an den Präsidenten als auch an die Polizei von Baltimore richteten. Die Spannungen zwischen der Stadtregierung und der überwiegend schwarzen, ökonomisch benachteiligten Bevölkerung hatten sich seit Jahren verstärkt und die Stadt bis kurz vor die Zerreißprobe gebracht. Der Ausgang der letzten Wahl hatte offenbar dazu geführt, dass die Bewohner sich noch entrechteter fühlten.

Zwischen der Menge und dem hoch aufragenden Barockgebäude der Stadtregierung standen eine Phalanx aus Polizeibeamten in Schutzausrüstung sowie ein kleineres Kontingent aus Special Agents vom Secret Service. Einige dieser Männer kannte Hawk bereits aus Athen. Sie machte sich jedoch keine allzu großen Sorgen, dass jemand von ihnen sie wiedererkennen könnte. Sie waren zu sehr von ihrer Aufgabe vereinnahmt, die darin bestand, nach Bedrohungen Ausschau zu halten, nicht nach vertrauten Gesichtern. Aber wenn Racer recht hatte, war die wahre Bedrohung viel weiter entfernt.

Hawk stand vor dem Rathaus und suchte den Horizont in allen Richtungen ab. Sie suchte nach Orten, von denen ein außerordentlich fähiger Scharfschütze theoretisch versuchen konnte, auf den Präsidenten zu schießen. Die Sicht nach Westen war durch das Rathaus selbst versperrt. Im Süden standen mehrere hohe Gebäude, die jedoch von der Polizei überprüft worden waren. Dasselbe traf auf alle Gebäude in der direkten Sichtlinie nach Westen zu, darunter eines der Wahrzeichen von Baltimore, der Phoenix Shot Tower. Dieser gut 70 Meter hohe Turm aus roten Ziegeln war das perfekte Versteck für einen Attentäter, wären da nicht zwei Dinge gewesen. Erstens: Er war zu nahe, knapp 200 Meter vom Rathaus entfernt. Zweitens: Ein Team des Secret Service hatte ihn bereits in Beschlag genommen.

Die Hochhäuser der Innenstadt versperrten die Sicht in nahezu alle anderen Richtungen, nur nicht nach Norden, zum Korridor des Jones Falls Expressway. Dorthin starrte Hawk jetzt und wünschte, sie besäße die Sehschärfe eines Falken, wie ihr Codename nahelegte. Wenn Shiner wirklich der herausragende Meisterschütze war, für den Raynor ihn hielt, war dies die einzige Richtung, aus der er zuschlagen konnte.

»Shaft«, sagte sie und zeigte nach Norden. »Wie wär's, wenn wir da hingehen?«

Auf dem Weg durch das Geschäftsviertel der Innenstadt sah Hawk sich immer wieder um, um sicherzustellen, dass die direkte Sichtachse zum Rathaus unverstellt blieb. Die Häuser auf beiden Straßenseiten waren im Durchschnitt sechs bis acht Stockwerke hoch.

Im Viertel Mt. Vernon waren die Gebäude noch kleiner, aber am Rand ihres Sichtfelds kamen Hochhäuser in Sicht. Um die Distanz jedes Hauses zum Rathaus zu messen, markierte sie sie mit der App RaptorX auf ihrem Handy, eine Open-Source-Version des Satellitenkartensystems, das die Einheit sowie andere Militärzweige benutzten. Einer der wahrscheinlichsten Kandidaten, ein 23-stöckiges Wohngebäude aus roten Ziegeln, war etwas mehr als 1200 Meter entfernt. Ein anderes, 20 Stockwerke hoch, beinahe 1350 Meter.

»Von den beiden aus hat man freie Sicht«, murmelte sie.

Shaft war weiterhin skeptisch. »Das ist ganz schön weit weg.«

»Was du nicht sagst.«

Mirić legte das Auge ans Spektiv. Es fiel ihm nicht schwer, die Frau zu finden, von der Dooley sprach. Sie stand fast genau in der Mitte seines Blickfelds. Er konnte ihr Gesicht nicht genau erkennen, aber ihr schlanker Körperbau und ihre unverkennbar weibliche Figur fielen auf, vor allem im Kontrast zu den sie umgebenden Männern. Und wie Dooley gesagt hatte, schien sie sie direkt anzusehen.

»Das ist nur Zufall«, wehrte Mirić ab. »Mit bloßem Auge kann sie von da nicht mal dieses Gebäude sehen.«

»Ja, kann sein. Aber irgendwie ist das trotzdem komisch.«

Die Frau starrte noch einige Sekunden zu ihnen herauf, wandte sich aber schließlich einem der Männer zu. Mirić sah kurz, wie sich etwas hinter ihr ruckartig bewegte – ihr zu einem Pferdeschwanz gebundenes dunkles Haar. Dann richtete sie den Blick rasch wieder auf das, was ihre Aufmerksamkeit geweckt hatte. Diesmal hob sie den Arm und zeigte mit dem Finger darauf. Sie schien direkt auf die Mitte seines Fadenkreuzes zu deuten.

»Mann«, flüsterte Dooley. »Die sieht uns.«

Mirić wusste nicht, was er darauf erwidern sollte.

Die Frau senkte den Arm und begann, in die Richtung zu gehen, in die sie gezeigt hatte. Die drei Männer, die neben ihr gestanden hatten, folgten ihr.

»Sie kommen!« Dooleys Stimme war jetzt gefährlich laut. »Was machen wir jetzt?«

Mirić biss die Zähne zusammen. So unmöglich es auch schien – sie waren entdeckt worden. »Es gibt nur eins, das wir tun können«, flüsterte er.

»Bis zu welcher Entfernung, hat der Secret-Service-Typ gesagt, haben sie die Häuser gecheckt?«, fragte Hawk.

»Normalerweise einen Kilometer«, erwiderte Shaft. »Weiter nur selten, aus vielen verschiedenen Gründen.«

»In Griechenland hat Shiner ein Dragunov benutzt«, erinnerte sich Hawk. »Für das Gewehr ist das doch innerhalb der effektiven Reichweite, stimmt's?«

»Wir werden uns die Häuser anschauen«, lenkte Shaft ein, aber sein Tonfall blieb skeptisch.

»Scheiße!«, rief sie. »Hast du die zwei Lichtblitze gesehen?«

»Nein. Spiegelungen?«

»Da wette ich drauf.«

Sie beeilten sich und erreichten das nächste der zwei Häuser fünf Minuten später. Shaft zückte seine falsche Secret-Service-Marke und zeigte sie der jungen afroamerikanischen Frau am Empfangstresen. »Hi …« Er warf einen Blick auf das Plastik-Namensschild auf dem Tisch. »Grace? Wir führen eine Routine-Sicherheitsüberprüfung durch. Ich schätze, Sie haben gehört, dass der Präsident in der Stadt ist?«

»Ach«, klagte Grace, »erinnern Sie mich nicht daran. Alle reden ständig davon. Ich wünschte, das würde endlich aufhören.«

Shaft nickte geduldig. »Wir müssen uns das Dach anschauen, Grace.«

»Das Dach ist aber kein öffentlicher Bereich.«

Mit entwaffnendem Lächeln erwiderte Shaft: »Deswegen müssen Sie mit uns da raufgehen.«

Während sie im Fahrstuhl nach oben fuhren, planten die vier Delta-Operators ihren nächsten Schritt, wobei sie nur über Augenbewegungen und Kopfnicken kommunizierten. Hawk würde sich um Grace kümmern, während die anderen drei jeden Winkel des Dachs absuchten. Obwohl die Wahrscheinlichkeit, dass sie dort Shiner finden würden, gering war, würden sie die Suche mit derselben Professionalität wie bei jeder anderen Mission durchführen, egal ob sie echt oder simuliert war. Nur so konnte man seine Aufgabe erfüllen und – was noch wichtiger war – sicherstellen, dass man am Ende des Tages wieder in der Staffelbar sitzen und sich ein kühles Bier genehmigen konnte.

Hawk lenkte Grace im Fahrstuhl mit Small Talk ab. Sobald sie die Tür zur Treppe aufgeschlossen hatte, die auf das Dach führte, manövrierte sie sie geschickt aus dem Weg, damit Venti und Joker zuerst hindurchgehen konnten. Grace schien es nicht einmal zu bemerken. Als sie draußen waren, ließ Hawk die andere Frau wieder zum Rand des Dachs vorangehen. Aus dem Augenwinkel sah sie, wie Joker vorsichtig um die Ecke eines Betonbaus spähte – wahrscheinlich die Gerätekammer – und dann dahinter verschwand.

Es gab keine Anzeichen dafür, dass sonst noch jemand auf dem Dach war, aber Hawk blieb wachsam und bewegte sich vorsichtig an einer großen Belüftungsabdeckung aus

Metall an der Südwestseite vorbei. Als sie und Grace den südlichen Rand des Dachs erreicht hatten, betrachtete sie das Stadtpanorama unter ihnen. Sie brauchte einen Augenblick, um in der Ferne das grüne Rechteck der War Memorial Plaza und das Rathaus daneben zu entdecken. Aber dann erkannte sie sofort, dass dieses Dach eine brauchbare Schussposition bot. Mit der richtigen Waffe konnte ein fähiger Scharfschütze von hier durchaus einen Treffer erzielen.

Aber es war kein Scharfschütze zu sehen.

Sie wandte sich um und sah, wie ihre Kameraden sich von den verschiedenen Seiten des Dachs näherten. Shaft schüttelte fast unmerklich den Kopf.

Nichts gefunden.

Leicht enttäuschte wandte Hawk sich Grace zu. »Wie oft kommt jemand für Wartungsarbeiten und Ähnliches aufs Dach?«

»Oh, ich weiß nicht, vielleicht zwei-, dreimal die Woche.«

»War gestern oder heute jemand hier?«, fragte Hawk, während sie den Blick abwandte. Irgendetwas stimmte nicht. Sie schaute nach rechts und checkte die Südostseite, wo nichts als freie Fläche zu sehen war. Sie hob die Hand und gab den anderen das Signal, zu ihr zu kommen. Erst dann drehte sie sich wieder zu Grace um.

»Die Entlüftungsanlage in der Ecke«, flüsterte sie. »Wie lange ist die schon da?«

Grace sah hin und zuckte die Achseln. »Ich weiß nicht. Ich bin sonst nie hier oben.«

Hawk hob einen Finger an die Lippen und zog den M1911 aus der Schultertasche. Grace' Augen weiteten sich vor Schreck, aber sie sagte nichts. Hawk winkte die anderen näher heran und hielt die Waffe weiterhin auf die Belüftungsabdeckung gerichtet. Bei näherer Betrachtung war nun offensichtlich, dass der Aufbau eine Fälschung war. Eine Attrappe. Es waren keine Nieten oder Nahtstellen daran zu sehen, nur überlappende Metallplatten, die einen leicht rechteckigen Kasten bildeten. Er war etwa einen Meter hoch und breit, beinahe zwei Meter lang. Aber das Verräterischste war die Platzierung.

Es gab keinen Grund, ein großes Abluftgebläse direkt über einer Wohneinheit aufzubauen. Aber es war eine perfekte Stelle für ein Schützenversteck.

Shaft und die anderen näherten sich und richteten die Waffen ebenfalls auf das Metallgebilde. Shaft nickte Venti zu, der näher heranschlich und das Signal gab, dass er bei »drei« seinen Vorstoß machen werde.

Hawk straffte die Schultern und legte den Finger an den Abzug, während Venti begann, mit erhobenen Fingern stumm zu zählen.

Eins.

Zwei.

Drei.

Er riss eine der Platten herunter, rollte sich zur Seite und erhob sich in die Hocke, die Pistole auf das Innere des getarnten Verstecks gerichtet.

»Gesichert!«, meldete Shaft.

Hawk streckte den Abzugsfinger wieder aus. Das Versteck war leer.

Nein, das stimmte nicht ganz. Es war zwar keine Person darin, aber dafür Gegenstände. Dutzende Wasserflaschen – manche leer, andere offenbar mit Pisse gefüllt – lagen wahllos darin verstreut. Mehrere Wellkartons waren flach gedrückt und gestapelt worden, sodass sie eine erhöhte

Plattform bildeten. Darauf waren mehrere Sandsäcke zu einer stabilen Schützenstellung angeordnet worden.

Venti verzog angeekelt das Gesicht. »Dadrin stinkt's, Mann.«

Shaft beugte sich näher heran. »Dadrin hat sich jemand aufgehalten. Mindestens ein paar Tage.«

Hinter ihnen stieß Grace ein entsetztes Quietschen aus.

»Er ist hier gewesen«, stellte Hawk fest. Zum ersten Mal wurde ihr in vollem Ausmaß klar, dass Raynor recht hatte. Shiner war real.

»Gute Entscheidung, Hawk«, lobte Venti. »Du hast bestimmt sein Zielfernrohr oder Spektiv gesehen.«

»Kaum zu glauben, dass sie auf diese Entfernung Wind davon bekommen haben«, staunte Shaft.

»Er hat uns auf der Straße gesehen«, dachte Hawk laut nach. Sie drehte sich zu Grace um. »Ist jemand gegangen, kurz bevor wir kamen? Jemand, den Sie nicht kannten?«

Grace starrte sie mit großen Augen stumm an, also fasste Hawk sie an den Schultern und schüttelte sie leicht. »Grace. Hören Sie zu. Ist jemand gegangen, bevor wir hier aufgetaucht sind?«

»Nein.« Sie hielt inne. »Ich meine, ich kannte alle, die gegangen sind. Die wohnen alle hier. Bis auf die Kuriere.«

»Kuriere? Also mehr als einer? Wann sind sie gegangen?«

»Vor fünf Minuten vielleicht.« Grace war von der Sturzflut aus Fragen sichtlich überfordert. »Heute waren sie früh dran. Ich hab sie genau genommen gar nicht kommen sehen. Jemand anderes muss sie reingelassen haben.«

»Beschreiben Sie sie«, bat Hawk. »Haben Sie hier Sicherheitskameras?«

Grace zuckte hilflos die Achseln. »Die Kameras sind bloß Attrappen, die nehmen nichts auf. Aber das waren nur die Paketleute.«

»Schwarz? Weiß? Groß? Stämmig?«

»Weiße. Ich glaube, der Kleinere ist ein Russe. Über den Neuen weiß ich nichts. Ich rede nicht oft mit denen. Oh, und er trägt eine Augenklappe. Der Russe, nicht der Neue.«

»Eine Augenklappe?« Hawk sah zu Shaft hinüber. Aber dieser hatte bereits sein Handy gezückt und wählte eine Nummer.

14

Rasim Mirić war wütend. Wütend auf diejenigen, die sich eingemischt hatten und ihm zuvorgekommen waren. Wütend auf sich selbst, weil er zugelassen hatte, dass es dazu kam. Er war nicht zum ersten Mal gezwungen, seine Position zu verlassen, aber es war das erste Mal, dass er ertappt wurde, ohne einen Notfallplan zu haben.

Er hatte die ausgiebigen Sicherheitschecks vor einer Rede des Präsidenten unterschätzt. Diese waren viel gründlicher als diejenigen, die die Behörden in Griechenland durchgeführt hatten. Außerdem wurde ihm klar, dass er es Lizard wegen der Lichtreflexionen nie hätte gestatten dürfen, das Zielgebiet bei Tageslicht durch ein Spektiv zu beobachten. Ja, er hätte es wissen müssen.

In jedem Endspiel musste man sich bewusst für einen

bestimmten Plan entscheiden. Aber es bestand immer die Möglichkeit, dass der Gegner das Unerwartete tat, einen Spielzug machte, der jeder Logik spottete. Ein geübter Spieler wägte das Risiko ab, akzeptierte es, legte sich aber auch alternative Pläne zurecht. Das hatte er versäumt. Er hatte alles auf den Erfolg seines einzigen Plans gesetzt. Jetzt musste er herausfinden, wie er den Vorteil zurückgewinnen konnte.

Er konnte seinen ursprünglichen Rückzugsplan mit nur wenigen Änderungen nutzen, um sowohl das Hochhaus als auch die Stadt zu verlassen. Zuallererst hatte er Dooley angewiesen, das Gewehr abzubauen und einzupacken. Ursprünglich hatte er vorgehabt, es zurückzulassen, aber da es seinen Zweck noch nicht erfüllt hatte, wäre das sinnlos gewesen. Vielleicht würde er es noch brauchen. Alles andere musste jedoch zurückbleiben. Das war schade, denn es würde den amerikanischen Behörden Beweise dafür liefern, dass beinahe ein Anschlag auf ihren Präsidenten erfolgt war. Aber es ließ sich nicht ändern.

Nachdem sie das Gebäude verlassen hatten, zogen sie ihre Lieferdienstuniformen aus. Mirić setzte sich darüber hinaus eine dunkle Brille auf und holte einen weißen Blindenstock hervor. Falls die Behörden die Bewohner des Hauses befragten, würden sie sich nach einem Mann mit einer Augenklappe erkundigen, nicht nach einem, der offensichtlich vollständig blind war. Durch diesen Trick gelangten sie unbehelligt zu Mirićs Fluchtwagen, der ein paar Häuserblocks entfernt stand.

Bis hierher war alles überwiegend planmäßig verlaufen, trotz der Modifikationen in letzter Sekunde. Aber als sie im Auto saßen und unterwegs waren, verlor Dooley die Nerven.

»Was machen wir denn jetzt, Mann? Die werden alles herausfinden.«

»Sei still«, zischte Mirić. »Ich muss nachdenken. Fahr einfach.«

Dies war viel schlimmer als die Mission in Griechenland – nicht deshalb, weil er beinahe entdeckt worden war, sondern weil es ihm nicht gelungen war, den Anschlag auszuführen. Alles war noch an Ort und Stelle, alle Vorbereitungen waren getroffen, aber jetzt war all das nutzlos.

»Die werden unsere Fingerabdrücke finden«, rief Dooley und ignorierte die Aufforderung. »Unsere DNA. Wir sind dermaßen erledigt.«

Mirić drehte sich zu ihm um. Er machte sich keine Sorgen wegen der Spuren, die er hinterlassen hatte. Selbst wenn die Behörden seine Identität kannten, würde ihnen das nicht dabei helfen, ihn aufzuspüren.

Bei Dooley sah die Sache jedoch anders aus. Es hatte nie zu seinem Plan gehört, die Anonymität des jungen Mannes zu schützen, aber auch der Fehlschlag hatte schließlich nicht zum Plan gehört. Mirić hatte vorgehabt, ihn bei der ersten Gelegenheit zu töten, sobald sie Baltimore hinter sich gelassen hatten. Aber nun kam ihm der Gedanke, dass Lizard vielleicht doch noch nützlich sein konnte.

Vielleicht gab es einen Weg, diese verfahrene Situation noch zu retten.

»Bist du schon mal festgenommen worden?«, fragte Mirić.

Dooley schüttelte den Kopf.

»Du warst auch nicht beim Militär?« Die Antwort auf diese Frage kannte Mirić bereits. Dooley hatte sich für die Miliz entschieden, als Alternative zum Dienst in einer Armee, die aus seiner Sicht einer illegitimen Regierung gehorchte. »Die haben unsere DNA und unsere Fingerabdrücke nicht in ihrer Datenbank. Abgesehen davon, was hast du denn schon für ein Verbrechen begangen? Unerlaubtes Betreten eines Grundstücks? Niemand wird erfahren, was wir vorhatten, es sei denn, du erzählst es ihnen. Willst du es ihnen erzählen?«

»Natürlich nicht.«

»Dann fahr einfach. Fürs Erste wirst du mit deinem Leben weitermachen, als ob nichts passiert wäre.«

Dooley dachte für einen Moment darüber nach, dann nickte er. »Ja. Ich werde einfach … Scheiße. Ich habe auf der Arbeit so lange gefehlt. Unentschuldigt. Die werden mich so was von feuern. Und was soll ich denen sagen, wo ich gewesen bin?«

Mirić seufzte. »Ich bin sicher, dir fällt irgendwas ein, um deine Abwesenheit zu erklären. Und was deine Arbeit angeht, darüber brauchst du dir keine Gedanken zu machen. Du hast jetzt eine andere Arbeit. Eine unerledigte Aufgabe.«

Dooley warf ihm einen erschrockenen Blick zu. »Was? Nie im Leben, Mann. Ich kann das nicht alles noch mal mitmachen. Ich steig aus.«

»Du bist jetzt Krieger!«, entgegnete Mirić scharf. »So lange ein Krieger lebt, kämpft er. Du kannst nicht einfach aussteigen.«

Mit großen Augen sah der junge Mann ihn an. »Wann werden wir …«

»Das weiß ich nicht«, antwortete Mirić wahrheitsgemäß. »Aber bald.«

15

Kolt Raynor war bereits auf dem Weg zum Delta-Gelände, als er den Anruf von Webbers Sekretärin bekam. Die Nachricht war kurz und knapp. »Colonel Webber will Sie in seinem Büro sehen, so bald wie möglich.« Dann hatte Joyce aufgelegt, ohne weitere Erklärung.

Raynor interpretierte diese Knappheit als ein schlechtes Zeichen. Hawks Entdeckung des Schützenverstecks auf dem Dach in Baltimore hatte auch die vorgetäuschte, nicht autorisierte Trainingsmission der Staffel entlarvt. Sie hatten fast mit Sicherheit ein Attentat verhindert, ganz zu schweigen davon, dass sie der Polizei und dem Secret Service eine beachtliche Menge von Beweismitteln übergeben hatten: DNA, Fingerabdrücke, ein paar grobkörnige Bilder einer Außenkamera, die Shiner und seinen bisher unbekannten Komplizen zeigten. Dennoch hatte Raynor deutlich den Eindruck, dass Webber ihn nicht rufen ließ, um ihm zu gratulieren.

Er beschloss, noch einen kurzen Zwischenstopp einzulegen, bevor er sich in die Höhle des Löwen begab. Als er das Delta-Gelände erreicht hatte, das in einem abgelegenen Teil von Fort Bragg versteckt lag, ging er direkt ins Staffelquartier, rasierte sich und tauschte seine Zivilkleidung gegen seine beste Multicam-Tarnuniform ein.

Webbers Sekretärin wirkte besorgt, was Raynor ebenfalls als schlechtes Zeichen deutete. »Hallo Kolt, gehen Sie gleich rein. Er erwartet Sie.«

»Danke, Joyce.« Er brachte ein mattes Lächeln zustande.

Joyce beugte sich näher zu ihm. »Nur eine kleine Vorwarnung, Kolt: Major Taylor und Colonel Johnson sind auch da.«

Kolt hob die Augenbrauen und runzelte leicht die Stirn, als er hörte, dass der JAG-Anwalt und der Psychiater der Einheit ebenfalls anwesend waren. »Zufällig?«

»Ich fürchte, nein.«

»Tja, je mehr, desto besser. Danke, Joyce.«

Er atmete noch ein letztes Mal tief durch, dann öffnete er die Tür und marschierte hinein.

Webber saß starr wie eine Statue an seinem Schreibtisch, aber Raynor kannte ihn gut genug, um den nur mit Mühe gezügelten Zorn unter der Oberfläche zu erkennen. Kolt trat bis auf zwei Schritte an den Tisch heran – die vorgeschriebene Entfernung zu einem ranghöheren Offizier – und nahm Haltung an. Aus den Augenwinkeln konnte er die anderen zwei Männer sehen. Er vermutete, dass etwas mehr Höflichkeit angebracht gewesen wäre. Kolt dachte daran, zu salutieren und sie auf die übliche, alberne Weise konventionell zu begrüßen. Aber in diesem Gebäude hielt man sich nie an solche Protokolle, und angesichts seiner Stimmung würde Webber wahrscheinlich glauben, dass Raynor sich lediglich über die Situation lustig machen wollte.

»Verdammt noch mal, Racer«, knurrte Webber. »Was zum Teufel haben Sie sich dabei gedacht?«

Kolt wurde plötzlich klar, weshalb Doc Johnson hier war.

Die stellen meinen Entscheidungsprozess infrage?

Der Tonfall war nicht ganz so rau, wie Kolt erwartet hatte, aber bevor er etwas erwidern konnte, fügte Webber hinzu: »Und kommen Sie mir nicht mit irgendeiner faulen Ausrede von wegen Übung und so weiter.«

Da Webber ihn nicht aufgefordert hatte, sich zu setzen, blieb Raynor in Habachtstellung und starrte weiterhin geradeaus. »Sir, es *war* eine Übung. Ich habe sämtliche Formalien eingehalten. Ein ganz normales Training in urbaner Aufklärung. Abgesehen davon bin ich verdammt stolz, dass meine Jungs dabei unbeabsichtigt eine Bedrohung für den Präsidenten entdeckt und abgewendet haben. Wir waren zur richtigen Zeit am richtigen Ort. Ganz einfach.«

»Blödsinn. Sie haben gegen das Gesetz verstoßen.«

Nun verstand Kolt auch, warum der Anwalt der Einheit im Zimmer war. »Wir haben dort keine offizielle Polizeifunktion erfüllt. Das *Posse comitatus*-Gesetz greift daher nicht.«

Kolt bemerkte, wie Webber Major Taylor einen Blick zuwarf. »Tja, das mag zum Teil stimmen«, räumte Taylor ein, »aber ganz so einfach ist es nicht.«

»Und haben Sie Ihren Leuten die Erlaubnis gegeben, Waffen zu tragen? Kennen Sie die Gesetze über das verdeckte Tragen von Waffen im Staat Maryland?«

Kolt ignorierte Webbers Fragenbombardement und sagte: »Sir, wir haben Tarnidentitäten verwendet. Wären wir aufgeflogen, hätten wir ohne offizielle Rückendeckung keine Tarnung mehr gehabt.«

»Das hätte zum Problem werden können«, musste Taylor einräumen.

»Mein Gott, Kolt«, bellte Webber, »dieses Kommando kann nicht immer wieder über Ihre Launen und über Ihr ständiges Ignorieren der Vorschriften hinwegsehen.«

Raynor biss die Zähne zusammen, aber er würde sich

nicht beklagen. Indem er festgelegt hatte, dass eigene Waffen nicht gestattet waren, hatte er sich zumindest auf dem Papier den Hintern gerettet. Aber er würde seine Operators nicht opfern, nur um sich einen Vorteil zu verschaffen. »Sir, wir haben dem Präsidenten das Leben gerettet. Ich übernehme die Verantwortung für ...«

»Was für eine Verantwortung Sie übernehmen, interessiert mich einen Scheiß, Kolt«, schnitt Webber ihm das Wort ab.

»Hören Sie, Sir, bei allem Respekt, ich werde die Bedeutung dessen, was wir in Baltimore getan haben, nicht herunterspielen. Ich bin ein Risiko eingegangen und wir hatten Glück.«

Webber schwieg lange. Kolt war angespannt. Er hatte das Gefühl, das Schlimmste würde eintreten und man würde ihn auf direktem Weg vom Gelände eskortieren.

»Raynor, ich bin drauf und dran, Sie einen Urintest machen zu lassen und Taylor zu sagen, dass er Ihnen die Zugangsberechtigung entziehen soll.«

Jetzt kommt's.

»Leider stehen die Leute, die wirklich das Sagen haben, im Rang einige Stufen über mir. Und diese Leute sind so dankbar dafür, dass Sie die Gefahr abgewendet haben, dass sie praktischerweise entschieden haben zu ignorieren, dass da gerade eine Bande bewaffneter Rowdys in den Straßen Baltimores unterwegs war. Das ist der einzige Grund, weshalb Sie hier sind und nicht im Knast. Ob es für Sie noch einen Platz in unserer Einheit gibt, wird sich zeigen.«

Bei dieser unheilvollen Ankündigung überlief Kolt ein Schauer. Webber sprach solche Drohungen nicht leichtfertig aus. »Das haben wir aber nicht«, entgegnete er.

»Was haben Sie nicht?«

»Die Gefahr abgewendet. Shiner ist entkommen.« Raynor hielt kurz inne, um seinen Worten Nachdruck zu verleihen. »Bei allem Respekt, Sir, niemand sonst war sich dieser Bedrohung bewusst. Ich habe versucht, es korrekt zu machen, das hat nicht funktioniert, also habe ich es anders versucht. Hätte ich das nicht getan, wäre der Präsident jetzt tot. Aber Shiner ist immer noch da draußen, und er wird es wieder versuchen. Wenn Sie mich auf die Müllhalde werfen, wird das daran nichts ändern.«

Webber starrte ihn finster an, und Kolt bekam sofort das Gefühl, er hatte viel zu viel gesagt.

»Shiner.« Er spuckte den Namen aus wie einen Fluch. »Wo sind die Informationen, die beweisen, dass es Shiner war?«

»Sir, sie sind nicht wasserdicht, aber wir wissen, dass er hier in den Staaten ist. Die wichtigsten Hinweise waren, dass das Gebäude in Baltimore außerhalb des Schutzrings des Secret Service liegt und dass einer der Schützen einen russischen Akzent hatte.«

»Wie viele andere kennen Sie, die zu so einem weiten Schuss fähig wären, Kolt?«, fragte Webber mit einem Anflug von Sarkasmus.

»Nur Scharfschützen aus der Einheit, Sir.«

Kolt und Webber lieferten sich ein Blickduell. Jeder schien abzuwarten, ob der andere den nächsten Schritt machte.

»Sir, Sie haben mich angewiesen zu beweisen, dass Shiner noch lebt«, erinnerte ihn Raynor.

»Das habe ich.« Webber seufzte. »Ich hoffe, Ihnen ist klar, dass Sie gerade durch ein Minenfeld gerannt sind. Ihr Glück ist jetzt komplett verbraucht. Bei der nächsten Privatmission fliegen Sie hochkant raus.«

»Irgendwann muss jeder Abschied nehmen, Sir.«

»Das ist kein Witz, Raynor. Sie haben den Secret Service blamiert. Wenn Sie so weitermachen, werden die sich daran erinnern, dass Sie gegen das Gesetz verstoßen haben, und das kann für uns alle hier ein Riesenproblem werden. Lassen Sie die Finger von der Sache.«

Raynor erkannte, dass Webber ihm einen Ausweg bot, aber es stand zu viel auf dem Spiel, um einfach aufzugeben. »Sir, das ist definitiv der falsche Weg. Shiner hat vielleicht diese Runde verloren, aber er ist noch nicht erledigt. Er wird es noch mal versuchen, und diesmal wird er doppelt so vorsichtig sein. Wir stehen schon in den Startlöchern, um ihn uns zu schnappen. Jetzt fehlt nur noch, dass der Generalbundesanwalt das *Posse comitatus*-Gesetz außer Kraft setzt, und schon könnten wir es offiziell machen.«

»Das wird nicht passieren, Raynor.«

»Sir, wir können nicht einfach die Hände in den Schoß legen und das zulassen.« Raynor wurde bewusst, dass er schrie. Er hielt inne, um sich wieder etwas zu beruhigen. »Es besteht derzeit eine klar benennbare Gefahr für den Präsidenten. Lassen Sie uns wenigstens weiter das tun, was wir tun. Ich werde beim Secret Service Schönwetter machen, dafür sorgen, dass die ihre Anerkennung kriegen. Die Geschichte mit der Übung schützt uns vor *Posse comitatus*. Setzen wir sie weiter ein.«

»Sind Sie jetzt selbst ein JAG-Anwalt?« Webber trommelte mit den Fingern auf die Tischplatte.

Kolt richtete den Blick auf Major Taylor, als Webber ihn erwähnte.

»Herr Richter, wie denken Sie darüber?«, fragte Webber.

»Wenn man vorsichtig damit umgeht, liegt es innerhalb Ihrer Befugnisse, Sir«, erwiderte Taylor.

»Wenn ich zustimme, schließen Sie die Waffen weg. Das ist eine Grenze, die Sie nicht überschreiten werden.«

»Sir, eigentlich sollte da unsere übliche Umgehungsstrategie genügen. Solange alle Operators ihre offiziellen, bundesweiten Referenzen benutzen, sollten wir sicher sein«, sagte Taylor. »Rechtlich gesehen.«

»Rechtlich gesehen, hm«, gab Webber zurück, der immer noch skeptisch wirkte. Er ließ sich alles noch ein paar Momente durch den Kopf gehen. Dann seufzte er tief. »Ich will mir gar nicht vorstellen, auf wie viele Arten mir das um die Ohren fliegen könnte. Aber es geht um den Präsidenten der Vereinigten Staaten. Das JSOC ist an zu vielen Einsatzorten zu beschäftigt, um das auch noch zu übernehmen.«

Er hob den Blick und sah Raynor an. »Was ich über irreguläre Missionen gesagt habe, habe ich auch so gemeint. Wenn Sie das machen wollen, und sei es als Pseudoübung, müssen Sie den Secret Service mit an Bord holen. Es wird entweder eine gemeinsame Übung oder gar keine. Und wenn die unsere Hilfe nicht wollen, wird die Sache abgeblasen.«

Raynor war relativ sicher, dass er Jess Simmons überreden könnte, die Fortsetzung ihrer inoffiziellen Unternehmung wenigstens zu tolerieren. »Verstanden.«

»Was das Tragen von Waffen angeht: Ich würde gern vermeiden, dass Ihre fragwürdige Interpretation der Gesetze vor einem Gericht auf die Probe gestellt wird. Standardreferenzen mit angemessener offizieller Absicherung.

Versauen Sie es nicht. Sämtliche Gefallen, die ich Ihnen tun könnte, sind verbraucht. Und ich muss Sie ja wohl nicht daran erinnern, dass Noble in vier Wochen in Bereitschaft geht. Bis dahin lasse ich Sie gewähren, aber keinen Tag länger.« Webber schüttelte den Kopf. »Im Ernst, Racer, ich weiß nicht, ob ich nun hoffen soll, dass Sie recht haben, oder nicht.«

»Ehrlich gesagt, Sir, ich hoffe inständig, dass ich falschliege. Denn wenn wir Shiner nicht aufhalten können, wird es meine geringste Sorge sein, ob ich gefeuert werde.«

Der Teilerfolg in Baltimore, in Kombination mit dem stummen Einverständnis von höheren Stellen für die Fortsetzung der Schattenoperation sowie der offenen Kooperation mit der Schutzmannschaft des Präsidenten, sorgte für eine bitter nötige Aufbesserung der Truppenmoral. Außerdem gab sie Kolt Gelegenheit, den Rest der Noble-Staffel einzuberufen und sie auf den neuesten Stand zu bringen.

Trotz Webbers Behauptung, sie hätten den Secret Service in einem schlechten Licht dastehen lassen, wirkte der leitende Special Agent Simmons zwar nicht zerknirscht, aber zumindest dankbar für ihre inoffizielle Unterstützung in Baltimore. Dabei war es wahrscheinlich von Vorteil, dass Raynor darauf verzichtete, ihn daran zu erinnern, dass seine frühere Einstellung den Präsidenten beinahe das Leben gekostet hatte. Special Agent Todd Kearney wurde für die gemeinsame Übung als Kontaktmann eingesetzt. Weil Raynor sich nun direkt mit der Schutzmannschaft koordinieren konnte, statt hinter ihrem Rücken agieren zu müssen, konnte er jetzt eine Dienstrotation mit fünf aktiven Stunden und vier Ruhestunden für die Truppe einführen, was gut war, denn es gab tatsächlich nur wenig, das sie tun konnten.

Nach einer weiteren Woche verließ der Präsident wieder die Sicherheit des Weißen Hauses, diesmal für einen Ausflug an die Westküste, nach San Francisco, Portland und Seattle. Das gab der Staffel Gelegenheit, die Anforderungen an eine Trainingsmission zu erfüllen, indem sie alle Dächer und Balkone in einem Umkreis von 2000 Metern überprüften. Dabei nutzten sie die neuesten Satellitenbilder, die Kameras der Predator-Überwachungsdrohnen und hörten Handygespräche ab. All das lieferte ihnen Brian Kelly aus der SCIF. Allerdings kam dabei nichts Interessantes ans Tageslicht. Auch die Ausspähung aller Orte, an denen der Präsident im Freien stehen würde, förderte nichts Konkretes zutage. Ein ungeplanter Besuch in Houston, New Orleans und Biloxi, zu dem es infolge schwerer Sturmfluten nach einem Hurrikan der Klasse drei kam, verlief ebenfalls ohne besondere Ereignisse.

Raynor war sich schmerzlich bewusst, dass die Uhr tickte. Seine Bemühungen waren ergebnislos geblieben, und Simmons begann immer mehr, sein Revier zu verteidigen, wurde sogar feindselig. Noch schlimmer war, dass die landesweite Fahndung nach dem Scharfschützen und seinem noch unbekannten Komplizen ins Leere lief. Keine der in Baltimore gefundenen Spuren führte zum Ziel. Sie hatten keine Videoaufnahmen der Beinahe-Attentäter, aber die zwei hatten es sicher vermieden, in eine Kamera zu blicken, hatten die Köpfe immer gesenkt gehalten, sodass die Schirme ihrer Mützen ihre Gesichter verdeckten. Sie hatten keine Übereinstimmungen der DNA und der Fingerabdrücke aus dem Versteck auf dem Dach gefunden.

Raynor war nicht sicher, was er davon halten sollte, dass Shiner einen Komplizen hatte. Alles, was er im Lauf der Jahre über ihn gehört hatte, zugegebenermaßen vor allem Gerüchte, legte nahe, dass er ein Einzelgänger war. Raynor war davon ausgegangen, dass er in Griechenland allein gehandelt hatte, aber jetzt war er sich nicht mehr so sicher. War der andere Mann sein Aufklärer? Sein Lehrling? Vielleicht sein Auftraggeber?

Das wiederum warf die Frage nach dem Motiv auf. Die Arbeitshypothese lautete, dass der Revolutionäre Kampf Mirić angeheuert hatte, um den griechischen Ministerpräsidenten zu erschießen. Aber wer war jetzt der Strippenzieher?

Ihm blieben weniger als zwei Wochen, und Raynor sah sich mit der Wahrscheinlichkeit konfrontiert, dass er die Antwort nie finden würde. Die Chance, dass er die Jagd fortsetzen könnte, sobald die Noble-Staffel nicht mehr in Alarmbereitschaft war, lag bei null. Je länger Shiner im Verborgenen blieb, desto geringer würde der Secret Service die Gefahr einschätzen, die von ihm ausging.

Aber Raynor glaubte nicht, dass der Scharfschütze Monate oder auch nur Wochen vergehen lassen würde, bevor er wieder zuschlug.

Der Staub, den der Anschlag in Griechenland aufgewirbelt hatte, begann sich zu legen, und während das Schicksal von EU und NATO ungewiss blieb, schienen sich doch die kühleren Köpfe durchzusetzen. Trotz der nationalistischen Rhethorik des neuen Ministerpräsidenten konnte Griechenland es sich schlicht und einfach nicht leisten, die EU zu verlassen, und der amerikanische Präsident und das Außenministerium taten, was sie konnten, um die NATO zusammenzuhalten. Wenn es Shiners Plan war, den Westen mit einem zweiten Schlag zu destabilisieren, musste er zuschlagen, bevor der sprichwörtliche Klebstoff getrocknet war.

Dann, nur wenige Tage vor dem Wechsel in den Bereitschaftsstatus, kündigte die Pressestelle des Weißen Hauses an, dass der Präsident nach New York fliegen werde, um am Jahrestag des 11. September der Opfer zu gedenken. Er würde eine aufrüttelnde Rede über die ungebrochene Entschlossenheit der USA im Kampf gegen den Extremismus überall auf der Welt halten, woraufhin er und die First Lady einen Kranz am 9/11-Denkmal niederlegen würden.

Raynor war sicher, dass Shiner sich eine solche Gelegenheit nicht entgehen lassen würde. So oder so würde es seine letzte Chance sein, ihn aufzuhalten.

Als Raynor am Rand des Beckens stand, das den ehemaligen Platz des World-Trade-Center-Südturms einnahm, war es ihm unmöglich, nicht an diesen Augenblick vor genau 16 Jahren zu denken, als der tödlichste Terroranschlag der Geschichte beinahe 3000 Menschen das Leben gekostet hatte.

Er war damals am anderen Ende der Welt gewesen und hatte sich mit dem Rest seiner Staffel in einem großen gelb-weißen Festzelt auf eine noch geheime Bereitschaftsübung vorbereitet. Ein Offizier war hereingeplatzt und hatte ihnen die Nachricht überbracht. Eine Nachricht, die dazu führte, dass sämtliche Spezialeinheiten des Landes seitdem in ständiger Kriegsbereitschaft waren. Es war ein Krieg, in dem er heute noch kämpfte.

Raynor besuchte das Denkmal nicht, um in Erinnerungen zu schwelgen, und er war auch nicht zum Sightseeing hier. Er verschwendete keine Gedanken an die Geister, die diesen Ort heimsuchten, sondern konzentrierte sich auf das Sicherheitsbriefing. Der leitende Agent Simmons stellte ihnen den endgültigen Zeitplan für den Präsidentenbesuch vor. Diese Informationen wurden nicht öffentlich gemacht, waren aber unverzichtbar für diejenigen, die mit dem Schutz des Präsidenten und der First Lady beauftragt waren. Zu ihnen gehörten nicht nur die Agenten der Schutzmannschaft, sondern auch mehrere Hundert Beamte der New Yorker Polizei sowie zwei Truppen der Noble-Staffel, die »rein zu Trainingszwecken« vor Ort waren.

Das Denkmal war nur eine von mehreren Stationen, die der Mann in New York besuchen würde, was bedeutete, dass Shiner mehrere Gelegenheiten haben würde zuzuschlagen. Aber Raynor hatte das Gefühl, dass es hier passieren würde. Nicht nur aus symbolischen Gründen, sondern auch wegen der Weitläufigkeit und Offenheit des Platzes sowie des Zeitraums, in dem der Präsident im Freien stehen würde. Das alles machte es aus taktischer Sicht zum naheliegendsten Angriffsort. Auch Simmons war diese Tatsache nicht entgangen. Der Sicherheitskordon reichte in allen Richtungen mehrere Häuserblocks weit. Auf jeder Straße waren Polizeipatrouillen unterwegs, die jedes Gebäude überprüften, das den Platz umgab. Es fiel Raynor schwer, irgendwelche Sicherheitslücken zu finden. Aber er wusste: Wenn es auch nur eine einzige gab, würde Shiner sie ausnutzen.

Nachdem er den Großteil seiner Leute auf den Weg geschickt hatte, ging Simmons dorthin, wo sich die Delta-Operators versammelt hatten. Ohne darauf zu achten, wie laut er sprach, fragte er: »Also, was haben die Hardy Boys« – er warf einen Blick auf Hawk – »und Nancy Drew jetzt vor, während wir anderen arbeiten?«

Raynor spürte Wut in sich aufsteigen. »Die Hardy Boys« war ein weithin bekannter Spitzname für die Delta

Force, vor allem unter Mitgliedern anderer Spezialeinheiten. Falls auch nur einer der New Yorker Polizisten in Hörweite ein ehemaliger Ranger oder auch nur Leser militärischer Literatur war, wäre ihre Tarnung dahin. Während Kolt gegen den Drang ankämpfte, den Secret-Service-Agenten zu schlagen, trat Slapshot Simmons entgegen. »Tja, ich geh mir ’nen Kaffee holen«, sagte er. »Wie wär’s, wenn ich Ihnen was mitbringe, womit Sie Ihr großes Maul stopfen können?«

Der leitende Agent erstarrte. Special Agent Kearney, der während des Briefings neben Digger gestanden hatte, streckte sich, als würde er sich auf einen Kampf vorbereiten, von dem er wusste, dass er ihn verlieren würde. Nach ein paar angespannten Sekunden brachte Simmons ein nervöses Lachen zustande. »Jesus, Maria und Josef. Entspannen Sie sich mal.«

»Tarnung hat wenig mit Entspannung zu tun«, schoss Raynor zurück. »Gerade Ihnen sollte das doch klar sein.«

Simmons gab ein Brummen von sich. »Hören Sie, wir nehmen Ihren Rat ernst. Das sehen Sie, oder? Der Kerl, von dem Sie geredet haben, wäre schon ziemlich dumm, wenn er mit seiner einäugigen Visage in Lower Manhattan herumlaufen würde. Von einem Schuss auf Champ ganz zu schweigen.«

»Ich hoffe, Ihr Plan besteht aus etwas mehr als ›Haltet nach einem Typen Ausschau, der wie ein Pirat aussieht‹«, schaltete Hawk sich ein.

»Um genau zu sein …«

Raynor unterbrach ihn. »Jess, an Ihren Vorkehrungen ist nichts auszusetzen. Sie haben recht. Shiner ist nicht dumm, also wird er nicht zweimal denselben Fehler machen. Aber sein Job ist der leichtere. Er muss nur genau am richtigen Moment an dieser einen, perfekten Stelle sein, während Sie überall gleichzeitig sein müssen. Also lassen Sie uns helfen.«

»Ich sage doch, er kann uns nicht durch die Lappen gehen.«

»Es sei denn, er ist schon hier«, entgegnete Hawk. »Und versteckt sich, wie er's in Baltimore gemacht hat.«

Simmons schüttelte den Kopf. »Ist er nicht. Wir haben das ganze Gebiet durchkämmt, jede Überwachungskamera im Umkreis von 1000 Metern gecheckt, haben gegen jede Kiste und jeden Müllcontainer in jeder Gasse getreten. Vielleicht finden wir ihn nicht, aber ganz sicher werden wir ihm keine Chance lassen zu schießen. Beim Personenschutz geht es darum, dem Angreifer die Gelegenheiten zu nehmen. Das haben wir hier getan, und das werden wir auch weiter tun.«

»Dann haben Sie ja alles im Griff«, sagte Raynor.

»Ja, haben wir. Also, ich frage noch einmal: Wo werden Sie sich aufhalten?«

»Keine Sorge, Jess. Wir werden Ihnen schon nicht im Weg stehen.«

Für einen Moment hielt Simmons seinem Blick stand, dann schüttelte er den Kopf und ging. Kurz machte Kearney den Eindruck, als ob er seinem Boss folgen wollte, aber dann entspannte er sich. »Tut mir leid. Er kann manchmal ein ziemlicher Idiot sein.«

»Manchmal?« Digger grinste.

»Aber seine Frage ist berechtigt«, beharrte Barnes. »Was machen wir hier eigentlich?«

Mehrere Sekunden lang starrte Raynor über das Denkmal hinweg, versuchte, das Areal so zu sehen, wie Shiner es sehen musste.

»Dasselbe, was wir schon mal gemacht haben. Wir finden heraus, was die übersehen haben.«

Ein langes Schweigen entstand, das schließlich von Slapshot gebrochen wurde. »Ich glaube nicht, dass die was übersehen haben, Boss. Es ist zwar nicht alles völlig wasserdicht, aber dieser Platz ist abgesichert.«

Raynor drehte sich um, warf jedem einzelnen seiner Operators einen Blick zu. »Hawk, du hättest ihn in Baltimore beinahe erwischt. Siehst du das auch so?«

»In Baltimore waren wir übervorsichtig«, antwortete sie. »Wir sind davon ausgegangen, dass er zu diesem Schuss in der Lage wäre. Ich bin nicht sicher, ob er das war. Vielleicht ist das der wahre Grund, weshalb er abgehauen ist.«

»Wir haben unseren Suchradius stark erweitert«, erinnerte Kearney sie. »Haben eine Menge Personal eingesetzt, um auch weit entfernte Bedrohungen aufspüren zu können. Aber wir machen uns Sorgen, dass er vielleicht genau das erreichen wollte.«

»Er will uns also reinlegen?«, murmelte Raynor. Das kam ihm nicht richtig vor. Nach allem, was er über Shiner wusste, war dieser ein Künstler, spezialisiert auf Mord aus großer Distanz und getrieben vom pathologischen Drang, seine Unterschrift in Form einer Kugel durch das Auge zu hinterlassen. Aber Kolt wusste, dass er es sich nicht leisten konnte, die Möglichkeit außer Acht zu lassen, dass er sich irrte.

Und dann war da noch die Sache mit dem zweiten Mann, Shiners Komplize. Vielleicht war Baltimore eine Finte gewesen, ein Täuschungsmanöver, das von einer viel näheren Bedrohung ablenken sollte.

»Noch jemand?«

»Ich glaube, Kearney könnte recht haben, Boss«, sagte Digger.

»Klassische psychologische Kriegsführung«, fügte Slapshot hinzu. »Wie du gesagt hast. Er hat uns verarscht.«

Raynor nickte langsam. »Okay. Gehen wir davon aus. Also, Angriffsteams, setzt euch in Bewegung, nehmt euch den Platz vor. Mischt euch unter die Leute. Wenn ihr was seht, sagt Bescheid. Und dann handelt.«

»Und was sollen wir machen? Eine Jedermann-Festnahme?«, fragte Barnes mit einer Spur Sarkasmus.

Raynor ignorierte ihn. »Digger, halt Todd bei Laune und bleib so nahe am Präsidenten dran, wie du kannst. Halt die Augen offen. Die Aufklärungsteams bleiben in Bewegung …«

Er drehte sich um, wandte den Blick vom Denkmal ab und sah die Straßen entlang. Die Liberty Street verlief am Südende des Platzes von Osten nach Westen. Die West Street und die Greenwich Street nach Norden und Süden rahmten ihn auf beiden Seiten ein. Im Norden war die Sicht über die Greenwich Street unversperrt. Aber der Bereich, in dem die Wagenkolonne halten und die Insassen aussteigen würden, wurde vom Neuzugang in der New Yorker Skyline blockiert, dem neuesten Bauwerk mit der Adresse One World Trade Center, auch Freedom Tower genannt.

Andere mögliche Sichtlinien befanden sich im Süden, Osten und Westen.

»Geht los«, brachte er seine Ansprache zu Ende. »Checkt die Balkone und Dächer. Ist mir egal, ob ihr dabei mit dem NYPD zusammenstoßt. Checkt sie noch mal und hört nicht auf, sie zu checken, so lange, bis der Präsident wieder in seinen Wagen steigt und wegfährt.«

»In welchem Umkreis?«, fragte ein Operator aus dem Aufklärungsteam.

»Bis ihr nass werdet«, erwiderte Slapshot lachend. »Nach etwa einem Kilometer stoßt ihr in jeder Richtung auf Wasser.«

Das wusste Raynor bereits durch sein Kartenstudium, aber aus irgendeinem Grund machte diese Bemerkung ihn stutzig.

Ein Kilometer.

In Athen hatte Shiner aus dieser Entfernung geschossen. In Baltimore hatte er sich, falls sie die Szenerie richtig gedeutet hatten, auf einen Schuss über mehr als 1200 Meter vorbereitet.

Er öffnete Google Earth auf seinem Smartphone. Wie Slapshot gesagt hatte, betrug die Entfernung zum Battery Park an der Südspitze von Manhattan Island fast exakt einen Kilometer. Das nächste Stück Festland, Governors Island, lag einen weiteren Kilometer entfernt.

Er traute Shiner durchaus zu, einen Schuss aus dieser Distanz zu wagen. Die sieben weitesten bestätigten Entfernungen, aus denen Scharfschützen getötet hatten, betrugen alle mehr als 2000 Meter. Aber er würde auch einen erhöhten Punkt benötigen, um sein Ziel sehen zu können, und auf Governors Island gab es keine Stelle, die so hoch lag, dass sie Shiner einen Blick zum 9/11 Memorial geboten hätte.

Brooklyn lag näher, nur 1800 Meter weit weg auf der anderen Seite des East River. Aber als Raynor sich in diese Richtung wandte, also nach Osten über die Liberty Street blickte, sah er die weit näheren Hochhäuser des Bankenviertels.

Über der Liberty Street im Westen erstreckte sich der leere Himmel, so weit er sehen konnte. Google Earth zufolge war der Hudson River nur 500 Meter entfernt, aber eineinhalb Kilometer weiter, am Horizont kaum zu sehen, lag Jersey City. Dort, an der Adresse 30 Hudson Street, stand das hohe Gebäude aus Stahl und Glas, das gemeinhin unter dem Namen Goldman Sachs Tower bekannt war.

Zwei Kilometer.

Falls Shiner hier war und vorhatte zu schießen, würde er einen Rekord brechen. Aber es war mehr als nur ein weiter Schuss. Noch wahrscheinlicher war, dass Kearney recht hatte und die echte Bedrohung viel näher lag.

Ein Team über den Fluss zu schicken, wäre beinahe mit Sicherheit Zeitverschwendung und, was noch schlimmer war, auch eine gefährliche Reduktion der Mannschaftsstärke.

Er steckte sein Smartphone weg und wandte sich an die Gruppe. »Wir haben zwei Stunden Zeit. Fangt an.«

Slapshot wartete, bis die Operators gegangen waren, bevor er seine Meinung sagte. »Okay, Boss. Ich kenne diesen Blick. Was denkst du?«

»Gehen wir ein Stück.«

16

Raynor und Slapshot brauchten weniger als zehn Minuten, um zum World-Financial-Center-Fähranleger in Battery Park City zu gehen. Von der Anlegestelle aus hatten sie freien Blick auf 30 Hudson Street. Der Turm, das höchste Gebäude in New Jersey, stand nahe am Wasser, was ihn im Vergleich zu den anderen Häusern der Skyline noch höher erscheinen ließ.

Als sie an Bord der Fähre waren, ging Raynor zum Bug, holte diskret ein Leupold-M151-Spektiv hervor und zoomte an die leicht konisch zulaufenden oberen Stockwerke des Turms heran.

Er scannte die Dachkanten, registrierte die Positionen der leicht erhöhten Aufbauten, an denen die Hängegerüste der Fensterputzer befestigt waren. Auf dem Dach bewegte sich nichts. Es schienen keine Fenster entfernt worden zu sein. Nichts wies darauf hin, dass jemand sich dort aufhielt, aber falls Shiner dort war, würde er auf dem Bauch liegen und getarnt sein. So gut wie unsichtbar. Es gab nur einen Weg, um sicher festzustellen, ob er dort oben war.

Die Fahrt mit der Fähre dauerte nur acht Minuten. Sie brachte sie zur Anlegestelle Paulus Hook in Jersey City, praktisch direkt vor der Tür des Goldman Sachs Tower. Mehrere der aussteigenden Passagiere wollten zu diesem Gebäude. Die beiden Operators reihten sich ein. In der weiträumigen, verglasten Empfangshalle näherte Slapshot sich der nächsten Rezeptionistin und öffnete seine Brieftasche, um ihr seinen gefälschten Dienstausweis zu zeigen. »Wir sind Bundesagenten, Ma'am. Wir müssen mit Ihrem Wartungschef sprechen.«

Er hielt ihr den Ausweis noch eine oder zwei Sekunden lang hin, gerade lange genug, damit sie ihn sehen konnte, ohne das Gesehene wirklich einordnen zu können. Raynor wünschte, er hätte Hawk mitgenommen. Sie hatte ein Talent dafür, Fremde dazu zu bringen, zu tun, was sie wollte. Slapshots Taktik dagegen bestand zu gleichen Anteilen aus Einschüchterung, Charme und Lügen.

»Äh, sicher«, sagte die Frau und griff nach ihrem Telefon. »Ich rufe ihn an.«

»Danke.« Slapshot grinste wie ein Honigkuchenpferd. »Sagen Sie mal … Sie haben nicht zufällig jemanden hier vorbeikommen sehen, der eine Augenklappe getragen hat?«

Die Frau blinzelte ihn erstaunt an. »Ist das Ihr Ernst?«

Slapshot wandte sich Raynor zu und hob eine Augenbraue, als ob er sagen wollte: *Siehst du, ich hab's dir ja gesagt.*

Sie fuhren im Express-Aufzug zur obersten Etage hinauf und gingen zur Feuertreppe, um zum Dach hinaufzusteigen. Es zu erreichen war schwerer, als es den Anschein hatte.

»Wie oft sind Sie auf dem Dach?«, fragte Kolt.

»Jeden Tag, Kumpel«, antwortete der Haustechniker stolz.

»Ach, jetzt kommen Sie, nehmen Sie mich nicht auf den Arm«, entgegnete Kolt. »Wirklich jeden Tag?«

»Na ja, okay, maximal zwei-, dreimal die Woche«, räumte der Techniker etwas verlegen ein. »Aber öfter ist das ehrlich gesagt auch gar nicht nötig.«

Als er die letzte Tür öffnete, bereiteten beide Operators sich auf die Möglichkeit sofortigen Feindkontakts vor. Aber der Bereich hinter der Tür war menschenleer.

Das Dach war auf allen Seiten von einer hohen Mauer umgeben, die zum umweltfreundlichen Design des Turms gehörte. Aber eine steile Metalltreppe bot Zugang zu einem Laufsteg, der am äußeren Rand entlangführte. Raynor ließ Slapshot den Vortritt, dann stieg er hinauf, wachsam und jederzeit bereit, beim ersten Anzeichen von Gefahr wieder zurückzuweichen. Aber der Steg war ebenso leer wie der Rest des Dachs. Das Einzige, was sich bewegte, war die Luft – eine steife 15-Stundenkilometer-Brise. Er starrte über den Hudson hinweg auf die ferne Spitze des Freedom Tower.

Nachdem sie alle Ecken gesichert hatten, kam Slapshot zu ihm herüber und stellte sich neben ihn. »Tja, jetzt kennen wir noch einen Ort, an dem er nicht ist.« Er schrie fast, um sich trotz des starken Winds verständlich zu machen. »Was jetzt? Gehen wir zurück?«

Raynor sah auf die Uhr. Bis hierher hatten sie ungefähr 40 Minuten gebraucht. Der Präsident würde in etwas mehr als einer Stunde eintreffen. Noch genug Zeit, um zum Ort des Geschehens zurückzukehren.

Genug Zeit für eine Menge Dinge.

»Was, wenn er bis zur letzten Minute wartet?«, überlegte er laut. »Von hier hätte er einen Vorteil.«

»Und was, wenn wir auf dem Holzweg sind?«, gab Slapshot zurück. »Du traust dem Kerl zu viel zu. Es ist nicht nur die Entfernung. So ein Schuss … Das wäre, als wenn man mit einer Hand versucht, einen Faden durch ein Nadelöhr zu schieben. Mit verbundenen Augen.«

Slaphot hatte nicht unrecht. Ein Ziel von der Größe eines Menschen aus einer Entfernung von mehr als zwei Kilometern zu isolieren, wäre nur die erste unmögliche Aufgabe, die Shiner zu erfüllen hätte.

»Ich will nicht sagen, dass er ihn treffen kann«, räumte Raynor ein. »Aber ich glaube, er ist arrogant genug, es zu versuchen.«

Slapshots Antwort bestand aus einem unschlüssigen Brummen.

Nachdem die Bundesagenten ihr diese merkwürdigen Fragen gestellt hatten, hielt die Rezeptionistin nach Personen mit einer Augenklappe Ausschau. Aber den Mann mit der dunklen Brille und dem weißen Blindenstock, der sich am Arm des jungen Mannes festhielt, der neben ihm ging, würdigte sie keines zweiten Blicks. Vor allem lag dies daran, dass sie die beiden schon von ihren früheren Besuchen in dieser Woche kannte. Selbst das riesige Künstler-Portfolio, das der junge Mann an einem Gurt über der Schulter trug, fiel ihr nicht auf. Die meisten Geschäftsleute zogen zwar die elektronische Präsentation vor, aber es gab immer noch einige, die es altmodisch machten, mit Papier und auf Posterwände gedruckten Schaubildern. Wenn sie aufmerksam gewesen wäre, hätte sie vielleicht bemerkt, dass der junge Mann sehr unruhig wirkte. Aber selbst das hätte sie als eine Folge von zu viel Koffein oder Amphetaminen einordnen können.

Die zwei Männer gingen zu den Fahrstühlen – aus den Augen, aus dem Sinn. Später würde sie sich nicht einmal mehr daran erinnern, sie überhaupt gesehen zu haben.

Lyle »Lizard« Dooley war *wirklich* unruhig. Mirić spürte die Nervosität, die von dem jungen Mann ausging, während sie im Fahrstuhl nach oben fuhren. Als sie die Kabine verließen, drückte Mirić Dooleys Ellbogen fest und führte ihn von den anderen aussteigenden Passagieren weg.

»Du musst dich unter Kontrolle kriegen«, zischte er.

»Ich weiß«, gab Dooley zurück. Seine Stimme war so rau und laut, dass sie Aufmerksamkeit auf sich zogen.

Hinter seinen dunklen Brillengläsern hatte Mirić keine andere Wahl als die Blicke der anderen zu ignorieren. Er spielte schließlich einen Blinden. Dennoch hielt er den jungen Mann noch einige Sekunden fest, bis der Flur sich geleert hatte.

Schon seit drei Wochen täuschte er Blindheit vor. Er konnte nicht wissen, wie viel die Behörden anhand ihrer Hinterlassenschaften auf dem Dach in Baltimore herausgefunden hatten. Aber eines war sicher: Sie suchten immer noch nach einem Einäugigen. Deshalb hatte er aus sich einen ganz augenlosen Mann gemacht. Er war mit Dooley nach Michigan zurückgekehrt, aber nur so lange, dass dieser sich ein Alibi verschaffen konnte, das seinen plötzlichen Aufbruch und die folgende Abwesenheit erklären würde. Von dort waren sie zu einem Unterschlupf in Rockville, Maryland, gefahren, den Mirićs Partner im türkischen Geheimdienst bereitgestellt hatten, und hatten auf die nächste Gelegenheit gewartet.

Der Besuch in New York war bei Weitem nicht ideal, aber das Risiko des Endspiels erhöhte sich mit jedem weiteren Tag. Viele andere Elemente des Plans waren bereits gefährdet. Wenn er noch länger wartete, würde die gesamte Strategie hinfällig werden.

Also musste es in New York geschehen.

»Geht wieder«, meldete Dooley. Er sprach jetzt leiser, aber er zitterte immer noch in nervöser Erwartung dessen, was sie tun würden.

Bis zu einem gewissen Grad teilte Mirić seine Beunruhigung. Auch wenn der Plan von ihm stammte, stellte er doch eine beträchtliche Abweichung von seinen gewöhnlichen Methoden dar. Es gab zu viele Variablen, die er nicht unter Kontrolle hatte, zu vieles, das schiefgehen konnte.

Außerdem war es eine Weile her, dass er jemanden aus nächster Nähe getötet hatte.

»Gut.« Er ließ den Arm des jungen Mannes los. »Wir machen alles so, wie wir es geübt haben.«

Sie gingen weiter den Korridor entlang, bogen dann in einen angrenzenden Flur ab und folgten dem einstudierten Weg zu einer nach Osten gelegenen Suite, die derzeit von der Marketingabteilung einer Investitionsbank genutzt wurde.

Mirić hörte auf, sich wie ein Blinder vorwärtszutasten. Er klappte sogar seinen weißen Stock zusammen und verstaute ihn in einer Tasche. Ein paar Schritte vor Dooley griff er nach der doppelt verglasten Herculite-Tür, stieß sie auf und marschierte hinein.

Die Rezeptionistin hob den Blick und lächelte, weil sie ihn von früheren Besuchen kannte. Mirić zog die halbautomatische Taurus-Pistole hervor und schoss ihr durch ein Auge.

Mehmet hatte ihm einmal die Frage gestellt, weshalb er immer auf die Augen seiner Opfer zielte. Es hatte nichts mit seiner eigenen Behinderung zu tun, sondern vielmehr damit, dass das Auge ein Referenzpunkt war, den er leicht finden konnte, selbst aus großer Distanz. Aber er erinnerte sich auch an die Geschichten, die seine Großmutter ihm in seiner Kindheit über die Macht des bösen Blicks erzählt hatte.

Immer wenn er durch sein Zielfernrohr oder über das Eisenvisier eines Gewehrs blickte, sah er unvermeidlich ins linke Auge seiner Zielperson.

Ein kindlicher, zutiefst abergläubischer Teil von ihm glaubte daran, dass er für immer vom Tod einer Person heimgesucht würde, wenn diese ihn angesehen hatte, während sie gestorben war, und sei es aus mehreren Hundert Metern Entfernung.

Der Knall war in diesem engen Raum erschreckend laut.

Mit der linken Hand nahm Mirić die dunkle Brille ab. Mit der rechten hielt er weiter die Pistole vor sich ausgestreckt und zielte auf die Tür hinter dem Empfangstresen. Die Frau saß noch, war jedoch mit dem Gesicht nach unten auf den Tisch gesunken.

Er wusste, dass jede Bewegung von ihm und Lizard seit ihrem Betreten des Gebäudes aufgezeichnet worden war und in den kommenden Stunden und Tagen gründlich studiert würde. Tatsächlich verließ er sich darauf. Seine einzige Bemühung, seine Identität zu verschleiern, bestand darin, dass er dünne, schwarze Handschuhe trug, um das Hinterlassen von Fingerabdrücken zu vermeiden.

Ein Mann im Arbeitshemd tauchte hinter der toten Frau auf. »Delores, das war ein …«

Mirić drückte ein zweites Mal ab. Der Mann fiel hinter der auf ihrem Stuhl sitzenden Delores wie ein nasser Sack zu Boden.

Dooley stand noch am Eingang und versuchte, eine schwere Kette durch die dekorativen Griffe der Glasdoppeltür zu ziehen. Diese öffnete sich zwar nach außen, aber die Kette würde die beiden Hälften zusammenhalten und dafür sorgen, dass niemand hereinkam, zumal Dooley sie mit einem Vorhängeschloss sicherte. Der junge Mann hatte korrekterweise darauf hingewiesen, dass die Kette es ihnen auch erschweren würde, die Suite wieder zu verlassen, aber Mirić hatte ihm versichert, dass sie einen anderen Ausgang nehmen würden.

Er fummelte an den Kettengliedern herum. Seine Nervosität machte ihn ungeschickt.

»Beeilung!«, zischte Mirić. Dann richtete er seine Aufmerksamkeit auf die Tür, die weiter in die Büroetage führte. Er trat über die Leiche in der Tür hinweg und sah drei weitere Personen. Es waren zwei Frauen und ein Mann, die im Flur standen, wie gelähmt vor Angst, vielleicht auch vor Fassungslosigkeit.

Er brauchte nicht mehr als zwei Sekunden, um sie alle zu töten. Die Frau, die als Letzte starb und am weitesten von ihm entfernt war, schaffte es noch, sich umzudrehen und einen Fluchtversuch zu unternehmen. Mit dem ersten Schuss verfehlte er sie. Der zweite traf sie genau zwischen die Schulterblätter.

Eine Tür am Ende des Flurs flog auf und ein übergewichtiger Mann in einem teuren Anzug stürmte heraus, der einen kleinen J-Frame-Revolver in der Hand hielt. Mit zitternden Händen stieß er die Pistole in Mirićs Richtung, aber bevor er abdrücken konnte, wurde er von einer Kaliber-40-Kugel aus der Taurus-Pistole niedergestreckt.

Mirić hatte immer gehört, dass in Amerika jeder eine Waffe trug, daher überraschte ihn das Auftauchen des Mannes mit dem Revolver nicht. Er wartete ein paar Sekunden ab, ob noch jemand auf ihn zustürmen würde. Aber im Flur blieb es still. Das Einzige, was sich bewegte, waren die Rauchschwaden um ihn herum.

»Fertig!«, rief Dooley hinter ihm.

»Warte!« Mirić näherte sich vorsichtig der ersten Tür auf der linken Seite. Die tote Frau lag in der Tür. Das Büro dahinter schien leer zu sein. Für einen Augenblick beobachtete Mirić den Raum und horchte, dann ging er weiter.

Im nächsten Büro fand er einen Mann, der sich unter einem Tisch versteckte. Er schluchzte, betete vielleicht. Mirić tötete ihn und ging weiter, rückte unerbittlich vor bis zum Büro am Ende des Gangs. Zu seiner Erleichterung befand sich niemand sonst in der Suite. Bei ihren früheren Erkundungsmissionen hatte er die mögliche Zahl der anwesenden Personen auf bis zu 20 geschätzt.

Beim Betreten des großen Büros bückte er sich und hob den nicht abgefeuerten Revolver auf, der neben dem toten Geschäftsführer lag. Falls alles nach Plan verlief, würde er keine zusätzliche Waffe brauchen, sie hätte die Situation nur komplizierter gemacht. Aber wenn die Erfahrung ihn eines gelehrt hatte, war es, dass selbst die besten Pläne manchmal scheiterten.

Der Raum vor ihm war riesig, mindestens dreimal so groß wie die anderen Büros. Aber das Beeindruckendste war die Aussicht. Die gesamte Rückwand bestand aus Glas und bot einen Blick über den Hudson in Richtung Lower Manhattan.

»Lizard!«, rief er. »Komm her.«

Er wartete nicht auf das Eintreffen des jungen Mannes, sondern begann sofort damit, einen Bereich vor dem großen Fenster freizuräumen. Als Dooley schließlich angekommen war, sah man ihm sein Entsetzen über das von Mirić angerichtete Massaker deutlich an. Mirić gab sich Mühe, sich seinen Ekel über die Schwäche des anderen Mannes nicht anmerken zu lassen. »Schnell. Bau das Gewehr auf.«

Dooley kniete sich hin, öffnete das Portfolio und brachte das zum Teil auseinandergebaute Remington 700 sowie eine weitere seiner Waffen zum Vorschein, eine Mossberg-500-Pumpgun im Kaliber 12, die mit einem taktischen Pistolengriff und einem 35-Zentimeter-Lauf ausgestattet war. Diese zweite Waffe gab er Mirić und begann dann mit dem Aufbau des Gewehrs.

Mirić hielt die Schrotflinte gesenkt und näherte sich den Fenstern genug, um sie berühren zu können. Er richtete den Lauf auf die Glasscheibe, zielte auf eine Stelle knapp über dem Boden, wandte den Blick ab und drückte den Abzug.

Der Knall war so laut, dass der Pistolenschuss dagegen wie das Geräusch eines Kinderspielzeugs gewirkt hatte. Falls die vorherigen Schüsse die Bewohner der benachbarten Suiten noch nicht alarmiert hatten, würde dieser Schrotschuss es sicherlich tun, aber das ließ sich nicht ändern. Die Polizei würde zwar schnell auf 911-Notrufe reagieren, aber weil sie sich in New Jersey befanden und der Hudson zwischen ihnen und dem New Yorker Bankenviertel lag, würde man den Secret Service nicht über die Schießerei in Kenntnis setzen. Jedenfalls nicht sofort. Mirić würde nur wenige Minuten brauchen. Die um die Türgriffe geschlungene Kette würde ihnen genug Zeit geben, ihre Mission zu erfüllen.

Er sah nach unten, um sich von der Wirksamkeit der Postenschrotpatrone zu überzeugen. Im einen Zentimeter dicken Sicherheitsglas war ein gezacktes, beinahe faustgroßes Loch entstanden. Er lud die Schrotflinte durch, zielte etwas weiter nach links und feuerte noch einmal. Dies wiederholte er so lange, bis die Hälfte der Glasscheibe zertrümmert war. Mit dem rauchenden Lauf entfernte er die letzten hängenden Scherben, bevor er sich wieder Dooley zuwandte.

Das Gewehr war immer noch nicht zusammengesetzt.

»Wir haben keine Zeit für so was«, fauchte Mirić und stieß Dooley die Schrotflinte entgegen. »Nimm das. Und geh aus dem Weg.«

Dooleys Wangen röteten sich, aber er nahm die Waffe und trat zur Seite. Mirić kniete sich hin und baute das Gewehr mit effizienten, geübten Bewegungen zusammen.

Er klappte die Beine des Stativs aus und brachte das Gewehr direkt vor dem zerschlagenen Fenster in Stellung.

Nun legte er sich hinter die Waffe, blickte durch das Zielfernrohr und verschob sie so lange, bis er seine Referenzpunkte lokalisiert hatte. Grad für Grad arbeitete er sich voran, bis er den Zielbereich fand.

Zwei Kilometer entfernt kündigten blinkende Lichter die nahende Ankunft der Zielperson an.

Er seufzte erleichtert. Die Fahrzeugkolonne traf gerade ein. Das Timing war perfekt.

Er schob drei Patronen ins Magazin und begann, das Zielfernrohr einzustellen.

»Und was soll ich jetzt machen?«, fragte Dooley.

Mirić drehte sich zur Seite und sah zu ihm hinauf. Der junge Mann hatte die Flinte beiseitegestellt, lag auf den Knien und wirkte völlig verloren.

Bei ihren Übungen war immer Dooley der Mann hinter der Waffe gewesen – der patriotische Krieger, der den ersten Schlag im Kampf gegen die Tyrannei führte und damit die zweite amerikanische Revolution anstieß. Aber selbst wenn er die Fähigkeit zu diesem Schuss besessen hätte, ganz zu schweigen von der nötigen Nervenstärke, hätte Mirić nie zugelassen, dass er feuerte. Dooleys Funktion in diesem Endspiel war eine ganz andere.

»Nur eins«, erwiderte Mirić. Er erhob sich auf die Knie, sah ihn an und hielt ihm die halbautomatische Pistole hin. »Nimm die.«

Dooley nahm die Waffe entgegen und drehte sie, sodass er den Pistolengriff in der rechten Hand hielt, aber die Unsicherheit war ihm weiterhin anzusehen. »Was soll ich damit machen?«

Mirić streckte beide Hände aus und legte sie auf die

Pistole und auf Dooleys Hand, als ob er vorhätte, einen Segen zu sprechen. »Nur diese eine Sache.«

Er schob seinen Daumen in den Abzugsbügel. Dann stieß er die Waffe in einer einzigen, schnellen Bewegung unter das Kinn des jungen Mannes und drückte ab.

Blut und graue Hirnmasse schossen aus Dooleys Schädeldecke hervor, spritzten an die Decke und die Wand hinter ihm. Mirić ließ los, ließ sowohl die Pistole als auch den Mann zu Boden fallen. Dann legte er sich wieder hinter das Gewehr.

Obwohl man den Bereich unmittelbar um das 9/11 Memorial sowohl für Fahrzeuge als auch für Fußgänger gesperrt hatte, war die Menschenmenge, die sich auf der anderen Seite der Barrikaden versammelt hatte, groß und ungestüm. Als die ersten der beinahe 20 Polizeimotorräder mit flackernden Blitzlichtern vor der Fahrzeugkolonne in Sicht kamen, schwoll der Lärm zu noch größerer Lautstärke an. Eine High-School-Marschkapelle, die seit fast einer Stunde ihr vertrautes Repertoire spielte, verstummte bis auf die Reihe der Trommler, die nun einen martialischen Rhythmus schlugen, um die Ankunft des wichtigsten Mannes der Welt passend zu untermalen.

Etwa 20 Meter von der Band entfernt musste sich »Digger« Chambliss eine Hand an den Kopf drücken, um den Funkverkehr in seinem rechten Ohr hören zu können. Jeder Schlag der großen Basstrommel brachte seinen ganzen Körper zum Vibrieren wie eine akustische Waffe. Der Einsatz der Band erschien ihm als ein besonders schlechter Einfall, nicht nur weil sie überhaupt nicht zur Feierlichkeit des Anlasses und zu den Absichten der Denkmalbauer passen wollte, die einen Ort der Kontemplation und des Nachdenkens im Sinn gehabt hatten, sondern auch in taktischer Hinsicht. Bei dieser übertriebenen Lautstärke war es so gut wie unmöglich, Warnrufe oder sogar Schüsse zu hören.

Aber der Präsident war im Anmarsch, also würden sie es sich nicht nehmen lassen, *Hail to the Chief* zu spielen.

Auf die Motorräder folgten mehrere Polizeiautos, gekennzeichnete ebenso wie ungekennzeichnete. Danach kamen die sechs imposanten Fahrzeuge, die aussahen wie fabrikneue Cadillac Escalades. Tatsächlich waren es speziell konstruierte, gepanzerte Maschinen mit Lkw-Fahrgestellen. Digger wusste nicht, in welchem Wagen der Präsident saß. Dieses Gefährt wurde intern als »Postkutsche«, manchmal auch als »das Biest« bezeichnet. Aber er nahm an, dass es wahrscheinlich nicht das vierte in der Reihe war, das man mit dem Warlock-System für elektronische Gegenmaßnahmen ausgestattet hatte.

Dieses Fahrzeug war durch die unverwechselbare, zylindrische Antenne auf dem Dach leicht zu erkennen. Die Antenne sorgte für Funkstörungen im gesamten Gebiet, unterband die kabellose Kommunikation und machte es einem Bombenleger unmöglich, ein Handy oder andere Mittel zur Fernzündung einzusetzen. Das Warlock-System sowie ein ähnliches namens Shortstop konnten sogar so konfiguriert werden, dass sie funkgesteuerte Vorrichtungen vorzeitig auslösen konnten. Doch während dies eine teilweise effektive Abwehr gegen Sprengsätze darstellte, die gegen Konvois in Kriegsgebieten wie Irak und Afghanistan eingesetzt wurden, war es in der größten Stadt Amerikas nicht nutzbar. Das lag nicht nur daran, dass das absichtliche Zünden von Sprengsätzen in den Straßen die Bürger in Gefahr gebracht hätte. Die Amerikaner liebten ihre

Smartphones, weshalb man Störungen des lokalen Handynetzes nicht auf die leichte Schulter nehmen konnte. Der Secret Service konnte alle Mobilgeräte in einem Umkreis von zwei Kilometern abschalten, tat es aber selten, weil es einen unvermeidlichen Shitstorm zur Folge hätte.

Der Secret Service nutzte eine geheime Funkfrequenz, die durch das Warlock-System nicht gestört wurde. Nur so konnte Digger mitverfolgen, was sich abspielte, und mit seinen Kameraden kommunizieren, wenn es absolut notwendig war. Aus Sicht des Secret Service war die Rolle der Delta Force klar definiert. Sie waren als reine Beobachter hier. Gäste, die auf dem Beifahrersitz Platz nehmen durften. Und Gäste hatten bekanntlich mit Fischen gemeinsam, dass sie nach einer gewissen Zeit zu stinken begannen.

Zwar hatte es keine echten Unstimmigkeiten zwischen den beiden Gruppen gegeben, aber die vorherrschende Meinung in der Schutzmannschaft des Präsidenten lautete, dass Raynor Phantomen nachjagte. In Baltimore hatte wirklich ein Anschlagsversuch stattgefunden, aber dieser Anschlag wäre auch ohne Deltas gesetzwidrige Einmischung gescheitert. Selbstverständlich existierte eine Bedrohung. Sogar Dutzende, und der Secret Service kümmerte sich um sie. Jeden Tag.

Digger hoffte, dass Racer sich irrte – Gott, wahrscheinlich hoffte Raynor das selbst. Aber Wunschdenken hatte meist katastrophale Folgen. Also würde er einfach weiter seine Aufgabe erledigen, so lange, bis der Boss die Aktion abbrach.

Aber er hoffte wirklich, dass Racer falschlag.

Die Motorräder und Polizeiautos fuhren vorbei, aber die gepanzerten Fahrzeuge hielten direkt vor dem Denkmal. Ein weiteres Dutzend Gefährte folgten »Postkutsche«

und den Ablenkwagen: Vans voller Journalisten, Polizeiwagen, ein blauer Shuttle-Van mit dem medizinischen Notfallteam des Präsidenten, Rettungswagen sowie ein schwarzer Lastwagen, in dem sich das mobile Waffenarsenal befand, auf das der Secret Service im Falle einer groß angelegten Attacke zugreifen konnte.

Die Trommeln verstummten abrupt. Der Tambourmajor hob seinen Taktstock, machte sich bereit, das Signal zu geben, um den traditionellen Trommelwirbel einzuleiten.

Der Moment schien ewig zu dauern, aber dann öffneten sich die Türen und die Secret-Service-Agenten stiegen aus, die den Schutzring um den Präsidenten bilden würden, wenn er von »Postkutsche« zum besser geschützten Podium zwischen zwei Wasserbecken gehen würde, um seine vorbereitete Rede zu halten.

Der Tambourmajor senkte seinen Taktstock und die Hörner und Trommeln ertönten.

Digger sah hektisch hin und her, scannte die Menge. Dann blickte er wieder zur Fahrzeugkolonne, hielt nach jedem Anzeichen für eine Bedrohung Ausschau.

Über Funk kündigte jemand an, dass Champ jetzt aussteigen werde. Pünktlich begann die Band *Hail to the Chief* zu spielen. Digger sah Präsident Noonan neben dem zweiten gepanzerten SUV stehen. Er lächelte und winkte, vermutlich für die Kameras – nur wenige aus der Menge konnten ihn sehen, denn die anderen Wagen verstellten ihnen die Sicht. Nach einem Moment bückte er sich, streckte den Arm in Richtung Auto aus und Mrs. Noonan kam zum Vorschein.

Ein weiterer Funkspruch ertönte: »Challenger ist ausgestiegen.«

»Challenger« war der Secret-Service-Codename für die First Lady, die nun neben ihrem Mann stand, ebenfalls lächelnd und winkend. Arm in Arm begannen sie, in Richtung des Platzes zu gehen.

Digger wollte sich gerade abwenden, als er aus dem Augenwinkel einen feinen, roten Nebel in der Luft bemerkte. Aber erst, als er die Schreie hörte, wusste er, dass etwas Schreckliches passiert war.

17

Raynor war betroffen, als er das plötzlich anschwellende Geplapper über Funk hörte. Die hektischen Stimmen waren beinahe unverständlich, aber er musste nicht verstehen, was gesagt wurde, um zu begreifen, was geschehen war. Jemand hatte den Präsidenten angegriffen, während er und Slapshot ihre Zeit auf dem Dach eines zwei Kilometer entfernten Hochhauses verschwendet hatten. Vielleicht war es Shiner gewesen, vielleicht ein anderer, aber der schlimmste Fall war eingetreten und er befand sich am völlig falschen Ort.

Er drehte sich zu Slapshot um und sah, dass dessen Gesicht ein Spiegelbild seiner eigenen Hilflosigkeit und Frustration war. Es war nicht nötig, etwas zu sagen.

Sie rannten die Treppe hinunter, zurück in den Turm, und sprinteten zu den Fahrstühlen. Raynor kämpfte gegen den Drang an, sich in den Funkverkehr des Secret Service einzuschalten und sich nach Einzelheiten zu erkundigen.

Wären sie noch in Griechenland gewesen, hätte er es bereits getan. Aber jetzt, da die Bedrohung nicht mehr nur eine potenzielle, sondern real war, blieb ihm und seinen Operators nichts anderes übrig als sich herauszuhalten.

Aber er musste es wissen.

Slapshot drückte den Knopf, um den Fahrstuhl zu rufen – mehrmals, als ob es dadurch schneller gehen würde. Raynor wusste, dass das nicht der Fall war, hielt es aber für sinnlos, seinen Freund deshalb zurechtzuweisen. In diesem Moment vibrierte das Handy in seiner Tasche.

Es war eine New Yorker Nummer mit der Vorwahl 212, aber Raynor kannte sie nicht. Er nahm den Anruf trotzdem an. »Ja?«

»Boss!« Er erkannte die Stimme sofort. Es war Digger, und er hörte sich an, als hätte er gerade einen 400-Meter-Sprint hinter sich. »Hier ist die Kacke am Dampfen.«

Sofort wurde Raynor klar, dass Digger zum nächsten Festnetztelefon gerannt sein musste, um ihn anzurufen. Da die Handys nicht funktionierten und sie die Secret-Service-Frequenz nicht benutzen durften, war dies der einzige Weg, Kontakt aufzunehmen.

Ein Klingeln meldete das Eintreffen des Fahrstuhls. Als die Tür sich öffnete, streckte Raynor die Hand aus, um Slapshot zurückzuhalten. Er konnte nicht riskieren, den Handyempfang zu verlieren.

»Challenger ist getroffen«, fuhr Digger fort. »Wir wissen noch nicht, wie schlimm. Sie transportieren sie jetzt ab.«

»Challenger«, wiederholte Raynor, mehr für Slapshot als für sich selbst. Wenn der Präsident das eigentliche Ziel gewesen war, hatte der Attentäter es verfehlt und stattdessen die First Lady getroffen. Das war immerhin ein schwacher Trost. »Haben die den Schützen erwischt?«

»Negativ. Sie suchen noch, aber ... Boss, es war ein Scharfschütze.«

»Sicher?«

»Ziemlich. Ein Hochleistungsgeschoss. Wenn ich raten müsste, würde ich sagen, es kam von hoch oben und aus westlicher Richtung. Boss, da bist du doch gerade, oder?«

»Er ist nicht hier. Wir waren auf dem Dach, als ...«

In diesem Moment ertönte ein ohrenbetäubender Sirenenton. Die Notbeleuchtung begann überall im Korridor zu flackern.

»Scheiße!« Die Plötzlichkeit des Alarms hatte Raynor erschreckt, aber ebenso schnell wurde ihm klar, dass dies kein Zufall sein konnte. »Digger, bleib, wo du bist. Wir müssen los.«

Nach den ersten Alarmtönen war eine Stimme aus den Lautsprechern zu hören, die alle aufforderte, an Ort und Stelle zu bleiben, ihre Türen abzuschließen und auf das Eintreffen der Polizei zu warten. Da es nicht nur unpraktisch, sondern so gut wie unmöglich war, ein ganzes Hochhaus im Falle eines Feuers oder einer anderen Katastrophe zu evakuieren, bestand die sicherere Alternative darin, nur die Leute herauszuholen, die sich in den Etagen in der Nähe des Unglücksorts aufhielten. Diese schickte man so weit nach oben oder unten, dass sie nicht mehr im unmittelbaren Gefahrenbereich waren. Die Tatsache, dass die Anwesenden im höchsten Stockwerk aufgefordert wurden, zu bleiben und ihre Türen zu verschließen, bedeutete zwei Dinge: Erstens, das, was sich abspielte, geschah nicht in dieser Etage, sondern in der Nähe, wahrscheinlich zwei oder drei Etagen tiefer. Zweitens, es war kein Feuer.

»Aktiver Schütze!«, rief Slapshot laut, um den Alarm zu übertönen. Raynor sah, dass er seinen alten M1911 gezogen hatte. »Er ist noch im Gebäude.«

»Die Treppe!« Raynor zog ebenfalls die Waffe, eine Glock 23, und sprintete den Flur entlang. Er folgte dem von den blinkenden Pfeilen auf den Ausgangsschildern vorgezeichneten Weg, während die Sirene wieder ertönte. In vollem Lauf warf er sich gegen die schwere Brandschutztür, stieß sie auf und rannte die Betontreppe hinab.

»Welcher Stock?«, rief Slapshot.

Raynor kannte die Antwort auf diese Frage nicht, nahm aber an, dass sie früher oder später jemandem begegnen würden, der es ihnen sagen konnte. Tatsächlich hörte er durch das Plärren des Alarms hindurch bald Stimmen von Personen, die ein paar Etagen tiefer das Treppenhaus hinaufstiegen. Als sie im 40. Stock um die Ecke liefen, stießen sie fast mit der Gruppe zusammen. Eine der Frauen sah ihre Pistolen und begann zu kreischen.

»Ma'am, es ist alles in Ordnung.« Raynor zeigte ihr seinen Dienstausweis und versuchte, beruhigend zu klingen, was nicht einfach war, da er schreien musste, damit man ihn hören konnte. »Wir sind die Guten.«

»Ja«, bekräftigte Slapshot. »Wo sind die Bösen?«

»In unserer Etage«, erwiderte einer der Männer mit Entrüstung, als hätten sie das bereits wissen müssen. »Ich hab gewusst, dass das passieren würde. War nur eine Frage der Zeit.«

»Welche Etage ist das?«, drängte Raynor.

»39«, sagte die Frau. Sie hatte aufgehört zu schreien, schien aber kurz vor der nächsten Panikattacke zu stehen. »O mein Gott. Es war direkt nebenan. Ich habe alles gehört, aber keiner hat mir geglaubt.«

Raynor schob sich zwischen ihnen hindurch und lief weiter, wobei er immer zwei Stufen auf einmal nahm. Als er den Treppenabsatz des 39. Stockwerks erreichte, rannte er zur Brandschutztür, fasste den Griff und wollte sie aufstoßen – aber in diesem Moment legte sich eine schwere Hand auf seine Schulter und jemand zog ihn zurück.

»Langsam, du Superheld«, knurrte Slapshot ihm ins Ohr. »Hast du vergessen, wie wir so was angehen?«

»Verflucht noch mal, Slap, wir haben jetzt keine Zeit für diesen ›In der Ruhe liegt die Kraft‹-Blödsinn.«

Slapshots Hand blieb, wo sie war.

Raynor wusste, dass sein Kamerad recht hatte. Sie konnten nicht wissen, womit sie es auf der anderen Seite der Tür zu tun haben würden. Also mussten sie diese ebenso wie alle anderen Türen, toten Winkel und Quergänge so behandeln, als würde dort der Feind lauern. Da sie nur zu zweit waren, würde es eine Weile dauern, die Etage zu sichern, aber es war die richtige Entscheidung.

Er wich von der Tür zurück, wobei er die Glock hob, um nicht auf Slapshot zu zielen. »Du machst die Tür auf, ich geh zuerst durch.«

»Einen Scheiß wirst du, Boss.« Slapshot winkte mit seiner Pistole in Richtung Tür. »Ich gehe voran, du folgst mir.«

Kolt nickte. Slap war mehr als nur ein Operator. Er war ein erfahrener Kämpfer. Kein Unteroffizier der Einheit, der etwas auf sich hielt, würde jemals seinen Offizier vorausschicken. Ja. Kolt konnte ihn verstehen.

Der Flur war leer.

Sie orientierten sich und brachen zur Ostseite des Gebäudes auf, wobei sie an dunklen, leeren Büros vorbeikamen. Sie hatten keine Zeit, sie alle zu durchkämmen, aber Slapshot behielt den Bereich hinter ihnen ständig im Auge, damit sich niemand von dort anschleichen konnte. Schließlich gelangten sie zu der Gebäudeseite mit Blick auf den Hudson und blieben vor einer Glastür stehen. Dahinter lag eine Suite, in der die Lampen noch eingeschaltet waren.

Raynor drückte sich an die Wand. »Hier ist es.«

»Siehst du jemanden?«

»Bis jetzt nicht.« Mit ausgestreckter Pistole spähte er um die Ecke. Der Empfangsbereich schien leer zu sein. Aber er sah etwas anderes, das seine vorherige Einschätzung bestätigte. »Die Tür ist mit 'ner Kette versperrt. Von innen.«

»Da hat irgendein Angestellter 'ne gute Idee gehabt. Vielleicht wollte er den Schützen aussperren?«

»Kann sein, aber glaube ich nicht. Slap, Shiner ist in diesem Büro. Da muss er sein.«

»Du meinst, er hat sich eingeschlossen, um mehr Zeit zu haben?«

»Nur so kann er sichergehen, dass ihn keiner aufhält.«

»Ja, aber jetzt ist er dadrin gefangen. Meinst du, er wusste, dass das ein Himmelfahrtskommando wird?«

Raynor antwortete nicht. Er hatte nie daran geglaubt, dass Mirić sich zum Märtyrer machen würde. Tatsächlich hing seine gesamte Begründung für die Jagd auf den Scharfschützen trotz dessen scheinbaren Ablebens bei der Explosion in Athen von der Annahme ab, dass Mirić kein Selbstmörder war. »Vielleicht kennt er irgendeinen anderen Ausweg.«

»Was denn zum Beispiel, eine Leiter? Ein Seil?«

»Vielleicht ein Fallschirm. Dafür sind wir hier hoch genug.« Raynor betrachtete die Kette, die die beiden

Hälften der Tür zusammenhielt. Es waren keinerlei Drähte oder Sprengsätze daran befestigt. »Wir müssen da rein.«

Slapshot seufzte. »Ja, ich schätze, das müssen wir. Hast du 'nen Stein, den wir durch die Scheibe schmeißen können?«

Raynor griff sich an den Rücken und zog den SureFire-Schalldämpfer hervor. »Nur das hier. Bereit?«

»Los.«

Kolt befestigte den Schalldämpfer am Gewinderohr, zielte auf den oberen Bereich der linken Türseite und drückte ab. Die gesamte zentimeterdicke Hartglasscheibe trübte sich und zerfiel in einen Regen aus Splittern, die wie große Diamanten auf dem Teppichboden liegen blieben. Slapshot strich die restlichen Splitter unten beiseite und stieg hinein, wobei er die Pistole in einer annähernd einem gleichschenkligen Dreieck gleichenden Schusshaltung vor sich ausstreckte, bereit, auf jedes Ziel zu feuern, das auf der linken Raumseite auftauchte. Raynor übernahm die rechte Seite.

Sie hielten sich nicht damit auf, die am Boden liegenden Personen im Empfangsbereich und im Flur zu checken. Ihre erste Aufgabe bestand in der Ausschaltung der Bedrohung, bevor sie sich Verletzten widmen konnten.

Die Luft stank nach mehr Schießpulver, als auf Raynors Schuss zum Zerstören der Türverglasung zurückzuführen war. Eine weitere Leiche lag in der Bürotür am Ende des Gangs.

Dahinter sah Raynor Tageslicht und spürte Wind, der durch ein geöffnetes Fenster hereinwehte.

Aber die Fenster in Wolkenkratzern ließen sich nie öffnen.

Er blieb stehen und wartete, bis Slapshot ihn eingeholt hatte. Als sie beide bereit waren, zählte er bis drei und betrat das Zimmer, wobei er wieder die linke Seite übernahm.

In diesem Augenblick sah er den gesamten Raum, erlaubte es seinem Verstand jedoch noch nicht, alles bewusst zu erfassen, bevor er sicher war, dass keine Gefahr mehr bestand. Nur eine Person war zu sehen. Sie lag in einer seltsamen Haltung am Boden, die Beine unter sich angewinkelt wie ein auf Knien über die Bühne rutschender Freddie Mercury. Aber obwohl eine Pistole in seiner herabhängenden Hand lag und eine Remington 700 SPS sowie eine Mossberg-500-Pumpgun mit kurzem Lauf sich in seiner Reichweite befanden, stellte er keine Bedrohung dar. Seine Schädeldecke fehlte.

»Gesichert«, murmelte Raynor.

»Gesichert«, sagte auch Slapshot. »Ist das dein Freund?«

Raynor blickte auf die Leiche hinab. »Nee. Muss sein Komplize sein. Wahrscheinlich der Kerl, den er auch in Baltimore dabeihatte.« Er ging zum Fenster und schaute hinaus, suchte nach Shiners Fluchtweg. Halb rechnete er damit, einen Fallschirm über dem Fluss schweben zu sehen, oder vielleicht eines der Hängegerüste, das an der Seite des Hauses abgesenkt wurde. Aber ihm fiel nichts Ungewöhnliches auf. »Vielleicht gibt's einen anderen Ausgang.«

»Vielleicht gibt's eine andere Erklärung«, gab Slapshot zurück. »Die naheliegendste zum Beispiel. Der Kerl hier war der Schütze. Er ist hier raufgegangen, hat sich eingeschlossen, hat alle umgebracht, versucht, den Präsidenten zu erschießen, und sich dann selbst erledigt.«

Raynor drehte sich um und wollte widersprechen, aber

dann fügte Slapshot hinzu: »Ach ja, und er hat danebengeschossen, was Shiner deiner Meinung nach nie tut.«

Das ließ Kolt innehalten. Shiner schoss *nie* daneben. Er hätte nicht einmal abgedrückt, wenn ihm der Erfolg nicht sicher erschienen wäre – der Erfolg des Schusses, aber auch der seiner Flucht.

»Du hast gesagt, jemand habe Shiner angeheuert«, fuhr Slapshot fort. »Vielleicht haben sie ihn gefeuert und dafür diesen Loser hier eingestellt.«

»Vielleicht …«

»Hallo?«

Die Stimme war leise, im Rauschen des Windes, der durch das zerbrochene Fenster drang, kaum hörbar, aber beide Männer waren sofort in Alarmbereitschaft.

»Ist es jetzt sicher? Sind Sie von der Polizei? Kann ich rauskommen?« Es war eine männliche Stimme mit einem ungewöhnlichen Rhythmus, vielleicht ein ausländischer Akzent. Sie schien aus dem Flur zu kommen.

Slapshot warf Raynor einen Blick zu und formte mit dem Mund das Wort: *Überlebender?*

Kolt zuckte die Achseln. Alles war möglich. Er nickte in Richtung der Stimme und sie setzten sich in Bewegung. »Wir sind Bundesagenten«, rief Kolt. »Bleiben Sie, wo Sie sind.«

»Ich mich unter Tisch versteckt, als Schüsse anfingen.«

Die Stimme kam aus dem nächsten Büro, gleich hinter der Frau, der jemand in den Rücken geschossen hatte. »Kommen Sie raus«, rief Raynor. »Halten Sie die Hände vor sich ausgestreckt und legen Sie sich auf den Boden.«

»Ja, ich komme jetzt.«

Kolt schob sich vorsichtig um die Ecke, blickte in den Raum und sah eine Bewegung. Eine Gestalt kroch zwischen Schreibtisch und Tür über den Boden, nur ein paar Schritte entfernt. Der Mann hielt etwas in der rechten Hand.

»Aber mit leeren Händen!«, bellte Raynor. »Fallen lassen!«

Sofort ließ der Mann den Gegenstand fallen. Es schien keine Waffe zu sein, jedenfalls nicht im herkömmlichen Sinn. Es sah mehr oder weniger wie eine zusammengeklappte Zeltstange aus Nylon aus.

»Sind Sie blind?«, fragte Slapshot, der hinter Kolt stand.

»Ja.« Der Mann erhob die Stimme am Ende des Wortes, beinahe als wäre es eine Frage.

»Schätze, dann können wir ihn nicht fragen, ob er was gesehen hat«, murmelte Slapshot.

»Bleiben Sie einfach da, wo Sie sind«, forderte Kolt den Mann auf. »Wir lassen Sie wissen, wann es wieder sicher ist.«

»Ja«, sagte der Mann wieder. »Danke.«

Er hob lächelnd den Kopf, die Augen hinter einer dunklen Brille verborgen.

Aber Raynor erkannte ihn trotzdem.

18

Raynor richtete die Pistole auf den unbewaffneten Mann.

Unbewaffnet. Diese Feststellung gab ihm zu denken.

Es war Shiner. Der Mann, der unzählige amerikanische Soldaten getötet, den griechischen Ministerpräsidenten ermordet und versucht hatte, den amerikanischen Präsidenten zu erschießen, derjenige, der möglicherweise gerade die First Lady umgebracht hatte. Aber er hatte keine Waffe, bedrohte niemanden, und Raynor hatte auf amerikanischem Boden kein Recht, sein Leben auszulöschen.

Dieser Moment des Zögerns war alles, was Shiner brauchte. Wie von einer Sprungfeder getrieben schnellte er hoch und stürzte direkt auf Raynor zu, durchbrach seine Deckung und stieß ihm die Schulter vor die Brust. Mirić war kein großer Mann, der Stoß nicht stark genug, um Raynor zu verletzen oder auch nur zu erschüttern. Allerdings brachte er ihn dazu, reflexhaft einen Schritt zurückzuweichen und mit Slapshot zusammenzustoßen. In diesem Augenblick huschte Shiner um beide Männer herum, schnell wie ein Affe, der auf einen Baum klettert, und rannte in den Flur hinter ihnen.

»Scheiße!«, fluchte Raynor, während er versuchte, sich von Slapshot zu lösen. Sie hatten einen echten Anfängerfehler gemacht, indem sie sich hintereinander in den Durchgang gestellt hatten. Ebenso falsch war es gewesen, einen potenziellen Feind überhaupt so nahe herankommen zu lassen.

Sie hatten sich beide von einer dunklen Brille und einem weißen Gehstock hinters Licht führen lassen.

Raynor verrenkte sich, kletterte förmlich über Slapshot und stürzte in den Gang. Er zielte mit der Pistole auf die sich entfernende Gestalt, aber bevor er den Abzug drücken konnte, verschwand Shiner hinter der nächsten Ecke.

Halb gebückt und noch mit den Armen rudernd raste Raynor hinter ihm her. Er erreichte den Empfangsbereich, als Mirić gerade in den Hausflur verschwand. Kolt sprintete hinterher und hörte das Glas unter seinen Füßen knirschen. Slapshot rief ihm etwas hinterher, forderte ihn wahrscheinlich auf, zu warten.

Aber zum Warten blieb keine Zeit. Shiner würde nie mehr so verwundbar sein wie jetzt.

Es war nicht schwer, sich Mirićs Fluchtplan zusammenzureimen. Er hatte geplant, seinen Komplizen zu töten und die Szene so herzurichten, dass alles auf eine Ein-Mann-Selbstmordmission hindeutete. Dann wollte er sich als Überlebender eines Amoklaufs ausgeben, dem passenderweise sämtliche Augenzeugen zum Opfer gefallen waren. Und weil er als Blinder auftrat, würde die Polizei seine Geschichte wahrscheinlich nicht einmal hinterfragen. Wäre ein anderer als Raynor als Erster vor Ort gewesen, hätte es vermutlich sogar funktioniert. Aber jetzt war Mirić allein, unbewaffnet und praktisch in diesem Hochhaus gefangen. Seine einzige Chance zur Flucht bestand darin, schneller zu rennen als Raynor, was bedeutete, dass Kolt nicht auf Verstärkung warten konnte. Wenn Slapshot vorangehen wollte, musste er selbst dafür sorgen und schneller rennen, um Kolt einzuholen.

Mirić verschwand hinter einer weiteren Ecke. Dieser Turm war ein verdammtes Labyrinth. Raynor wusste, dass er unter diesen Umständen sowieso nicht richtig zielen könnte. Also steckte er die Pistole ins Halfter und rannte mit doppelter Kraft. Die Anstrengung forderte bereits ihren Tribut. Er hatte seinen Codenamen nicht für seine Leistungen als Langstreckenläufer bekommen. Aber es gab nur eine Richtung, in die Shiner fliehen konnte: zur Treppe.

Dort erwischte Raynor ihn beinahe. Die schwere Tür verlangsamte Mirić so sehr, dass Raynor die Tür erreichte, bevor sie sich wieder geschlossen hatte. Er stürzte hindurch wie ein Linebacker an der Line of Scrimmage. Shiner hatte den nächsten Treppenabsatz noch nicht überquert. Für einen Sekundenbruchteil zog Kolt in Erwägung, von der obersten Stufe zu springen und sich auf den anderen zu werfen, aber sein Selbsterhaltungstrieb war stärker als sein Drang, alles aufs Spiel zu setzen, um den Killer auszuschalten. So verzweifelt war er nicht. Noch nicht.

Shiner allerdings schon. Mit der Trittsicherheit einer Bergziege sprang er immer vier Stufen auf einmal hinab und ließ Raynor weit hinter sich.

Scheiß drauf, dachte Kolt. Auf dem nächsten Treppenabsatz kam er schlitternd zum Stehen und riss die Glock mit dem Schalldämpfer hervor, die über seinem Blinddarm steckte. Er lehnte sich über das Treppengeländer und zielte abwärts auf die davonrennende Gestalt. Shiner war zwar ein bewegliches Ziel, aber er war nur etwa sieben Meter entfernt. Kolt visierte ihn eine Sekunde lang an, aber als er gerade abdrücken wollte, kam eine zweite Gestalt direkt neben Mirić in Sicht – ein Wachmann, der die Treppe hinauflief.

Raynor hob die Waffe und nahm automatisch den Finger vom Abzug. »Halten Sie ihn auf!«

Mirić war bereits einige Stufen weiter, und der Wachmann starrte dümmlich zu Racer hinauf.

»Schießen Sie auf ihn!«

Das schien den Wächter zur Besinnung zu bringen. Er drehte sich um, zog etwas aus seinem Gürtelholster und zielte nach unten. Ein Strahl einer teilweise aerosolisierten Flüssigkeit schoss durch die Luft und formte einen Nebel in der Luft über den Stufen. Raynor wagte es nicht, langsamer zu werden, sondern rannte an dem Wachmann vorbei, mitten in die Nebelwolke.

»Scheiße, ist das Pfefferspray?«, krächzte Kolt, als seine Augen zu brennen anfingen. »Mist!« Er wusste nicht, worüber er wütender sein sollte – darüber, dass er die beste Gelegenheit verpasst hatte, Shiner auszuschalten, oder darüber, dass er fast in einem Treppenhaus geschossen hatte, ohne zu wissen, wer sich noch darin aufhielt. Jetzt musste er darauf gefasst sein, dass sich noch weitere Zivilisten auf der Treppe befanden, die von einem Fehlschuss oder einem Querschläger getroffen werden konnten. Aber immerhin würde er sich keine Sorgen darüber machen müssen, dass dieser Wachmann auf *ihn* schoss.

Shiners Vorsprung wuchs mit jeder Sekunde.

Kolt blinzelte gegen das Pfefferspray an und lief weiter, nahm mit kurzen, schnellen Schritten jede Stufe einzeln, um nicht zu stolpern. Vielleicht würde er Glück haben und Shiner würde ausrutschen.

Die spiralförmige Treppe wurde zum nicht enden wollenden Albtraum. Er ließ seine Linke auf dem Geländer, rutschte auf den Treppenabschnitten daran herunter und griff es auf den Absätzen fester, um eine bessere Kurvenlage zu haben. Es dauerte nicht lange, bis er auf weitere Zivilisten traf. Einige von ihnen drängten sich an die Außenmauer, andere erhoben sich wieder, nachdem Mirić sie aus dem Weg gestoßen hatte. Über einen der Letzteren stolperte Raynor fast, und er konnte diesem Schicksal nur entgehen, indem er über das verblüffte Opfer hinwegsprang. Der Schwung trug ihn bis zum nächsten Absatz, und sobald seine Füße ihn berührten, krachte er mit dem Gesicht voran gegen die Wand.

Der Aufprall führte dazu, dass er Sterne sah und Blut schmeckte, aber er blieb auf den Beinen. Er stieß sich von der Wand ab, klopfte auf die Unterseite des Pistolenmagazins und checkte, ob die Glock noch schussbereit war. Neben der Tür war in Großbuchstaben die Zahl ›12‹ zu lesen – die zwölfte Etage. Kolt drehte sich um, verlor fast das Gleichgewicht und nahm die Verfolgung wieder auf. Allerdings wusste er nicht, wie groß Shiners Vorsprung jetzt war.

Unter ihm waren jetzt noch mehr Zivilisten, eine richtige Herde. Racer nahm an, dass ein Aufruf zur Evakuierung des ganzen Gebäudes oder zumindest der unteren Stockwerke erfolgt war. Er war nicht sicher, ob das die Dinge im Erdgeschoss komplizierter machen würde oder nicht. Falls die Polizei das Haus abriegelte, würde sie alle in der Eingangshalle festhalten, bis man die Situation wieder unter Kontrolle hatte.

Einen blinden Mann, der sich durch ihre Absperrung schlich, würden sie vielleicht nicht einmal zur Kenntnis nehmen. Aber sie würden ganz sicher einen rennenden Mann bemerken, der eine Pistole mit Schalldämpfer in der Hand hielt. Kolt schob die Glock wieder ins Halfter und zog sein Hemd hinunter, damit es den Griff verdeckte.

»Platz da!«, rief er, und als ihm das nur entgeisterte Blicke und widerwilligen Gehorsam einbrachte, versuchte er es noch einmal: »Aus dem Weg! Bundesagenten!«

Die Stockwerkzahlen an den Wänden wurden niedriger und das Gedränge auf den Treppen wurde größer, was dazu führte, dass er schließlich beinahe auf Schritttempo verlangsamt wurde.

Als er an der zweiten Etage vorbeikam, fragte er sich, ob Shiner das Gebäude bereits verlassen hatte, und falls ja, in welche Richtung er fliehen würde. Dann endete die Treppe und der einzige Weg führte durch eine Tür unter einem ›Exit‹-Schild. Die Tür war offen. Jede Person, die hindurchging, hielt sie für die nächste Person in der Reihe geöffnet.

»Aus dem Weg!«, rief er wieder und drängte sich durch die Menge, bis er den Durchgang hinter sich gelassen hatte und sich wieder in der Empfangshalle im Erdgeschoss des Turms befand. Er scannte die Menge, hielt nach Shiner Ausschau. Von diesem war keine Spur zu sehen, aber dafür sah er etwa zwei Dutzend Männer und Frauen in identischen blauen Uniformen mit Dienstabzeichen und Schirmmützen, die versuchten, die Herde der Evakuierten zu dirigieren.

Gott sei Dank, dachte Kolt. Er rannte auf den nächsten Beamten zu. »Haben Sie hier einen Blinden durchkommen sehen?«

Noch bevor er die Frage ausgesprochen hatte, hörte er panisches Geschrei. Überall um ihn herum warfen sich Menschen auf den Boden. Der Polizist, auf den er zugegangen war, schrie »Er hat eine Waffe!« und zog gleichzeitig seine Dienstpistole.

»Nein!«, rief Raynor. Sofort wurde ihm klar, dass seine Waffe sich entweder unter dem Hemd abgezeichnet hatte oder dass dieses hochgerutscht sein und den Griff enthüllt haben musste.

Kolt sah auf die Glock hinab, während er versuchte, die Hände zu heben. Aber der Beamte hatte bereits seine Pistole gezogen und richtete sie auf ihn. Dann stieß irgendetwas mit ihm zusammen und alles wurde schwarz um ihn.

Zehn Meter oberhalb der Empfangshalle bahnte sich Rasim Mirić in vollem Sprint seinen Weg durch die leeren Flure der zweiten Etage.

Sein ursprünglicher Plan hatte vorgesehen, dass er sich verstecken und als Überlebender des Massakers ausgeben würde, aber er hatte die Möglichkeit vorausgesehen, dass nicht alles nach Plan verlief. Er hatte gewusst, dass die Polizei auf die Berichte über eine Schießerei mit einer Abriegelung des Gebäudes und einer systematischen Evakuierung und Identitätsprüfung reagieren würde. Da er nicht sicher war, ob seine Tarnung erfolgreich sein würde, hatte er einen Notfallplan entwickelt. Aber das Ereignis, das er nicht vorhergesehen hatte und niemals hätte vorhersehen können, war das Eintreffen des Mannes, dem er schon am Hang des Lykabettus begegnet war, als Erster am Tatort. Andererseits war dies schließlich der Sinn eines Notfallplans – ein Plan für das Unvorhersehbare.

Er kannte diesen Mann, kannte das Gesicht, und das nicht nur, weil dieser Mann ihn in Athen beinahe gefasst hatte.

Es war Racer, der Amerikaner, der ihm vor vielen Jahren das Auge genommen hatte.

Racers echten Namen kannte er nicht. Die amerikanischen Kommandosoldaten hatten niemals Namen, Ränge oder andere identifizierende Informationen preisgegeben. Während er im Laufe der Jahre amerikanische Soldaten durch sein Zielfernrohr beobachtet und ihnen in die Augen geschossen hatte, hatte er oft davon geträumt, dass einer von ihnen vielleicht Racer war. Eine alberne Träumerei, aber sie hatte ihm eine gewisse Genugtuung verschafft.

Racer sah nun anders aus, älter, ohne den Bart, den er sich früher hatte wachsen lassen, um nicht aufzufallen und seine Identität zu verschleiern. Aber die Augen, seine Stimme … Sie hatten sich nicht verändert.

Mirić hatte nicht zu hoffen gewagt, dass er noch einmal Gelegenheit haben würde, Racer in die Augen zu sehen.

Er kam vor einer Herculite-Doppeltür zum Stehen, die natürlich abgeschlossen war. Mit einem Blick zurück vergewisserte er sich, dass sein Verfolger ihm nicht mehr auf den Fersen war. Er zog den Revolver aus der Tasche und richtete ihn in den Korridor hinter ihm, nur für den Fall, aber niemand kam in Sicht. Seine List war erfolgreich gewesen. Racer war weitergerannt, ins Erdgeschoss.

Mirić wandte sich wieder der Glastür zu und feuerte einen Schuss darauf ab. Das Glas trübte sich und zerfiel in einen Regen glitzernder Fragmente. Er begann wieder zu rennen. Der Grundriss dieser Etage war anders. Es war ein großer, offener Bereich voller durch niedrige Trennwände abgegrenzter Arbeitsplätze. Über sie hinweg sah er die großen Fenster, die alles waren, was zwischen ihm und einer erfolgreichen Flucht stand.

Als er sich den Fenstern bis auf etwa sieben Meter genähert hatte, streckte er die Pistole vor sich aus und begann zu feuern.

Das Fensterglas war dicker als das Glas der Türen. Es war mit einer dünnen Beschichtung versehen, die es beinahe unzerstörbar machte. Die Kaliber-38-Kugeln waren erheblich weniger wirksam als die Schrotschüsse aus nächster Nähe, mit denen er ein Loch in das Fenster im 38. Stock geschossen hatte. Um die kleinen Einschusslöcher bildeten sich Spinnennetze im Glas, aber das Fenster zerbrach nicht.

Mirić wurde nicht langsamer. Einen Augenblick vor dem Aufprall wandte er das Gesicht ab. Er fing den Stoß mit der linken Körperhälfte ab. Das Glas gab nach, faltete sich um ihn herum wie eine schwere Decke. Dann fiel er.

Es war kein tiefer Sturz, die Höhe betrug lediglich etwa sieben Meter, aber der Aufprall war sogar noch weicher als der Zusammenstoß mit dem Fenster. Er landete nicht auf dem Boden, sondern im Schwerlastnetz über dem Schutzgerüst, das das ganze Gebäude umgab. Beim Erkunden der Umgebung mit Dooley hatte er erfahren, dass dieser Schutzschirm vor einigen Jahren für eine Sicherheitsinspektion errichtet und danach nie mehr abgebaut worden war. Er diente dem Schutz der Fußgänger vor herabfallendem Bauschutt, eignete sich jedoch ebenso gut als Sprungtuch.

Unter ihm lagen Glasscherben, die sich in ihn hineinbohrten wie grober Kies, aber er ignorierte das unangenehme Gefühl und kroch zum Rand des Netzes. Dann rollte er sich zur Seite und landete mit den Füßen voran auf dem Bürgersteig.

Das dicke Glas hatte zwar die Schussgeräusche etwas gedämpft, aber dennoch hatten einige verstreute Passanten vor dem Gebäude seinen Sprung bemerkt. Bevor jemand reagieren oder ihn verdächtigen konnte, der Attentäter zu sein, rief er »Die sind bewaffnet!« und rannte wieder davon.

Hinter der nächsten Ecke bremste er ab und ging in ein energisches Schritttempo über. Er stellte fest, dass er seine Sonnenbrille verloren hatte, wahrscheinlich während des Sturzes aus dem zweiten Stock. Also hielt er den Kopf gesenkt und vergrub die Hände in den Taschen, während er sich unter die Fußgänger mischte, die vom Fährenanleger kamen und am Flussufer entlanggingen. Offenbar hatte sich die Nachricht von der Schießerei noch nicht bis zu diesen Berufspendlern herumgesprochen. Aber sie würden bald erfahren, was passiert war, und sie würden sich an ihn erinnern.

Er bog nach links auf die Sussex Street ab, dann nach rechts auf die Hudson Street und einen Häuserblock später wieder nach rechts auf die York Street, zurück in Richtung Flussufer. Dort mischte er sich unter die Leute, die in Richtung Turm gingen. Er riskierte, sich kurz umzusehen und nach Verfolgern Ausschau zu halten. Es waren keine zu sehen. Als Nächstes begab er sich zu seinem Mietwagen, der in einer Parkgarage gegenüber dem Turm abgestellt war. Aber er fuhr noch nicht los.

Nicht sofort.

19

Raynors Ego war stärker verletzt als sein Körper, obwohl es auch diesem beinahe weit schlechter ergangen wäre. Mit Slapshots Hilfe war er buchstäblich dem Tod entronnen. Sein Kamerad hatte ihn von hinten aus dem Weg gestoßen, einen Augenblick bevor der nervöse Cop aus New Jersey seine Pistole abfeuern konnte.

Wie sich herausstellte, war diese Rettung in letzter Sekunde bereits das Beste an diesem Tag.

In den folgenden Stunden konnte Raynor sich ein, wenn auch verschwommenes, Bild von der Gesamtlage machen.

Von Digger erfuhr er, dass eine Kugel die First Lady in den rechten Oberschenkel getroffen hatte. Sie war am Leben und befand sich in einem Krankenhaus in der Umgebung, aber mehr hatte Digger nicht herausfinden können. Special Agent Kearney redete nicht mehr mit ihm.

Alle Nachrichtensender berichteten über den Möchtegern-Attentäter, den 20 Jahre alten Lyle Dooley aus Pontiac, Michigan. Seiner Facebook-Seite zufolge war er Mitglied einer Organisation namens New American Revolution Lightfoot Milita. Die TV-Experten konzentrierten sich ganz auf diese Informationen und entwickelten das Narrativ einer einheimischen Terrororganisation, entstanden aus Zorn über den Ausgang der letzten Wahlen. Sie berichteten außerdem, Dooley habe sich das Leben genommen, um der Festnahme zu entgehen. Von Mirić oder der Jagd auf ihn war in den Medien nicht die Rede.

Raynor hoffte, dass die Suche im Stillen weiterging. Aber als er Webber anrief, in der Hoffnung, offiziell oder inoffiziell die Erlaubnis zu bekommen, sich der Jagd anschließen zu können, erhielt er eine ganz andere Antwort. »Kommen Sie sofort her. Kein Wort, zu niemandem.«

Der Delta-Kommandant hatte aufgelegt, ohne die Antwort abzuwarten. Webber war im Umgang mit seinen Untergebenen nie ein Mann vieler Worte gewesen, aber die Kürze dieser Nachricht und der äußerst emotionslose Tonfall des Colonels sagten Kolt, dass die Lage weit schlimmer war, als er vermutet hatte.

Er gab die Nachricht an Slapshot weiter. »Bring alle zurück zum Delta-Gelände, so schnell wie möglich.«

»Und wo gehst du hin?«

»Wahrscheinlich zu meiner Hinrichtung«, erwiderte Kolt mit der Hoffnung, dass seine Worte der Wahrheit nicht zu nahe kamen.

»Wofür denn? Du hast recht gehabt.«

»Jeder hat seine eigene Sicht der Dinge. Wir werden sehen, wie Colonel Webber das einschätzt.«

Er nahm einen Flug von Newark nach Raleigh und mietete für den Rest der Strecke ein Auto. Dreieinhalb Stunden nachdem er in der Empfangshalle eines Hochhauses in Jersey City beinahe erschossen worden wäre, traf er wieder beim Delta-Gelände ein und machte sich sofort auf den Weg zu Webbers Büro. Diesmal zog er sich nicht vorher um.

Als Raynor hereinkam, telefonierte Webber. Kolt hatte damit gerechnet, dass der Delta-Kommandant wütend sein würde, aber Webber wirkte nicht wütend. Er wirkte niedergeschlagen.

Es war ein einseitiges Telefongespräch. Webber hörte zu und antwortete lediglich etwa alle 30 Sekunden mit »Ja, Sir«. Er begegnete Raynors Blick, reagierte ansonsten jedoch nicht auf ihn, bis er den Anruf mit den Worten beendete: »Ja, Sir. Verstanden.«

Während er den Hörer wieder auf die Gabel legte, seufzte er. Nach einer langen Pause sagte er schlicht: »Sie sind von Ihren Pflichten entbunden.«

Die Worte trafen Kolt wie ein Schlag in die Magengrube. Bevor er ein Wort zu seiner Verteidigung vorbringen konnte, fuhr Webber fort. »Sparen Sie es sich. Das war nicht meine Entscheidung. Ich habe Sie davor gewarnt, dass das passieren könnte.«

Schließlich fand Kolt seine Stimme wieder. »Sir, bei allem Respekt, was zur Hölle soll das? Wir haben nach

Ihren Regeln gespielt. Wenn wir das nicht getan hätten, hätten wir es vielleicht verhindern können. Warum zum Teufel wird uns das angelastet?«

»Sie haben es aber nicht verhindert«, rief Webber. »Wenn Sie das hätten, wären Sie jetzt ein Held. Aber das haben Sie nicht. Sie haben den Secret Service nicht von der Gefahr in Kenntnis gesetzt …«

»Blödsinn. Simmons hat alles ignoriert …«

Webber hob die Hand. »Nein, Kolt, es ist kein Blödsinn. Sie haben getan, was Sie immer tun. Sie haben versucht, es auf Ihre Art zu machen, statt sich an die Regeln zu halten. Sie haben eine Gelegenheit gesehen, und statt darauf zu warten, dass man Ihr Vorgehen autorisiert, haben Sie sie genutzt. Also ist es Ihr Versagen. Und jetzt ist es auch mein Versagen, weil ich Sie nicht sofort auf die Reservebank gesetzt habe, als ich davon erfuhr.«

Raynor atmete tief durch und gab sich große Mühe, sich seinen Protest zu verkneifen. Beinahe alles, was er jetzt sagen konnte, würde seine Situation weiter verschlimmern. »Wer übernimmt die Staffel?«

Webber hob eine Augenbraue. »Das ist im Moment das Letzte, worüber ich mir Sorgen mache.«

»Sir, Noble geht in drei Tagen in Bereitschaft. Lassen Sie mich wenigstens meinen Nachfolger auf den neuesten Stand bringen.«

»Racer, Sie verstehen nicht ganz. Wir werden aufgelöst.«

»Die Staffel?«

»Die ganze Einheit.«

Raynor fühlte sich plötzlich benommen. Er begriff jetzt, warum Webber einen so niedergeschlagenen Eindruck machte. »Das … Ich …« Ihm wurde klar, dass er keine Ahnung hatte, was er eigentlich sagen wollte. »Ist das endgültig?«

»Gut möglich. Sie erinnern sich sicher, dass der kommandierende General den Plan des Verteidigungsministers abgesegnet hat, aus den Spezialeinheiten eine einzige JSOC-Antiterroreinheit zu bilden. Jetzt hat er die Rechtfertigung, die er braucht, um uns kaltzustellen. Ich denke, man kann mit Sicherheit sagen, dass wir keine Unterstützung von der neuen Regierung erwarten können. Schätze, ab jetzt kümmert sich das SEAL Team Six um die Weltrettung.«

Kolt schwieg. Eine Million Gedanken gingen ihm durch den Kopf.

Webber stieß einen weiteren, schweren Seufzer aus. »Oder vielleicht auch nicht. Schwer zu sagen, was als Nächstes kommt. Jemand hätte beinahe die First Lady umgebracht. Möglicherweise ist ihr Mann Ihnen dankbar genug dafür, dass Sie alles versucht haben, um sie zu retten, dass er für Sie ein Auge zudrückt. Herrgott, vielleicht gibt er Ihnen sogar meinen Job.«

»Ich bin sicher, ihm fällt eine bessere Bestrafung ein«, erwiderte Raynor halbherzig.

Webber brachte ein schmales Lächeln zustande. »Gehen Sie nach Hause, Racer. Pflanzen Sie Ihren Hintern in einen Sessel. Sprechen Sie mit niemandem, bevor Sie mit mir gesprochen haben. Sie haben schon Schlimmeres überstanden.«

»Ja, Sir.« Raynor wollte sich schon abwenden, zögerte dann aber. »Sir, was ist mit Shiner? Die suchen doch nach ihm, oder?«

Webber starrte ihn grimmig an. »Vergessen Sie Shiner. Er ist jetzt nicht mehr Ihr Problem.«

Im Fenster des Unterschlupfs in Rockville brannte ein Licht. Nach dem Zusammenstoß mit Racer im Turm in Jersey City war Mirićs erster Gedanke gewesen, dass es seinem alten Feind irgendwie gelungen war, vor ihm dort zu sein und ihm eine Falle zu stellen. Aber nach dem ersten Schockmoment hatte er diese Möglichkeit verworfen. Er war Racer zum Flughafen gefolgt, hatte beobachtet, wie er im Boardingbereich verschwand. Niemals wäre er in der Lage gewesen, ihn so schnell zu finden, niemals hätte er von diesem Unterschlupf wissen können. Außerdem machten Feinde ihre Anwesenheit nicht bekannt, indem Sie das Licht einschalteten. Die wahrscheinlichere Erklärung war, dass er oder Dooley bei ihrem Ausbruch mehrere Tage zuvor das Licht versehentlich angelassen hatte. Aber als er die Wohnung betrat, wurde ihm klar, dass auch das nicht der Wahrheit entsprach.

Mehmet saß in einem Sessel im Wohnzimmer.

Nun fühlte Mirić sich erst recht unbehaglich. Der Türke hatte immer deutlich zu verstehen gegeben, dass sie keinen Kontakt zueinander haben würden, solange er sich in den Vereinigten Staaten aufhielt. Wenn Mehmet gegen seine eigenen Regeln verstieß, hieß das nichts Gutes für Mirić. Mehmet schien allein und unbewaffnet zu sein, aber Mirić hatte an beidem seine Zweifel.

Er setzte sich dem MIT-Offizier gegenüber. »Ich hatte nicht erwartet, Sie hier zu treffen.«

»Warum New York?«, fuhr Mehmet ihn an.

»Das ist Ihre Begrüßung? Kein ›gut gemacht, alter Freund‹?«

»Es war nicht gut.« Mehmet schrie beinahe. »Sie wussten, was geschehen sollte, oder nicht? Was wir von Ihnen erwartet haben?«

»Ja, wusste ich«, erwiderte Mirić.

»New York war zu weit weg. Warum dort?«

Mehmet hatte es Mirić überlassen, die Einzelheiten bezüglich Zeit und Ort des Anschlags selbst zu bestimmen, allerdings innerhalb eines gewissen Rahmens. Der Fehlschlag in Baltimore hatte die Einhaltung des ursprünglichen Zeitplans unmöglich gemacht, und der daraus folgende Mangel an Gelegenheiten hatte ihn gezwungen, sich über die geografischen Vorgaben hinwegzusetzen.

Aber das alles konnte er Mehmet nicht erklären; nicht wenn er weiterleben wollte. »Es war nötig«, sagte er. »Und es spielt keine Rolle. Ich habe in den Nachrichten gehört, dass die Frau des Präsidenten verlegt wird, sobald die Ärzte sagen, dass sie reisefähig ist.«

»Es war leichtsinnig. Was, wenn Sie sie getötet hätten?«

»Sie haben mich ausgewählt, weil Sie wissen, dass niemand sonst tun kann, was ich tun kann. Und das habe ich auch getan. Ihr Plan ist nicht in Gefahr.« Er hielt inne, weil ihm bewusst wurde, dass der Türke wahrscheinlich bereits über sein Schicksal entschieden hatte. Aber vielleicht gab es noch einen Weg, ihn umzustimmen. »Es gibt eine Komplikation.«

Mehmet runzelte die Stirn. »Komplikation?«

Mirić wählte seine nächsten Worte mit Bedacht. »Ich habe einen der Männer, die den amerikanischen Präsidenten beschützen, wiedererkannt. Er ist jemand, den ich ...« Er kam ins Stocken. Unerwartet starke Emotionen schnürten ihm die Kehle zu. »Ich kenne ihn von früher. Ein amerikanischer Kommandosoldat.« Mirić zählte das wenige auf, das er über den Mann namens Racer wusste, berichtete auch von dem Vorfall, bei dem er sein Auge verloren hatte.

»Wenn er in der Schutzmannschaft des Präsidenten war, dann gehört er vielleicht immer noch der gleichen Organisation an«, sinnierte Mehmet. »Hat er Sie erkannt?«

»Nein.« Mirić wusste nicht mit Sicherheit, ob Racer etwas anderes in ihm gesehen hatte als den Mann, den er bereits in Athen verfolgt hatte. Falls Mehmet zu einem anderen Schluss kam, würde er ihn beinahe mit Sicherheit auf der Stelle töten. Bereits mit dem, was er bis jetzt verraten hatte, setzte er sich einem großen Risiko aus. Aber falls es ihm gelang, Mehmet davon zu überzeugen, dass ein amerikanischer Elitesoldat namens Racer der wahre Feind war, würde dies Mirić nicht nur zu einer Gnadenfrist verhelfen, sondern ihm auch eine Chance geben, eine alte Rechnung zu begleichen.

»Aber das könnte sich ändern«, fuhr er fort. »Früher oder später wird die Polizei Videoaufnahmen finden, die Konstantin Khavin zusammen mit dem Attentäter zeigen, so wie Sie es vorhatten. Falls dieser Mann dann ein Foto von mir sieht …« Er brachte den Satz nicht zu Ende. »Er muss sterben. Lassen Sie mich ihn jagen. Wer wäre besser geeignet, ihn zu töten, als der russische Speznas-Soldat, der Lyle Dooley dabei geholfen hat, auf die Frau des amerikanischen Präsidenten zu schießen?«

Für einen Moment dachte Mehmet darüber nach, dann nickte er langsam. »Sie nehmen die Sache persönlich. Also gut, ich werde Ihnen Ihre Chance geben, diesen Mann aufzuspüren. Aber Sie machen es auf meine Art.«

Dritter Teil

DAS LETZTE MANÖVER

20

Der Ort, an dem Lieutenant Colonel Kolt Raynor seine Nächte verbrachte, war ein klappriger alter Wohnwagen, der am Ende einer zu einer Hühnerfarm gehörenden Landstraße mitten in einer Gruppe ausgewachsener Pekannussbäume stand, einige Kilometer nordwestlich von Fort Bragg. Die Außenwände hatten dringend eine Wäsche mit dem Hochdruckreiniger nötig. Innen war der Wohnwagen sauber und ordentlich, obwohl hier eine eher triste Stimmung herrschte. Die wenigen Möbel passten nicht zueinander und stammten aus Secondhand-Läden. Aber die Kargheit dieser Behausung hatte Raynor nie gestört. Sicherlich hätte er sich etwas Besseres leisten können, aber er sah schlicht keinen Sinn in einer solchen Investition.

Kurz nachdem er sich seinen Platz bei der Delta Force verdient hatte, war er hier eingezogen. Damals hatte er sich den Wohnwagen mit seinem Freund Josh »TJ« Timble geteilt, aber er hatte ihn nicht wirklich als sein Zuhause betrachtet. »Zuhause« war etwas, das er hinter sich gelassen hatte, als er vor vielen Jahren der Army beigetreten war. Es war ein Ideal, kein festgelegter Ort. Es waren Erinnerungen, etwas, für das man kämpfte und starb. Der Wohnwagen war nichts dergleichen.

Aber er war es einmal gewesen. Damals, als er und TJ ihn sich geteilt hatten, hatte er sich mehr wie ein echtes

Zuhause angefühlt, eine Zuflucht vor dem Irrsinn der ständigen Missionen unter Hochdruck. Aber das hatte ein Ende gefunden, als es zu der katastrophalen Mission in Pakistan kam, bei der Raynor ein ganzes Angriffsteam und TJ verloren hatte beim Versuch, einen alten Freund zu befreien, der von den Taliban gefangen gehalten wurde. In den folgenden drei Jahren war der Wohnwagen für Raynor zu einem Gefängnis geworden, in das er sich freiwillig begeben hatte. Er hatte sich aus der Welt zurückgezogen, sich bis zur Besinnungslosigkeit betrunken und ganz allgemein eine Zeit lang sein Leben vor die Hunde gehen lassen. Und obwohl er seine Fehler wiedergutgemacht hatte und wieder in die Delta Force aufgenommen worden war, war der Wohnwagen danach nur noch ein Übernachtungsort für ihn gewesen, wenn er gerade nicht dienstlich unterwegs oder einfach auf dem Delta-Gelände war, wo er den Großteil seiner Zeit verbrachte.

Jetzt fühlte der Trailer sich wieder wie ein Gefängnis an.

Er hatte Webbers Ermahnung zu bleiben, wo er war, zwar nicht als buchstäblichen Befehl verstanden, seine Wohnung nicht zu verlassen, aber es gab eigentlich keinen anderen Ort, den er aufsuchen wollte. Daher tat er nach einem Ausflug in den Lebensmittelladen, um seine leeren Küchenschränke aufzufüllen, genau das, wozu Webber ihn aufgefordert hatte. Er parkte seinen Hintern in einem seiner Sessel mit rissigem, rotem Kunstlederbezug und schaltete den Fernseher ein.

Zwei Themen beherrschten die Nachrichtensendungen rund um die Uhr: die Erholung der verletzten First Lady und die laufenden Ermittlungen im Fall des verstorbenen Möchtegern-Attentäters.

Die First Lady befand sich in einem Krankenhaus in New York und ihr Zustand war stabil. Bald würde man sie in die chirurgische Abteilung für VIPs im Walter Reed National Military Medical Center in Bethesda, Maryland, bringen, wo man die Wunde, die die Kugel des Attentäters verursacht hatte, operieren würde.

Die Fernsehsprecher versäumten es nicht, auf den Unterschied zwischen der nach Major Walter Reed, einem Army-Arzt und Pionier auf dem Feld der Epidemiologie, benannten Einrichtung und dem vorigen Krankenhaus in Washington, D.C. hinzuweisen, dem Walter Reed Army Medical Center, das im Jahr 2011 nach skandalösen Berichten über die Vernachlässigung von Patienten geschlossen worden war. Der neue medizinische Komplex der Streitkräfte, der die Einrichtungen des Bethesda National Naval Medical Center erweiterte, hatte den Namen übernommen.

Solche Abschweifungen waren typisch. Die Experten nahmen jedes kleinste Detail der Geschichte auseinander und spekulierten über alles, von der Transportmethode bis hin zu der Frage, welche medizinische Behandlung sie nach der Ankunft bekommen würde und ob sie sich wieder vollständig erholen würde. All das leere Gerede ging Raynor auf die Nerven, aber noch beunruhigender war der Detailgrad, in dem über den Transport berichtet wurde. Man nahm an, dass die First Lady an Bord einer VC-25A aus der Präsidentenflotte zur Joint Base Andres fliegen würde. Falls der Präsident sie nicht begleiten würde, würde dieses Flugzeug mit der Kennung Air Force 1F versehen sein.

Das zweite Thema, die Nachforschungen über den toten Scharfschützen, lenkte die Aufmerksamkeit wieder einmal auf das Problem des einheimischen Terrorismus und betonte die große Unzufriedenheit der amerikanischen Bürger mit ihrer Regierung. Die Medien nutzten die Gelegenheit, um Wortgefechte zwischen politisch weit links stehenden Waffenverbotsbefürwortern auf der einen sowie entschieden und schamlos rassistischen Verteidigern der patriotischen Bewegung auf der anderen Seite zu inszenieren. Aber es hatte auch echte Fortschritte in den Ermittlungen gegeben. Der Gründer der Bürgermiliz, der Lyle Dooley angehört hatte, hatte sich Berichten zufolge dem FBI gestellt und verhielt sich einem Bundesagenten zufolge »vollständig kooperativ«. Andere Mitglieder der Gruppe hatten sich eilig von Dooley distanziert, ihn als unberechenbaren Einzelgänger und Außenseiter dargestellt. Raynor nahm an, dass ihre Distanzierung von Dooley mehr mit der Tatsache zu tun hatte, dass seine Kugel nur die First Lady und nicht ihren Mann getroffen hatte, als damit, dass sie etwas an seiner extremen Tat auszusetzen hatten.

Weiterhin gab es unbestätigte Berichte, dass Dooley nicht allein gehandelt hatte. Die Ermittler wollten sich hierzu nicht äußern, aber es gab Gerüchte über Polizisten, vielleicht auch Bundesagenten, die nach dem versuchten Attentat jemanden im Goldman Sachs Tower verfolgt hatten.

Bei dieser Nachricht konnte Raynor etwas aufatmen. Wenn die Medien darüber berichteten, nahm das FBI die Sache wahrscheinlich ernster, als es zugab, was wiederum bedeutete, dass früher oder später jemand ihn, Kolt, danach fragen würde, was passiert war. Vielleicht würde man dann begreifen, dass er aufs Spielfeld gehörte, nicht auf die Reservebank.

Aber 24 Stunden nachdem er Webbers Büro verlassen hatte, wartete er immer noch auf diesen Anruf.

Als er gerade ein Fertiggericht in die Mikrowelle stellen wollte, hörte er das Knirschen von Autoreifen draußen auf dem Schotter. Er schaute durch das Fenster über der Küchenspüle und sah, wie ein vertrauter, weißer BMW X7 neben seinem schwarzen Chevy Silverado hielt. Es war das Auto von Brett Barnes.

Die Wagentüren wurden geöffnet und zwei Männer stiegen aus. Barnes hatte am Steuer gesessen, Slapshot auf dem Beifahrersitz. Letzterer hielt in jeder Hand eine vollgestopfte Einkaufstüte aus Plastik.

Raynor ging zur Tür, um sie zu begrüßen.

»*Chimichangas y cervezas.*« Slapshot hob die Einkaufstüten. »Hab mir gedacht, dass du wahrscheinlich langsam die Schnauze voll hast von Ramen-Nudeln.«

Der Sergeant Major wirkte so leutselig wie immer, aber Barnes blickte sich angespannt um.

»Danke«, erwiderte Raynor. »Aber seid ihr sicher, dass ihr bei mir gesehen werden wollt?«

Der große Mann drängte sich an Raynor vorbei und stellte die Tüten auf dem Küchentresen ab. »Ach, was sollen die denn machen, uns feuern?«

Barnes' Miene wurde noch finsterer, aber er sagte nichts. Ganz offensichtlich nahm er die Angelegenheit nicht auf die leichte Schulter. Aber er war trotzdem gekommen; das musste Raynor ihm lassen.

Er nahm ein kaltes Corona von Slapshot entgegen und holte den Flaschenöffner aus der obersten Schublade. »Gibt's was Neues?«

»Nicht viel«, brach Barnes sein Schweigen. »Webber will, dass ich ihm direkt Bericht erstatte, aber ansonsten hatte er nicht mehr zu sagen als: ›Versuchen Sie, einen beschäftigten Eindruck zu machen‹. Wir haben einiges an Übungsmunition verschossen und eine Menge Türen auf dem Übungsgelände eingetreten. Wahrscheinlich haben wir das alle gebraucht nach den letzten paar Wochen.«

»Sind Sie jetzt der amtierende Noble Zero-One?«

»Was?« Die Frage schien den jungen Major zu erschrecken. »Nein, Sir.«

»Die Sache wird sich wieder in Luft auflösen, Boss«, fügte Slapshot hinzu. Er öffnete noch eine Flasche und reichte sie Barnes.

»Bleibt ihr eine Weile oder wolltet ihr nur mal kurz vorbeischauen?«

»Brauchen wir dafür einen guten Grund?«, gab Slapshot zurück. »Komm schon, Boss, gib's zu. Du freust dich, uns zu sehen. Aber ja, es gibt da noch was anderes. Wir waren vorhin in der SCIF.«

Raynor richtete sich ein wenig höher auf. »Setzt euch.« Er ging zum großen Sessel. »Die Klamotten könnt ihr einfach vom Sofa schmeißen.«

»Dein neuer bester Freund, dieser Hipster, wird mit Informationsanfragen zu einem gewissen einäugigen Ausländer überflutet, auf den du ihn angesetzt hattest.«

»Ja.« Raynor musste sich beherrschen, um keinen Luftsprung zu machen. Wenn der Analyst Kelly von höherer Stelle um Informationen gebeten wurde, hatte sich die Lage geändert. »Na endlich.«

»Nur eins ist merkwürdig. Die halten ihn für einen Russen.«

»Einen Russen?« Raynor schüttelte den Kopf und stellte das Bier auf den Couchtisch. »Nein, das ist doch bloß seine Tarnung.«

»Hey, *mir* brauchst du das nicht zu sagen«, gab Slap zurück.

»Die sind ja völlig auf dem Holzweg. Ich glaube, ich muss da mal rübergehen.«

Slapshot legte ihm eine Hand auf die Schulter. »Kolt.« Der Sergeant Major benutzte sonst so gut wie nie seinen echten Namen. »Gib der Sache noch etwas Zeit. Warte, bis sie zu dir kommen.«

»Und wenn sie das nicht tun?«

»Doch, das werden sie.«

Nachdem der Sechserpack Bier geleert war, machten Barnes und Slapshot sich wieder auf den Weg und ließen Kolt allein weiter die Nachrichten verfolgen.

»In ein paar Tagen sitzt Raynor wieder im Sattel, vielleicht schneller«, mutmaßte Slap.

»Ich weiß nicht, Sergeant Major«, entgegnete Barnes, der den Blick auf die Straße vor ihnen gerichtet hielt. »Vielleicht ist er diesmal wirklich zu weit gegangen.«

»Nein, Mann, er hat schon Schlimmeres überstanden.«

Sie fuhren einige Kilometer schweigend weiter, bevor Slap weitersprach. »Sie sind kein großer Fan von Racer, ich weiß.«

»Das ist nicht der Punkt«, widersprach Barnes schnell und sah Slapshot an. »Es liegt einfach an seiner Art.«

»Sie meinen die Art, als Anführer selbst vorn zu stehen und seinen Arsch genauso zu riskieren wie die Männer? Sich nichts gefallen zu lassen und seinen Unteroffizieren zu vertrauen?«

Barnes spürte, dass Slapshot ein wenig gereizt war. Er wusste, er musste ein Stück zurückrudern, damit sich am nächsten Morgen nicht die ganze Staffel über dieses

Gespräch unterhielt. Aus seiner eigenen kurzen Zeit in der Noble-Staffel wusste er, dass seine Tage dort gezählt waren, falls es dazu kam.

»Es ist nur sein unkonventioneller Führungsstil.« Barnes versuchte, einen versöhnlicheren Ton anzuschlagen. »Das ist nicht gerade das, was wir in West Point beigebracht bekommen. Oder irgendwo sonst in den modernen Armeen, die es gibt.«

»Wie lange sind Sie schon hier?«, fragte Slapshot hörbar verärgert. »Weniger als ein Jahr, richtig?«

Barnes antwortete nicht. Ihm wurde klar, dass es besser war, den Mund zu halten. Er konnte die Tatsache nicht abstreiten, dass Raynor bis jetzt mit allem richtiggelegen hatte. Und ihm war schon vor seinem Eintritt in die Staffel bekannt gewesen, dass dieser als jemand galt, der gern alle Warnungen in den Wind schlug und sich über die Regeln für Offiziere hinwegsetzte.

»Ich verstehe schon, Sergeant Major«, erwiderte Barnes schließlich. Eigentlich hatte er darauf hinweisen wollen, dass die Dinge vielleicht etwas geordneter abgelaufen wären und sie mehr Unterstützung bekommen hätten, wenn Lieutenant Colonel Kolt Raynor etwas einfacher im Umgang gewesen wäre und sich ausnahmsweise einmal an die Spielregeln gehalten hätte. Aber er behielt diese Gedanken für sich, als er auf den großen Highway abbog und wieder zurück nach Fayetteville fuhr. Slapshot war klar auf Raynors Seite und nicht einmal offen für gut gemeinte, konstruktive Kritik. Barnes setzte ihn zu Hause ab und fuhr dann die Fensterscheiben herunter, um den Geruch nach billigem, mexikanischem Essen herauszulassen. Er wollte den Neuwagengeruch so lange bewahren, wie er konnte.

Er wohnte in einem Ranch-Style-Haus mit drei Schlafzimmern und zwei Badezimmern an der Lindsay Road westlich von Fayetteville und südlich von Fort Bragg. Das Haus war momentan eigentlich zu groß für ihn, aber er hatte große Hoffnungen, sowohl was seine Karriere als auch was sein Privatleben betraf. Er hatte sich zwar für das Single-Dasein entschieden – die Mitgliedschaft in einer Spezialeinheit stellte jede Beziehung auf eine harte Probe –, aber er hatte auch nicht vor, für den Rest seines Lebens Türen einzutreten. Er war kein Kriegermönch wie Raynor.

Barnes drückte den Knopf der Garagentorfernsteuerung, während er mit dem BMW in die Einfahrt abbog, und timte es so perfekt, dass er nicht vor dem Garagentor bremsen musste. Er hielt so, dass die vordere Stoßstange exakt 45 Zentimeter von der Rückwand entfernt war. Als er an der Küchentür war, fiel ihm ein, dass er die Fenster offen gelassen hatte. Er drehte sich um und fragte sich, ob das wirklich eine Rolle spielte. Dabei bemerkte er aus dem Augenwinkel, dass am Rand seiner Grundstückseinfahrt ein Wagen an der Straße parkte.

Barnes war sofort in Alarmbereitschaft. Das Fahrzeug, eine mittelgroße Limousine, erkannte er nicht, aber er wusste, dass es bei seinem Eintreffen noch nicht dort gewesen war.

Nach einem Moment des Zögerns stieg er wieder in den BMW. Er rutschte auf den Fahrersitz, griff über die Mittelkonsole nach dem Handschuhfach und nahm seine Privatwaffe heraus, eine Glock G21 Gen 4. Sobald er die Pistole in der Hand hielt, drehte er sich und zielte direkt voraus, während er wieder ausstieg. Er entfernte sich langsam vom Auto, blieb mit dem Rücken zur Garagenwand gedreht, damit er freie Sicht in alle Richtungen hatte, und bewegte sich auf das noch offene Rolltor zu. Im Vorbeigehen checkte er rasch die Rückseite des BMWs. Dann schaute er hinaus.

Abgesehen von der Limousine fiel ihm nichts Ungewöhnliches auf. Aber er machte nicht den Fehler, einfach alles als Irrtum zu verwerfen, das plötzliche Auftauchen des Fahrzeugs für Zufall und seine eigene Reaktion darauf für Paranoia zu halten.

Um so rasch auftauchen zu können, musste der Wagen ihm gefolgt sein. Er ärgerte sich über sich selbst, weil er nicht darauf geachtet hatte, was sich auf der Straße abspielte. Man durfte seine persönliche Sicherheit niemals für selbstverständlich halten, nicht einmal dort, wo man zu Hause war.

Er war jetzt hellwach.

Er gestattete sich nicht, Spekulationen über die Natur der Bedrohung anzustellen. Dazu wäre später Zeit genug.

Mit immer noch geradeaus gerichteter Waffe wich er vor dem offenen Tor zurück. Mit der Hüfte stieß er die BMW-Tür zu. Als er gerade die Hand nach dem Knopf ausstreckte, um das Tor zu schließen, sah er über die Motorhaube hinweg eine Bewegung. Er riss die Glock herum und zielte dorthin.

Barnes sah die Waffe, die direkt auf ihn gerichtet war, bevor er irgendetwas anderes sah, und mehr Informationen brauchte er nicht, um den 2,26-Kilogramm-Abzug zu drücken. Aber bevor er das tun konnte, sah er einen Blitz. Und dann nichts mehr.

21

Raynor war immer noch hellwach und starrte auf den 50-Zoll-HD-Fernseher, als er erneut das Geräusch eines Fahrzeugs hörte, das auf sein Grundstück fuhr. Er sah auf die Uhr – fast 22:30 – und griff nach seiner Schrotflinte. Keine Sekunde lang glaubte er, dass es Slapshot und Barnes waren, die mit dem nächsten Sechserpack Bier vorbeikamen, und er war sich auch ziemlich sicher, dass die Zeugen Jehovas zu dieser Uhrzeit keine Besuche abstatteten.

Vorsichtig schob er sich an das große Wohnzimmerfenster heran, achtete darauf, sich nicht vor dem Licht abzuzeichnen, und schaute hinaus. Das Licht auf der Veranda enthüllte ein weiteres vertrautes Auto: nicht Barnes' Privatwagen, sondern ein eher biederer schwarzer Jeep Wrangler. Er gehörte Colonel Webber.

Raynor legte die Schrotflinte auf den Couchtisch und ging zur Tür, aber seine Unruhe verschwand nicht. Ein unangekündigter, später Besuch des Delta-Kommandanten war entweder ein sehr gutes oder ein sehr schlechtes Zeichen. Gerade als er die Tür öffnete, kam Webber die Stufen herauf. »Sir?«

»Tut mir leid, wenn ich Sie wecke, Racer.« Webber wirkte immer noch abgespannt, schien aber etwas von seiner früheren Härte wiedergewonnen zu haben. »Wir müssen uns unterhalten.«

Raynor trat zurück, ließ ihn herein und schaltete den Fernseher stumm. Er brannte vor Neugier, wusste jedoch, dass es besser war, seinen Kommandanten nicht mit Fragen zu bestürmen, die dieser wahrscheinlich ohnehin bald von selbst beantworten würde.

»Wie ich sehe, halten Sie sich auf dem Laufenden«, stellte Webber fest und nickte in Richtung der stummen Mattscheibe. »Haben Sie schon mit irgendwem geredet?«

»Slap und Major Barnes sind auf ein Bier vorbeigekommen. Aber wir haben nicht über die Arbeit gesprochen.« *Nicht viel,* ergänzte er in Gedanken.

Webber quittierte dies mit einem gleichmütigen Brummen. Er wies auf Raynors Sessel und ließ sich müde auf die Couch sinken. Für einen Augenblick betrachtete er die Schrotflinte. Dann sah er wieder Raynor in die Augen. »Sie wissen ja, dass man den Selbstmörder identifizieren konnte, den Sie in Jersey City gefunden haben. Lyle Dooley. Sie haben sicher gehört, dass der Anführer dieser Miliz in Michigan, zu der Dooley gehörte, sich dem FBI gestellt hat. Was Sie wahrscheinlich noch nicht gehört haben, ist, dass er auch den Mann identifizieren konnte, mit dem der Schütze zusammengearbeitet hat. Ein Russe, der sich Khavin nennt. Er wurde als mittelgroß und von durchschnittlicher Statur beschrieben, und ihm fehlt das linke Auge.«

Raynor schüttelte mit Nachdruck den Kopf. »Es ist Shiner. Er ist Bosnier, kein Russe.«

Webber runzelte bei dieser Unterbrechung die Stirn. »Ich habe durchaus zugehört, Racer. Aber die einzigen Anhaltspunkte des FBI stammen von diesen Hinterwäldlern und Wochenendkriegern, und ich bezweifle, dass irgendeiner von denen den Unterschied zwischen einem russischen und einem bosnischen Akzent kennt. Das Einzige, was sie interessiert hat, war die Tatsache, dass er sich als Speznas-Soldat ausgegeben hat.«

»Speznas? Schwachsinn.«

»Sicher ist das Schwachsinn«, knurrte Webber. »Lassen Sie mich ausreden. Die Miliz hat diesen Khavin angeheuert, damit er einen Schnellkurs für Gewehrschützen abhält, was er vor ein paar Wochen auch getan hat. Ich schätze, diese Patrioten mögen die Vorstellung, sich von unseren Feinden ausbilden zu lassen. Bei dieser Gelegenheit hat Khavin anscheinend diesen Jungen rekrutiert. Dooley. Und danach sind sie beide von der Bildfläche verschwunden.«

»Shiner hat ihn rekrutiert, ja, aber nur, weil er einen Sündenbock gebraucht hat. Ich wette mit Ihnen, dass Dooley nicht geschossen hat. Weder auf die First Lady noch auf sich selbst.«

»Das ist nicht der Punkt, Racer.«

»Was dann, Sir?«

»Dieser Khavin konnte die Miliz davon überzeugen, dass er ein ehemaliger Scharfschütze der russischen Spezialkräfte ist. Natürlich war das eine Tarnung, und wir wissen beide, dass er kein Russe ist. Aber alles, was mit Russland zu tun hat, wird von unserer Regierung ausgesprochen ernst genommen.«

»Es hat aber nichts mit Russland zu tun. Er hat die Miliz eben hinters Licht geführt. Hat ihnen was vorgemacht. Genauso wie diese ganzen Idioten, die in irgendwelchen schäbigen Bars erzählen, sie wären SEALs oder Green Berets.«

»Bei der Sache geht's um viel mehr. Das FBI und Langley verfolgen verschiedene Spuren. Aber um es kurz zu machen, Khavin – oder Shiner, wenn Sie das vorziehen – hat Unterstützung in einem Ausmaß erhalten, das nahelegt, dass er mit einer dritten Partei zusammenarbeitet. Möglicherweise einer ausländischen Regierung.«

»Russland?«

»Die hätten ein Interesse daran, hier für Instabilität zu sorgen. Für die hat der Kalte Krieg nie aufgehört. Im letzten Jahrzehnt waren wir permanent ihren Propaganda-Angriffen ausgesetzt. Putin lässt Teams von GRU-Hackern unsere Behörden und Mitarbeiter ins Visier nehmen, die nach allem suchen, das sie benutzen können, um die amerikanische Präsenz in Europa zu verringern und die NATO zu destabilisieren. Vielleicht war das Attentat auf den griechischen Ministerpräsidenten ein Höhepunkt dieser Bemühungen. Unserer Einschätzung nach war der Plan, zuerst die Allianzen in Übersee zu brechen, danach den Präsidenten zu ermorden und sich das darauffolgende politische Chaos zunutze zu machen.«

Raynor war nicht entgangen, dass Webber den Anschlag in Athen mit dem versuchten Angriff auf den Präsidenten in New York in Verbindung gebracht hatte. »Und wie wollen sie es sich zunutze machen?«

Webber zuckte die Achseln. »Wahrscheinlich indem sie sich einigen oder sämtlichen Besitz zurückholen, den sie nach dem Zusammenbruch der Sowjetunion verloren haben.«

»Ist das auch Ihre professionelle Einschätzung, Sir?«, fragte Kolt.

»Nicht meine«, entgegnete Webber. »Die der CIA in Langley.«

Raynor dachte einen Augenblick darüber nach, schüttelte dann jedoch den Kopf. »Kann ich mir nicht vorstellen. Shiner würde nicht für Putin arbeiten. Er hasst die Russen fast genauso sehr wie uns.«

»Racer, wegen Ihrer Besessenheit von Rasim Mirić bin ich nicht hier.«

»Bei allem Respekt, Sir, warum sind Sie dann hier?«

»Stellen Sie sich nicht dümmer, als Sie sind. Eine feindliche Regierung hat gerade versucht, den Präsidenten zu ermorden. Ich weiß nicht, wie genau er darauf reagieren wird, aber ich habe das Gefühl, die Lage wird jetzt wirklich brenzlig.«

Raynor blinzelte, als er die Botschaft endlich verstanden hatte. »Sie glauben, wir fangen einen Krieg mit Russland an.«

»Krieg mit einem kleinen *k*. Unsere Art Krieg.« Er sagte es ohne eine Spur von Befriedigung.

Raynor wusste, was das bedeutete. Kurzfristig würde die Reaktion aus einem angemessenen Vergeltungsschlag bestehen, etwa einer Gefangennahme oder sogar Eliminierung bestimmter Mitglieder der Verschwörung. Ein blutiges Handwerk. Die Spezialität der Delta Force.

Aber dabei würde es wahrscheinlich nicht bleiben.

»Wenn Sie mich zu dieser Uhrzeit besuchen kommen, dann nehme ich an, ich bin nicht mehr auf dem Abstellgleis?«

»Zum Teil deshalb, weil wir immer noch quer über den Globus verstreut sind«, erwiderte Webber, »aber vor allem, weil die Einheit Sie jetzt braucht. Ich mache es morgen früh offiziell, aber ich wollte es Ihnen persönlich sagen. Ich bezweifle, dass irgendjemand deswegen einen Aufstand machen wird. Der kommandierende General wird meine Entscheidung wohl mittragen. Sie waren den anderen bei dieser Sache weit voraus, und ich habe vor, dafür zu sorgen, dass jeder oberhalb meiner Besoldungsstufe das weiß.«

»Sir, ich will keine Anerkennung, ich will Shiner. Irgendwas an der ganzen Sache stinkt zum Himmel.

Vielleicht arbeitet er mit jemandem zusammen, aber nicht mit Russland.«

»Und auf wen tippen Sie?«

»Irgendjemand, der von einem Schießkrieg zwischen uns und Putin profitieren würde. Suchen Sie sich einen aus.« Ein Summen an seinem Gürtel unterbrach seinen Gedankengang und hinderte ihn daran, die möglichen Feinde aufzuzählen. Er nahm sein Smartphone zur Hand und checkte die Anruferkennung – es war Barnes –, bevor er wieder zu Webber aufblickte. »Wir müssen uns darauf konzentrieren, Shiner zu finden. Das ist der einzige Weg herauszufinden, wer wirklich dahintersteckt.«

»Vergessen Sie diesen beschissenen Shiner. Solange er auf amerikanischem Boden ist, ist er das Problem des FBI.« Webbers Tonfall war so unnachgiebig wie am Vortag, aber dann gab er doch noch etwas nach. »Hören Sie, ich werde weitergeben, wie Sie darüber denken, aber bis aus der Sache eine internationale Fahndung wird, sind uns die Hände gebunden.« Er zeigte auf das immer noch vibrierende Telefon in Raynors Hand. »Wollen Sie nicht rangehen?«

Raynor drückte auf den Knopf, um den Anruf anzunehmen. »Ja?«

Zuerst herrschte Schweigen in der Leitung. Nach ein paar Sekunden schaute er nach, ob der Anruf abgebrochen war – aber das war nicht der Fall. »Hallo? Brett, was gibt's?«

Ein merkwürdiges Geräusch war zu hören, etwas wie ein Seufzen. Dann hörte er jemanden sagen: »Racer. Ich habe so lange darauf gewartet, mit dir sprechen zu können.«

Es war nicht Barnes.

22

Es blieb lange still am anderen Ende der Leitung. Dann hörte Mirić diese vertraute Stimme wieder, die er manchmal in seinen Träumen hörte.

»Wie zum Teufel bist du an diese Nummer gekommen? Oder an das verfluchte Telefon, mit dem du anrufst?« Racers Stimme war angespannt, jedes Wort wie ein Abzugsdraht, der eine Explosion des Zorns auslösen konnte.

»Du weißt, wie«, antwortete Mirić.

Racer blieb einige Sekunden lang still und reglos. Dann ließ er das Telefon sinken und wandte sich dem Mann zu, der ihm gegenübersaß. Mirić sah, wie sie sich bewegten und gestikulierten, aber ihre Stimmen waren nicht über das Telefon zu hören. Ihm wurde klar, dass Racer das Gerät stummgeschaltet hatte. Im Display des raffinierten M-Wellen-Empfängers, der die Kombination aus dem PSO-1M2-Zielfernrohr und dem SVD-63-Scharfschützengewehr ergänzte, waren die beiden Männer wenig mehr als Kleckse mit mehr oder weniger menschlichen Umrissen. Sie erschienen in einem helleren Blauton als ihre Umgebung. Das M-Wellen-Gerät bediente sich derselben Technik, die man in Sicherheitskameras an Flughäfen sowie in manchen Videospiel-Controllern fand. Es verstärkte weder das Umgebungslicht noch das Infrarotspektrum, sondern Mikrowellen-Rückstreuung, die von einem Computer so interpretiert wurde, dass er eine grobe visuelle Annäherung an die Vorgänge in Racers Zuhause erhielt. Die Tatsache, dass Mirić überhaupt so viel erkennen konnte, war nichts weniger als verblüffend, weil er sie buchstäblich durch die Wände des Wohnwagens beobachtete. Aber er brauchte keine klare Sicht, um sich vorzustellen, dass Racer gerade von ohnmächtiger Wut gepackt wurde.

Mirić zog in Erwägung, eine Bemerkung darüber zu machen, entschied sich jedoch dagegen. Sie wussten nicht, dass er sie sehen konnte, und diese Tatsache wollte er zum jetzigen Zeitpunkt noch nicht enthüllen.

»Dein Freund ist tot, Racer. Ich habe ihn gefunden. Ich habe ihn getötet. Bald werde ich auch dich finden.«

Racers Reaktion fiel anders aus, als er erwartet hatte. »Du Dreckschwein. Ich werd dir den Kopf abreißen.«

Hinter seinem Gewehr lächelte Mirić. Die Waffe mit dem Hightech-Bildsystem war ein unerwartetes Geschenk von Mehmet, der ihm versichert hatte, er werde jeden Vorteil brauchen, wenn er es mit den Kommandosoldaten der Delta Force zu tun habe. Mirić hätte ein Gerät wie den M-Wellen-Empfänger nicht einmal für möglich gehalten. Aber so erstaunlich sie auch war, die Ausrüstung war für ihn weniger wertvoll als die Information, die ihn hierhergeführt hatte. Mehmet hatte ihm etwas gegeben, das er allein nie gefunden hätte: die Identität und den Aufenthaltsort des Mannes, der ihm das Auge genommen hatte.

Lieutenant Colonel Kolt Raynor.

Mehmet hatte ihm erklärt, dass die Spezialeinheiten der NATO-Länder verschworene kleine Gemeinschaften waren, die oft gemeinsame Übungen abhielten und zusammen höchst geheime Missionen im Ausland durchführten. Mehmet selbst war ein Soldat der türkischen

Spezialeinheit ÖKK gewesen und verfügte immer noch über Kontakte zu dieser Organisation. Einige dieser Kontaktpersonen hatten Zugriff auf die Identitäten und Dienstakten ihrer Kollegen in den alliierten Ländern.

Natürlich war das etwas, das Mirić Kolt Raynor niemals verraten durfte.

Mirić war nach North Carolina gereist, hatte mit Leichtigkeit Raynors Zuhause ausfindig gemacht – der Mann würde für ihn immer nur »Racer« heißen – und begonnen, ihn zu beschatten. Er hätte ihn jederzeit töten können, aber Mehmets Kooperation hatte einen Preis. Er konnte Racer nicht umbringen. Noch nicht. Aber er konnte ihn verletzen.

»Ich tue das nur für mich«, erwiderte er. »Du hast mir etwas genommen, Racer. Jetzt nehme ich dir etwas.«

Wieder herrschte Stille in der Leitung, während die Männer im Wohnwagen darüber sprachen. Dann: »Die First Lady hast du nicht für dich selbst angeschossen. Auch nicht den griechischen Ministerpräsidenten. Wer hat diese Entscheidungen gefällt?«

Die Frage, ebenso wie die Gelassenheit, mit der sie gestellt wurde, überraschte Mirić. »Da irrst du dich, Racer. Alles, was ich getan habe, jeder Schlag, den ich Amerika und seinen Vasallenstaaten versetzt habe, war für mich. Für mich allein.«

»Du selbst bist der Vasall, Rasim. Die benutzen dich wie einen Hund, und wenn du getan hast, was sie wollen, werfen sie dich weg.«

Racers Worte konnten Mirić nicht beeindrucken. Ihm war bewusst, dass Mehmet ihn benutzte, dass er nur eine Schachfigur war, die man opfern würde, sobald die Zeit gekommen war. Aber das war ihm gleichgültig.

»Als ihr in mein Land gekommen seid, habe ich euch für Helden gehalten. Geglaubt, dass ihr uns gegen die serbischen Schlächter helfen würdet. Aber das habt ihr nicht.« Die Worte sprudelten nur so aus ihm hervor. Er wusste nicht, ob Racer ihn verstehen würde, wusste nicht, ob er gerade Serbokroatisch oder Englisch sprach, und es war ihm egal. Er hatte diese Worte so lange zurückgehalten. »Ihr habt nur so getan, als ob es euch was bedeutet, aber als ihr die Chance hattet, habt ihr sie gehen lassen, immer wieder. Euer Frieden« – er spuckte das Wort aus wie einen Fluch – »hat keine Gerechtigkeit gebracht, kein Ende des Leids. Statt uns zu rächen, habt ihr sie beschützt! Ihr habt ignoriert, was sie uns angetan haben, habt es ihnen verziehen, weil wir Moslems sind.«

Ihm wurde bewusst, dass er beinahe schrie, und er versuchte, sich zu beherrschen. Im Wald, der ihn umgab, war es still geworden. Die Wände des Wohnwagens waren dünn und seine Stimme konnte durchaus bis dorthin hörbar sein.

»Schwachsinn«, entgegnete Racer. »Du bist mit uns dort gewesen. Du weißt, wie sehr wir sie erledigen wollten. Für uns hat's überhaupt keine Rolle gespielt, ob ihr Moslems, Christen oder verdammte Hare-Krishnas seid. Und ja, ich kann verstehen, dass du frustriert warst und dass die Politik ein Haufen Mist war. Aber das kannst du nicht mir oder irgendeinem der anderen Jungs in die Schuhe schieben, die da waren.

Ich glaube, das ist eine ganz persönliche Sache«, fuhr Racer fort. »Zwischen dir und mir. Also schön. Gehen wir's an. Hör auf, dich hinter einem Gewehr zu verstecken wie ein Feigling, und stell dich mir.«

Mirićs Wangen wurden heiß, als der andere ihm Feigheit vorwarf. Er wusste, dass Racer versuchte, ihn aus der Reserve zu locken, ihn dazu zu bringen, etwas Dummes zu sagen oder zu tun. Aber er musste dennoch gegen den Drang ankämpfen, einfach den Abzug zu drücken. Er atmete tief durch und zielte. Es war nicht nötig, den Haltepunkt und die Windstärke zu berechnen. Der Wohnwagen war weniger als 200 Meter entfernt. Trotzdem bestand ein Risiko, dass sein erster Schuss nicht das Ziel treffen würde. Er hatte weder die Zeit noch die Gelegenheit gehabt, das Gewehr einzuschießen, aber er hatte immerhin das Visier eingestellt, bevor er seinen Unterschlupf in Maryland verlassen hatte. Das würde genügen. Das Gewehr war mit einem zehnschüssigen Magazin geladen und er würde bei jedem Schuss nachjustieren können. Er legte das Fadenkreuz über den Punkt des hellblauen Kleckses, den er für die Position des linken Auges hielt, und krümmte den Finger langsam um den Abzug.

Diese Tätigkeit beruhigte ihn. Er war kein Feigling. Er hielt die Macht über Leben und Tod in seinen Händen, und das würde er Racer bald klarmachen.

Raynor musste sich bemühen, sich auf die Unterhaltung zu konzentrieren. Einen oder zwei Meter vor ihm sprach Webber leise in sein eigenes Mobiltelefon, schickte jemanden zu Barnes' Haus. Raynor wusste nicht, ob der Colonel mit der Polizei oder einem anderen Mitglied der Einheit sprach. Er hoffte, dass Letzteres der Fall war. Die Cops waren nicht in der Lage, es mit jemandem wie Shiner aufzunehmen.

Offenbar war Brett Barnes es ebenfalls nicht gewesen.

Der bloße Gedanke daran löste bei Kolt Übelkeit aus. Er hatte schon Männer im Kampf verloren. TJ war in seinen Armen gestorben. Aber das? Der Tod eines seiner Offiziere, eines Kameraden, mit dem er noch vor wenigen Stunden ein Bier getrunken hatte, hier, in der Heimat?

War die Sache persönlich? Und ob sie das war! Er würde Shiner nicht nur aufspüren. Er würde ihn verdammt noch mal umbringen.

Er schaltete das Telefon wieder stumm. »Wie zum Teufel hat er Barnes gefunden?«

Webber schüttelte den Kopf und hob die Hand, um ihn zum Schweigen zu bringen, aber Raynor erkannte, dass sein Kommandant angesichts dieser Frage genauso besorgt war wie er selbst. Das Verteidigungsministerium unternahm große Anstrengungen, um die Identitäten von Delta-Force-Mitgliedern geheim zu halten. Mirić konnte zwar vor 16 Jahren erraten haben, dass Raynor zumindest zu einer amerikanischen Spezialeinheit gehörte. Aber wenn er herausgefunden hatte, dass er Mitglied einer Tier One Special Missions Unit war, stellte dies ein Ereignis viel größerer Tragweite dar. Die Männer in Raynors Kommando zu identifizieren und zu finden war nichts, das sich mit einer einfachen Google-Suche bewerkstelligen ließ.

Mirić erhielt ganz offensichtlich erhebliche Unterstützung von irgendjemandem, und Raynor glaubte keine Sekunde daran, dass es die Russen waren. Nein, es musste jemand sein, der über verlässliche Informationen über die Operationen der Einheit verfügte.

»Scheiße«, flüsterte er und dachte an das letzte Mal zurück, als er kompromittiert worden war, nur wenige Monate vorher. Bill Mason, der verräterische Vizepräsident, hatte die Noble-Staffel an einen syrischen Kämpfer verraten, der Raynor für den Tod seines Sohnes verantwortlich machte – irrtümlicherweise, wie sich herausgestellt hatte.

Natürlich hatte Raynor keine Beweise dafür, was der einzige Grund war, weshalb Mason noch lebte.

War Masons Wunsch, selbst Präsident zu werden, so stark, dass er bereit war, einen ausländischen Serienkiller anzuheuern, um den Präsidenten zu ermorden? War das der Grund, weshalb Mirić jetzt hinter Raynor und seinen Männern her war?

Etwas in ihm neigte dazu, daran zu glauben, aber diese Theorie hatte einige Löcher. Wie Webber bemerkt hatte, wirkte der griechische Anschlag in verdächtigem Maße wie ein Angriff auf die NATO. Egal wie zynisch Mason war – Raynor konnte nicht glauben, dass er bereit war, alles zu zerstören, nur um ins Oval Office zu gelangen.

Und wenn es nicht Mason war, wer dann?

Mirić sprach wieder. »Du hast mich mal ein Naturtalent genannt. Ich töte mit dem Gewehr. Darin bin ich am besten. Warum sollte ich dieses Geschenk zurückweisen?«

Raynor beendete die Stummschaltung. »Ich hab mich geirrt. Du bist bloß durchschnittlich. Beim Präsidenten in New York hast du vorbeigeschossen. Ich glaube, in Athen hast du einfach Glück gehabt.«

»Ich habe nicht vorbeigeschossen.« Mirićs Stimme klang wieder ruhig.

»Das heißt … du wolltest die First Lady treffen? Wirklich? Du kämpfst heute gegen unbewaffnete Frauen? Dann bist du noch ein größerer Feigling, als ich dachte.«

»Das amerikanische Zeitalter geht zu Ende. Euer Reich zerfällt. Ich habe euren Anführer verletzt, und ich habe euch verletzt. Und jetzt werde ich ihn endgültig erledigen.«

»Was meinst du damit?« Raynors Stimme wurde schärfer. »Wer ist dein Auftraggeber, Rasim? Wer?«

»Der Tag der Abrechnung ist da, Racer. Für dich und für Amerika. Auge um Auge.«

Aus dem Lautsprecher des Telefons drang ein ohrenbetäubendes Rauschen. Eine Sekunde später durchschlug etwas mit lautem Knall die dünnen Aluminiumwände des Wohnwagens.

23

Raynor warf sich flach auf den Boden und riss dabei die Schrotflinte vom Couchtisch. Als Verteidigungswaffe würde sie ihm nicht viel nützen, vor allem solange er noch im Wohnwagen war. Aber er hatte nicht vor, länger dortzubleiben oder eine Verteidigungshaltung einzunehmen als nötig.

Aus dem Augenwinkel sah er Webber zu Boden fallen.

»Sind Sie getroffen?«, rief er dem Colonel zu.

Eine weitere Kugel traf den Trailer. Der Knall übertönte Webbers Antwort, falls er eine gab. Es hörte und fühlte sich an, als ob jemand die Außenwände mit einem Hammer bearbeiten würde. Diesmal hörte er auch das Schussgeräusch der Waffe draußen durch die Dunkelheit hallen.

Kolt blickte nach oben und sah die zersplitterte Wandvertäfelung sowie Fetzen von Dämmmaterial, wo die zwei Kugeln die westliche Wand durchlöchert hatten, etwa 15 Zentimeter unterhalb des Dachs. Der genaue Schusswinkel war schwer zu bestimmen, wenn man nicht wusste, wo die Kugeln letzten Endes gelandet waren. Aber er kannte die Umgebung gut genug, um eine fundierte Vermutung anzustellen, woher die Schüsse kamen.

»Er muss in den Bäumen sitzen!«, rief er. »Wahrscheinlich etwa 200 Meter westlich. Wenn wir es schaffen rauszukommen …«

Ein weiteres lautes Krachen ertönte und ein drittes Loch erschien in der Wand, etwa einen halben Meter vom vorigen entfernt.

»Was zum Teufel macht er da?« Dieser Angriff des Scharfschützen ergab keinen Sinn. Shiner schoss auf nichts. Er verschwendete Munition, riskierte seine Entdeckung, und wozu das Ganze? Um sie zu provozieren?

Als noch ein Geschoss den Trailer traf, erkannte Raynor den Grund. Diesmal wurde der Schuss vom Geräusch splitternden Glases begleitet, weil der Schütze das Fenster an der gegenüberliegenden Wand erwischt hatte, hinter dem Sofa.

»Er will uns hier festhalten«, rief Kolt. Er hielt es nicht für notwendig, die möglichen Gründe dafür zu erläutern. Vielleicht hatte Shiner den Wohnwagen mit Sprengstoff und einem Zeitzünder präpariert. Vielleicht handelte es sich bei den Schüssen auch um Unterstützungsfeuer, das einem Angriffstrupp die Möglichkeit geben sollte, sich anzunähern. So oder so … »Wir müssen hier weg!«

Webber antwortete nicht. Raynor wurde klar, dass er von dem Mann seit dem Beginn des Angriffs noch kein einziges Wort gehört hatte.

»Colonel Webber! Wir müssen weg!«

Keine Antwort.

Er kroch rückwärts, bis er seinen Kommandanten in der schmalen Lücke zwischen Sofa und Couchtisch am Boden liegen sah. Webber bewegte sich nicht.

»Nein. Nein!« Raynor bewegte sich auf ihn zu, aber in diesem Moment durchschlug noch eine Kugel die Wand, diesmal weiter unten, und bohrte sich in den Couchtisch. Der Aufprall stieß den kleinen Tisch gegen Raynor. »Scheiße!«

Der Stoß war nicht schmerzhaft gewesen, aber er war der greifbare Beweis dafür, dass Shiner doch nicht einfach blind feuerte. Auf irgendeine Weise konnte der Scharfschütze ihn sehen.

»Sir!«

Nichts. Nicht einmal ein Zucken.

»Verdammt.«

Webber war entweder bereits tot oder lag im Sterben. Aber solange sie unter Beschuss waren, gab es nur eines, das Raynor für ihn tun konnte.

Er musste reagieren. Das Feuer erwidern. Den Feind vernichten.

Auf dem Hintern rutschte er zurück, bis er den Tisch hinter sich gelassen hatte. Dann sprang er auf die Füße und rannte in die Gegenrichtung, zur Küche. Er musste nach draußen, aber wenn er durch die Vordertür gelaufen wäre, hätte Shiner ihn direkt im Visier gehabt. Die Hintertür war die bessere Option.

Mit schrillem Kreischen bohrte sich eine Kugel durch die Küchenwand und traf auf Metall. Kolt nahm an, dass es die Mikrowelle war. Shiner wusste, dass er in Bewegung war, wusste wahrscheinlich auch, wohin er wollte, aber das spielte keine Rolle. Nichts im Wohnwagen hätte ein Hochleistungsgeschoss aufhalten können, und selbst wenn es etwas gegeben hätte, hätte dies das Problem nicht gelöst oder Webber geholfen.

Er rannte weiter, umrundete den Tisch und betrat den

Flur, der zum Schlafzimmer am Nordende des Trailers führte. Die Hintertür lag rechts von ihm, aber er lief daran vorbei und hielt direkt auf das Schlafzimmer zu.

Dieser Raum war ebenso spartanisch eingerichtet wie der Rest von Raynors Zuhause. Er besaß nicht einmal ein Bett, nur eine Matratze am Boden. Außerdem befand sich im Zimmer eine Kommode, die er je nach Bedarf auch als Tisch benutzte. Auf ihr lag seine im Halfter steckende Glock 23 mit einem Zusatzmagazin. Im Safe im Wandschrank hatte er weitere Waffen, aber Zeit war jetzt wichtiger als Feuerkraft. Er schnappte sich die Pistole und wandte sich gerade der Hintertür zu, als noch eine Kugel durch die Schlafzimmerwand brach, oberhalb seiner Matratze durch die Luft zischte und sich in die gegenüberliegende Wand grub. Noch bevor er den Knall hörte, war er bereits durch die Tür und lief die Holzstufen hinunter.

Obwohl er noch nicht herausgefunden hatte, wie der Schütze seine Bewegungen im Haus verfolgen konnte, verrieten ihm die kontinuierlichen Schüsse immerhin, dass Shiner sich nicht bewegte.

An der Ecke des Trailers duckte er sich, bis er das Waffenhalfter an seinem Gürtel befestigt hatte, und rannte dann weiter. Er blieb nicht in der Nähe des Wohnwagens, sondern entfernte sich ein paar Schritte von ihm, bevor er sich ihm wieder näherte und auf den Schutzbereich zulief, den sein Pick-up und Webbers Jeep boten. Dort ließ er sich hinter das rechte Vorderrad fallen, doch auch dort blieb er nicht lange. Er rollte zur vorderen Stoßstange zurück, sprang wieder auf und sprintete zum Wald.

Ich stehe auf. Er sieht mich. Ich lasse mich fallen.

Er warf sich in den Dreck, hielt die Schrotflinte vor sich ausgestreckt, um sich nicht selbst damit zu schlagen, und rollte sich nach rechts. Jetzt war er beinahe aus dem Leuchtkegel des Verandalichts heraus und hatte die Bäume fast erreicht. Ihm fiel auf, dass er seit dem Verlassen des Trailers keine Schüsse mehr gehört hatte. Wenn er sich bezüglich Shiners Position nicht irrte, hatte er das Sichtfeld des Scharfschützen wahrscheinlich schon verlassen, aber er hätte sein Leben nicht darauf verwettet. Die wahrscheinlichste Erklärung war, dass Shiner versuchte, den Rückzug anzutreten.

Raynor sprang wieder auf, machte die Schrotflinte schussbereit und hielt auf den nächsten Pekannussbaum zu. Die schmalen Äste boten keine perfekte Tarnung, aber sie erlaubten ihm, kurz stehen zu bleiben. Dann war er wieder in Bewegung.

Die Bäume standen in gleichmäßigen Abständen und waren selbst in der zunehmenden Dunkelheit des Wäldchens leicht zu finden. In einer gewissen Entfernung von seinem Wohnwagen bremste er ab und ging in ein behutsames Schritttempo über. Immer wieder blieb er stehen und achtete auf Geräusche, die ihm verraten würden, wo Shiner steckte, ob dieser in Bewegung war oder ihm auflauerte. Er wusste, dass er sich der Stelle näherte, von der die Schüsse gekommen sein mussten – zwischen den Baumreihen hindurch hatte er freie Sicht bis zu seinem Trailer.

In der Dunkelheit war ein schwaches Leuchten zu sehen. Mit gehobener Schrotflinte ging er darauf zu, den Finger am Abzug, bereit, bei der kleinsten Bewegung abzudrücken. Das Licht ging von etwas aus, das auf dem Boden lag. Nach dem nächsten Schritt sah er, dass es sich dabei um ein Mobiltelefon handelte. Das Display war beleuchtet und zeigte die Telefonnummer eines aktiven Anrufs an.

Barnes' Telefon. Raynors Nummer.

Irgendwo zu seiner Linken wurde ein Motor angelassen und lief leise im Leerlauf. Plötzlich leuchteten rote und weiße Lichter zwischen den Bäumen auf und begannen, sich zu bewegen. Raynor rannte in vollem Tempo vorwärts. Er warf die Flinte beiseite und zog im Laufen seine halbautomatische Pistole, während die Lichter sich weiter entfernten. Er brauchte nur ein paar Sekunden, um die Straße zu erreichen, aber die roten Hecklichter – alles, was er von dem davonfahrenden Auto sehen konnte – waren mindestens 50 Meter weit weg.

Er schoss trotzdem.

Eines der Hecklichter wurde dunkel, aber das andere verschwand weiter in der Ferne. Schließlich fuhr der Wagen um eine Kurve und war nicht mehr zu sehen.

Raynor verschwendete keine Zeit damit, über Shiners Entkommen zu fluchen. Er wirbelte herum und rannte in die entgegengesetzte Richtung, zurück zum Trailer. Weil die Bedrohung durch den Schützen neutralisiert war, bestand seine nächste Aufgabe darin, sich um den Verwundeten zu kümmern.

Es ist noch Zeit, sagte er sich.

Er unterdrückte den Impuls, seine Entscheidung, zuerst zu Mirić zu laufen, nachträglich infrage zu stellen. Wenn er an Ort und Stelle geblieben wäre und Webber geholfen hätte, hätte eine der Kugeln schließlich auch ihn getroffen. Auf eine Bedrohung zu reagieren – Infanterie-Kampfdrill Nummer zwei – gehörte aus demselben Grund zur Army-Doktrin wie die Anweisung der Fluggesellschaften an Eltern, zuerst die eigenen Sauerstoffmasken aufzusetzen, bevor sie ihren Kindern halfen.

Man konnte niemandem helfen, wenn man tot war.

Als er an seinem Pick-up vorbeikam, überlegte er, ob er auf die Rettungssanitäter warten oder Webber selbst zum Krankenhaus fahren sollte. Dann sprang er die Stufen hinauf und brach seine eigene Vordertür auf.

»Colonel Webber!«

Webber lag noch genau da, wo Kolt ihn zurückgelassen hatte. Selbst vom anderen Ende des Raums aus erkannte Raynor, dass er nichts mehr für den Mann tun konnte.

Er ging neben dem Delta-Kommandanten in die Knie, checkte dessen Puls, obwohl er wusste, dass er keinen spüren würde. Dann drehte er ihn sanft und ehrfürchtig auf den Rücken.

Falls Shiner auf Webbers Auge gezielt hatte, hatte er es verfehlt, aber nur um zwei oder drei Zentimeter. Die Kugel war in Webbers Stirn eingedrungen, knapp über den Augenbrauen. Die Eintrittswunde war kein sauberes, präzises kleines Loch; dazu hatte das Überschallgeschoss einfach zu viel Energie besessen. Aber die Austrittswunde sah noch wesentlich schlimmer aus.

Jeremy Webber war tot gewesen, noch bevor er auf dem Boden aufkam.

Für einige lange Sekunden kniete Raynor einfach da und starrte ungläubig vor sich hin, während das Blut sich auf dem hellbraunen Teppich sammelte. Er wusste, dass er etwas tun, jemanden anrufen musste. Die Polizei … das CID.

Er würde Lilian anrufen müssen. Webbers Frau.

Witwe.

Er schüttelte den Kopf, konnte das Geschehene noch nicht verarbeiten.

Shiner hatte ihn aufgespürt. In seinem Zuhause. Und er hatte Barnes erledigt.

Wie hatte er sie finden können?

Wen würde er als Nächsten angreifen?

Er schluckte und bückte sich, um sein Handy vom Boden aufzuheben. Auf dem Display war zu sehen, dass die Verbindung zu Barnes' Telefon noch bestand. Er beendete den Anruf und wählte Slapshots Nummer.

Er erreichte ihn fast sofort und hörte seine Stimme: »Kolt! Was zur Hölle ist los? Webber hat mich vor ein paar Minuten angerufen. Ist er bei dir? Wir wurden unterbrochen. Er hat mir gesagt, ich soll zu Bretts Haus fahren. Er ist tot, Kolt. Brett ist verdammt noch mal tot. Erschossen!«

»Ich weiß. Jason, hör einfach zu. Wir sind aufgeflogen. Ich weiß nicht, wie, aber Shiner hat uns im Visier … die Einheit, vielleicht auch die Staffel. Er hat meinen Trailer angegriffen. Ruf die Leute vom Stabsdienst an, alarmier die ganze Einheit. Auch die Familien. Bring alle aufs Gelände.«

Slapshot brauchte einen Moment, um das Gesagte zu verarbeiten. Dann erwiderte er schlicht: »Verstanden. Geht's dir gut, Bruder?«

»Nein«, gab Raynor zu. »Ganz und gar nicht.«

24

Hawk fühlte sich zutiefst schuldig, als sie sich neben Troy auf die Couch fallen ließ. Sie stellte ihm eine Edelstahlschüssel mit frischem Popcorn auf den Schoß, als wäre es ein Friedensangebot, aber auch diese Geste führte nicht dazu, dass sie innerlich ruhiger wurde. Troy legte seinen Arm um sie, eine beiläufige, fast gedankenlose Bewegung, die eher besitzergreifend als liebevoll wirkte. Ihr graute vor dem unvermeidlichen Moment, wenn er seinen Besitzanspruch auch auf andere Bereiche ausweiten würde.

Ihre Schuldgefühle waren der Grund dafür, dass er hier war, auf ihrer Couch, dass er ihr Popcorn aß und seinen Arm um sie legte.

Nach allem, was passiert war – dem versuchten Anschlag, der Ungewissheit hinsichtlich Raynors Zukunft, vielleicht sogar der Zukunft der Einheit selbst –, verspürte Cindy Bird das überwältigende Bedürfnis nach etwas Normalität. Nicht die Delta-Normalität, die darin bestand, dass man auf dem Übungsgelände Magazine leer schoss, sondern die ganz gewöhnliche des Alltags. Daher hatte sie, als sie Troys Klingelton aus ihrem Handy hörte, in einem Augenblick der Schwäche den Anruf angenommen, statt ihn einfach auf den Anrufbeantworter sprechen zu lassen.

Erst als sie zusammen waren, fiel ihr wieder ein, weshalb sie ihn gemieden hatte. Sie liebte ihn nicht. Im Grunde genommen konnte sie ihn nicht einmal mehr besonders leiden. Und die Vorstellung, mit ihm zu schlafen, löste bei ihr leichte Übelkeit aus.

Sie hatte sich den Abend so vorgestellt, dass sie im Haus bleiben und sich sämtliche *Expendables*-Filme am Stück ansehen würden. Die chaotische, willkürliche Gewalt in den Filmen würde Troy für eine Weile ablenken, aber letztendlich würde sie sich dem Problem stellen müssen.

Sie musste ihm sagen, dass es vorbei war. Es beenden. Sie fürchtete es mehr als den unvermeidlichen Streit, der darauf folgen würde, aber es wäre besser für sie beide, es endlich zu erledigen.

Sie nahm die Fernbedienung und wollte gerade den *Pause*-Knopf drücken, als ihr Handy einen Signalton von sich gab.

Noch mal Glück gehabt, dachte sie. Aber als sie die Nachricht auf dem Display las, begann ihr Herz zu hämmern.

Es waren nur drei Zahlen.

›911‹.

»N, B oder C?«, fragte Troy.

Hawk sah ihn nicht an. »Was?«

»Was für ein Notfall ist es? N, B oder C?«

Das Militär hatte diese Methode der Klassifizierung von Massenvernichtungswaffen schon vor Jahren aufgegeben und sie durch die weiter gefasste Abkürzung CRBN ersetzt, die auch zwischen nuklearen und radiologischen Bedrohungen unterschied. Troy wusste das. Mit seiner Frage machte er sich über die Arbeit lustig, die sie vorgeblich für die Army erledigte.

»Schätze, das werde ich gleich erfahren.« Sie stand von der Couch auf.

911?

Was immer das bedeutete, es konnte nichts Gutes sein. »Ich werd zur Arbeit fahren. Du kannst hierbleiben, wenn du willst.« Sie bereute diesen Satz, sobald sie ihn ausgesprochen hatte. Sie wollte nicht, dass er in ihrer Wohnung herumhing; sie wollte, dass er aus ihrem Leben verschwand.

Zu ihrer Verblüffung stand er auf. »Ich fahr dich hin.«

»Was? Nein. Ist schon okay. Ich meine, ich weiß das Angebot zu schätzen, aber ich weiß nicht, wie lange es dauern wird.«

»Ist wahrscheinlich bloß irgendein Quatsch«, sagte Troy abfällig. »Ich fahre. Dann können wir wenigstens zur Abwechslung mal ein bisschen Zeit miteinander verbringen. Und du kannst mich deinen ganzen Weichei-Kumpels vorstellen. Sie eifersüchtig machen.«

»Troy, das ist wirklich keine gute Idee. Ich muss los. Du solltest auch gehen. Ich ruf dich an, wenn …«

»Scheiße noch mal, Cindy. Was soll das? Ist's dir etwa peinlich, mit mir gesehen zu werden?« Er runzelte argwöhnisch die Stirn. »Oder gibt es da jemanden, dem ich nicht begegnen soll?«

Vor ein paar Jahren, als sie noch im Pilotprogramm gewesen war und zusammen mit Raynors AFO-Team versucht hatte, libysche Boden-Luft-Raketen aufzuspüren, war Troy einmal zufällig aufgetaucht, als sie sich in der Öffentlichkeit mit Raynor unterhalten hatte. Es war ein völlig unschuldiges Gespräch gewesen – sie hatten nur über die Arbeit geredet –, aber Troy hatte in seiner üblichen, aufschneiderischen Art versucht, eine Szene zu machen. Kolt hatte ihn zwar sowohl beruhigt als auch an seinen Platz verwiesen, aber Troy hatte diesen Vorfall nie vergessen. Er wusste, dass Kolt und Cindy zusammenarbeiteten, auch wenn ihm nicht klar war, was sie eigentlich taten. Immer wenn es zwischen ihm und Cindy zu Spannungen kam, stiegen Troys Erinnerungen an dieses Ereignis und sein fortdauernder Groll auf Raynor wieder an die Oberfläche wie Sumpfgas und er schleuderte ihr diesen Vorwurf entgegen.

»Troy, ich kann das jetzt gerade wirklich nicht gebrauchen.« Sie hob ihr Handy und wollte Shafts Nummer eingeben, aber Troys Hand schloss sich fest wie ein Schraubstock um ihr Handgelenk. Instinktiv versuchte sie, sich loszureißen, aber er hielt sie fest, drückte zu. »Verdammt noch mal. Lass los.«

»Ich habe gesagt, ich fahre dich hin.«

Durch die unheilvolle Nachricht, die sie erhalten hatte, schoss bereits Adrenalin durch ihre Adern, sodass sie für Troys Dominanzdemonstration keinerlei Geduld mehr übrig hatte. Mit zusammengebissenen Zähnen wiederholte sie: »Lass. Los.«

»Sonst was?«

Ihr ging ein Dutzend Möglichkeiten durch den Kopf, ihn zu überwältigen, aber sie widerstand dem Drang, sie zu verwirklichen. Troy war ein Green Beret. Er hatte zum Teil dasselbe Grappling-Training mitgemacht wie sie, hatte wahrscheinlich sogar weit mehr Übung darin. Noch dazu war er größer und stärker als sie. Ihr einziger Vorteil in einer körperlichen Auseinandersetzung mit ihm war die Tatsache, dass er nicht wusste, wozu sie fähig war. Aber falls die Situation eskalierte – falls sie das zuließ –, war nicht vorherzusagen, wie die Sache ausgehen würde.

»Sonst schrei ich aus voller Kehle, bis die Nachbarn die Polizei rufen«, erwiderte sie, ohne lauter zu werden. »Also wenn dir irgendwas an mir oder an deiner Karriere liegt, wirst du mich jetzt loslassen.«

Zu ihrem Erstaunen tat er es. Sie fragte sich, welches der beiden Argumente ihn überzeugt hatte. Wahrscheinlich der Hinweis auf seine Karriere. Wenn die Polizei ins Spiel kam, konnte Troy seine Sicherheitsfreigabe verlieren. Bei einer Anzeige wegen häuslicher Gewalt kam die sogenannte Lautenberg-Änderung zum Tragen, ein Waffenbesitzverbot für Gewalttäter. Er würde dann nicht einmal mehr im Rahmen seines Militärdienstes Waffen tragen dürfen. Sie glaubte zwar nicht, dass Troy sich dieser

Gesetzeslage bewusst war, aber all diese Faktoren konnten zum Ende seiner Laufbahn bei den Spezialkräften führen.

»Na schön«, gab er nach. »Aber ich fahre dich trotzdem hin.«

Hawk antwortete nicht sofort. Sie wusste nicht so recht, was sie erwidern sollte, also machte sie stattdessen mit dem weiter, was sie zuvor getan hatte. Sie suchte Shafts Nummer in ihrer Kontaktliste und rief ihn an.

Ihr Angriffstruppführer meldete sich sofort und übersprang die üblichen Begrüßungsfloskeln. »Hawk. Komm zum Gelände. So schnell wie möglich.«

»Was ist los?«

»Wir wurden angegriffen.«

Sein Tonfall war drängend, und sie hatte den Eindruck, dass er nicht befugt war, ihr Näheres zu erläutern. Vielleicht verfügte er auch selbst nicht über mehr Informationen, aber sie wollte zumindest eine grobe Vorstellung haben, worum es ging, und sei es nur, um einen plausiblen Grund zu haben, Troy loszuwerden.

»Wie schlimm ist es?«

»Schlimm. Ich kenne noch nicht die ganze Geschichte, aber wir sind aufgeflogen. Wir rücken jetzt zusammen, holen die Frauen und Kinder her …« Er zögerte für eine Sekunde. »Oder auch andere Angehörige. Komm einfach her. Und sei vorsichtig.« Er legte auf, ohne auf eine Bestätigung zu warten.

»Cin?«, fragte Troy. Ihr wurde bewusst, dass er sie immer noch anstarrte.

Sein Argwohn war noch da, aber auch etwas anderes. Sorge.

Sie dachte an das, was Shaft gerade gesagt hatte: *Wir wurden angegriffen.*

Er hatte nicht von einem Angriff auf die USA gesprochen, von einem neuen 11. September oder etwas dergleichen. Nein, was auch immer geschehen war, betraf einen viel kleineren Kreis.

Wir rücken jetzt zusammen.

Die Einheit war unter Beschuss. Offenbar war die Gefahr groß genug, dass man begann, unmittelbare Familienmitglieder zum streng geheimen Delta-Force-Gelände zu bringen, um ihre Sicherheit garantieren zu können.

Jede Ehefrau der Einheit wusste, was ihr Mann tat, wenn auch nur im Allgemeinen. So viel Vertrauen brachte man den Lebenspartnerinnen in einer ernsthaften Beziehung entgegen, und diese Frauen kannten die möglicherweise tödlichen Konsequenzen selbst der unverfänglichsten Bemerkung außerhalb des Familienkreises. Aber es war kein Geheimnis, das man mit flüchtigen Bekanntschaften teilte oder in einer Beziehung, die sich, wie in Hawks Fall, bereits in einer Abwärtsspirale befand. Sie machte sich zwar keine Sorgen, die Missionssicherheit zu gefährden, aber sie wusste, wenn sie Troy ihr geheimes Leben offenbarte, würde sie ihn auf eine Weise an sich binden, zu der sie absolut nicht bereit war, wie ihr jetzt klar wurde.

Doch wenn Shaft nicht übertrieb – und sie war sicher, dass dies nicht der Fall war –, dann war Troy durch sie in Gefahr.

Vielleicht liebte sie ihn nicht, vielleicht mochte sie ihn nicht einmal, aber sie wollte seinen Tod nicht auf dem Gewissen haben.

»Okay, Troy. Du hast gewonnen. Aber danach müssen wir uns mal unterhalten, du und ich.«

»Darauf kannst du aber wetten.«

Sie schüttelte den Kopf. »Du kapierst es wirklich nicht, oder? Weißt du was, du kannst mitkommen, aber ich fahre. Ich hab keine Lust, dir den Weg zu erklären.«

»Ich weiß, wo du arbeitest.«

»Nein, Troy. Weißt du nicht.«

Zuerst wollte er es nicht glauben, ging sogar so weit, sie eine Lügnerin zu nennen. Dann wurde er abfällig.

»Bist du da so eine Art Beraterin für den ganzen NBC-Kram?«

Sie beschloss, ihn in diesem Glauben zu lassen. Aber beinahe im selben Moment, in dem er es sagte, schien ihm plötzlich etwas klar zu werden, und er zog sich völlig zurück. Er hörte auf zu sprechen und starrte einfach geradeaus, während sie seinen Pick-up über die Nebenstraßen von Fort Bragg steuerte. Zuerst hielt sie seine Reaktion für das Resultat seiner Unsicherheit, was die Delta Force betraf, weil er aus dem Selektionsverfahren ausgeschieden war. Aber dann wurde ihr bewusst, dass es an etwas anderem lag.

Troy hatte endlich begriffen, dass Kolt Raynor, der Kerl, mit dem Cindy Bird jeden Tag zusammenarbeitete, nicht nur irgendein abgehalfterter Reserveoffizier war, der den Gasmaskenbestand verwaltete, sondern ein Delta-Force-Operator.

Wie konnte er mit so einem mithalten?

Sein Schweigen war Hawk nur recht. Sie hatte sowieso keine Lust, mit ihm zu reden.

Sie fuhr auf das Tor zu, hinter dem der sichere Bereich lag, in dem die Delta Force zu Hause war. Dort hielt sie an und kurbelte das Fenster herunter, um dem Wachmann ihr Dienstabzeichen vorzuzeigen. Das Sicherheitsteam war wahrscheinlich bereits über den Notfall informiert worden und wusste, dass mit einigen unbekannten Gesichtern zu rechnen war. Aber um etwaige Probleme zu vermeiden, wandte sie sich Troy zu und schlug ihm vor, ebenfalls seinen Militärausweis herauszuholen.

So allgemein wie möglich hatte sie ihm erklärt, dass eventuell Gefahr für die Familien und Freunde des Delta-Force-Personals bestand. Aber an diesem Punkt der Unterhaltung hatte nur noch wenig von dem, was sie sagte, ihn erreicht.

Er weigerte sich, sie anzuschauen, sondern sagte nur mit angespannter Stimme: »Ich bleibe nicht. Du solltest hier aussteigen.«

Mehr sagte er nicht. Es gab keinen halbherzigen Versuch, die Wirkung seiner Worte abzumildern, keine bedeutungslosen, leeren Versprechungen, kein »ich ruf dich an«. Er erkundigte sich nicht einmal, wie sie wieder zurückkommen würde.

Aber das alles störte sie nicht. Tatsächlich war sie sogar froh darüber.

»Alles klar.« Sie stieg aus und ließ die Tür des Pick-ups weit offen.

»Er fährt wieder zurück, Leute«, wandte sie sich an die Sicherheitsbeamten. Dann machte sie sich auf den Weg auf das Gelände, ohne zurückzublicken.

Mit einem Gefühl erstaunlicher Leichtigkeit ging sie auf die Ansammlung großer Gebäude und die nächstgelegene Sicherheitstür zu. Aber dieses Gefühl verschwand, als sie die »Wirbelsäule«, den zentralen Teil des Hauptgebäudes, betrat und sich wieder erinnerte, weshalb sie hierhergekommen war.

Die Delta Force war alles andere als eine typische Militäreinheit. Aber eine Struktur war in allen bewaffneten Streitkräften der Vereinigten Staaten zu finden, ganz egal wie elitär oder unkonventionell sie waren: die Kommandostruktur. Der Tod von Colonel Jeremy Webber hatte der Einheit einen beispiellosen Schlag versetzt, aber so wie in jeder anderen Kampfeinheit gab es entsprechende Protokolle, die dafür sorgten, dass die Kommandostruktur intakt blieb.

Nach dem Anruf bei Slapshot kontaktierte Raynor als Nächstes Webbers langjährigen Stellvertreter und Thronfolger: Lieutenant Colonel (promotable) Richard Penske. Kolt informierte ihn, dass er jetzt der aktive Kommandant der Delta Force war.

Penske war mit dieser Aufgabe und dem ihm unterstellten Personal gründlich vertraut. Zumindest in dieser Hinsicht zweifelte Raynor daher nicht an einem reibungslosen Übergang. Aber auch wenn Webber Penske auf die letztendliche Übernahme des Kommandos vorbereitet hatte, bedeutete das nicht, dass die zwei Männer sich in allen Punkten einig gewesen wären. Ein Streitpunkt zwischen ihnen war Colonel Webbers Lieblingsprojekt gewesen: die Rehabilitierung von Kolt Raynor.

Aus Penskes Sicht galt eine Erklärung zur *Persona non grata* auf Lebenszeit, und man schuf ein schlechtes Beispiel, wenn man einen solchen Status wieder aufhob. Der einzige Grund, aus dem er Webbers Plan, Raynor wieder in die Reihen der Delta Force aufzunehmen, unter Vorbehalten unterstützt hatte, bestand darin, dass er damit gerechnet hatte, dass Kolt scheitern und seine Vorbehalte bestätigen würde.

Fünf Jahre lang war es Raynor scheißegal gewesen, ob Penske nun von seiner Arbeitsethik beeindruckt war oder nicht. Er wusste, dass es ihm kaum gelingen würde, die Meinung dieses Mannes über ihn grundlegend zu ändern. Dennoch ging er nicht davon aus, dass Penske es bei der Ausübung seiner Pflichten an Professionalität fehlen lassen würde. Aber wenn er Kolt rausschmeißen wollte, würde er irgendeinen Weg finden, das zu tun.

Am Telefon hatte Raynor ihm eine Kurzfassung der Ereignisse gegeben, gerade genug, um die Dinge in Bewegung zu setzen. Es war ein kurzes, konzentriertes Gespräch gewesen, ohne Schuldzuweisungen. Aber er wusste, dass diese bald folgen würden. Sobald er sich vergewissert hatte, dass jeder aus der Staffel anwesend war oder sich an einem bekannten Ort aufhielt, machte er sich auf den Weg zu Penskes Büro, um ihm persönlich Bericht zu erstatten.

»Racer.« Penske bedachte ihn mit einem grimmigen Nicken und forderte ihn mit einer Geste auf, Platz zu nehmen. »Harte Nacht.«

»Ja, Sir.«

»Es war die richtige Entscheidung von Ihnen, alle herzuholen. Da haben Sie schnell geschaltet.«

Komplimente machten Raynor misstrauisch, vor allem wenn sie von Penske kamen. »Danke, Sir.«

»Um Himmels willen, Racer, nennen Sie mich Dick.« Penske verstummte für einen Moment. »Ihre Entfernung aus dem Dienst ist nie wirklich offiziell geworden. Ich denke, Jeremy hat abgewartet, aus welcher Richtung der Wind wehen würde. Betrachten Sie sich vorläufig als wiedereingesetzt.«

Das machte Raynor noch misstrauischer. Der einzige mögliche Grund für diese zur Schau gestellte Versöhnlichkeit war, dass Penske vorhatte, ihn an einer kurzen Leine zu halten.

Penske fuhr fort: »Er hat mich auch über Ihre Suche nach diesem russischen Scharfschützen auf dem Laufenden gehalten. Ich war der Ansicht, dass es ein Fehler war, Sie das *Posse comitatus*-Gesetz umgehen zu lassen, um den Kerl zu jagen, aber ich schätze, Sie haben die Gefahr korrekt erkannt. Was ich nicht verstehe, ist, wie er Sie gefunden hat. Warum sind Sie aufgeflogen?«

Raynor ließ ihm den Fehler hinsichtlich Mirićs Volkszugehörigkeit durchgehen. »Ich weiß es nicht. Aber ich weiß, dass es noch nicht vorbei ist. Shiner hat mir ausdrücklich gesagt, dass er wieder auf den Präsidenten schießen wird, und ich denke, das wird bald passieren. Vielleicht in den nächsten ein, zwei Tagen.«

Penske konnte es sich nicht verkneifen, Interesse zu zeigen: »Wie kommen Sie darauf? Ist das Ihr berühmter sechster Sinn?«

»Er hat gesagt, er habe in New York nicht danebengeschossen.«

»Dann wollte er also wirklich die First Lady umbringen? Warum sollte er das tun?«

»Um Angst zu erzeugen. Um den Präsidenten schwach wirken zu lassen. Vielleicht um auf diese Weise dafür zu sorgen, dass man der falschen Spur zur Miliz und zu den Russen folgt. Er sagte: ›Ich habe nicht vorbeigeschossen.‹ Ich glaube nicht, dass er sie töten wollte. Nur verwunden …« Er hielt für einen Augenblick inne. »Bethesda. Da wird es passieren.«

»Tut mir leid, Racer, ich kann Ihnen nicht folgen.«

»Ein Scharfschütze verfolgt sein Opfer nicht. Er wartet darauf, dass das Opfer zu ihm kommt. Aber man braucht Zeit, um eine gute Position zu finden und den Kampfbereich auszukundschaften. Die Schutzmannschaft des

Präsidenten verlässt sich auf Unvorhersehbarkeit. Darauf, keine Gelegenheiten zu schaffen. Der Präsident muss einige seiner öffentlichen Auftritte im Voraus planen und ankündigen, aber die Zeiten und Reiserouten werden, wenn möglich, bis zur letzten Sekunde geheim gehalten. Shiner hatte ursprünglich geplant, in Baltimore zuzuschlagen, aber da haben wir ihn aufgehalten. In New York ging er übereilt vor. Vielleicht hat er sich auf diese Distanz keinen tödlichen Schuss zugetraut und sich daher für das Nächstbeste entschieden. Wenn er den Präsidenten oder die First Lady verletzt, kann er sicher sein, dass sie früher oder später zur VIP-Suite im Walter Reed gebracht werden. Man bringt die First Lady heute dahin. Ich lehne mich mal aus dem Fenster und tippe darauf, dass der Präsident sich auch irgendwann öffentlich zeigt. Und dann wird Shiner schießen.«

»Er hat die First Lady also nur angeschossen, damit er sein eigentliches Ziel an einen besser geeigneten Ort manövrieren kann?« Penske schüttelte den Kopf. »Hört sich ziemlich vertrackt an, Kolt. Je komplizierter ein Plan ist, desto eher wird er scheitern. Wenn er den Präsidenten töten wollte, hätte er sich diese Chance nicht entgehen lassen. Und ganz sicher hätte er die Sache nicht noch komplizierter gemacht, indem er Sie verfolgt.«

»Da irren Sie sich. Die Sache ist für ihn ein Spiel. Alles vorzubereiten, den Plan auszuführen. Daran geilt er sich auf. Er ist ein Psychopath. Dass ich aufgetaucht bin, macht die Sache nur zu einer noch größeren Herausforderung für ihn. Deshalb ist er hinter mir her. Er will es zu was Persönlichem machen. Er denkt, dass er mich schlagen muss. Das ist seine Schwachstelle. Wir können das gegen ihn einsetzen, ihn damit aus der Reserve locken. Vielleicht herausfinden, wer hinter ihm steht. Und das Leck schließen.«

»Warum zum Teufel sollte das persönlich gegen Sie gerichtet sein?«, fragte Penske. »Wenn das so ist, warum hat er dann heute Abend Webber erschossen und nicht Sie?«

»Sir, er macht mich dafür verantwortlich, dass er sein Auge verloren hat.«

»Warum Sie?«

»Lange Geschichte. Eine Jagd auf einen Kriegsverbrecher vor einigen Jahren in Bosnien, die schiefgegangen ist. Shiner gibt mir bis heute die Schuld dafür.«

Penske schien für einen Moment über all das nachzudenken.

»Ich werde es weitergeben, aber ich weiß nicht, ob irgendjemand mir das abkaufen wird. *Posse comitatus* hin oder her, durch das, was Sie in New York getan haben, haben Sie uns alle in eine brenzlige Lage gebracht.«

»Colonel Webber sagte mir, dass er mit dem kommandierenden General sprechen werde. Damit der uns wieder zurück aufs Spielfeld bringt.«

»Das hat er mir gegenüber nicht erwähnt. Aber General Allen hätte ihm auch nichts anderes gesagt als das, was ich Ihnen jetzt sage. Bleiben Sie in Ihrer Spur. Die Jagd auf diesen Attentäter ist nicht Sache des JSOC.«

»Reden Sie mit ihm«, drängte Raynor. »Überzeugen Sie ihn. Bringen Sie ihn dazu, sich mit dem Verteidigungsminister zu unterhalten. Herrgott, sogar mit dem Präsidenten. Niemand sonst ist auch nur in Shiners Nähe gekommen. Das muss doch irgendetwas zählen.«

Penske schnaubte. »Was uns das gebracht hat, sehen Sie doch.«

»Deshalb müssen wir dabei sein, Dick. Für den Colonel und für Brett. Shiner hat es gerade zu einer persönlichen Angelegenheit gemacht.«

»Racer. Wenn ich irgendeine Chance haben soll, die Einheit zu retten, muss ich ihn nur von einer Sache überzeugen: dass wir unseren Laden im Griff haben. Das ist alles, was im Moment zählt.«

»Wir wurden gerade angegriffen. Zwei unserer Brüder sind tot, und der Kerl, der sie umgebracht hat, hat es auf den Präsidenten abgesehen. Das ist das Einzige, was für mich wichtig ist.« Kolt sprach jetzt lauter, schrie beinahe. Er wusste es, aber es war ihm gleichgültig. »Ist es das auch für Sie, Dick?«

Penske legte die Hände auf die Tischplatte und beugte sich vor. »Ob es Ihnen gefällt oder nicht: Es hat sich auf amerikanischem Boden abgespielt. Wir können nichts tun außer vollständig mit dem CID und den anderen Behörden zusammenzuarbeiten, die bereits nach Mirić fahnden.«

Raynor gab nicht nach. »Dann möchte ich beurlaubt werden.«

»Denken Sie nicht einmal daran, das Gelände zu verlassen, Racer. Sie sind ein Staffelkommandant, nicht irgendein einsamer Wolf oder Superheld. Diesen Tier-One-Wild-Blödsinn, den Sie vor ein paar Jahren abgezogen haben, werde ich nicht tolerieren.« Er hielt Raynors Blick stand, lehnte sich aber in seinem Stuhl zurück. »Jeremy hat an Sie geglaubt. Ich habe ihm gesagt, dass es ein Fehler war, Sie zurückzuholen. Dass Sie unfähig sind, Befehle zu befolgen. Sie stehen jetzt vor einer Wahl. Wollen Sie mir beweisen, dass ich unrecht hatte, oder wollen Sie auf sein Andenken spucken?«

Er senkte den Blick und wartete Raynors Antwort nicht ab. »Sagen Sie Ihrer Staffel, dass sie die Füße stillhalten sollen, bis wir andere Anweisungen bekommen. Das wäre dann alles.«

Auf dem Rückweg durch die ›Wirbelsäule‹ wurde Raynor klar, was er tun musste. Er wusste, was die Stunde geschlagen hatte, zumindest was seine Karriere bei der Delta Force betraf. Der einzige Grund dafür, dass er wieder das Kommando über die Noble-Staffel erhalten hatte, bestand darin, dass Penske persönlich in den Genuss kommen wollte, ihn zu feuern, um seinen Vorgesetzten zu zeigen, dass er fähig war, für Ordnung zu sorgen.

Aber Raynor verspürte keine Empörung, kein Bedauern beim Gedanken an das Ende seiner Delta-Karriere. Das Einzige, das für ihn jetzt noch eine Rolle spielte, war, dass er Shiner aufhalten musste.

Slapshot sah sich in Raynors Büro eine CNN-Sendung an. Von den Morden in Fayetteville wurde noch nicht berichtet. Wahrscheinlich würden sie lediglich von den Lokalsendern beiläufig erwähnt werden. Dafür hatte es bei einem der dominanten Themen eine neue Entwicklung gegeben.

»Irgendjemand hat das mit der Verbindung nach Russland nach außen durchsickern lassen«, berichtete Slapshot. »Der Iwan streitet natürlich alles ab, aber dadurch wirkt er bloß noch verdächtiger. Ich glaube, diesmal könnte die Lage wirklich eskalieren.«

»Es gibt keine Verbindung nach Russland«, entgegnete Raynor. Er ging durch das Zimmer zu einem frei stehenden Schrank in der Ecke, öffnete ihn und nahm eine Clamshell-Plastikverpackung heraus, in der sich ein Klapphandy des

Typs ZTE Z223 befand. »Die streiten es ab, weil sie nichts damit zu tun hatten.«

»Erzähl das mal Wolf Blitzer.«

»Würde ich liebend gern, das kannst du mir glauben.« Auf dem Rückweg zu seinem Schreibtisch riss er die Verpackung auf. Er nahm das Telefon heraus, entfernte die Plastikabdeckung über dem Akku und schaltete das Gerät ein. »Warum bist du nicht bei deiner Familie?«

»Denen geht's gut«, winkte Slapshot ab. »Im Moment können wir sie am besten schützen, indem wir diesen Wichser erledigen.«

Nun wurden die neuesten Nachrichten über den Gesundheitszustand der First Lady gesendet. Der Lauftext am unteren Bildschirmrand besagte, dass man sie schon am folgenden Nachmittag nach Bethesda verlegen werde. Slapshot schaltete den Fernseher aus. »Und, hast du die volle Befehlsgewalt bekommen?«

»Penske hat wörtlich gesagt: ›Bleiben Sie in Ihrer Spur.‹«

Der große Mann ballte die Fäuste. »Du verarschst mich doch. Shiner hat den Colonel umgebracht. Er hat Brett umgebracht, Kolt. Wie kann er das einfach ignorieren?«

»Er kann nicht viel dran ändern. Gesetz ist Gesetz.«

»Die Scheißgesetze mal wieder.« Slapshot verzog das Gesicht zu einer höhnischen Grimasse. »Also, was machen wir? Noch eine Stadtübung, in der Hoffnung, dass wir ein zweites Mal Glück haben?«

»Nein.«

»Aber irgendeinen Plan hast du doch.«

»Ja, habe ich.« Raynor war mit der Aktivierung des Telefons fertig. Er nahm eine Visitenkarte aus der obersten Schreibtischschublade. Dann steckte er sich sowohl die Karte als auch das Prepaidhandy in die Tasche und legte sein eigenes Mobiltelefon in die Schublade.

»Müssen wir uns mal wieder über das Teilen unterhalten?«

Raynor sah seinem Freund in die Augen. »Du hast hier alles unter Kontrolle. Ich muss mich jetzt um was kümmern.«

»Boss, ich bin auf deiner Seite, aber du musst mit mir reden.«

Er ging zur Tür. »Nicht dieses Mal, Slap.«

»Kolt, warte.«

Raynor blickte nicht zurück.

25

Bevor er der Besitzer und Leiter eines privaten Militärunternehmens namens Radiance Security and Surveillance Systems geworden war, hatte Colonel Pete Grauer das Kommando über ein Bataillon der Army Ranger geführt. In dieser Funktion hatte er einen jungen Offizier namens Kolt Raynor für das Delta-Auswahlverfahren vorgeschlagen. Raynor hatte das aufreibende Verfahren überlebt und war »hinter dem Zaun« verschwunden – Army-Slang für das Verschwinden in den geheimen Reihen der Spezialkräfte. Kurz darauf hatte sich Grauer aus dem aktiven Dienst zurückgezogen, um seinem Land als Privatbürger zu dienen. Das hätte das Ende ihres Kontakts darstellen sollen, aber durch die nachfolgenden Ereignisse waren sie sich erneut begegnet.

Als Raynor nach der katastrophalen Mission in Pakistan aus der Einheit ausgeschieden war, hatte Grauer Mitgefühl mit seinem früheren Untergebenen gezeigt und Kolt als Sicherheitsmann in Übersee angestellt. Letztendlich hatte er auch die nicht offiziell sanktionierte Mission zur Rettung von Delta-Personal unterstützt, das im Stammesgebiet von Pakistan festgehalten wurde. Dieser Auftrag hatte den Weg für Raynors Rückkehr in die Einheit geebnet. Kolt stand also doppelt in Pete Grauers Schuld.

Jetzt stand er kurz davor, Grauer um einen dritten Gefallen zu bitten.

Er fuhr die ganze Nacht, bis er den Vorort von Virginia erreicht hatte, in dem das Hauptquartier von Radiance lag. Kolt traf um kurz nach 6:30 Uhr ein, wartete jedoch bis um acht Uhr, bevor er die Nummer von der Visitenkarte anrief. Grauers Nummer. Er erreichte den Anrufbeantworter und hinterließ eine kurze Nachricht mit der Bitte um ein Treffen. Nach weniger als einer Minute rief Grauer zurück und sie einigten sich auf eine Zeit und einen Treffpunkt.

15 Minuten später steuerte Kolt seinen Wagen auf den Parkplatz eines IHOP-Restaurants, das in einem Shoppingcenter am Jefferson Davis Highway lag. Grauer wartete dort in einer Sitzecke auf ihn.

»Racer. Gut sehen Sie aus. Viel besser als beim letzten Mal.« Er stand auf und reichte Kolt die Hand. Dann forderte er ihn mit einer Geste auf, sich zu setzen, wartete jedoch, bis der Kellner ihnen beiden Kaffee eingeschenkt hatte, bevor er seine Frage stellte. »Also, raus damit. Was ist los?«

Kolts früherer Vorgesetzter hörte kommentarlos zu, während Raynor ihm die Situation schilderte, angefangen mit der Ermordung des griechischen Ministerpräsidenten und endend mit dem Angriff auf Raynors Wohnwagen am vorigen Abend. Was er Grauer nicht erzählte, war, dass er wahrscheinlich aus der Delta Force ausscheiden würde und sich technisch gesehen ohne Befugnis von seiner Dienststelle entfernt hatte. Aber falls der andere Mann das noch nicht von selbst begriffen hatte, würde er es bald.

Nachdem Kolt seine Schilderung beendet hatte, schwieg Grauer lange. Schließlich sagte er: »Mein Beileid für Ihren Verlust, Kolt. Webber und ich kannten uns seit Langem, und ich weiß, wie viel Jeremy Ihnen bedeutet hat. Aber … Verzeihen Sie meine Direktheit … aus welchem Grund sind Sie hier?«

»Shiner stellt eine unmittelbare Gefahr für den Präsidenten dar. Wenn wir ihn nicht stoppen und herausfinden, für wen er arbeitet, bekommen wir vielleicht bald einen neuen Kalten Krieg mit Russland. Oder Schlimmeres.«

»Ich verstehe, was Sie meinen«, erwiderte Grauer geduldig, »aber das ist keine Antwort auf meine Frage. Das FBI jagt ihn. Der Secret Service beschützt den Präsidenten. Delta ist nicht befugt, einen dieser Jobs zu übernehmen. Ich verstehe zwar, dass die Sache für Sie was Persönliches ist, aber das ändert nichts am Stand der Dinge. Also, ich frage Sie noch einmal: Warum sind Sie hier?«

»Ich verfolge ihn, Pete.«

»Mit ›ich‹ meinen Sie … nur Sie?«

»Ich kann natürlich keine Ressourcen oder Personal der Einheit dafür einsetzen.«

»Und deshalb möchten Sie Radiance anheuern, damit wir die Laufarbeit erledigen?« Die Skepsis in Grauers

Worten war nicht zu überhören. »Das ist verrückt, und zwar nicht nur, weil Sie ein Army-Offizier im aktiven Dienst sind, sondern auch, weil wir im Falle einer Zusammenarbeit an dieselben Gesetze gebunden wären, die Ihre Einheit davon abhalten, auf US-amerikanischem Boden zu operieren.«

»Ich hatte mir etwas weniger Offizielles vorgestellt«, erwiderte Raynor. »Eher so etwas wie das, was Sie für Colonel Webber getan haben, als Sie mich nach Pakistan schickten.«

»Inoffiziell heißt nicht kostenlos. Diese Operation wurde vollständig aus den schwarzen Kassen finanziert. Das sage ich nicht, weil ich geizig oder unpatriotisch wäre. Solche Missionen kosten Geld. Viel Geld. Ich nehme an, dass Sie mir so etwas nicht anbieten können.«

»Nicht direkt.«

Für eine Weile schwieg Grauer. Dann fragte er: »Was genau brauchen Sie von mir?«

»Ich weiß, dass Radiance Drohnenflüge für Homeland Security durchführt. Sie haben also bereits die Luftüberwachung in der Hand. Ich würde Sie nur darum bitten, in den nächsten paar Tagen einem bestimmten Gebiet um das Walter Reed National Military Medical Center besondere Aufmerksamkeit zu schenken. Und mich die Livebilder verfolgen zu lassen. Wahrscheinlich könnte ich auch ein bisschen logistische Unterstützung gebrauchen.«

»Wir führen tatsächlich Wachflüge für das DHS durch, überwachen aber keine einheimischen Städte. Das überlassen sie den lokalen Polizeibehörden. Bethesda liegt im Flugbeschränkungsgebiet von D.C. Das heißt, selbst wenn wir irgendeine Ausrede erfinden, um einen unserer Vögel umzuleiten, dürften wir nur dorthin fliegen, wo sie es uns erlauben. Dass ich für DHS tätig bin, hilft mir dabei also nicht weiter.«

Grauer trommelte nachdenklich mit den Fingerspitzen auf den Tisch. »Aber vielleicht gibt es einen anderen Weg. Ich werde es in Erfahrung bringen. Aber eins müssen Sie verstehen, Kolt. Wenn wir Ihren Mann finden, bin ich verpflichtet, das sofort den Behörden zu melden. Radiance ist keine Selbstjustizorganisation. Ich habe nicht vor, den Präsidenten, unsere Firma oder sonst irgendjemanden in Gefahr zu bringen, nur damit Sie Ihre Rache bekommen.«

»Es geht mir nicht um Rache, Pete. Shiner muss aufgehalten werden.«

Wieder schwieg Grauer lange. Schließlich sprach er weiter. »Junger Mann, ich verstehe Ihren Standpunkt. Sie hatten immer gute Instinkte, und nach dem zu urteilen, was Sie mir erzählt haben, sind Sie wahrscheinlich genau der Richtige, um diesen Kerl zu jagen. Aber bei dieser Sache stehen Sie ziemlich allein da.

Vor fünf Jahren haben wir Sie in die Stammesgebiete unter Bundesverwaltung geschickt, weil Jeremy niemanden aus der Einheit schicken konnte. Jeder einzelne seiner Operators hätte ohne zu zögern Ihren Platz eingenommen, aber er wusste, dass er sie nicht schicken konnte. Er kannte seine Grenzen, Kolt. Ich glaube, das ist ein Aspekt von Führungspositionen, den Sie nicht so ganz verstanden haben. Aber das müssen Sie, sonst werden Sie wieder eine Bruchlandung hinlegen, und diesmal wird es endgültig sein.«

Grauer hatte mit allem recht, auch was Raynors Schwächen als Anführer betraf. Er hatte sich nie mit einheitlichen Regelungen und unsinnigen Befehlen abfinden können, vor allem wenn sie bedeuteten, dass er auf die offensichtlichste und effektivste Lösung verzichten musste. Die bittere Wahrheit war: Er war zutiefst unfähig, die Art Soldat zu sein, die er in den Augen Grauers, Webbers und aller anderen immer hätte sein sollen. Wie er es überhaupt so weit gebracht hatte, war ihm selbst ebenso ein Rätsel wie ihnen.

»Helfen Sie mir einfach, ihn zu finden. Um den Rest kümmere ich mich.«

Ein paar Sekunden lang musterte Grauer ihn über den Tisch hinweg. Dann richtete er den Blick auf etwas hinter Raynor. »Ich glaube, diese Leute wollen zu Ihnen.«

Ein kalter Adrenalinstoß durchfuhr Kolt. Er hatte gewusst, dass früher oder später jemand auf dem Gelände seine Abwesenheit bemerken würde. In diesem Moment würde Penske die Polizei benachrichtigen und eine Fahndung einzuleiten. Aber er hatte nicht erwartet, dass es so bald geschehen würde. Langsam drehte er sich um und erblickte sechs vertraute Gesichter – Slapshot, Digger, Shaft, Hawk und den Rest des Alpha-Teams. Sie nahmen an zwei Tischen in der Mitte des Speisesaals Platz. Sie trugen Zivilkleidung, aber der ehemalige Ranger-Colonel war zu schlau, um eine Gruppe von Delta-Operators nicht zu erkennen.

Raynor sah wieder Grauer an. »Ist keine große Sache. Ich kümmere mich darum. Kann ich auf Sie zählen, Pete?«

»In Ordnung, junger Mann. Ich werde tun, was ich kann, aber das wird nicht viel sein.« Er trank den Rest seines Kaffees aus und stand auf. »Die Rechnung können Sie bezahlen. Ich kann das hier ja schlecht als Arbeitsessen abrechnen. Wenn ich alles vorbereitet habe, rufe ich Sie unter der Nummer an, die Sie mir gegeben haben.«

»Danke, Pete.« Raynor erhob sich und schüttelte dem Mann die Hand. Dann nahm er seinen Kaffeebecher und ging zu seinen Kameraden hinüber. Er nahm sich einen leeren Stuhl und setzte sich neben Slapshot. »Wie zum Teufel habt ihr mich gefunden?«

»Glaubst du, ich hätte die Visitenkarte nicht gesehen, die du aus deiner Schublade genommen hast?«, fragte Slapshot. »Die mit dem Radiance-Logo. Ich hab einfach eins und eins zusammengezählt. In so was bin ich gut. Dann hab ich die Sache erst mal dem A-Team angeboten, und die sind gleich drauf angesprungen. Ich bin bloß mitgefahren. Als wir in der Stadt waren, hat Hawk Pete Grauers Sekretärin angerufen, und die hat uns gesagt, wo wir ihn finden können. Und dich.«

»Sie hat euch das einfach freiwillig verraten? Das wird Pete aber gar nicht gefallen.«

»Ich kann sehr überzeugend sein«, warf Hawk ein.

»Hab ich schon gemerkt«, gab Raynor zurück. Außerdem fiel ihm auf, dass die Kämpferin zuversichtlich lächelte, in deutlichem Kontrast zu den säuerlichen Mienen der anderen am Tisch. »Also, ich schätze, ihr seid hergekommen, um mich wieder zur Vernunft zu bringen. In dem Fall habt ihr bloß Sprit verschwendet.«

Slapshot wandte für einen Moment den Blick ab und sah die anderen an, wie um sich ihrer Zustimmung zu versichern. »Die Sache ist die, Boss. Zu Hause wird erst mal keiner was merken. Jedenfalls für eine Weile. Die Jungs werden Penske ein bisschen an der Nase herumführen, für dich bei ein paar Kommando- und Stabsmeetings einspringen, aber damit werden wir nicht lange durchkommen. Also wenn du dich abgeregt hast und bereit bist, jetzt wieder mit uns zurückzukommen, ist es so, als wäre nichts passiert. Das liegt hinter Tor eins.«

»Und hinter Tor zwei?«

Wieder verständigten sie sich mit Blicken, dann meldete sich Digger zu Wort. »Wir sind auf deiner Seite, Boss. Bis zum Schluss.«

Shaft fügte hinzu: »Als er Brett und Webber umgebracht hat, ist die Sache auch für uns persönlich geworden. Wir haben genauso das Recht, uns diesen Wichser vorzuknöpfen, wie du.«

Raynor schüttelte den Kopf. »Tor Nummer drei. Ihr vergesst, dass ihr mich gesehen habt, und fahrt sofort zurück, bevor Penske erklärt, ihr hättet unerlaubt eure Posten verlassen. Ich lasse nicht zu, dass irgendeiner von euch seine Karriere wegen dieser Sache wegwirft. Meine ist sowieso zu Ende.«

»Ein Problem gibt es da allerdings«, entgegnete Slapshot. »Wenn du hinschmeißt, bist du auch nicht mehr in der Position, uns Befehle zu geben.«

Raynor runzelte die Stirn und sah an seinem Freund vorbei zu den anderen, die um den Tisch saßen. »Ich weiß das zu schätzen. Wirklich. Aber ich werde euch nicht mit in den Abgrund reißen.«

Sie reagierten auf seinen Einspruch mit Schweigen und versteinerten Mienen. Abgesehen von Hawk, die irgendwie … verändert wirkte. Er brauchte einen Augenblick, bis er begriff, weshalb.

Sie unterstand nicht mehr seinem Kommando.

Er schüttelte den Kopf, versuchte, den Gedanken zu vertreiben, bevor er sich festsetzen konnte. Diese Art von Ablenkung konnte er nicht gebrauchen. Nicht jetzt.

»Tor eins wird es also nicht«, stellte Slapshot fest. »Tja, das hatte ich befürchtet. Na dann, wo fangen wir an zu suchen?«

Rasim Mirić war ebenfalls die ganze Nacht gefahren, um die Metropolregion von Washington, D. C. zu erreichen. Er traf etwa zur gleichen Zeit beim Unterschlupf in Rockville ein, als Kolt Raynor sich knapp 50 Kilometer entfernt mit Pete Grauer zusammensetzte.

Wenige Kilometer von Raynors Zuhause entfernt war er gezwungen gewesen, sich von dem Mietwagen zu trennen. Raynor hatte vielleicht das Nummernschild gesehen, aber selbst wenn nicht, hätten das zerschossene Rücklicht und die Schussspuren sicherlich die Aufmerksamkeit der lokalen Polizeistreifen geweckt. Er hatte das Auto auf einem Feldweg knapp außer Sichtweite der Asphaltstraße stehen gelassen und den langen Fußmarsch zurück nach Fayetteville begonnen. Für diesen Weg hatte er eineinhalb Stunden gebraucht, vor allem weil er im Wald entlang des Highways geblieben war, wo ihn die Autofahrer auf der Straße nicht sehen konnten. Nachdem er eine weitere Stunde auf dem Parkplatz eines Hotels in Spring Lake bei Fort Bragg gewartet hatte, bot sich ihm eine Gelegenheit in der Gestalt eines einzelnen Reisenden, der einen Wagen mit einem Kennzeichen von außerhalb fuhr. Mirić fing den Mann ab, bevor er sein Hotelzimmer beziehen konnte, tötete ihn ohne einen Laut, warf die Leiche in den Kofferraum und fuhr davon.

Wahrscheinlich würde es mehrere Stunden dauern, bis jemand bemerkte, dass der Mann verschwunden war. Noch länger, bis die Behörden das Auto und die Leiche finden würden, Hunderte von Kilometern entfernt in einem Vorort von Maryland, mehrere Häuserblocks von Mirićs Unterschlupf.

Mehmet wartete im Haus auf ihn. Er war nicht allein. Vier Männer, die Mirić noch nie gesehen hatte, waren bei ihm und aßen, während sie sich die Fernsehnachrichten anschauten. Es waren Weiße, deren genaue Volkszugehörigkeit nicht erkennbar war. Mirić ging davon aus, dass es sich bei ihnen ebenfalls um MIT-Beamte handelte, die hier waren, um bei der Umsetzung der letzten Phase des Plans zu helfen. Aber sie hätten ebenso gut Söldner sein können wie er selbst.

Vielleicht waren sie sogar hier, um ihn zu töten.

Mehmet stellte ihm die anderen Männer nicht vor. »Ist es erledigt?«

»Ja. Ich habe mit ihm gesprochen, habe genau das gesagt, was Sie wollten. Und ich habe zwei seiner Freunde getötet. Er wird mich verfolgen. Da bin ich sicher.«

Der andere nickte zufrieden. »Gut gemacht, alter Freund. Keine Sorge. Wenn Sie ihn das nächste Mal sehen, haben Sie meine Erlaubnis, ihm für immer das Augenlicht zu nehmen.«

Jetzt bin ich also wieder sein alter Freund?, dachte Mirić. Er ließ sich von der Änderung in Mehmets Verhalten nicht täuschen, aber zumindest ließ sie darauf schließen, dass der andere ihn noch für nützlich hielt. Mehmet würde ihn nicht umbringen. Noch nicht. Vielleicht überhaupt nicht. Falls sein Plan gelang – und warum sollte er nicht? –, wäre das auch gar nicht notwendig.

Vor vielen Wochen hatte Mehmet ihm erklärt, wie das Endspiel ablaufen würde. Es sei nicht ausreichend, einfach den amerikanischen Präsidenten zu töten. Dazu seien sie jederzeit in der Lage.

Der Springer – Mirić – würde als Erster angreifen und die NATO schwächen, indem er den proamerikanischen Regierungschef von Griechenland ermordete.

Dann würde eine zweite Attacke folgen, die wie ein

gescheiterter Anschlag aussah, in Wirklichkeit aber eine Finte darstellte, die den Verdacht auf den größten Rivalen der USA lenken sollte, Russland. Dieser Verdacht würde Amerika weiter schwächen.

Das amerikanische Volk würde wissen, oder wenigstens glauben, dass die Russen versucht hatten, ihren Anführer zu ermorden, es aber wenig gab, was dagegen unternommen werden konnte. Ein offener Krieg war extrem unwahrscheinlich, gerade angesichts der Tatsache, dass es kaum stichhaltige Beweise für eine Verschwörung gab. Selbst wenn der Präsident seinen Spionagebehörden befohlen hätte, eine geheime Vergeltungskampagne zu beginnen – einen neuen Kalten Krieg –, hätte die Öffentlichkeit nie davon erfahren. Die weltweite Wahrnehmung, dass Amerika bei einem direkten Angriff Schwäche zeigte, würde zur Realität werden.

Die aus Mirićs abgebrochenem Versuch in Baltimore resultierende Verspätung hatte den Plan beinahe zum Scheitern gebracht. Das außenpolitische Team des Präsidenten war im Begriff, den Schaden zu beheben, den der Verlust des griechischen Ministerpräsidenten angerichtet hatte.

Der wahre Grund für die Wahl Baltimores als Anschlagsort hatte natürlich darin bestanden, dass man die First Lady nach dem medizinischen Notfallprotokoll sofort ins Walter Reed Hospital gebracht hätte. Dies war die eigentliche Absicht hinter der zweiten Attacke: Der Präsident sollte für den finalen Schlag in Position gebracht werden.

Schachmatt.

Präsident Noonan musste sterben. Auch wenn seine vorangegangenen Aktionen ihn schwach erscheinen ließen, war unsicher, wie er in der nächsten Zeit auf die kommenden Entwicklungen reagieren würde. Es war nicht auszuschließen, dass er als Reaktion auf das versuchte Attentat, die Verletzung seiner Frau sowie die zunehmend reaktionäre Rhetorik in den Medien das Undenkbare tun und einen handfesten Militärschlag befehlen würde. Vielleicht würde er sich sogar mit dem russischen Bären anlegen und das riskante Spiel der nuklearen Drohungen spielen, womit er genau die Art von Stärke demonstrieren würde, die Mehmet und seine Regierung so gern auslöschen wollten.

Aber Noonans designierter Nachfolger, Vizepräsident Bill Mason, hatte sich als schwach und ineffektiv herausgestellt. Noch dazu hatte er sich als konfliktscheu gezeigt, als militärischer Anführer ebenso wie als Außenminister der vorherigen Regierung. Er würde sich für eine Beschwichtigungspolitik entscheiden, und die amerikanischen Alliierten in Übersee würden sich scharenweise von den USA abwenden.

Diese Lücke in der internationalen Führerschaft würde dann von einer neuen Supermacht ausgefüllt werden: dem neuen Osmanischen Reich, gestützt auf die militärische Macht des Nordatlantikpakts, die ökonomische Macht der Europäischen Union und die ideelle Unterstützung von mehr als einer Milliarde Muslimen überall auf der Welt.

Das größte Risiko für diesen Plan bestand natürlich darin, dass die amerikanischen Behörden die Täuschung durchschauen und sich nicht dazu verleiten lassen würden, die Anschläge mit Russland in Verbindung zu bringen. Indem er Mirić erkannt hatte, hatte Racer möglicherweise diese Schwäche des Plans entlarvt. Aber anstatt ihm einfach aufzutragen, Racer zu töten, hatte

Mehmet Mirić dafür eingesetzt, die Aufmerksamkeit vom eigentlichen Angriff abzulenken.

Noch einmal würde er die Enttarnung, die Gefangennahme, sogar den Tod riskieren müssen. Aber wenn es ihm die Chance verschaffte, sich für die Kränkung zu revanchieren, die Racer ihm vor all den Jahren zugefügt hatte, war es ihm das wert. Bis er Racer von Angesicht zu Angesicht begegnet war, hatte Mirić noch geglaubt, es würde genügen, die USA in die Knie zu zwingen. Aber jetzt gab es für ihn noch etwas anderes, für das es sich zu leben lohnte.

Er aß und ruhte sich aus, während Mehmet und die anderen weiter fernsahen, bis die Nachricht kam, auf die sie gewartet hatten. Das Flugzeug, in dem sich die First Lady befand, war auf der Joint Base Andrews gelandet. Dort wartete ein Marines-Helikopter, um sie ins Militärkrankenhaus in Bethesda, Maryland, zu transportieren.

»Es ist Zeit«, sagte Mehmet.

26

Selbst aus einer Entfernung von fast 1500 Kilometern konnte Pamela Archer förmlich riechen, dass etwas faul war. Sie war eine ehemalige Offizierin der U.S. Air Force und arbeitete seit mehr als sechs Jahren für Radiance Security and Surveillance Systems, die letzten drei dieser Jahre als Leiterin der Drohnenabteilung. Sie arbeitete eng mit dem Firmenchef Pete Grauer zusammen. Sie wusste, wie die Dinge normalerweise liefen, und sie wusste, wenn Pete ihr nicht die ganze Wahrheit sagte.

Grauer hatte sie soeben angewiesen, eine der drei Predator-B-Drohnen abzuziehen, die derzeit vor Key West in Florida in der Luft waren, wo sie im Auftrag des Heimatschutzministeriums die Floridastraße überwachten. Sie sollte sie 1600 Kilometer nach Norden fliegen und um das Flugbeschränkungsgebiet von D. C. kreisen lassen. Offiziell tat er dies mit der Absicht, Gesetzgebern, die die Nützlichkeit von Predator-Drohnen im Kampf gegen Drogen- und Menschenhandel anzweifelten, eine Demonstration zu liefern.

Sie verabschiedete sich in der Steuerungszentrale, in der ein dreiköpfiges Team die Drohnen fernsteuerte – ein Pilot und zwei Sensorentechniker pro Stück –, und zog sich in ihr Büro zurück, um ihr Telefongespräch ungehört fortzusetzen.

»Okay, Pete. Das ist die Version, die wir den Aktionären erzählen werden. Was steckt wirklich dahinter?«

Grauer gab ein Geräusch von sich, das sich am ehesten als missbilligendes Knurren beschreiben ließ.

Sie sah voraus, dass er den wahren Sachverhalt leugnen würde, und wehrte ab: »Pete, es stört mich nicht, wenn Sie mit einem meiner Vögel einen Ausflug machen wollen. Aber seien Sie ehrlich, was Ihre wirklichen Ziele angeht.«

Radiance war nicht der Besitzer der Fluggeräte, von denen jedes knapp 17 Millionen Dollar wert war. Die Firma betrieb sie nur für das Heimatschutzministerium, und die getroffene Vereinbarung gewährte ihr einen gewissen Spielraum beim Einsatz der Drohnen. Dennoch hatte Archer einen Beschützerinstinkt, was ihre »Babys« anging.

»Ist ein Gefallen für einen alten Freund. Einen gemeinsamen Freund von uns.«

»Gemeinsam?«

»Ich spreche von Racer, Pam.«

Captain Pamela Archer setzte sich rasch.

Vor acht Jahren war sie Drohnenpilotin für die 17th Reconnaissance Squadron gewesen, die in der Creech Air Force Base in Nevada stationiert war. Sie war beauftragt worden, die Luftüberwachung und -unterstützung für eine Spezialeinheit namens Hunter 29 zu übernehmen, die das abgelegene Grenzgebiet zwischen Afghanistan und Pakistan nach Talibankämpfern absuchte. Die Fehlfunktion eines Sensors hatte sie gezwungen, ihre Predator-Drohne abzuziehen. Dadurch war Hunter 29 ohne Luftüberwachung tief im Feindesland zurückgeblieben. In den Folgestunden war die Einheit nahezu ausgelöscht worden. Eine Folgemission zur Rettung des bedrängten Teams führte zu weiteren Verlusten und zur Gefangennahme eines zweiten Teams aus amerikanischen Kommandosoldaten. Vier Jahre später hatte sie den Namen des einzigen Überlebenden von Hunter 29 erfahren. Es war ein Delta-Force-Offizier namens Major Kolt Raynor, Codename Racer.

Obwohl sie nichts falsch gemacht hatte – was die Air Force betraf, hatte sie sich sogar exakt lehrbuchmäßig verhalten –, hatte Archer sich selbst die Schuld am Tod von Racers Männern und an der fehlgeschlagenen Rettungsaktion gegeben. Hätte sie hinsichtlich der Fehlfunktion des Sensors ihren Instinkten vertraut und ihre Predator nur noch ein wenig länger über Hunter 29 in der Luft gelassen, hätten die Delta-Operators den Feind kommen sehen und die Tragödie hätte verhindert werden können.

Sie war in der Lage gewesen, zumindest teilweise Wiedergutmachung zu leisten, indem sie Racer half, seine vermissten Kameraden zu retten, und einen Al-Qaida-Angriff auf einen *Black Site* der CIA verhinderte. Obwohl Archer ihre Schuld gegenüber den Männern von Hunter 29 nie würde begleichen können, konnte sie durch ihre Hilfe für Kolt Raynor doch zumindest die Zinsen bezahlen.

»Was braucht er? Sagen Sie's mir genau, Pete.«

»Racer braucht Luftüberwachung für das Gebiet um das Walter-Reed-Krankenhaus in Bethesda.«

Archer musste nicht fragen, warum dieser Ort so wichtig war. Das medizinische Zentrum der Streitkräfte in Bethesda wurde seit der Verletzung der First Lady bei dem gescheiterten Anschlag in New York ständig in den Nachrichten erwähnt. Wenn Racer den Bereich um das Krankenhaus überwachen wollte, konnte das nur bedeuten, dass er der Meinung war, die Gefahr für die Familie des Präsidenten bestehe weiterhin. »Arbeitet er jetzt für den Secret Service?«

»Nein, Pam. Deshalb ist es lediglich ein Gefallen. Und etwas, über das wir kein Wort verlieren werden.«

»Verstanden. Ich kümmere mich persönlich darum.«

Grauer lachte – ein barscher, humorloser Laut. »Ich hatte schon befürchtet, dass Sie das sagen würden. Versprechen Sie mir, dass Sie den Vogel diesmal in der Luft behalten werden, wo er hingehört.«

Pamela Archer grinste nur.

Nach dem Frühstück gingen Raynor und die anderen über den Parkplatz zum Best Buy im Einkaufszentrum. Sie mussten noch 20 Minuten warten, bis der Laden öffnete, aber sie brauchten nur halb so viel Zeit, um ihre Einkäufe zu erledigen. Es handelte sich um drei LTE-fähige Tablet-Computer mit Prepaid-Datenflatrates, sechs zusätzliche Prepaidhandys sowie Ersatzakkus, mit denen sie beinahe unbegrenzt mobil kommunizieren konnten. Sie verteilten die Gegenstände und brachen dann nach Bethesda auf. Raynor überließ Slapshot das Fahren, während er Grauer anrief und sich erkundigte, ob es Neuigkeiten gab.

Grauer teilte ihm mit, dass eine Predator B – früher unter dem Namen General Atomics MQ-9 Reaper bekannt – derzeit nördlich von Florida in der Luft war, aber noch mehr als zwei Stunden vom Zielort entfernt. Er gab Raynor die sichere IP-Adresse für die Live-Videoübertragung sowie die Telefonnummer, unter der er das Flugmissionsteam erreichen konnte. Raynor gab die IP-Adresse in sein Tablet ein und sah ein dahingleitendes, grünes Mosaik aus Farmen und Wäldern, gefilmt aus einer Höhe von mehr als 4200 Metern. Der eingebaute GPS-Tracker zeigte an, dass die Drohne sich jetzt über dem östlichen Teil von North Carolina befand und mit 315 Stundenkilometern unterwegs war. Er sah ein paar Minuten lang zu und rief dann eine CNN-Livesendung auf.

So wie viele Militärangehörige, vor allem im JSOC, war Raynor der Meinung, dass die Nachrichten der Kabelsender eigentlich eine Art Nachrichtendienst für ausländische Regierungen und Terrororganisationen darstellten. Sie veröffentlichten heikle, wenn auch nicht unbedingt geheime Informationen, die sich die Feinde der USA zunutze machen konnten. Jetzt würden sie *sein* Nachrichtendienst sein und ihn minütlich mit frischen Daten über den Standort von Shiners Ziel versorgen.

Die First Lady war bereits auf der Joint Base Andrews eingetroffen und würde per Helikopter zum Krankenhaus weiterreisen. Den Berichten zufolge war ihr Zustand stabil und sie war bei vollem Bewusstsein. Raynor erfuhr außerdem, dass der Präsident nicht bei ihr war, sie aber voraussichtlich später am Tag im Krankenhaus besuchen würde, wahrscheinlich vor der geplanten Operation.

Die Delta-Operators fuhren den Rockville Pike entlang, durch die Innenstadt von Bethesda und am Haupttor des Walter Reed National Military Medical Center vorbei. Dieses war nicht nur ein Krankenhaus, sondern auch eine militärische Einrichtung und als solche natürlich ein gesicherter Bereich. Aber *weil* es auch ein Krankenhaus war, das jeden Tag die medizinische Rundumversorgung für Tausende von Patienten gewährleistete – Militärpersonal, Angehörige, Veteranen und andere –, waren die Sicherheitsmaßnahmen nicht lückenlos. Der ausgedehnte Gebäudekomplex um den markanten Turm – der Legende nach hatten die Pläne des Architekten auf einer Skizze von Präsident Franklin D. Roosevelt beruht – war schon vom Highway aus sichtbar und nur von einem Eisenzaun umgeben.

Durch den Zaun sah Raynor reihenweise Vans von Nachrichtensendern, die auf dem Vorplatz parkten. Ihre ausfahrbaren Satellitenantennen ragten in den Himmel wie nackte Zeltstangen.

Dem Krankenhaus selbst widmete Raynor nur einen flüchtigen Blick. Er war mehr daran interessiert, Sichtlinien und mögliche Standorte zu finden, von denen aus Shiner seinen nächsten Anschlag durchführen konnte. Im Vorbeifahren schoss er mehrere Fotos der Umgebung in allen Richtungen.

Sie hielten auf dem Parkplatz einer Mall ein paar Kilometer weiter, um ihre Strategie zu besprechen. Raynor öffnete Google Earth auf einem der Tablets und seine Aufklärungsfotos auf einem anderen.

»Das beste Schussfeld hätte er im Süden«, stellte er fest. »Aus einem dieser Gebäude in Bethesda.«

Auf dem Bildschirm war der geteilte Highway zu sehen, aber auch mehrere hohe Bauwerke in der Ferne.

Hawk checkte die Entfernung mithilfe des Satellitenbildes. »Das nächste ist ungefähr 1000 Meter weit weg. Das liegt innerhalb seiner Reichweite.«

»Das ist aber auch so nah, dass der Secret Service da wahrscheinlich nachschauen wird«, wandte Digger ein. »Gerade nach dem, was in New York passiert ist.«

»Wir werden nicht dasselbe tun wie die«, sagte Raynor. »Wir gehen noch weiter raus, wenn wir müssen. Ich traue Shiner zu, dass er versucht, seinen alten Rekord zu brechen.« Er rief ein anderes Foto auf. »Der Campus der National Institutes of Health liegt westlich. Da gibt es ein paar günstig gelegene Punkte, aber die sind nah dran. Vielleicht zu nah. Und um die kann sich der Secret Service leicht kümmern. Die haben da wahrscheinlich schon Teams auf jedem Dach.

Dann ist da noch der Norden.« Er schaltete zum nächsten Bild, das eine andere Straße zeigte, die anstieg und zwischen Bäumen verschwand.

»Da gibt's gute Stellen zum Verstecken«, stellte Slapshot fest.

»Ja«, stimmte Raynor zu. »Zu viele. Das ist ungefähr eineinhalb Kilometer vom Haupteingang entfernt.«

»Du gehst jetzt davon aus, dass der Präsident vorn reingeht. Wissen wir denn mit Sicherheit, wo er ankommen wird?«

»Nein.« Raynor schüttelte den Kopf. »Aber ich würde wetten, per Helikopter. Mit Marine One. Der Landeplatz ist hier.« Er rief die Satellitenkarte auf und deutete auf einen perfekt quadratischen, befestigten Platz auf dem Vorplatz des Krankenhauses, kurz hinter dem Südeingang. Dann schob er den Finger zum nächsten Gebäude. »Die medizinische Versorgung findet hier statt. Vielleicht fahren sie ihn hin, aber es wär auch möglich, dass sie zu Fuß gehen, bei all den Kameras, die da sein werden.«

»Er besucht seine Frau im Krankenhaus«, warf Slapshot ein. »Ist 'ne tolle Gelegenheit für Fotos.«

»Ich kann Todd anrufen und ihn nach der Reisemethode fragen, wenn du willst«, bot Digger an.

Raynor sah überrascht auf. »Der redet noch mit dir? Ich dachte, wir stehen beim Secret Service schon alle auf der schwarzen Liste.«

Digger grinste. »Die Bande der Bruderschaft sind stark. Außerdem ist er noch jung und leicht zu beeindrucken.«

»Naiv meinst du«, ergänzte Hawk mit einem spöttischen Schnauben.

»Warten wir damit noch so lange, wie es geht. Falls Simmons herausfindet, dass wir in seinem Einsatzgebiet sind, versucht er vielleicht, uns loszuwerden.« Raynor wandte sich wieder der Satellitenkarte zu. »Auf dem Weg vom Heli ins Krankenhaus ist der Präsident am angreifbarsten.«

»Oder wenn er wieder geht«, fügte Slapshot hinzu. »Was reingeht, muss auch wieder rauskommen.«

»Wir werden Shiner finden, lange bevor irgendwas davon passiert. Okay, verteilen wir die Aufgaben. Shaft, Venti, Joker … ihr geht nach Süden. Erkundet die Umgebung, versucht die Möglichkeiten einzugrenzen. Hauptsächlich bringt ihr euch schon mal in Stellung und wartet darauf, dass die Drohne uns zeigt, wo er ist. Verhaltet euch absolut unauffällig.« Den letzten Satz betonte er.

»Verstanden, Boss«, sagte Shaft schnell. »Also machen wir im Großen und Ganzen, was wir die letzten beiden Monate schon gemacht haben.«

»Slap und ich nehmen uns den Wald im Norden vor. Falls er da ist, werden uns die FLIR-Bilder zeigen, wo er steckt.«

»Ist heiß heute. Wird schwierig, Körperwärme davon zu unterscheiden. Vielleicht können wir den Präsidenten anrufen und ihn dazu bringen, dass er bis nach Einbruch der Dunkelheit wartet, wenn es kühler ist.«

Raynor zuckte die Achseln. »Ich hab nie gesagt, dass es leicht wird.« Er drehte sich zu Digger und Hawk um. »Ich möchte, dass ihr euch drinnen aufhaltet.«

»Der Secret Service kennt uns, Boss«, wandte Digger ein. »Wahrscheinlich besser als irgendeinen von euch.«

»Was meinst du, warum ich euch dafür ausgesucht habe? Versucht ihnen aus dem Weg zu gehen, wenn ihr könnt, aber falls … Nein, *sobald* wir Shiner finden, will ich, dass ihr mit ihnen zusammenarbeitet. Sowohl um den Präsidenten aus der Schusslinie zu halten als auch damit ihr ihnen Anweisungen geben könnt, wie sie mit Shiner fertigwerden.«

Die anderen starrten ihn mit schockiertem Schweigen an. Schließlich sagte Slapshot: »Boss, ich dachte, *wir* wären hier, um den Wichser umzulegen.«

»Deswegen wollte ich herkommen. Dann seid ihr aufgetaucht, und mir ist klar geworden, dass wir zumindest versuchen müssen, uns an die Vorschriften zu halten. Wir sind bloß besorgte Bürger, die eine Bedrohung melden. Der Plan ist, das so durchzuziehen, dass wir nicht in den Knast müssen.«

»Kapiert. Wir rufen also den Secret Service, und dann

machen wir ihn kalt. Reine Selbstverteidigung natürlich.«

Raynor gab keine Antwort. Das war auch nicht nötig.

Slapshot steuerte den Silverado durch das bewaldete Viertel einen knappen Kilometer nördlich des Krankenhauses, während Raynor auf dem Beifahrersitz saß und nach allem Verdächtigen zwischen den Bäumen Ausschau hielt. Parallel dazu behielt er die Livebilder der Drohne im Auge.

Etwa eine Stunde nachdem die Gruppe sich der Aufgabenverteilung gemäß getrennt hatte, traf der Helikopter mit der First Lady ein. Die Kameras der Nachrichtensender hielten jeden Augenblick fest. Die auf eine Klapptrage geschnallte Patientin wurde aus dem Hubschrauber gehoben und sofort in einen wartenden Rettungswagen geschoben. Es folgte eine kurze Fahrt zum Hintereingang des Krankenhauses, wohin die Reporter dem Wagen nicht folgen durften. Die Fernsehberichte endeten mit der unbestätigten Meldung, dass der Präsident innerhalb der nächsten Stunde eintreffen werde.

So viel Zeit blieb ihnen noch, um Shiner zu finden.

»Er könnte sich im Dachboden von einem der Gebäude eingenistet haben«, gab Slapshot zu bedenken.

Raynor sah nach oben, als sie zwischen zwei dreistöckigen Herrenhäusern mit Ziegelmauern hindurchgingen.

»Ich hoffe, nicht. Wenn nötig, checken wir jedes Haus.«

»Glaubst du, die Leute lassen uns einfach auf ihren Dachböden rumschnüffeln? Sollen wir uns als Termitenjäger ausgeben?«

»Wir sagen ihnen die Wahrheit. Dass wir zur Schutzmannschaft gehören.«

»Das ist die Wahrheit?«

Raynor zuckte die Achseln. »Wir können es bestimmt besser eingrenzen, sobald die Drohne hier ist. Wo ich gerade davon spreche …« Er nahm das Tablet und rief die Seite mit der Liveübertragung auf. Das Videobild sah noch mehr oder weniger so aus wie beim ersten Aufruf, aber das GPS zeigte an, dass die Drohne sich jetzt über dem Norden Virginias befand, immer noch etwa 130 Kilometer entfernt.

Mit der derzeitigen Geschwindigkeit würde die Drohne noch ungefähr eine halbe Stunde brauchen – erst dann würden sie wirklich mit der Suche beginnen können.

Er rief die Kontaktnummer an, die Pete Grauer ihm gegeben hatte. Eine weibliche Stimme meldete sich. »Flugzentrale.«

»Hier ist …« Er hielt inne und überlegte, wie er sich nennen sollte. *Der Kunde?*

»Racer? Sind Sie das?« Die Stimme kam ihm bekannt vor. »Hier ist Pam Archer.«

Er musste lachen. »Pete hat mir gar nicht gesagt, dass Sie heute dabei sind. Ehrlich gesagt, ich dachte, nachdem Ihnen Baby Boy in Pakistan abgestürzt ist, lässt er Sie nie wieder an den Joystick.«

Slapshot sah zu ihm herüber und hob eine Braue. Raynor formte mit den Lippen die Worte: *lange Geschichte.*

»Daran erinnert er mich jedes Mal, wenn ich eine Gehaltserhöhung will«, erwiderte Archer.

»Falls ich vergessen habe, es zu sagen: danke. Auch für das hier.«

»Ich tue nur, was Pete mir sagt. Was brauchen Sie?«

»Unsere Zeit ist knapp, Pam. Können Sie ein bisschen mehr aus ihr rausquetschen?«

»Klar doch.« Auf dem Bildschirm wurde die steigende Geschwindigkeit der Drohne angezeigt und die Landschaft unter ihr raste noch schneller vorbei. Bei etwa 440 Stundenkilometern blieb die Anzeige stehen. »Neue geschätzte Ankunftszeit: 18 Minuten.«

Raynor verzog das Gesicht. Er hatte sich mehr erhofft, aber er musste sich damit abfinden. »Danke, Pam. Hat Pete Ihnen gesagt, was wir suchen?«

»Er hat mir nur gesagt, wo ich die Kameras hinhalten soll. Ich nehme an, dass er Ihnen gesagt hat, dass das ein Flugbeschränkungsgebiet ist.«

»Er hat erwähnt, dass es einen Weg gibt, das Problem zu umgehen.«

»Im Luftraum um Washington, D.C. gelten spezielle Flugregeln. Das heißt im Wesentlichen, dass alle Flieger einen Plan einreichen, sich daran halten und in Funkkontakt mit der Flugsicherung bleiben müssen. Innerhalb dieses Luftraums gibt es eine kleinere Flugbeschränkungszone, in der nur Regierungsflugzeuge und planmäßige Passagierflüge zugelassen sind. Bethesda liegt in dieser Zone, und wir haben keine Erlaubnis, da reinzufliegen oder von unserem Flugplan abzuweichen. Wir bekommen nur einen Überflug. Das ist die schlechte Nachricht. Die gute Nachricht ist, dass der Plan uns am äußeren Rand der Beschränkungszone entlangführt. Der Vogel ist mit einer 1,8-Megapixel-Dualmodus-Kamera von ARGUS ausgerüstet. Naturlicht und Infrarot. Die Auflösung ist hoch genug, um heranzuzoomen und eine Person zu identifizieren, falls sie nach oben schaut. Aus 4200 Metern Höhe – höher dürfen wir ohne Flugplan nicht – können wir ein Gebiet von ungefähr 160 Quadratkilometern beobachten. Außerdem werden wir FLIR-Bilder aufzeichnen, die Sie hinterher durchsehen können. Ich kann am Rand des Flugbeschränkungsgebiets entlangfliegen und Ihnen das Ziel aus einem schrägen Winkel zeigen.«

»Schräg«, murmelte Raynor. Diese Neuigkeit war noch entmutigender, aber er hatte nicht vor, sich zu beklagen. »Damit können wir arbeiten. Danke, Pam. Geben Sie mir Bescheid, wenn Sie fertig sind.«

Während sie bequem in der klimatisierten Flugzentrale saß, ein kleines, modulares Gebäude am Rand des Key West International Airport, reizte Pamela Archer die Grenzen des Flugbeschränkungsgebiets aus, das die Hauptstadt umgab. Private Fluggeräte – alles von kleinen Flugzeugen bis zu ferngesteuerten Quadcopter-Drohnen – durften nicht in das Gebiet hineinfliegen, aber unbeabsichtigte Grenzverletzungen kamen häufig vor. Meistens beruhten sie auf kleineren Navigationsfehlern von Amateurpiloten. Die Konsequenzen solcher Überschreitungen reichten von der Aktivierung eines visuellen Laserwarnsystems bis zur Zerstörung durch Abfangjäger. Archer oder ihrer Crew konnte zwar nichts passieren, da sie sich beinahe 1600 Kilometer entfernt am Boden befanden, aber die Strafen für alles, das über die erste, sanfte Warnung hinausging, waren so gravierend, dass sie die Predator B immer weit genug vom virtuellen Grenzzaum entfernt hielt.

Und nun drängte Kolt Raynor sie, näher heranzufliegen.

Wie versprochen hatte sie die Drohne weniger als 20 Minuten nach Racers erstem Anruf über den angegebenen Bereich gebracht – genauer gesagt etwa zwölf Kilometer westlich davon. Einer ihrer Techniker richtete die Kamera in ihrem Gimbal in Richtung Bethesda aus und begann mit der HD-Liveübertragung direkt zu Racers Tablet. Es waren dieselben Videobilder, die nun auf dem großen Plasmabildschirm an der Wand der Operationszentrale erschienen. Ein kleinerer Monitor zeigte die gleiche Landschaft in Graustufen an, aber es war zu heiß, als dass Infrarotbilder Raynor viel genützt hätten. Die Bäume und die Landschaft waren noch gut definiert, aber alles war weiß, als würde es unter einer Schneedecke liegen.

Von Zeit zu Zeit warf Archer einen Blick auf die anderen Bildschirme, aber ihre Aufmerksamkeit galt hauptsächlich dem GPS, da sie nach Instrumenten flog. Die Auflösung der Kamera war verblüffend scharf und enthüllte nach und nach das Panorama des Zielgebiets. Racer und seine Delta-Männer konnten jeden Bildbereich nach Belieben einfrieren und heranzoomen oder zurückspulen und neu starten, falls nötig. Unglücklicherweise lag der Bildbereich, der Raynor am meisten interessierte, am äußeren Rand der effektiven Kamerareichweite und war durch den schrägen Winkel zum Teil uneinsehbar.

Archer trug zwei Headsets. Mit dem linken Ohr hörte sie die Funkfrequenz des ZDC ab – des Washington Air Route Traffic Control Center –, mit dem anderen verfolgte sie die Telefonkonferenz mit Raynor und seinen Kameraden. Sie machten sie auf interessante Bereiche aufmerksam, beklagten sich aber auch über technische Einschränkungen und den Zeitdruck, unter dem sie standen. Als sie den Überflug beendet hatte, wandte Raynor sich direkt an sie.

»Pam, das wird nicht reichen. Sie müssen noch mal drüberfliegen, und diesmal näher.«

»Kommt nicht infrage, Racer. Ich habe Ihnen doch gesagt, mehr als einen Überflug kriegen Sie nicht.«

»Umgehen Sie die Vorschriften«, bat er. »Es ist leichter, um Entschuldigung zu bitten, als um Erlaubnis. Sagen Sie der FAA, es sei ein Navigationsfehler gewesen. Abschießen werden die Sie schon nicht. Nicht über bewohntem Gebiet. Sie werden wieder weg sein, bevor die ihre Abfangjäger losschicken können.«

»Kolt, die Bodenkontrolle hat unseren Transpondercode. Die wissen, wem die Drohne gehört und wer sie fliegt. Wenn ich ins Sperrgebiet eindringe, werden die das nicht einfach auf sich sitzen lassen. Ich werde mindestens meinen Flugstatus und meinen Job verlieren. Radiance wird nicht mehr für die Regierung arbeiten können und so viel Strafe zahlen, dass die Firma pleitegeht. Das tue ich Pete nicht an.«

»Pam, da unten ist ein Scharfschütze, derselbe, der die First Lady aus mehr als zwei Kilometern Entfernung getroffen hat. Der schießt nicht daneben, Pam. Wenn wir ihn finden und aufhalten, wird Sie niemand auch nur um eine Entschuldigung bitten. Aber wenn nicht, wird dieses Land explodieren. Das ist es, was hier auf dem Spiel steht, Pam.«

Archers Kehle war wie zugeschnürt. Raynors leidenschaftliche, drängende Stimme schien ihren ganzen Körper zu erfassen. Er verlangte von ihr, ein großes Risiko einzugehen, und das auf Grundlage von etwas, das letztlich kaum mehr als ein Bauchgefühl war.

Vor acht Jahren hatte sie ihre eigenen Instinkte ignoriert, hatte sich an die Regeln gehalten, war vorsichtig gewesen – und Männer waren gestorben.

Wie viele würden sterben, wenn sie diesmal wieder vorsichtig war?

»Fünf Minuten.« Ihre Stimme war kaum mehr als ein Flüstern.

Racer war klug genug, seine Dankbarkeit nicht zum Ausdruck zu bringen.

Sie bemerkte, dass die Sensorentechniker sie mit großen Augen anschauten. »Wär vielleicht ein guter Zeitpunkt für eine Raucherpause«, schlug sie vor.

Die beiden Männer tauschten einen Blick aus. Einer von ihnen murmelte: »Ich wollte eh kündigen.« Der andere zuckte nur die Achseln und wandte sich wieder seinem Monitor zu.

»Also dann.« Archer bediente den Joystick und ließ die Drohne eine weite Linkskurve fliegen. Die Landschaft auf dem Bildschirm, ein smaragdgrüner Teppich, auf dem hier und dort Häuser und andere Gebäude sichtbar waren und der von scheinbar willkürlich angeordneten Straßen und Wegen durchzogen war, begann sich zu verschieben und zu drehen.

Das GPS zeigte die Position der Drohne an, der Rand des Flugbeschränkungsgebiets rückte näher – und dann überflog sie die Grenze.

Ein paar Sekunden lang passierte nichts, aber dann blitzte ein hellgrünes Licht im oberen Bereich des großen Bildschirms auf. Einen Augenblick später folgte ein rotes Licht, dann wieder Grün. Es flackerte wie die Lightshow bei einem Konzert.

»Das ist das Laserwarnsystem«, erklärte Archer. »Wir sind jetzt in der Verbotszone.«

»Verstanden«, gab Raynor zurück. »Behalten Sie die Richtung so lange wie möglich bei.«

Archer nickte abwesend, antwortete aber nicht. Sie hatte den Mund ziemlich voll genommen, als sie ihnen fünf Minuten versprochen hatte. Wenn sie Glück hatte, würde sie ihnen zwei geben können.

Nach etwa 30 Sekunden hörte sie wieder Raynors Stimme. »Wir sind über der Nordgrenze. Haltet die Augen auf.«

Die Delta-Operators begannen sich auszutauschen, wiesen sich gegenseitig auf Unregelmäßigkeiten und verdächtige Bereiche in ihrem Sichtfeld hin, verwarfen sie als Schatten und Bildstörungen. Archer ignorierte den Großteil dieses Geredes und konzentrierte sich auf ihre Aufgabe. Aber sie hörte zu, als eine weibliche Stimme sagte: »Racer, wir haben gehört, dass Marine One in zehn Minuten eintrifft.«

»Roger, Hawk«, erwiderte Raynor. »Haltet weiter Ausschau.«

Fast im selben Augenblick ertönte eine krächzende Stimme in ihrem linken Ohr. »Radiance Zero-Two, hier Leesburg Bodenkontrolle. Sie sind vom Kurs abgekommen und dringen in den beschränkten Luftraum ein. Behalten Sie Ihre Flughöhe bei. Steuern Sie sofort Drei-Drei-Null an und warten Sie auf weitere Anweisungen. Bestätigen Sie, kommen.«

Archer zog in Erwägung, den Funkspruch einfach zu ignorieren. Sowohl die Funkstille als auch der behauptete Navigationsfehler würden zu ihrer Geschichte eines unterbrochenen Signals passen. Solche Dinge kamen manchmal vor, aber wenn es zu einer genauen Untersuchung der Vorfälle kam, würde die Story Löcher aufweisen. Sie versuchte es mit einer anderen Taktik.

»Leesburg Bodenkontrolle, hier Radiance Zero-Two. Wir sind autorisiert, in das Flugbeschränkungsgebiet einzudringen, kommen.«

Eine Pause entstand, während der Flugverkehrskontrollbeamte nach einem Nachweis für diese Behauptung suchte.

Ich habe Ihnen gerade zusätzliche 30 Sekunden verschafft, Racer, dachte Archer.

»Radiance Zero-Two, negativ. Sie haben keine Befugnis. Sofort abbrechen.«

»Wird Zeit, umzudrehen«, sagte Archer, bevor sie die Sprechtaste drückte. »Leesburg Bodenkontrolle, sehen Sie bitte noch einmal nach. Der Secret Service hat uns mit Luftüberwachung für den Besuch des Präsidenten beauftragt. Die müssten das Autorisierungsformular abgegeben haben.«

»Radiance Zero-Two, bis wir das überprüfen können, müssen Sie die verbotene Zone verlassen. Wenn Sie den Anweisungen nicht sofort Folge leisten, werden die Abfangjäger alarmiert.«

Archer sah zum großen Bildschirm hinauf. Die Drohne war praktisch direkt über dem Walter-Reed-Krankenhaus. »Tut mir leid, Racer. Ich habe mein Bestes getan.«

Als ihr Daumen die Sprechtaste berührte, hörte sie Raynors Stimme im anderen Ohr. »Noch 30 Sekunden, Pam.«

»Radiance Zero-Two, bestätigen Sie!«

Archer biss die Zähne zusammen und drückte die Sendetaste. »Bestätige. Drehe nach rechts ab, Drei-Drei-Null. Radiance, Ende.«

Sie griff den Joystick fest, bewegte ihn aber nicht. Nicht sofort. Um Racer zu helfen, begann sie zunächst mit einem Countdown. »Ich drehe ab in fünf … vier … drei …«

Jemand schrie ihr ins Ohr, so laut, dass sie nicht wusste, wessen Stimme es war: »Das ist er!«

Archer drückte den Joystick hart nach rechts und stieß die angehaltene Luft in einem erleichterten Seufzen aus.

27

Raynor zoomte das Standbild näher heran. Der Anflugwinkel war perfekt und hatte ihm einen direkten, frontalen Blick auf den Mann verschafft. Die Auflösung war nicht ganz hoch genug, um die Gesichtszüge erkennen zu können, aber die schwarze Augenklappe über dem linken Auge war nicht zu übersehen. Hilfreich war außerdem, dass Mirić nach Norden blickte, fast direkt in die Kamera, als hätte er gewusst, dass Raynor ihn genau im Blick hatte.

Er hörte wieder Pam Archers Stimme, die mit der Bodenkontrolle sprach. Sie versuchte immer noch zu bluffen und sie glauben zu machen, sie habe eine Erlaubnis, dort zu fliegen. Gleichzeitig folgte sie den durchgegebenen Kurskorrekturen, die sie wieder aus dem Flugbeschränkungsgebiet herausführten. Er achtete nicht auf sie, konzentrierte sich stattdessen auf die Früchte, die ihr mutiges Handeln getragen hatte.

»Stellt fest, wo er ist«, forderte er seine Leute auf.

»Ich hab's, Boss«, meldete Shaft. »Chevy Chase Trust Building. Westturm. Die Adresse ist 7501 Wisconsin Ave.«

Raynor zoomte wieder heraus, um die Position des hohen, robust wirkenden Geschäftsgebäudes zu erkennen. Es stand mitten in der Stadt.

»Wir kommen zu euch. Sichert das Gebiet, aber greift nicht an.« Er wandte sich Slapshot zu, aber dieser hatte offenbar seine Gedanken gelesen und startete den Motor des Pick-up-Trucks. »Digger, setz dich sofort mit Kearney in Verbindung. Sag ihm, dass wir den Scharfschützen gefunden haben.«

»Schon dabei, Boss.«

Slapshot legte den Gang ein und fuhr los. Er steuerte den Wagen durch die schmalen Seitenstraßen des Viertels und erreichte die Einfahrt zum Highway in weniger als einer Minute. Über den Rockville Pike, die Straße, die auch als Maryland Route 355 bekannt war, sowie in Bethesda selbst die Wisconsin Avenue würden sie direkt an Shiners Türschwelle gelangen.

Slapshot überfuhr ein Stoppschild, hupte beim Rechtsabbiegen und steuerte den Truck quer über alle drei Fahrspuren. Raynor hörte hektisches Hupen und Reifenquietschen, als in Panik geratende Fahrer unnötigerweise auf ihre Bremsen traten. Aber das Risiko eines Zusammenstoßes war gering. Der Pick-up hatte bereits Highway-Geschwindigkeit erreicht, und Slap hatte mehr Trainingsstunden im taktischen Fahren hinter sich als fast jeder andere in der Einheit. Aber das konnten die anderen Fahrer nicht wissen. Kolt fühlte eine leichte Erschütterung, als die Reifen des Trucks auf den leicht erhöhten Mittelstreifen fuhren, der wenig mehr war als eine Art Bürgersteig, der die nach Norden und die nach Süden führenden Spuren voneinander trennte. Aber Slapshot behielt die Kontrolle und wurde nicht langsamer. Als der Wagen wieder gerade ausgerichtet war, drückte er das Gaspedal bis zum Boden durch.

Diggers Stimme ertönte in Raynors Ohr. »Nachricht ist angekommen, Boss.«

»Sag ihnen, sie sollen Marine One wegschicken, bis die Gefahr beseitigt ist.«

»Das habe ich schon, aber ich glaube nicht, dass die vom Plan abweichen werden. Simmons denkt, dass sie Champ am Boden besser schützen können. Ach, übrigens, er freut sich nicht gerade darüber, dass wir in der Nähe sind.«

»Der kann mich mal am Arsch lecken«, murmelte Slapshot.

Kolt war voll und ganz seiner Meinung. Aber er hatte Pete Grauer versprochen, dass sie sich an die Regeln halten würden, und sosehr er Rasim Mirić auch zur Hölle schicken wollte, würde er doch nicht zulassen, dass seine Freunde ihre Karriere wegwarfen, wenn er es verhindern konnte. »Wie lange noch, bis der Heli da ist?«, fragte er.

Digger wiederholte die Frage, stellte sie vermutlich Special Agent Kearney, und gab dann die Antwort weiter. »Fünf Minuten, ungefähr.«

»Dann brauchen sie wahrscheinlich noch mal fünf, um den Vogel auszuladen und abzuschließen. Schickt Simmons Agenten zu Mirić?«

»Weiß ich nicht. Er will mir nichts erzählen.«

»Hört sich für mich wie ein ›Nein‹ an«, merkte Slapshot an.

»Davon müssen wir ausgehen«, bestätigte Raynor.

Der Pick-up fuhr über die Hügelkuppe und rollte bergab. Eine Baumreihe am Straßenrand verhinderte, dass Kolt den Krankenhauskomplex sehen konnte, aber über ihnen ragte der unverkennbare Turm in den Himmel, der sich am Vordereingang befand.

»Scheiße!«, brüllte Slapshot und bremste plötzlich heftig. »Dieser verdammte Großstadtverkehr.«

Raynor richtete den Blick wieder auf die Straße und sah eine Reihe von Bremslichtern vor sich. Die drei nach Süden führenden Spuren wirkten wie ein Parkplatz, und als er weiter nach vorn schaute, begriff er auch, warum. Vier schwarze Streifenwagen der Polizei von Maryland standen in einer Fischgrätenformation mit flackernden Blaulichtern quer über dem Highway und schnitten den Weg zur Militärbasis ab. Der Verkehr lief weiter, aber die Fahrer konnten die scharfe Rechtskurve auf die West Cedar Lane nur im Schritttempo fahren.

Raynor rief Google Earth auf und suchte den besten Weg zum Ziel. »Bieg rechts ab«, forderte er Slapshot auf. »Dann kommen wir nach ungefähr 400 Metern auf die Old Georgetown Road. Von da geht's direkt nach Süden.«

»Na toll. Was sind schon 15 Minuten mehr?«

Kolt teilte die Frustration des großen Mannes. Der Umweg würde die Strecke zwar nur um etwa eineinhalb Kilometer verlängern, aber nicht die Entfernung, sondern die verstopften Straßen waren das eigentliche Problem. Seitdem sie gebremst hatten, hatten sie sich um genau drei Wagenlängen weiterbewegt. Bei dieser Geschwindigkeit würde es noch mindestens eine oder zwei Minuten dauern, bevor sie auch nur die Kurve erreichen und abbiegen konnten.

Raynor schaute auf die Uhr und betrachtete dann den Himmel im Osten, bis er fand, was er suchte – ein halbes Dutzend schwarzer Punkte, die wie eine kleine Formation von Zugvögeln wirkten. Es waren aber keine Vögel, sondern die Hubschrauber des US Marine Corps, die den Präsidenten transportierten.

»Scheiß drauf«, grollte Slapshot, riss das Lenkrad nach links herum und trat wieder aufs Gaspedal. Der Pick-up hüpfte auf den Mittelstreifen und schoss auf ihm entlang, vorbei an den stehenden Fahrzeugen.

Raynor verbiss sich den Protest. Sie hatten ihren Entschluss gefasst, und unter diesen Umständen schien es keinen besseren Weg zu geben. Ihr Fahrmanöver blieb den Beamten der State Police an der vor ihnen liegenden Straßensperre nicht verborgen. Als ihr Truck sich ihnen näherte, zogen die Cops ihre Waffen und bezogen Verteidigungspositionen hinter ihren Autos. Das wäre ein schwerer Fehler gewesen, falls Slapshot einfach die Barrikaden gerammt hätte und weitergefahren wäre.

Aber zu ihrem Glück war das nicht seine Absicht. Sobald er das vordere Ende der Schlange erreicht hatte, bog er scharf nach rechts auf die Cedar Lane ab. Diese Nebenstraße war ebenso von Autos verstopft, und ein paar panische Sekunden lang hielt Kolt einen Zusammenstoß für unvermeidlich. Aber irgendwie gelang Slapshot die Fahrt durchs Nadelöhr, und sie gelangten auf die leere Abbiegespur in der Straßenmitte.

Kolt ließ den Atem heraus, den er angehalten hatte. »Scheiße, Slap.«

»Das Glück ist mit den Mutigen«, sagte der andere, ohne den Blick von der Straße abzuwenden. »Das ist ein Mietauto. Du bist doch versichert, oder?«

Bevor Raynor antworten konnte, meldete sich Digger. »Der Heli ist gelandet.«

»Ich dachte, das sollte noch fünf Minuten dauern?«

»Sorry, Boss. Mit einem Spielraum von 30 Sekunden eben.«

Raynor schüttelte angewidert den Kopf. »Das Glück hat uns gerade angeschissen, Slap. Wir schaffen's nicht rechtzeitig. Shaft, du hast die volle Befehlsgewalt. Jetzt.«

»Ohne Scheiß?«, gab Shaft zurück. »Von wem?«

Raynor bemerkte, dass Slapshot fragend den Kopf neigte, und atmete tief durch. »Von mir, Shaft. Noble Zero-One.«

»Mann, Boss, okay«, rief Shaft. »Ich übernehme das.«

Obwohl es technisch gesehen nur ein Gebäude war, standen eigentlich zwei Häuser an der Adresse 7501 Wisconsin Avenue – zwei identische, 15 Stockwerke hohe Türme, die an der Basis durch eine lange, zweistöckige Innengalerie verbunden waren.

Im Drohnenvideo war es für Shaft leicht zu erkennen gewesen. Es war eines der markantesten Gebäude in der Innenstadt von Bethesda, auch das größte – nur knapp fünf Meter kleiner als der Turm beim Militärkrankenhaus. Es hatte an der Spitze seiner Liste der Orte gestanden, aus denen Shiner möglicherweise operieren konnte. Die Entfernung zum Krankenhaus betrug fast exakt 1600 Meter, was, wie er nun wusste, innerhalb der Komfortzone dieses Scharfschützen lag. Allerdings wäre diese Wahl ihm etwas zu offensichtlich erschienen. Deshalb war er, nachdem er Ein- und Ausgänge des Gebäudes erkundet hatte, weiter nach Norden aufgebrochen, um andere Möglichkeiten auszukundschaften. Schließlich hatte er sich in einem kleinen Park ein paar Häuserblocks nördlich mit Joker und Venti getroffen, weil er diese Stelle für einen zentralen Punkt gehalten hatte.

Jetzt bereute er, dass er nicht seiner ersten Eingebung gefolgt war.

Sobald Shaft ihm den Ort mitgeteilt hatte, und noch bevor Raynor sie anwies, auf Position zu gehen, waren er und die anderen zwei Operators bereits auf dem Weg, aber obwohl sie beinahe rannten, brauchten sie ein paar Minuten bis zum Ziel. Sie stürmten fast im selben Moment auf den Südwesteingang zu, als der Helikopter Marine One 1600 Meter entfernt auf dem Landeplatz aufsetzte.

Es wäre sinnlos gewesen, Raynor darauf hinzuweisen, dass er und sein Team noch nicht einmal im Gebäude waren und ganz sicher nicht in der richtigen Position, um den Feind auszuschalten. Schließlich hatten sie keine Möglichkeit, die Verantwortung an irgendjemand anderen abzugeben.

Während er hineinlief und Kurs auf die Fahrstühle nahm, meldete er: »Sind im Haus.«

Über einer der Türen waren ein nach unten gerichteter Pfeil sowie die Zahl ›5‹ zu sehen. Alle paar Sekunden änderte sich die Zahl.

»Komm schon.« Shaft tappte mit dem Fuß auf den Boden, während er nervös die Zahlen betrachtete. »Vier. Drei. Zwei.«

Angespannt stand er da, bereit, in den Fahrstuhl zu stürmen, sobald die Tür sich öffnete. Aber dann stellte er fest, dass die Anzeige bei ›2‹ stehen geblieben war.

»Wer nimmt denn den Fahrstuhl, um nur eine Etage tiefer zu fahren?«, murrte Joker.

Venti sah sich für einen Augenblick in der Eingangshalle um und zeigte dann in eine Richtung. »Treppe?«

Aus taktischen Gründen hätte Shaft die Treppe vorgezogen; niemand konnte vorhersagen, was hinter einer sich öffnenden Fahrstuhltür zum Vorschein kam. Aber trotz dieser scheinbaren Verzögerung war ihm klar, dass ein Fahrstuhl sie weit schneller nach oben bringen würde, und mit bedeutend weniger körperlicher Anstrengung. Völlig außer Atem in ein Feuergefecht zu geraten war das Letzte, das sie gebrauchen konnten.

Endlich änderte sich die Zahl. Ein Klingeln ertönte und kündigte das Eintreffen des Fahrstuhls an. Die drei Delta-Kämpfer traten beiseite und warteten, bis die einzige Person darin – ein Mann mittleren Alters, der völlig vom Display seines Mobiltelefons vereinnahmt wurde – davongeschlendert war. Dann betraten sie die Kabine, als wäre sie ein zu sicherndes Zielobjekt. Shaft drückte den Knopf für die oberste Etage, während Venti bereitstand, um zu verhindern, dass noch jemand einzusteigen versuchte.

Sobald sich die Tür geschlossen hatte, zog Shaft seine Glock 23 aus dem versteckten Holster im Schritt. Dann nahm er den SureFire-Schalldämpfer zur Hand, der in einer Tasche seiner BulletBlocker-Canvasjacke herumrollte. Trotz der Hitze im Freien trugen sie alle irgendeine Art Jacke, entweder um die leichten Schutzwesten zu verbergen oder, in Shafts Fall, weil die Jacke tatsächlich ballistischen Schutz bot. Das Innenfutter bestand aus Kevlar, NIJ-Typ III-A. Es konnte die meisten Pistolenkaliber aufhalten, bis zu einer 44er Magnum – jedenfalls behauptete das der Hersteller. Die Jacke gehörte zur Standardausrüstung, aber jeder Operator entschied selbst, ob er sie trug oder nicht.

»Schalldämpfer angebracht?«, fragte er und blickte auf.

»Roger.« Venti hob seine ähnlich ausgestattete Waffe und zog ein letztes Mal am Schalldämpfer, um sicherzugehen, dass dieser festsaß.

Joker tat dasselbe und fügte hinzu: »Tarnmodus an.«

»Digger, wie sieht's da draußen aus?«

Diggers übliche, lakonische Surfer-Coolness war verschwunden. Stattdessen klang er jetzt hektisch, beinahe panisch: »Champ ist im Freien. Er geht zu Fuß hin.«

»Du machst wohl Witze.« Doch er wusste, dass das nicht der Fall war. »Welchen Teil von ›da ist ein Scharfschütze‹ haben die denn nicht verstanden?«

»Was immer du tun willst, Bruder, du musst es jetzt tun!«

»Was du nicht sagst.«

Der Fahrstuhl hatte sein Ziel ohne Unterbrechungen erreicht. Als die Schiebetür sich öffnete, verließen die drei Operators in taktischer Formation und mit schussbereiten Waffen die Kabine. Dennoch erschrak Shaft, als er eine Ecke umrundete und fast mit einem uniformierten Wachmann zusammenstieß, der aus der Gegenrichtung kam.

Die Augen des Wachmanns weiteten sich, als er die schallgedämpfte Pistole in Shafts rechter Hand sah. Er griff nach seiner eigenen Waffe, die im Holster steckte.

»Stopp!«, rief Shaft und zielte mit seiner Glock auf den Mann, um dessen Aufmerksamkeit auf sich zu lenken. Dabei hatte er nicht im Geringsten die Absicht, auf einen Zivilisten zu schießen. Falls diese Machtdemonstration nicht ausreichte, gab es andere, nicht tödliche Optionen. Nur um sicherzugehen, fügte er hinzu: »Secret Service, *undercover.* Nehmen Sie die Hand von der Waffe.«

Das erzielte den gewünschten Effekt. Der Wächter hob sofort die Hände und signalisierte Kooperationsbereitschaft.

Racers Stimme ertönte knisternd im Bluetooth-Earpiece. »Shaft. Was ist los?«

»Ein Wachmann, Boss«, murmelte Venti über die offene Leitung.

Shaft senkte seine Pistole, sah dem Mann aber weiter in die Augen. »Wir müssen aufs Dach. Es ist dringend.«

Der Wächter, der offenbar immer noch perplex war angesichts der soeben gemachten Nahtoderfahrung, nickte und bedeutete ihnen, ihm zu folgen.

Die Zugangstreppe zum Dach war nur wenige Schritte entfernt. Der Sicherheitsmann öffnete ihnen die Tür und trat beiseite, um sie durchzulassen. Mit ausgestreckter

Pistole lief Shaft die Stufen hinauf. Die Tür am oberen Ende ließ sich nach innen öffnen und stand ein kleines Stück offen. Dort blieb er stehen und wartete, bis seine Kameraden ihn eingeholt hatten. Venti war direkt hinter ihm, Joker bildete das Schlusslicht. Zu seinem Verdruss sah Shaft auch den Wachmann die Treppe hinaufsteigen.

Soufflierend wandte er sich an den Mann: »Bleiben Sie da. Sichern Sie die Tür da, bis unsere Verstärkung eintrifft.«

Der Wächter nickte und ging einen Schritt zurück. Ihnen blieb keine Zeit zu warten, bis er sich entfernt hatte. Shaft griff die Tür mit der linken Hand und schob sie auf, bereit, auf jede dahinter befindliche Bedrohung zu reagieren.

Der Krach erfüllte das enge Treppenhaus und traf ihn wie ein Faustschlag. Das Geräusch war unverwechselbar: ein Schuss aus einer Pistole ohne Schalldämpfer. Mit einem Pfeifen in den Ohren wirbelte Shaft herum, und die Überraschung machte dem Grauen Platz. Venti, der dicht hinter ihm war, drehte sich ebenfalls der Quelle des Lärms zu, sodass er Shaft die Sicht auf das versperrte, was sich unten abspielte. Noch bevor er sich ganz umgedreht hatte, war ein zweiter Knall zu hören und etwas Nasses, Warmes spritzte Shaft ins Gesicht.

Venti taumelte zur Seite, brach zusammen und fiel die Treppe hinunter, womit nichts mehr zwischen Shaft und dem Killer stand.

»Der verfluchte Wachmann«, krächzte Shaft in der Hoffnung, dass Racer die Warnung verstand. Er schwang seine Pistole herum, zielte auf das Massezentrum des Schützen, der seinerseits auf ihn zielte.

Shaft zog den 1,8-Kilogramm-Abzug durch und sah im selben Moment den Mündungsblitz der Waffe des Sicherheitsmannes.

28

»Shaft!«, rief Raynor. Keine Reaktion. »Scheiße!«

In ohnmächtiger Wut schlug er mit der Faust aufs Armaturenbrett. Slapshot starrte neben ihm weiter geradeaus, konzentrierte sich voll und ganz auf die Straße. Kolt kämpfte gegen den Impuls an, Slapshot zu drängen, schneller zu fahren; der große Mann fuhr bereits so schnell, wie er es wagen konnte.

Nachdem sie auf die Old Georgetown Road abgebogen waren, hatten sie das Tempo ein wenig erhöht. Nicht weil weniger Verkehr geherrscht hätte, sondern weil der sechsspurige Highway Slapshot mehr Raum gab, die langsameren Fahrzeuge zu überholen, die ihnen im Weg waren. Im Slalom fuhr er immer wieder über den Mittelstreifen und zurück, hupte und ließ die Scheinwerfer aufblitzen, um ihnen den Weg zu bahnen, raste über Kreuzungen, ohne langsamer zu werden. Leider war sein aggressiver Fahrstil nicht unbemerkt geblieben. Einer der Streifenwagen der State Police von der Straßensperre auf dem Rockville Pike hatte sie beinahe eingeholt. Raynor war sich so gut wie sicher, dass sie bereits Verstärkung angefordert hatten.

Die Straße ging in eine scharfe Linkskurve über. Direkt vor ihnen sah Raynor die Hochhäuser des Gewerbegebiets in der Innenstadt. Auf den nach Süden führenden Fahrspuren war der Verkehr fast zum Erliegen gekommen, aber die Spuren nach Norden waren so gut wie leer.

Er checkte noch einmal Google Earth. Weniger als 1600 Meter waren noch übrig.

»Shaft!«, rief er noch einmal. »Venti? Joker? Irgendjemand?«

Immer noch keine Reaktion. Er weigerte sich, daran zu denken, was das fast mit Sicherheit bedeutete.

»Digger, wie ist die Lage bei dir?«

Hawk antwortete an seiner Stelle. »Digger ist bei Todd. Champ ist immer noch im Freien.«

»Sag ihm, sie müssen dafür sorgen, dass der Präsident in Bewegung bleibt«, wies Raynor sie an.

»Ich werd's versuchen.«

»Versuch es nicht nur, Hawk. Sorg dafür. Führ dich auf wie 'ne Verrückte, täusch eine Panikattacke vor, was auch immer, aber bring den Präsidenten in Deckung.«

»Boss!«, brüllte Slapshot. »Auf zwölf Uhr!«

Raynor hob den Blick und sah noch mehr flackernde blaue und rote Lichter – eine Reihe von Polizeiautos, die etwa 100 Meter vor ihnen beide Fahrspuren blockierten.

»Die nächste links!«, rief er.

Slapshot riss das Lenkrad herum, kreuzte schlingernd und rutschend die leeren Fahrspuren und lenkte den Truck in die schmale Seitenstraße. Der Weg vor ihnen war mit langsam fahrenden Wagen und mit Fußgängern verstopft, aber damit hatte Raynor gerechnet. »Halt an. Ab hier gehen wir zu Fuß.«

Slapshot stellte die Entscheidung nicht infrage. Er konnte den Wagen halb auf die Straße steuern, bevor er heftig auf die Bremse treten musste. Raynor warf einen letzten Blick auf die Satellitenkarte, suchte nach der kürzesten Route zum Chevy Chase Trust Building, die sie nicht geradewegs zur Straßensperre der Polizei führen würde, und rannte los.

Die Straße führte nach Nordosten zu einer T-Kreuzung, nach der sie wieder zur Wisconsin Avenue zurückgelangten. Dort konnte Kolt endlich ihren Zielort sehen, wenige Hundert Meter entfernt. Anstatt zu versuchen, Fußgängern auszuweichen, wich er auf die Straße aus, kreuzte die Fahrspuren im Laufschritt und sprintete die letzten 100 Meter.

Als er den nordwestlichen Teil des Gebäudes erreichte, hörte er wieder Diggers Stimme im Bluetooth-Earpiece. »Champ ist in Deckung. Ich wiederhole, Champ ist in Deckung.«

Raynor lief weiter. Die Nachricht verringerte den Druck, unter dem sie standen, aber nur ein wenig. Er verlangsamte seine Schritte auf Joggingtempo und sah zum ersten Mal, seit er aus dem Wagen gestiegen war, über die Schulter. Slapshot war direkt hinter ihm, hielt mit Leichtigkeit Schritt, schien kaum außer Atem zu sein.

»Er wird abhauen, Slap. Er hat seine Chance verpasst; danach wird er nicht mehr hierbleiben. Ich lass ihn mir nicht durch die Lappen gehen. Nicht noch mal.«

»Wir können nicht alle Ausgänge bewachen, Kolt«, erwiderte der große Mann. »Und wir könnten da oben Verletzte haben. Aber vielleicht sind Shaft und die anderen der Grund dafür gewesen, dass er nicht schießen konnte.«

»*Fuck.*« Slapshot hatte in allen Punkten recht. »Digger, Hawk, ihr müsst Simmons dazu bringen, dass er den Ort abriegelt. Das Gebäude. Die ganze beschissene Stadt, wenn's sein muss.«

»Ich werd tun, was ich kann, Boss. Ich glaube, im Moment würde er dich lieber festnehmen lassen«, entgegnete Digger.

Raynor ging nicht auf die Bemerkung ein und betrat mit Slapshot im Schlepptau das Gebäude. Sie ließen die Fahrstühle links liegen und liefen zur Feuertreppe. Dabei machten sie ihre Waffen bereit und richteten sie auf das Treppenhaus. Kolts Beine und seine Lunge brannten, aber er überwand den Schmerz und blieb erst stehen, als sie an der Tür zum obersten Stockwerk eintrafen. Nachdem sie die Tür und den Flur gesichert hatten, benutzten sie einen Notfallevakuierungsplan an der Wand, um die Treppe zu finden, die zum Dach führte. Sie rückten taktisch weiter vor, betraten das Treppenhaus und fanden die Leichen.

Raynor stieg über die erste reglose Gestalt – einen Mann, der die Uniform eines Sicherheitsmanns trug – und behielt seine Waffe auf die Stufen gerichtet, während Slapshot den Mann untersuchte. Zwei weitere lagen am Fuß der Treppe; Raynor erkannte beide.

Venti lag auf Joker. Seine Augen starrten unbeweglich ins Leere. Um beide Männer sammelte sich eine Blutlache.

»Der Kerl hier ist tot«, flüsterte Slapshot und stand wieder auf.

»Er hat sie erschossen. In den Hinterkopf, als sie die Treppe raufgingen.«

Raynor kochte vor Wut. Er war wütend auf den Toten, weil dieser seine Kameraden umgebracht hatte, wütend auf die beiden Operators, weil sie jemandem, den sie nicht kannten, den Rücken zugekehrt hatten. Aber am wütendsten war er auf sich selbst, weil er sie überhaupt erst in diese Situation gebracht hatte.

»Ich frage mich, wer das war«, sagte Slapshot.

Raynor hatte keine Ahnung – er wusste nur, dass der Mann für Shiner arbeiten musste. Die Identifizierung der Leiche würde ihnen vielleicht einen Hinweis darauf geben, für wen der Scharfschütze wirklich arbeitete.

Er stieg über die gefallenen Delta-Operators und ging die Treppe hinauf.

Direkt vor der offenen Tür, die auf das Dach führte, lag Shaft auf dem Rücken. Blut aus einer Wunde an der Kopfhaut strömte über sein Gesicht und befleckte seine Jacke, aber er atmete noch.

Raynor ging an dem verletzten Operator vorbei. Er schob die Tür vorsichtig weit genug auf, um sicherzustellen, dass auf der anderen Seite niemand im Hinterhalt lag, aber er trat nicht hindurch.

Hinter ihm sagte Slapshot: »Streifschuss. Er hat wahrscheinlich 'ne Gehirnerschütterung. Er wird's überstehen, aber er braucht so schnell wie möglich einen Arzt.«

»Sobald wir das Dach gesichert haben.« Raynor wusste, dass der Sergeant Major ihm in diesem Punkt nicht widersprechen würde. Sicherheit musste ihre oberste Priorität sein. Er blickte auf Shaft hinab und legte ihm die linke Hand auf den Oberarm. »Halt durch, Bruder.«

»Bereit, wenn du's bist, Boss.«

Raynor zählte bis drei, stürmte dann durch die Tür und wandte sich nach links, als würde er einen Raum sichern. Sein Sektor war leer. Er sah auch keine Bewegung in seinem peripheren Sichtfeld, aber die Tür führte nach Osten, und er wusste, dass Shiner sich nach Norden gewandt haben musste, in Richtung des Militärkrankenhauses.

»Linke Seite gesichert«, flüsterte er und näherte sich der Südwestecke des erhöhten Dachaufbaus.

»Rechts gesichert«, gab Slapshot zurück.

»Bleib dicht hinter mir.« Er schob sich vorsichtig um die Ecke herum und rechnete damit, Shiner am Rand des Dachs über ein Gewehr gebeugt zu sehen.

Mirić war tatsächlich dort. Er kniete, seine Waffe war schussbereit gehoben, aber er zielte nicht auf die weit entfernte Militärbasis. Er richtete das Gewehr direkt auf Raynor.

Kolt wich zurück und warf sich auf den Bauch, im selben Moment, als der Schuss krachte. Beton platzte von der Mauer ab, er wurde von einem Hagel aus Körnern getroffen. Raynor rollte sich sofort seitwärts ins Freie und schoss auf die Stelle, an der Shiner sich eben noch befunden hatte, aber dieser war bereits weg. Kolt nahm eine Bewegung wahr, aber der andere Mann verschwand auf der anderen Seite des Dachaufbaus, bevor er auf ihn zielen konnte.

»Ich habe schon auf dich gewartet, Racer«, rief Mirić ihm zu. »Jetzt bringen wir es zu Ende.«

Raynor rollte sich wieder in Deckung und stand auf. Er sah Slapshot an und zeigte nach oben. Slapshot nickte und verstaute seine Pistole. Er beugte die Knie, sprang und fasste die Dachkante des Aufbaus. Mit stummer Anstrengung zog er sich hinauf, hievte sich mit einem letzten, kräftigen Ruck über den Rand und war außer Sicht.

Mirić rief ihn wieder. »Sag mir eins, Racer. Spielst du Schach?«

»Nicht wirklich. Ich steh mehr auf ›Call of Duty‹.«

»Schade. Dann wirst du sterben, ohne verstanden zu haben, wie ich dich schlagen konnte.«

Raynor hörte aufmerksam zu und versuchte festzustellen, ob der andere sich bewegte, ob er vielleicht versuchte, sich von hinten anzuschleichen. »Slap, bist du da?«, flüsterte er.

»Auf dem Weg«, kam die geflüsterte Antwort.

Raynor hatte wenig Interesse an einem verbalen Schlagabtausch mit dem Scharfschützen. Aber solange der Mann redete, war er abgelenkt, was Slapshot die Chance gab, nahe genug heranzukommen, um ihn von oben auszuschalten. »Ich soll geschlagen sein?«, rief Kolt zurück. »Selbst wenn du an mir vorbeikommst, schaffst du es nicht lebend von diesem Dach runter.«

»Du und ich, wir sind nur Spielfiguren. Manchmal müssen die kleineren Figuren geopfert werden, um den Sieg zu sichern.«

Das Selbstvertrauen des Scharfschützen war mehr als nur ein wenig beunruhigend. »Und was für einen Sieg? Du hast deine Chance verpasst. Der Präsident ist in Sicherheit.«

»Glaubst du wirklich?«

»Ich seh ihn«, flüsterte Slapshot über die Telefonverbindung. »Er drückt sich an die Wand. An der Nordseite, direkt unter mir. Ich kann ihn erledigen, aber …«

»Aber irgendwas ist faul«, brachte Raynor den Satz für ihn zu Ende. Er dachte an Athen, an die Sprengfalle in Mirićs Wohnung, an Jersey City, wo der Scharfschütze versucht hatte, die Aufmerksamkeit auf die Miliz und die Russen zu lenken.

Und an Schach.

»Scheiße. Das ist schon wieder ein Täuschungsmanöver. Er spielt mit uns.« Er atmete tief durch und rief: »Lass mich raten. Du bist nur hier, um uns abzulenken. Und gleichzeitig greifen deine Kumpels von woanders an.«

»Sehr gut, Racer. Ich habe immer gewusst, dass du nicht so dumm sein kannst.«

Aber Raynor fühlte sich dumm. All seine Annahmen über Shiner waren falsch gewesen. Mirić war nicht einfach nur ein von Rache besessener, einsamer Wolf. Er hatte Größeres im Sinn. Und dabei halfen ihm mächtige Verbündete.

»Aber daraus wird nichts«, entgegnete Raynor. »Denkst du, daran hätten wir nicht gedacht? Das ist doch simpelste Militärtaktik.«

Als Mirić nicht sofort antwortete, fragte Kolt sich, ob der Bluff funktioniert hatte. Er schaltete einen Gang höher. »Wir haben sie bereits in Gewahrsam. Sie werden reden. Es ist vorbei.«

»Ich glaube dir nicht«, behauptete Mirić, aber er klang eher trotzig als überzeugt. »In ein paar Minuten werden wir sehen, ob du die Wahrheit sagst.«

Wir werden sehen …

Plötzlich überkam Raynor ein Gefühl von Taubheit. »Digger, bist du da?«, bellte er, ohne darauf zu achten, ob Shiner mithörte.

»Ja, Boss.«

»Sag Simmons, dass er elektronische Gegenmaßnahmen einleiten muss. Da ist eine Bombe.«

»Nein!«, schrie Mirić.

»Er bewegt sich!«, rief Slapshot. »Vorderseite!«

Raynor hörte das unverwechselbare Geräusch einer schallgedämpften Pistole, die mehrmals schnell hintereinander abgefeuert wurde. Er hob seine eigene Waffe gerade in dem Augenblick, in dem Shiner in vollem Sprint um die Ecke kam. Raynor drückte ab, verfehlte ihn aber um eine Millisekunde. Mirić schoss an der Ecke vorbei.

Als Kolt nachzielte, wirbelte der andere Mann herum und stürzte auf ihn zu.

29

Digger stellte die Warnung, die Raynor ihm zugerufen hatte, nicht infrage. Er hatte Racers Unterhaltung mit Mirić mitverfolgt, hatte gehört, wie der Scharfschütze praktisch zugegeben hatte, dass der eigentliche Angriff aus einer anderen Richtung erfolgen würde. Es musste eine Bombe sein, und ein aus der Ferne aktivierter Zünder war die naheliegendste Lösung.

Er wandte sich sofort Kearney zu. »Todd, Sie müssen die RF-Blocker aktivieren. Jetzt gleich.«

Der junge Secret-Service-Agent starrte ihn mit offenem Mund fassungslos an. »Sie haben doch gesagt, da wäre ein Scharfschütze.«

»*Fuck*«, knurrte Digger. »Soll ich hier herumrennen und ›Achtung, Bombe‹ rufen?«

Er sprach bereits laut genug, dass es als Schreien durchging, was durch die Tatsache verdeutlicht wurde, dass sich nicht wenige Köpfe in ihre Richtung drehten. Sie befanden sich vor dem Südeingang des medizinischen Zentrums – Gebäude 10, auch Eagle Zone genannt. Die Stelle war nur einen Steinwurf von der Armee von Reportern entfernt, die sich auf dem Vorplatz eingenistet hatten. Dahinter lag Gebäude 9, genannt Arrowhead Zone, wo sich die eigentlichen Krankenhauseinrichtungen befanden.

»Okay«, lenkte Kearney rasch ein. »Achten Sie auf die Lautstärke. Sind Sie sicher? Wo ist sie?«

»Todd, wenn Sie nicht sofort die verdammten Gegenmaßnahmen aktivieren, werden Sie's auf die harte Tour rausfinden.«

Kearney wirkte alles andere als überzeugt, neigte aber ohne weiteren Protest den Kopf und brachte den Mund näher zum Mikrofon. »Hier ist Kearney. Auf dem Gelände befindet sich möglicherweise eine ferngesteuerte Vorrichtung. Leiten Sie elektronische Gegenmaßnahmen ein.«

Der Lärm von Raynors Kampf gegen Mirić verschwand plötzlich aus Diggers Bluetooth-Earpiece. Hawk sah zu ihm herüber und nickte, um ihm zu signalisieren, dass sie ebenfalls die Verbindung verloren hatte. Nach ein paar Sekunden erhob sich missmutiges Gemurmel unter den Medienvertretern, als diesen klar wurde, dass ihre elektronische Verbindung zur Außenwelt abgeschnitten war.

Kearney hielt eine Hand über sein Earpiece. Sein Gesichtsausdruck war ernst. Er wirkte, als müsste er sich übergeben. Nachdem er noch ein paar Sekunden zugehört hatte, sah er wieder Digger an. »Okay, Pete. Ist erledigt. SAIC Simmons ist auf dem Weg. Er ist nicht sehr erfreut.«

»Sollte er aber sein«, merkte Hawk an. »Wir haben wahrscheinlich gerade den Präsidenten gerettet, ganz zu schweigen von allen, die hier rumstehen.«

Nur wenige Sekunden später traf Simmons ein. Er schäumte sichtlich vor Wut. Er ignorierte seinen Agenten und ging an diesem vorbei, bis er fast Nase an Nase mit Digger stand. »Was zum Teufel machen Sie hier?«

Er sprach nicht laut, vielleicht um zu vermeiden, dass die Reporter in der Nähe auf ihn aufmerksam wurden.

Aber es lag eine unverkennbare Drohung in seiner Stimme.

Digger widerstand dem Drang, den sehr dicht vor ihm stehenden Mann wegzuschieben. »Hier ist irgendwo eine Bombe. Die werden sie jetzt nicht mehr fernzünden können, aber es gibt vielleicht irgendeine Art von Ersatzzünder. Sie müssen den Präsidenten evakuieren, und zwar sofort.«

Simmons schüttelte energisch den Kopf. »Hier ist. Keine. Bombe. Wir haben alles nach Sprengstoff abgesucht.«

»Dann haben Sie eben was übersehen«, schoss Digger zurück.

»Und woher wollen Sie das wissen?« Simmons warf Hawk einen Blick zu und sah dann wieder Digger an. »Nur weil der beschissene Kolt Raynor es behauptet, ist es für Sie gleich wahr?«

»Mit allem anderen hat er recht behalten. Vielleicht sollten Sie zur Abwechslung auch mal auf ihn hören.«

»Agent Simmons«, schaltete Hawk sich ein. »Wir haben gehört, wie Rasim Mirić diese Drohung ausgesprochen hat.«

Simmons machte eine abschneidende Geste. »Und mehr war das nicht. Eine leere Drohung. Niemand wäre in der Lage gewesen, eine Bombe in dieses Krankenhaus zu bringen.«

Er hielt einen Moment inne. Dann stemmte er die Hände in die Hüften, um seine Autorität zu unterstreichen. »Sie beide haben genug Schaden angerichtet. Sagen Sie Raynor, wenn ich ihn oder Sie noch einmal sehe, werde ich eine offizielle Klage einreichen.« Er drehte sich zu Todd um. »Special Agent Kearney, begleiten Sie sie von der Basis. Stellen Sie sicher, dass sie gehen. Wenn ich sie noch mal sehe, sitzen Sie morgen in einem Flugzeug nach Korea. Da können Sie dann Dokumentenfälscher jagen.« Mit diesen Worten wandte er sich ab und ging auf den Eingang zu.

»Halten Sie wenigstens die Gegenmaßnahmen aufrecht«, rief Hawk ihm nach. »Und suchen Sie alles noch mal ab.«

Simmons blickte nicht zurück.

Kearney zuckte hilflos die Achseln. »Tut mir leid, Leute. Ich muss euch rausbringen.«

»Wir gehen nirgendwohin, Todd.« Digger wandte sich Hawk zu. »Wir müssen die Bombe finden.«

»Mit einem hat Simmons recht gehabt«, dachte Hawk laut nach. »Die Bombe kann nicht im Krankenhaus sein. Das hat der Secret Service schon abgeriegelt, seit die First Lady gestern hier eingetroffen ist.«

»Sogar schon länger«, sagte Kearney. Aber dann schüttelte er den Kopf. »Nein. Diese Unterhaltung führen wir jetzt nicht. Tut mir leid. Ihr müsst gehen.«

Digger beachtete den jungen Secret-Service-Agenten nicht. »Wenn sie nicht in der Nähe des VIP-Bereichs ist, muss sie groß sein. Groß genug, das ganze Gebäude zu demolieren. Vielleicht eine Autobombe, wie in Oklahoma City.«

»Die würden damit nie durch das Tor kommen …« Hawk verstummte und riss die Augen weit auf. »Was, wenn sie schon die ganze Zeit hier ist? Deshalb hat Shiner auf die First Lady geschossen. Deshalb hat er sie nur verletzt. Die wussten, dass sie hierherkommen würde. Das hatten sie schon länger geplant.«

»Wer?«, fragte Kearney mit widerwilliger Neugier. »Wer sind die?«

»Konzentrier dich, Todd. Die Bombe hat Priorität.« Digger wandte sich wieder Hawk zu. »Also gut, wo versteckt man ein paar Tonnen Sprengstoff in einem Krankenhaus?«

»Im Keller?«, schlug Hawk vor. »Verpackt als … keine Ahnung, vielleicht als eine Palette Bettpfannen?«

»Im Gebäude selbst wird nichts für längere Zeit gelagert«, warf Kearney ein. »Dafür gibt es ein Lagerhaus.«

Digger schüttelte den Kopf. »Unterirdisch würde es sowieso nicht funktionieren. Das würde die Explosion eindämmen. Damit würde es keine Garantie geben, dass das ganze Haus einstürzt.«

»Tja, du bist der Sprengstoffexperte«, sagte Hawk. »Wo würdest du die Bombe legen?«

»Normalerweise würde ich versuchen, den Maximalschaden zu vermeiden.« Er trat ein paar Schritte zurück, um eine bessere Sicht auf das Gebäude zu bekommen. Dann versuchte er, es mit den Augen eines Terroristen zu betrachten, der es zerstören wollte. Hinter dem sechsstöckigen Krankenhaus erhob sich der 19-stöckige Turm, der einmal das Kernstück des alten Marinekrankenhauses von Bethesda gebildet hatte. Gegenwärtig befanden sich darin unter anderem die Marinehochschule für Zahnmedizin sowie das medizinische Graduiertenprogramm.

Digger zeigte auf den Turm. »Ich würde eine Aerosolbombe da raufschaffen. Eine zweistufige, thermobarische Vorrichtung. Die erste Explosion würde eine Dampfwolke freisetzen und die Luft rund um den Turm mit Treibstoff sättigen. Die zweite würde den Treibstoff entzünden. Die Energie würde nach unten und nach außen wirken. Und hier alles plattmachen. Selbst wenn nicht, würden die Schockwelle und die thermische Wirkung jeden im Umkreis von 100 Metern umbringen.«

»Sicher, dass die nicht einfach explosive Tennisbälle von Acme auf den Hubschrauberlandeplatz schmeißen?« Kearney schien Diggers detaillierte Analyse nicht einzuleuchten.

»Hast du ihn dir mal angeschaut?«, fragte Hawk. »Den Turm?«

Kearney ignorierte die Frage. »Und niemandem soll aufgefallen sein, dass da schon seit Wochen eine Bombe liegt? Die Leute von der Instandhaltung sind alle blind?«

»Die haben das Ding als Klimaanlage oder Generator getarnt«, entgegnete Hawk. »Vielleicht haben sie jemanden eingeschleust. Und der hat die Bombe Stück für Stück reingebracht.«

»Schon wieder ›sie‹. Wer sind ›sie‹?«

»Es gibt nur einen Weg, das herauszufinden«, sagte Digger.

»Simmons reißt mir den Arsch auf, wenn er euch noch mal sieht.«

»Dann sorgen wir dafür, dass er uns nicht sieht.« Digger packte den Secret-Service-Agenten und schob ihn den Weg entlang. »Wenn da keine Bombe ist, gehen wir. Ich schwör's bei Gott. Aber falls sie da ist, müssen wir's wissen, bevor Simmons die elektronischen Gegenmaßnahmen wieder abschaltet.«

Kearney verzog das Gesicht. »Ich bin so was von gefeuert.« Dann seufzte er. »Kommt mit.«

Raynor feuerte noch einen Schuss ab und traf Mirić ins Massezentrum, zumindest glaubte er das. Aber sein Gegner fiel nicht. Er zuckte nur ein wenig zur Seite, als die

Kugel ihn traf, und rannte dann weiter. Bevor Kolt noch einmal schießen konnte, prallte Mirić gegen ihn und sie stürzten beide zu Boden.

Raynor spürte etwas Warmes, Feuchtes an seiner Haut. Blut. Shiners Blut. Er war getroffen worden, wahrscheinlich mehrmals, sowohl von Kolt als auch von Slapshot. Aber die Wunden hatten ihn kein bisschen geschwächt. Der kleine Bosnier schlang die Beine um Raynors Oberkörper und warf die Arme um seinen Kopf, als ob er ihn von den Schultern reißen wollte.

Durch die schiere Wildheit des Angriffs war Raynor für einen Moment wie betäubt. Das hier war kein Nahkampftraining mit seinen Kameraden; Mirić versuchte ihn umzubringen. Kolts Wangen röteten sich, als der andere Mann die Fingernägel in seine Haut bohrte. Shiner wollte ihm die Augen auskratzen.

Das riss Raynor aus der Erstarrung.

Er ließ die Glock los, hob die rechte Hand und stieß sie in die Lücke zwischen sich und dem Gegner, um seine Augen zu schützen. Gleichzeitig zog er ein Knie hoch, setzte den Fuß fest auf das Dach und stieß seine Hüfte nach oben, sodass Mirić weggeschleudert wurde.

Die Bewegung hatte Shiners Angriff unterbrochen, aber seine wahnsinnige Wut kein bisschen vermindert. Noch während Raynor Mirić auf den Rücken drehte, begann dieser in der Umklammerung, wieder nach ihm zu kratzen.

Raynor senkte den Kopf und drückte ihn in Mirićs Bauch, um seine Augen zu schützen. Er fühlte das Blut des anderen warm und glitschig in seinem Gesicht. Mirić verblutete. Er würde wahrscheinlich innerhalb weniger Minuten sterben, aber das Adrenalin und der pure Hass hatten ihm eine Art Berserkerkraft verliehen.

Kolt schwang seinen rechten Arm nach oben, bekam Shiners linken Bizeps zu fassen und stieß die Schulter abwärts, um ihn einzuklemmen. In derselben Bewegung hakte er den linken Arm unter Mirićs rechtes Knie, fasste sein Bein. Er lehnte sich zurück, erhob sich in die Hocke und hielt seinen Gegner beinahe über Kopf. Nur Mirićs Hinterkopf berührte noch den Boden. Mit einer Bewegung, die Raynor so oft geübt hatte, dass sie in sein Muskelgedächtnis übergegangen war, klappte er Mirić zusammen und ließ sich mit seinem ganzen Gewicht auf ihn fallen.

Er hörte erst auf, als er hörte, wie Shiners Halswirbelsäule brach.

800 Meter entfernt, auf dem Parkplatz des Freizeitbereichs der Basis, hatten Mehmet und drei Mitglieder seiner Zelle die Liveübertragung der Ankunft des Präsidenten auf dem winzigen Display eines Smartphones mitverfolgt. Sie alle trugen Overalls und Abzeichen, die sie als zivile Auftragnehmer kenntlich machten. Die Namen auf den Abzeichen waren Decknamen, aber die Jobs waren echt. Zwei der vier Männer arbeiteten seit beinahe vier Monaten für die Wartungsabteilung der Basis.

Bereits während der ersten zwei Monate hatten sie die Komponenten hineingeschmuggelt und die Waffe zusammengesetzt. Aber um ihre Tarnung aufrechtzuerhalten und sicherzustellen, dass die Vorrichtung nicht zufällig entdeckt wurde, war es nötig gewesen, weiter in dem Militärkrankenhaus zu arbeiten. Sie hatten Umweltsysteme gewartet und verschiedene andere Aufgaben erfüllt, während sie darauf warteten, dass Mirić seinen Teil des Plans erfüllte. Das Warten nach dem fehlgeschlagenen

Attentat in Baltimore war zermürbend gewesen. Je länger die Waffe an Ort und Stelle blieb, desto größer wurde das Risiko einer Entdeckung. Aber jetzt würde Mehmet endlich sein Meisterstück vollbringen können.

Der Reporter, der vor dem Verwaltungsgebäude in der Eagle Zone stand, hatte seinen Bericht über das Eintreffen des Präsidenten beendet. Der Fernsehsprecher im Studio interviewte jetzt einen medizinischen Experten, der Spekulationen über die chirurgischen Verfahren anstellte, denen man die First Lady unterziehen würde. Außerdem waren zwei gegensätzlich eingestellte politische Kommentatoren anwesend, die den Besuch des Präsidenten bei seiner Frau entweder als Zeichen von Mut oder als Zeichen von Schwäche charakterisieren würden.

»Ich denke, das ist lang genug«, wandte Mehmet sich an die Männer. »Macht euch bereit, meine Brüder.«

Sie ließen die Fenster herunter und öffneten die Türen, um die Auswirkungen der bevorstehenden Schockwelle abzuschwächen.

Alle Männer waren russische Emigranten mit militärischer Erfahrung. Alle hielten die Mission, für die man sie rekrutiert hatte, für eine vom russischen Geheimdienst FSB sanktionierte Operation zur Destabilisierung Amerikas. Sie waren bereit, ihr Leben zu geben, um den Sieg zu erringen, hofften jedoch, dass es nicht nötig sein würde, dieses höchste Opfer zu bringen. Deshalb waren sie hier auf der Basis, halb hinter dem Gebäude der Uniformed Services University versteckt, fast einen Kilometer vom Zentrum der kommenden Explosion entfernt. Ein gewisses Risiko bestand trotzdem, aber der Schutz ihrer Tarnung bis zum Schluss war es wert, dieses einzugehen.

Wenn die Behörden anfangen würden, die Ursache der Explosion zu ermitteln, würden sie davon ausgehen, dass die Bombe von jemandem gelegt worden war, der im Inneren des Gebäudes gearbeitet hatte. Aus diesem Grund konnte Mehmet es nicht riskieren, den Sprengstoff von außerhalb der Basis zu zünden. Der Verdacht würde sofort auf jeden fallen, der sich an diesem Tag nicht zur Arbeit gemeldet hatte. Es bestand ein gewisses, wenn auch geringes Risiko, dass das Verfolgen dieser Spur die Ermittler zur türkischen Regierung führen würde, was alles zunichtegemacht hätte, was Mehmet zu erreichen hoffte. Nein, sie würden die Bombe aus sicherer Distanz zünden und dann zum Explosionsort eilen, um beim Rettungseinsatz zu helfen und Opfer aus den Trümmern zu ziehen. Dadurch hätten sie außerdem die Gelegenheit, wirklich sicherzustellen, dass der Präsident nicht überlebte.

Mehmet wollte gerade die Tastatur aufrufen, als die Live-Videoübertragung abrupt endete und eine Fehlermeldung erschien.

Die Verbindung war unterbrochen.

Zuerst dachte er sich nichts dabei, aber dann fiel ihm auf, dass die Balken, die die Signalstärke anzeigten, alle durch dasselbe Symbol ersetzt worden waren, das das völlige Fehlen von Empfang bedeutete – ein schräg durchgestrichener Kreis.

Er runzelte die Stirn und starrte für einen Moment das Display an. Dann versuchte er trotzdem, die Nummer zu wählen. Vorübergehende Signalstörungen konnten immer vorkommen. Vielleicht würde das Problem gleich wieder verschwinden. Aber als er die Meldung ›Keine Verbindung‹ sah, wusste er, dass es sich nicht um eine normale Störung handelte.

Dieser Gedanke erfüllte ihn mit Besorgnis. »Der Secret Service stört den Funkempfang.«

»Du hast gesagt, das würden sie nicht tun«, beklagte sich einer der Russen.

»Ich habe nicht damit gerechnet. Es ist zwar ein Standardverfahren, elektronische Gegenmaßnahmen zu ergreifen, wenn man in unsicheren Gebieten unterwegs ist, aber das hier ist eine Militärbasis und ein Krankenhaus. Wenn man da den Empfang stört, hat das erhebliche Folgen. Die müssen Rasim gefunden und beschlossen haben, Vorsorge zu treffen. Wir werden die Vorrichtung von Hand zünden müssen.« Er steckte sich das Telefon in die Tasche, drehte den Zündschlüssel und startete den Motor des Vans.

Die Männer tauschten beklommene Blicke aus. Mirić war keiner von ihnen und es kümmerte sie nicht, ob er überlebte oder starb. Aber wenn der Scharfschütze gestorben war, bedeutete das, dass das Mitglied ihrer Gruppe, das ihn zum Hochhaus in Bethesda begleitet hatte, ebenfalls tot war. Mehmet hatte jedoch den Verdacht, dass es noch einen anderen Grund für ihre Beunruhigung gab.

»Macht euch keine Sorgen. Ich werde den Zünder so einstellen, dass die Bombe später explodiert. Wir werden genug Zeit haben, um zu verschwinden.«

Technisch gesehen war das die Wahrheit, aber es war gleichzeitig eine Lüge. Er konnte nicht riskieren, dass noch etwas schiefging.

Wenn der Secret Service schon in Alarmbereitschaft war, dann würden sie den Präsidenten bald wegbringen, und das hieß, dass es keine weitere Verzögerung mehr geben durfte.

Sobald er die Bombe erreichte, würde Mehmet sie zur Explosion bringen, und sie würden alle zusammen sterben.

30

Raynor und Mirić blieben ineinander verkeilt auf dem Dach liegen. Einer lebte, der andere war tot.

Kolt spürte eine Hand auf seiner Schulter. »Boss, alles okay?«

Er reagierte nicht. Er hörte zwar die vertraute Stimme, wollte seinen Griff um den anderen Mann aber nicht lockern. Zu viele seiner Brüder waren gestorben durch Rasim Mirić und den Mann, der für ihn gearbeitet hatte. Stitch. Jeremy Webber. Barnes. Und jetzt auch noch Venti und Joker.

Raynor krümmte sich noch einmal und drückte zu, legte all seine Kraft hinein, um alle Knochen in Shiners Körper zu brechen, die noch ganz waren.

»Kolt, lass los, Mann«, drängte ihn Slapshot, der seinen Partner jetzt an der Schulter packte und schüttelte, um ihn aus seinem Zustand zu reißen. »Er ist tot. Toter wird er nicht.«

Raynor stieß den leblosen Körper von sich und erhob sich auf die Knie. Sein Gesicht brannte, wo Mirić ihn gekratzt hatte, aber er fühlte sich wie losgelöst vom Schmerz, losgelöst von allem. Er hob nicht einmal den Blick, als Slapshot sich neben ihn auf das Dach fallen ließ.

Für einen Augenblick starrte Raynor ausdruckslos vor sich hin. Dann schüttelte er den Kopf, um ihn klar zu bekommen. »Digger ...« Er streckte die Hand nach dem Bluetooth-Gerät aus, aber es war verschwunden, während des Kampfs abgefallen.

»Offline«, sagte Slapshot. »Ist nur 'ne Vermutung, aber ich würde sagen, er hat deine Nachricht bekommen. Glaubst du wirklich, dass da unten 'ne Bombe liegt?«

»Ja, glaube ich.«

Raynor stand auf und ging zum nördlichen Rand des Dachs. In der Ferne konnte er den medizinischen Komplex sehen. Der markante Turm ragte wie ein Monolith über den anderen Gebäuden auf.

Jetzt, da Shiner tot war, fühlte er sich nutzlos. Die wirkliche Bedrohung war eineinhalb Kilometer entfernt. »Ich hab's versaut, Slap. Tunnelblick.«

»So sieht das für mich aber nicht aus«, entgegnete Slapshot. »Und weil wir gerade keinen lauten Knall gehört haben, würde ich sagen, dass du mit der Bombe auch recht hattest.«

Raynor griff nach der hüfthohen Dachbrüstung. »Ich wünschte, ich wüsste, was da unten los ist.«

»Digger hat das im Griff. Und er wird sicher bald irgendwo ein Festnetztelefon finden.«

Raynor schaute an seinem Freund vorbei und sah in der Nähe eine schwarze Hockeytasche – vermutlich gehörte sie Shiner. Er sah auch das Gewehr, das an der Ecke des Dachaufbaus lag. Dorthin ging er, hob die Waffe auf und betrachtete sie rasch von oben bis unten.

Es war ein SVD-63-Dragunov-Scharfschützengewehr mit einem PSO-1M2-Zielfernrohr, beinahe identisch mit dem System, das Shiner in Athen benutzt hatte, abgesehen von einer ungewöhnlichen Modifikation. Oberhalb des Verschlusses war noch ein zusätzliches Fernrohr angebracht. Raynor zog den Kolben an die Schulter und spähte hinein, aber er sah nichts als ein elektronisches Flimmern.

»Was zum Teufel soll das sein?«, fragte Slapshot. »Wärmebild?«

Raynor wechselte die Haltung, drehte sich langsam, um seinen Haltepunkt zu ändern und zuzusehen, welche Auswirkung dies auf die Anzeige im Fernrohr hatte. »Das ist ein M-Wellen-Empfänger. Damit kannst du durch Wände sehen. Slap, das ist richtiger Hightech-Scheiß. Das hat Shiner nicht von den Russen.«

»Von wem dann?«

Raynor hatte keine Ahnung. Jedenfalls war der M-Wellen-Empfänger im Weg. Er löste die Schraube, die das Gerät an Ort und Stelle hielt, und schob es zur Seite. Dann hob er das Gewehr wieder, zielte und blickte durch das Zielfernrohr.

Der auch als Building 1 bekannte Turm in der President Zone war im Vergleich zu den meisten anderen Hochhäusern nicht sehr groß. Seine 80 Meter waren weniger als ein Zehntel der Höhe des Burj Khalifa, des höchsten Gebäudes der Welt. Building 1 war sogar niedriger als das geziegelte Wohngebäude in Baltimore, in dem Hawk und der Rest des A-Teams Shiner nur um Minuten verpasst hatten. Aber weil dieser Turm mehr oder weniger allein stand, umgeben von Gebäuden, deren Höhe weniger als ein Drittel der seinen betrug, hatte man hier noch stärker den Eindruck, sich an einem erhöhten Punkt zu befinden. Ohne Zweifel trug auch das schmale Profil des Turms zu diesem Eindruck bei. Das Dach war rechteckig, etwa zwölf Meter breit – die Länge eines durchschnittlichen Schulbusses – und doppelt so lang.

Wenigstens wird die Suche nicht lange dauern, dachte Hawk, als sie ins Freie traten. Sie hatten nur eine Handvoll Bauwerke vor sich – manche so groß wie ein Gartenschuppen, andere nicht größer als Waschmaschinen.

Digger zeigte auf ein Gebilde aus Metall – ein Würfel mit einer Seitenlänge von etwa drei Metern – und ging darauf zu. »Damit fange ich an. Checkt hier alles. Wir wissen nicht, wie es aussehen wird.«

»Das ist doch verrückt«, rief Kearney, der seine Nervosität nicht verbergen konnte. »Wir haben Sprengstoffteams und Hunde für so einen Kram.«

»Keine Zeit.«

Hawk machte sich auf den Weg zu einem kleineren Gebilde rechts von Digger. Es sah aus wie eine Klimaanlage, aber sie wusste, dass Eindrücke täuschen konnten.

Kearney folgte ihr. »Wenn wir nicht wissen, wie es aussieht, wie sollen wir es dann erkennen?«

Digger beantwortete seine Frage. »Wenn es eine thermobarische Vorrichtung ist, wird sie ein großes Fass mit Brennstoff beinhalten. Pulverförmiges Aluminium oder so was Ähnliches. Halten Sie nach großen Behältern Ausschau. Benzinfässer. Propantanks.«

»Aber Generatoren und Klimaanlagen haben doch auch Tanks, nicht?«

»Fangen Sie einfach an zu suchen«, gab Hawk ärgerlich zurück. Kearneys *Geht nicht*-Haltung begann ihr auf die Nerven zu gehen. Sie ging um das kleine Gebilde herum und suchte nach einem Weg hinein. An einer Seite waren zwar Scharniere, aber keine sichtbaren Riegel oder Schlösser. Die Metallplatte war glatt, abgesehen von ein paar tiefer versenkten Maschinenschrauben in den Ecken gegenüber den Scharnieren. Sie nahm ihr Gerber-Multifunktionswerkzeug zur Hand, klappte die große Schraubenzieherklinge aus und löste die Schrauben nacheinander, bis die Platte gelockert war.

Sie bemerkte eine plötzliche Bewegung im Augenwinkel und sah auf. Es war Kearney, der seine Waffe aus dem Halfter zog.

»Stehen bleiben!«, rief er.

Hawk war sofort in Alarmbereitschaft und zog ebenfalls ihre Waffe. Aber bevor sie ein Ziel erkennen konnte, hörte sie den gedämpften Knall einer Pistole mit Schalldämpfer und sah, wie der Secret-Service-Agent zusammenbrach.

Raynor schwenkte das Zielfernrohr von einer Seite zur anderen und beobachtete die südlichen Bereiche der weit entfernten Militäreinrichtung. Neben ihm durchwühlte Slapshot Shiners Ausrüstungstasche.

»Wahnsinn!«, rief der Sergeant Major und hielt ein Spektiv in die Höhe. »Damit wird's gehen.« Er stellte sich neben Raynor und hob die optische Vorrichtung zum Auge. »Wonach soll ich Ausschau halten?«

»Mirić ist in dem Moment durchgedreht, als ich zu Digger gesagt habe, dass er die elektronischen Gegenmaßnahmen aktivieren soll, daher schätze ich, dass sein Plan A eine ferngezündete Bombe war. Das Secret-Service-Protokoll sieht vor, den Präsidenten sofort zu evakuieren. Vielleicht ist Plan B, den Präsidenten anzugreifen, sobald sie ihn wegbringen.«

»Vielleicht war auch Shiner selbst der Plan B.«

»Vielleicht. Aber ich …«

»Ich seh was auf dem Turm!«

Raynor riss die Waffe nach oben und versuchte, das Gebäude zu finden.

»Auf dem Dach. Sieht wie 'ne verdammte Schießerei aus.«

»Ich hab's.«

Das PSO-1-Zielfernrohr auf dem Scharfschützengewehr verfügte nicht über einen einstellbaren Fokus, sodass er nicht näher heranzoomen konnte. Aber er sah genug, um Slapshots Einschätzung bestätigen zu können, dass auf dem weit entfernten Dach ein Kampf stattfand. Er erkannte sogar zwei der Kämpfer an ihrer vertrauten Kleidung und ihren Haarfarben. Einer musste Digger sein, erkennbar an den blonden Locken. Er stand hinter einem großen Aufbau und kam alle paar Sekunden dahinter zum Vorschein, um einige Schüsse abzufeuern, bevor er wieder in Deckung ging. Die kleinere Gestalt hatte langes, schwarzes, zu einem Pferdeschwanz gebundenes Haar. Bei ihr konnte es sich nur um Hawk handeln. Sie hockte hinter einem kleineren Objekt, aber dann sah Raynor sie aufstehen, schießen und zu Diggers Position rennen – jedenfalls nahm er an, dass sie schoss, denn der Schalldämpfer unterdrückte den Mündungsblitz.

Sie kam nur wenige Schritte weit, bevor sie stolperte und Hals über Kopf zu Boden fiel.

Raynor hielt den Atem an. »Steh auf«, flüsterte er mit zusammengebissenen Zähnen. »Komm schon, Hawk. Krieg deinen Arsch hoch.«

Aber Hawk rührte sich nicht.

Raynor bewegte das Fernrohr von den kämpfenden Operators nach links über das Dach, bis er die Feinde entdeckte. Es waren drei Männer – oder vier, wenn man die am Boden liegende Gestalt in der Nähe der Zugangstür mitzählte. Sie trugen hellblaue oder graue Overalls. Eine genauere Identifikation war unmöglich. Zwei von ihnen schossen mit Pistolen, die offenbar mit Schalldämpfern bestückt waren. Aber der Dritte war auf dem Weg zu einer großen Klimaanlage oder einem Notgenerator östlich der Tür, hinter dem Dachaufbau über dem Fahrstuhlschacht.

Raynor erkannte sofort, was der Mann vorhatte. »Das ist die Bombe. Er will sie von Hand zünden. *Das* ist Plan B.«

»Dann erschieß ihn doch, verdammt.« Raynor fragte sich, ob er sich verhört hatte, aber dann fügte Slapshot hinzu: »Das ist doch ein Scharfschützengewehr, oder nicht? Schieß auf ihn.«

»Der Turm ist mehr als 1600 Meter entfernt, Slap. Ich bin kein Scharfschütze.«

»Oh, okay. Lass mich kurz Stitch anrufen. Vielleicht kann er ja kurz von Abschnitt 60 hier rüberkommen.«

Slapshots Stimme war voller Sarkasmus, aber Raynor wünschte sich tatsächlich, dass sein Kamerad Sergeant Major Clay Vickery noch bei ihnen wäre. Stitch hätte die Herausforderung freudig angenommen, mit einer unvertrauten Waffe auf ein Ziel zu schießen, das sich wahrscheinlich in rekordverdächtiger Entfernung befand.

»Du hast das Gewehr«, fuhr Slap fort. »Also bist du der Scharfschütze. Ich bin der Aufklärer. Ende der Diskussion. Und jetzt knall den Wichser ab.«

Raynor legte die Zielwinkel über den Mann im Overall, der offenbar versuchte, eine der Platten um die Bombe abzuschrauben oder loszustemmen. Am Rand seines Sichtfelds lieferte Digger sich einen Schusswechsel mit den beiden Feinden. Einer von ihnen fiel, aber sein

Partner schnappte sich die Pistole des Getroffenen und begann mit beiden Waffen auf Digger zu schießen – ein Kugelhagel, der Digger zwang, wieder in Deckung zu gehen.

Wie üblich hatte Slapshot recht gehabt. Vielleicht wäre Digger in der Lage, die letzten zwei Feinde allein auszuschalten, aber wenn nicht, würden der Präsident und noch viele andere unschuldige Menschen sterben.

Kolt kniete sich hin und stützte das Gewehr auf die halbhohe Mauer. Es war alles andere als eine ideale Schützenposition, aber schließlich war auch sonst nichts an dieser Situation ideal. Er suchte sein Ziel erneut, atmete tief durch und begann, wie ein Grünschnabel im Ausbildungslager methodisch die einzelnen Schritte durchzugehen, geführt von den gebrüllten Kommandos des Drill Sergeants.

Das hier war etwas ganz anderes als das Einschießen von Waffen auf dem 100-Meter-Stand oder als Scheibenschießen aus 800 Metern Entfernung. Dieses Ziel war beschissene eineinhalb Kilometer entfernt, und er benutzte ein nicht eingeschossenes Gewehr.

Wie tief würde der Geschossfall bei dieser Distanz sein? Drei Meter? Sieben Meter?

Falls er sich hier verrechnete, würde die Kugel entweder über das Ziel hinwegfliegen und irgendwo auf der anderen Seite des Turms herunterkommen – nur Gott wusste, wo. Oder sie würde das Gebäude treffen, sich durch ein Fenster oder eine Wand bohren und vielleicht irgendein armes Schwein auf der anderen Seite erwischen.

»Nein«, sagte er. »Das kann ich nicht tun, Slap. Unsere Leute sind zu dicht dran, und das Ding ist nicht eingeschossen.«

»Ich werde für dich nachkorrigieren.«

»Ich kann nicht den halben Turm in Schutt und Asche legen, um mich an ihn heranzutasten.«

Slapshot verstummte für einen Moment. »Okay, hast recht. Dann müssen wir sie eben schnell einschießen. Geh eins-fünf-null Meter nach links und etwa zehn Grad nach unten, nach Augenmaß.«

Raynor folgte den Anweisungen und öffnete das linke Auge. Er blickte direkt geradeaus, ohne sein Auge zu bewegen oder den Kopf zu drehen. Stattdessen bewegte er den ganzen Körper hinter dem Gewehr, zuerst seitlich, dann leicht nach oben gegen den Geschossfall. Neben dem Turm sah er zuerst nur den grün-grauen Hintergrund des Viertels North Bethesda, in dem er und Slapshot noch vor wenigen Minuten gewesen waren. Als er nach unten blickte, sah er den weitläufigen grünen Rasen vor dem medizinischen Zentrum.

»Siehst du den Teich?«

»Ja … Warte, das kann nicht dein Ernst sein.«

»Und ob das mein Ernst ist. Geh ans Zielfernrohr.«

Raynor öffnete das Auge, das am Fernrohr lag, und justierte etwas nach, bis die Zielwinkel über dem kleinen Teich lagen, der sich fast genau mittig zwischen dem Parkplatz und dem Highway in der Nähe der Basis befand.

»Kontakt.« Er musste ein wenig schlucken, als er es sagte.

In einer typischen Schusssituation hätte Slap ihm mitgeteilt, wie hoch sein Haltepunkt sein musste und wie stark der Wind war, aber bei einem nicht eingeschossenen Gewehr spielte das alles keine Rolle. »Wenn bereit.«

Raynor lehnte sich in die Waffe hinein, stützte sie so gut er konnte an der Schulter ab. Dann atmete er ein und langsam wieder aus, während er den Finger um den

Abzug krümmte. Mit dem letzten Rest Atemluft meldete er: »Schütze bereit.«

»Feuer.«

Kolt behielt den Druck beständig bei, bis der Abzug schließlich nachgab. Trotz seiner Vorsichtsmaßnahmen machte das Gewehr an seiner Schulter einen Satz und er verlor das Zielbild. Sofort begann es in seinen Ohren zu pfeifen. Er schoss nur selten ohne Gehörschutz mit Waffen ohne Schalldämpfer und hatte vergessen, wie erschreckend laut Schüsse waren. Er bewegte das Zielfernrohr wieder dorthin, wo es noch vor einem Augenblick gewesen war, und hielt nach aufspritzendem Wasser Ausschau.

»Drei Klicks höher«, wies Slapshot ihn an. Seine Stimme hörte sich durch den schrillen Laut in Raynors Ohren weit entfernt und düster an, aber das, was er gesagt hatte, war noch unheilvoller. Raynors Kugel war über das Ziel hinweggeflogen und hatte den Teich weit verfehlt.

Kolt tastete nach dem Drehknopf für die Höhenverstellung und führte die Korrektur durch. Wieder atmete er ein. »Kontakt.«

»Wenn bereit.«

Diesmal fühlte die Atemtechnik sich schon etwas natürlicher an. »Bereit.«

»Punkt acht nach links.«

Raynor kompensierte den Wind und betätigte den Abzug. Er war jetzt besser auf den Rückstoß vorbereitet, und da der Schaden an seinen Trommelfellen bereits angerichtet war, wirkte der zweite Schuss nicht mehr so laut wie der erste. Er sah Wasser am Rand des Teichs aufspritzen. Es war nicht genau dort, wohin er gezielt hatte, aber offenbar war es für Slapshot nahe genug.

»Jetzt zum Turm, nach Auge.«

Raynor bewegte seinen Zielpunkt wieder zum Turm. Wie viel Zeit war vergangen? 30 Sekunden? Weniger?

Für Digger musste es sich wie eine Ewigkeit anfühlen.

Er fand den blonden Operator im Zielfernrohr, der immer noch hinter dem großen Dachaufbau hockte. Auch der Feind, mit dem er sich den Schusswechsel geliefert hatte, war noch da und versteckte sich hinter dem Fahrstuhlschacht. Aber dann sah Raynor, wie der Mann sich aus der Deckung lehnte und schoss. Im selben Augenblick bewegte sich auch Digger, und der Feind ging zu Boden.

Und dann fiel auch Digger.

»Scheiße!«, knurrte Raynor – nicht nur weil noch einer seiner Freunde getroffen, möglicherweise tot war, sondern weil er jetzt der einzige Mensch auf der Welt war, der den letzten Gegner davon abhalten konnte, die Bombe zu zünden.

»Keine Bewegung! Weg von den Waffen!«

Durch seinen Tinnitus hörte Kolt den Ruf hinter ihnen nur leise, und für einen Moment glaubte er, ihn sich nur eingebildet zu haben. Dann hörte er, wie Slapshot eine Antwort brüllte.

»Wir sind Bundesagenten. Mischen Sie sich nicht ein.«

Die Scheißcops, ging es Raynor durch den Kopf. *Na wunderbar.*

Er fand den letzten Feind, der immer noch fieberhaft versuchte, die Platte zu entfernen, um Zugang zu den Eingeweiden seiner Bombe zu bekommen. Kolt legte die Zielmarkierung direkt über sein Massezentrum. »Kontakt.«

»Lasst die beschissenen Waffen fallen oder ich schieße!«

Die Stimme des Cops hörte sich jetzt lauter an. Vielleicht kam er näher. Raynor wollte nicht hinsehen, und ganz sicher hatte er nicht vor zu gehorchen.

»Wir sind Bundesagenten«, wiederholte Slapshot heftig. »Wir versuchen, den Präsidenten zu retten, verdammte Scheiße noch mal.«

»Lassen Sie die Waffen fallen und zeigen Sie mir Ihre Papiere. Aber langsam.«

Raynor wusste, dass er nicht abwarten konnte, bis Slapshot den Polizisten beruhigt hatte. Er erinnerte sich, dass sein zweiter Schuss auf den Teich ein wenig zu tief und zu weit rechts getroffen hatte. Also korrigierte er leicht nach, atmete erneut tief ein, ließ den Atem entweichen und drückte ab.

»Stopp!«

Der Cop schrie jetzt beinahe. Raynor rechnete jeden Augenblick damit, vom Vorschlaghammer einer auf seine Schutzweste abgefeuerten 9-Millimeter-Patrone getroffen zu werden … Wenn der Kerl nicht gleich auf seinen Kopf zielte.

Im Stillen zählte er, versuchte die Zeit zu bestimmen, die die Kugel brauchte, um ihr Ziel zu erreichen.

Eins … zwei … drei …

Der Feind sprang erschrocken zurück.

»Vorsicht. Du hast gerade die Bombe getroffen.« Slapshots Stimme klang unnatürlich ruhig.

Im Zielfernrohr sah Raynor, wie der Mann sich umsah. Ganz offensichtlich versuchte er festzustellen, woher der Schuss gekommen war. Aber gleich darauf machte er sich wieder mit neuer Wildheit an der Abdeckung des Gehäuses zu schaffen.

»Nach rechts, nur ein bisschen«, sagte Slapshot. Dann, mit lauterer Stimme: »Ich hole meine Papiere heraus. Nicht schießen.«

»Lassen Sie die …«

Raynor zielte nach und drückte ohne weiteres Zögern ab. Der Rest dessen, was der Polizeibeamte ihnen zurief, ging im Knall des Schusses unter.

Kolt nahm die Hände vom Gewehr und hob sie. Aber er behielt den Kolben an der Schulter und das Auge am Fernrohr.

Eins … zwei … drei …

Er sah etwas Rotes aufspritzen.

Epilog

Die Tür war offen, aber Raynor klopfte trotzdem an, bevor er den Kopf ins Zimmer steckte. »Hawk? Hast du was an?«

Die in ihrem Krankenhausbett liegende Cindy Bird hob den Kopf. Sie lächelte nicht. »Kannst reinkommen, Boss.«

Ihre Stimme klang angespannt und sie zuckte beim Sprechen ein wenig zusammen. Die leichte Schutzweste unter ihrer Jacke hatte die Kugel aufgehalten und ihr das Leben gerettet, aber sie war nicht ganz unverletzt davongekommen.

Raynor trat ein. Er zog einen heliumgefüllten Mylar-Luftballon hinter sich her, der mit einer Schnur an einem Präsentkorb mit Schokolade befestigt war. Der Ballon war in Tarnfarben gehalten. Ihn zierte eine Cartoon-Zeichnung eines brüllenden Drill Sergeants, der in einer Comic-Schriftart den Befehl erteilte: »Gesund werden, SOFORT!« Er hatte ihn im Laden auf der Basis entdeckt.

Der Fernseher in Hawks Zimmer war eingeschaltet und zeigte eine CNN-Sendung. Am unteren Bildschirmrand war zu lesen: ›Präsident hält eine Rede an die Nation – live‹.

Soweit Raynor wusste, war der Präsident noch auf der Basis und hatte vor dortzubleiben, trotz der Einwände seiner Schutzmannschaft. Die Operation der First Lady fand wie geplant statt, und der Präsident hatte deutlich gemacht, dass er vorhatte, bei ihr zu sein, wenn sie aufwachte. Wahrscheinlich würde er dieses Thema auch bei seiner unangekündigten Rede ansprechen. Noch wahrscheinlicher war allerdings, dass er auf die Ereignisse der vergangenen paar Stunden eingehen würde. Raynor glaubte nicht, dass Informationen über die Bombe durchgesickert waren, aber die Medien berichteten bereits eifrig über die Schießereien in Bethesda und auf dem Dach des Turms des Marinekrankenhauses. Irgendeine Version der Wahrheit würde der Präsident dem Land erzählen müssen.

Hawk drückte die Stummschaltungstaste.

»Haben Digger und Shaft auch so was gekriegt?«, fragte sie.

»Natürlich«, log Raynor. Er stellte den Präsentkorb auf den Tisch und zog einen Stuhl zum Bett. »Wie geht's dir?«

»Hab ein paar angeknackste Rippen. Ich werd's überleben.« Sobald sie es gesagt hatte, verzog sie das Gesicht. Aber Raynor hatte den Verdacht, dass ihre Reaktion wenig mit körperlichem Unbehagen zu tun hatte. »Wie geht's den anderen?«

»Digger hat 'ne neue Narbe. Ist schon genäht worden. Shaft wird noch ein paar Tage hierbleiben. Die wollen sicherstellen, dass es nicht zu Hirnblutungen kommt. Digger und Slap sind gerade bei ihm.« Er erwähnte Joker und Venti nicht. Sie wusste es bereits. »Ich hab die Arschkarte gezogen und muss dir hier Gesellschaft leisten.«

»Was ist mit Todd Kearney?«

»Wird noch operiert.« Der Secret-Service-Agent war in den Hals getroffen worden und fast verblutet, bevor die Sanitäter ihn gefunden hatten. Niemand wollte eine Prognose wagen. Raynor hatte das Gefühl, das Thema wechseln zu müssen. »Wenigstens ist es jetzt vorbei.

Shiner ist tot. Und die Leute, mit denen er zusammengearbeitet hat, auch.«

»Ja. Vorbei bis auf die Konsequenzen. Der Secret Service wird die Lorbeeren einstreichen und wir werden wahrscheinlich alle in den Knast kommen.«

»Wenn du Ruhm willst, hättest du zum SEAL Team Six gehen sollen.« Raynors Erwiderung war nur halb scherzhaft gemeint.

Die Delta-Operators waren es gewöhnt, anderen Behörden den Platz im Rampenlicht zu überlassen. Hawk wusste das und Kolt war klar, dass ihr im Grunde egal war, wer die öffentliche Anerkennung erhielt. Sie war einfach erschöpft, körperlich ebenso wie emotional. Sie hatten gewonnen. Sie hatten Mirić aufgehalten, einen Bombenangriff mit Hunderten, vielleicht Tausenden unschuldigen Opfern verhindert, unter denen auch der Präsident gewesen wäre. Und sie hatten eine geopolitische Krise abgewendet. Aber für diesen Sieg hatten sie einen hohen Preis bezahlt.

»Und niemand wird in den Knast gehen«, fügte er hinzu. »Der Präsident wird erfahren, wer ihn wirklich gerettet hat, selbst wenn sonst niemand davon erfährt.«

»Also … machen wir einfach weiter? Begraben unsere Toten und gehen wieder an die Arbeit?«

»Das ist der Job, für den du angetreten bist.«

Sie neigte den Kopf zur Seite. »Für den *ich* angetreten bin? Meinst du nicht ›wir‹?«

Raynor brachte ein Lächeln zustande. »Ich glaube … ich bin fertig mit diesem Job.«

Diese Erklärung schien Hawk aus ihrer Benommenheit zu reißen. Sie setzte sich im Bett auf, wobei sie wieder leicht zusammenzuckte. »Was zum Teufel soll das heißen, Kolt?«

Raynor hatte nicht damit gerechnet, dass er diese Unterhaltung mit ihr führen würde. Er wandte den Blick ab und versuchte, das, was er fühlte, in Worte zu fassen. »Als Colonel Webber mich wieder in die Einheit aufgenommen hat, sagte er zu mir, ich würde doppelt so hart arbeiten müssen, und sogar das würde in den Augen bestimmter Leute nicht genügen. Er hat recht gehabt. Ich habe härter gearbeitet. Und es hat nicht gereicht. Jetzt, wo er nicht mehr da ist, sehe ich in der Einheit keine Zukunft mehr für mich.«

»Du weißt, dass das nicht wahr ist.«

»Doch, ist es, Hawk. Penske oder der kommandierende General ... Die werden mich vielleicht nicht sofort abservieren. Kann sein, dass sie damit noch ein paar Wochen warten, aber früher oder später finden sie einen Grund, mich rauszuschmeißen. Und weißt du, was? Das ist mir egal.

Als ich *Persona non grata* war ... Tja, das war schlimm. Da ist alles völlig vor die Hunde gegangen, aber ich glaube, das Schlimmste war, dass ich es überhaupt nicht beeinflussen konnte. Ich konnte nicht auf meine Weise gehen. Ich war einfach draußen.

Was Colonel Webber getan hat, dass er mich nach Pakistan geschickt hat, mich wieder in die Einheit geholt hat ... Das war, als wäre ich von den Toten zurück und könnte meine Fehler wiedergutmachen. Und dafür büßen. Das habe ich getan, und noch viel mehr.« Er wandte ihr den Blick zu und stellte fest, dass sie heftig blinzelte, um ihre Tränen zu verbergen. Er grinste. »Aber es war klar, dass es nicht auf Dauer sein würde. Diesmal kann ich es wenigstens selbst beenden, so wie ich will.«

»Es wird dich ankotzen.« Sie gab ein Geräusch von

sich, eine Mischung aus Lachen und Schluchzen. »Und was hast du danach vor?«

»Ich hab mir gedacht, ich frage Pete Grauer, ob er was für mich hat. Wenn er nach heute überhaupt noch mit mir reden will.«

Sie nickte. »Also ich werd dich vermissen.«

»Hey, ich kündige nur meinen Job. Lege mein Amt nieder. Ich flieg nicht zum Mond oder so was.« Er versetzte ihr einen sanften, spielerischen Schlag an die Schulter. Dann fügte er in einer beinahe passablen Bogart-Imitation hinzu: »Wir haben immer noch Kairo.«

Sie lachte, und diesmal war es ein echtes Lachen. »Das waren Wahnsinnsflitterwochen.«

In ihren Augen lag ein hoffnungsvoller Ausdruck, und für einen Moment glaubte er, dass sie noch etwas sagen würde. Aber dann verschwand dieser Blick und wurde durch etwas abgelöst, das wie Entsetzen wirkte. Sie schaute an ihm vorbei, zum Fernseher.

»O mein Gott.«

Kolt drehte sich um und sah Präsident Noonan hinter einem Rednerpult stehen, das mit dem präsidialen Siegel geschmückt war. Der Lauftext am unteren Bildschirmrand hatte sich geändert. Jetzt stand dort: ›Der Präsident will zurücktreten‹.

»Ich muss gehen.« Raynor sprang auf und verließ das Zimmer. Er hatte nur einen Gedanken im Kopf. Er musste mit dem Präsidenten sprechen, solange dieser noch im Amt war, denn falls er das nicht tat – falls er Noonan nicht überzeugen konnte, seine volle Befehlsgewalt einzusetzen, um das Handeln der Noble Squadron zu rechtfertigen –, würde alles, wofür sie gekämpft hatten, geblutet hatten, gestorben waren, umsonst gewesen sein.

Mason – *Präsident* Mason – würde seine Chance nutzen, um entweder Kolt Raynor oder gleich die ganze Delta Force komplett zu vernichten.

Auf dem Weg durch den Flur kramte er sein Telefon hervor und rief die einzige Person an, die in der Lage sein würde, ihn in die Nähe des Präsidenten zu bringen: den leitenden Special Agent Jess Simmons.

Die elektronischen Gegenmaßnahmen waren abgeschaltet worden.

Das Handy hatte eine Verbindung, aber er erreichte nur den Anrufbeantworter.

Raynor legte auf und versuchte es noch einmal, aber als er die Ansage des Anrufbeantworters hörte, stellte sich ihm jemand direkt in den Weg. Er wich nach rechts aus, um das menschliche Hindernis zu umgehen, aber der Mann bewegte sich ebenfalls, hinderte ihn absichtlich am Weitergehen.

»Colonel Raynor?«

Kolt hob den Blick und sah nicht nur einen, sondern vier Männer in dunklen Anzügen. Sie mussten zum Secret Service gehören, aber er kannte keinen von ihnen.

»Nein, tut mir leid. Sie müssen mich verwechseln.«

Der Mann vor ihm öffnete die Jacke und zeigte ihm seine Dienstmarke. Er war tatsächlich vom Secret Service, gehörte aber nicht zur Schutzmannschaft des Präsidenten. »Colonel Raynor, Sie müssen mit uns kommen.«

»Nehmen Sie mich fest?«

»Noch nicht, Sir.«

Da er keinen anderen Ausweg sah, bedeutete Raynor ihnen mit einer Geste, vorauszugehen.

Sie umringten ihn in einer Diamantformation, führten ihn ins Erdgeschoss und durch den Hinterausgang des

Krankenhauses zu einem der Gärten im Innenhof zwischen den Gebäuden. Dieser kleine Park war leer, abgesehen von einer Person, die auf einer Bank saß – eine Frau, groß und schlank, mit langen, glatten, dunklen Haaren, vollen Lippen und hohen, spitzen Wangenknochen.

»So sieht man sich wieder, Racer.«

Raynor erkannte sie sofort, und sein Blut geriet in Wallung. Es war Lauren Gellar.

Gellar war eine Spionin – eine Geheimdienstagentin –, obwohl ihm nicht bekannt war, zu welcher Organisation sie gehörte. Vielleicht arbeitete sie sogar selbstständig. Eigentlich wusste er über sie nur, dass sie diejenige gewesen war, die hinter den Kulissen dazu beigetragen hatte, dass Raynor und seine Staffel einem syrischen Terroristen in die Hände gefallen waren. Es war Teil eines verräterischen Hinterzimmer-Deals im Kampf gegen den IS gewesen, ein Deal, den beinahe mit Sicherheit der damalige Außenminister Bill Mason ausgehandelt hatte.

Hawk hatte Gellar den Spitznamen »die böse Hexe« verliehen. Kolt genügte es, sie einfach »das Miststück« zu nennen.

»Wir müssen uns unterhalten.«

»Was ich zu sagen habe, wollen Sie gar nicht hören«, entgegnete er mit zusammengebissenen Zähnen. Er wollte sich abwenden, aber die Secret-Service-Agenten verstellten ihm den Weg.

»Setzen Sie sich, Raynor.« Gellars Stimme war scharf, als würde sie ein Kind zurechtweisen. »Hören Sie sich an, was ich zu sagen habe. Und dann können Sie wieder gehen und es drauf ankommen lassen, wenn Sie wollen.«

Er blieb stehen, drehte sich jedoch nicht um. »Es drauf ankommen lassen?«

»Setzen Sie sich. Bitte.«

Er gab nach und ließ sich neben ihr auf die Bank sinken. »Na schön. Also reden Sie.«

Gellar belohnte ihn mit einem kühlen Lächeln. »Ich habe gehört, Sie sind heute ein fleißiger Junge gewesen.«

Er erwiderte nichts.

»Ich weiß nicht, ob Sie die Nachrichten schon gehört haben«, fuhr sie fort, »aber unser lieber Oberbefehlshaber hat die Absicht bekannt gegeben, sein Amt niederzulegen.«

»Davon hab ich gehört«, knurrte Raynor.

»Das war eine sehr bewegende Rede, sehr mutig.« Sie senkte die Stimme und ahmte Noonan nach. »›Amerika braucht einen Anführer, der sein Land über alles andere stellen kann, und dieser Anführer kann ich nicht mehr sein. Meine Familie braucht mich mehr.‹« Sie schüttelte den Kopf. »Unter uns gesagt, der hat eine Scheißangst. Zu viele Leute haben versucht, ihn umzubringen. Das war ganz sicher nicht das, was er sich vorgestellt hatte.«

Sie hielt für einen Moment inne. »Sie wissen, was als Nächstes passieren wird, oder? Morgen um zehn Uhr Eastern Time wird William Mason den Amtseid ablegen und der 46. Präsident der Vereinigten Staaten werden.«

»Worauf wollen Sie hinaus?«

Gellar beugte sich vor und senkte die Stimme zu einem verschwörerischen Flüstern. »Sie haben heute gegen das Gesetz verstoßen, Racer.«

»Wir haben dem Präsidenten das Leben gerettet«, schoss er zurück. »Und noch vielen anderen Menschen.«

Gellar zuckte die Achseln. »Das ist ein mögliches Narrativ. Hier ist ein anderes. Zwei Ihrer Leute sind heute umgekommen. Ihr Ableben steht in direktem Zusammenhang zu

Ihren illegalen Aktivitäten, was bedeutet, dass Sie sich des Mordes zweiten Grades schuldig gemacht haben.«

Raynor musste tief atmen, um seine Wut im Zaum zu halten. »Ich schätze, darüber wird eine Jury entscheiden müssen. Ich freue mich darauf, meine Aussage zu machen.«

Gellar lächelte wieder, aber diesmal wirkte es gezwungen. Ungeduldig. »Wollen Sie das wirklich riskieren? Es geht nicht nur um Ihre Karriere; hier steht Ihr Leben auf dem Spiel. Sie werden auch alle, die Ihnen gefolgt sind, da mit reinziehen. Aber Präsident Mason will nicht ...«

»Vizepräsident.«

»Nur noch für die nächsten 18 Stunden ... Nun gut, Vizepräsident Mason will nicht, dass Sie ins Gefängnis müssen, Racer. Ich weiß, dass Sie und er eine gemeinsame ... Geschichte haben. Aber er respektiert Sie. Deshalb bin ich hier.«

»Er respektiert mich.« Raynor schüttelte den Kopf. »Deshalb hat er auch letztes Jahr in Syrien versucht, mich und meine Staffel umbringen zu lassen.«

»Sie haben keine Beweise dafür. Und dieses Gespräch haben wir bereits geführt.« Sie ließ ihre Worte für einen Augenblick nachwirken. »Sie haben mich gebeten, zum Punkt zu kommen, also, der Punkt ist folgender: Sie sind eine Waffe, Kolt. Ein Kampfhund. Sie erledigen den Job, um jeden Preis. Alles, was Ihnen dabei im Weg steht – Regeln, Vorschriften, Gesetze –, reißen Sie einfach nieder. Sie geben nie auf. Präsident Mason will Sie von der Leine lassen, damit Sie das tun können, wozu Sie geboren sind.«

Sie hob die Hand, um etwaigen Protest zum Verstummen zu bringen, und sprach weiter. »Die Öffentlichkeit wird es nie erfahren, aber wir konnten den Mann identifizieren, den Sie heute getötet haben. Den Mann, der versucht hat, die Bombe zu zünden. Er ist ein Offizier des türkischen Geheimdienstes.«

»Aus der Türkei?« Trotz seiner Wut wurde Raynor neugierig. »Das sind doch unsere Verbündeten.«

Aber es ergab eine Menge Sinn, und es erklärte, wie Shiner Raynors Identität und seinen Aufenthaltsort herausgefunden hatte.

»Ein Verbündeter ist bloß ein geduldiger Feind«, entgegnete Gellar. »Wir haben viele Feinde, Kolt. Die türkische Regierung streitet natürlich jede Beteiligung ab und nennt den Mann einen abtrünnigen Agenten. Vielleicht stimmt das, vielleicht auch nicht. Fürs Erste ist die Gefahr zwar gebannt, aber die Folgen werden wir noch lange spüren. Wir sind jetzt angreifbarer als je zuvor, und genau deshalb brauchen wir Männer wie Sie.«

Raynor beugte sich nach vorn, als ob er sich zum Gehen bereit machte. »Falls es Ihnen noch nicht aufgefallen ist: Das ist der Job, den ich schon die ganze Zeit gemacht habe.«

»Und jetzt wird es Zeit für Sie, auf die nächste Stufe zu steigen, auf der Sie sich nicht mehr mit bürokratischem Blödsinn und Tabus herumschlagen müssen. Keine Befehlsketten mehr. Ich will, dass Sie für mich arbeiten.«

»Für Sie?«

»Nachdem er morgen seinen Eid abgelegt hat, wird Präsident Mason mich zur nächsten Repräsentantin von Tungsten ernennen. Ich glaube, Sie kennen diese Organisation bereits.«

Raynor kannte sie. Vor einigen Jahren war er zeitweise zu dieser ultrageheimen Antiterrorwerkstatt versetzt worden, deren Hauptquartier sich in Atlanta befand.

»Sie wollen, dass ich wieder *undercover* arbeite?«

»Nein, Kolt. Ich will, dass Sie Operationen anführen.«

Raynor blinzelte ungläubig und schüttelte dann langsam den Kopf. »Sie wollen mich bloß an der kurzen Leine halten. Sie haben Angst, dass ich der ganzen Welt erzähle, dass Bill Mason ein Verräter ist. Ich müsste das nicht mal beweisen. Die Anschuldigung allein würde schon reichen.«

»Sie haben recht. Leider. Ich habe nicht übertrieben, als ich sagte, dass wir angreifbar sind. Ob es Ihnen gefällt oder nicht, Mason wird Präsident, und falls Sie beschließen, ihn zu Fall zu bringen, besteht das Risiko, dass Sie damit das ganze Land zu Fall bringen.« Sie zuckte die Achseln. »Aber so muss es nicht kommen. Die Entscheidung liegt bei Ihnen.

Arbeiten Sie bei Tungsten für mich. Dienen Sie weiter Ihrem Land und töten Sie die Feinde Amerikas. Oder …« Sie zuckte wieder die Achseln. »Machen Sie's auf Ihre Art. Gehen Sie das Risiko ein.«

Sie erhob sich, baute sich vor ihm auf und hielt ihm eine brandneue weiße Visitenkarte hin. »Nehmen Sie sich ein wenig Zeit und denken Sie darüber nach. Aber nicht zu lange.«

Raynor nahm die Karte nicht an. »Ich muss darüber nicht nachdenken. Unter Bill Mason diene ich nicht, egal in welcher Funktion. Basta. Ich bin raus. Und bevor Sie was sagen, das Sie bereuen werden, lassen Sie mich Ihnen erklären, wie das jetzt laufen wird. Sie werden mich oder meine Leute nicht verklagen, für gar nichts. Sie alle sind Helden, und so werden Sie sie auch behandeln.«

Gellar öffnete den Mund, um zu antworten, aber Raynor hob die Hand und brachte sie zum Verstummen. »Sie haben recht. Die Lage ist im Moment wirklich beschissen instabil, und ob es mir gefällt oder nicht, Mason wird Präsident sein. Jedenfalls so lange, bis er mal wieder Scheiße baut. Ich wette, er wird's nicht lassen können, aber das ist sein Problem, nicht meins. Ich werde nicht derjenige sein, der den Splint aus dieser Scheißegranate zieht.«

»Und ich soll Ihnen abkaufen, dass Sie keinen Rachefeldzug gegen ihn anfangen werden?«

»Rachefeldzug.« Raynor schnaubte verächtlich. »Nachtragend sein ist was für Leute wie Sie und Ihren Boss. Lassen Sie mich in Ruhe, dann lasse ich Sie in Ruhe. Ich habe meinen Beitrag geleistet, und noch viel mehr. Geben Sie mir einfach meine Entlassungspapiere und meinen Leuten den Respekt, den sie verdienen.« Er drehte sich um und machte sich auf den Weg zurück ins Krankenhaus.

»Sie machen einen Fehler«, rief Gellar ihm nach. »Das soll keine Drohung sein. Nur eine Feststellung. Sie leben für das hier. Für die Action. Den Nervenkitzel. Es wird Ihnen fehlen.«

Raynor ging weiter, aber Gellars letzte Bemerkung hing über ihm wie eine dunkle Wolke. Hawk hatte beinahe dasselbe gesagt. Er hoffte, dass sie sich beide irrten, dass er mehr war als nur ein Adrenalinjunkie oder ein durchgeknallter Killer.

Es musste noch andere Gründe geben, um morgens aufzustehen, oder?

Er freute sich darauf, es herauszufinden.

»Cindy«, murmelte er, während er durch die Tür ging. Er würde sich daran gewöhnen müssen, sie so zu nennen.

Und auch darauf freute er sich.

DALTON FURY war ein ehemaliger Kommandant der Delta Force, der in über 90 geheimen Missionen eingesetzt wurde. Nach den Terroranschlägen des 11. September 2001 erhielt er den Auftrag, mit seinem Team den meistgesuchten Mann der Welt zu finden und zu töten – die Einzelheiten schildert er in seinem ungewöhnlichen Tatsachen-Bestseller *Kill Bin Laden.*

Seine Erfahrungen in der Delta Force nutzte Dalton Fury, um die explosiven Thriller mit Kolt ›Racer‹ Raynor so realitätsnah wie möglich zu schreiben.

Der Autor erlag Ende 2016 einer Krebserkrankung.

Zuletzt erschienen in der Reihe FESTA ACTION:

David Ricciardi: *Warning Light – Notlandung in Sirdschan*
Bram Connolly: *Voller Wut*
Stephen Hunter: *Dirty White Boys*
Vince Flynn: *Order to Kill – Tod auf Bestellung*
Jack Carr: *The Terminal List – Die Abschussliste*
Joel C. Rosenberg: *Die Geisel*
J. L. Bourne: *Tomorrow War – Die Chroniken von Max*
J. L. Bourne: *Tomorrow War – Die Chroniken von Max – Das 2. Buch*
Vince Flynn: *Separation of Power – Die Macht*
William R. Forstchen: *One Second After*
John Gilstrap: *Hostage Zero – Menschenhändler*
Ben Coes: *First Strike – Geiselnehmer*
Joel C. Rosenberg: *Die Warnung*
Marc Cameron: *State of Emergency – Die Katastrophe*
Joel C. Rosenberg: *Die Kreml-Intrige*
Stephen Hunter: *Nacht des Donners*
William R. Forstchen: *One Year After*
Vince Flynn: *Enemy of the State – Der Verräter*
William R. Forstchen: *The Final Day*
Vince Flynn: *Red War – Die Invasion*
Marc Cameron: *Die Gewalt der Waffen*
Mark Greaney: *The Gray Man – Tod eines Freundes*
Dalton Fury: *One Killer Force – Absolut tödlich*
Ben Coes: *Trap the Devil – Verschwörung*
Vince Flynn: *Executive Power – Das Kommando*
Jack Carr: *Hass*
Brad Thor: *Verschwörung gegen die Nation*
Stephen Hunter: *Im Visier des Snipers*
Vince Flynn: *Memorial Day – Die Gefahr*
Dalton Fury: *Eine tödliche Einheit*